BIG

PICKWICK

MONA KASTEN

SAVE ME

MAXTON HALL

Traduzione di Alessandra Petrelli

Sperling & Kupfer

www.pickwicklibri.it
www.sperling.it

Save Me
di Mona Kasten
Titolo originale dell'opera: *Save Me*

ISBN 978-88-5544-293-0

I edizione Pickwick BIG maggio 2024

Anno 2024-2025-2026 - Edizione 1 2 3 4 5 6 7 8 9 10

Per Lucie

I was the city that I never wanted to see,
I was the storm that I never wanted to be.
GERSEY, *Endlessness*

1

Ruby

La mia vita è suddivisa in colori:

Verde – Importante!

Turchese – Scuola

Rosa – Comitato organizzativo di Maxton Hall

Lilla – Famiglia

Arancione – Alimentazione e sport.

Oggi ho già portato a termine il lilla (Fare le foto degli outfit di Ember), il verde (Procurarmi nuovi evidenziatori) e il turchese (Chiedere a Mrs Wakefield il materiale di studio per il compito di matematica). Per me poter spuntare una voce dall'elenco delle cose da fare è di gran lunga la soddisfazione maggiore. A volte arrivo persino a scrivere cose che ho già fatto da tempo, pur di poterle spuntare alla fine: in quel caso uso un pennarello grigio chiaro poco vistoso, per non fare la figura dell'imbrogliona.

Sfogliando la mia agenda si capisce a prima vista che le mie giornate sono composte principalmente da verde, turchese e rosa. Tuttavia, da una settimana circa, all'inizio del nuovo anno scolastico, si è aggiunto un nuovo colore:

oro – OXFORD.

Il primo compito che ho annotato con il nuovo pennarello è questo:

RITIRARE LA LETTERA DI REFERENZE DA MR SUTTON.

Accarezzo con le dita le lettere metallizzate.

Un anno ancora. L'ultimo anno al Maxton Hall College. Mi sembra quasi incredibile che stia per cominciare. Chissà, forse tra 365 giorni mi ritroverò seduta a un seminario sulla politica circondata dalle menti più intelligenti del pianeta.

Fremo di esaltazione al pensiero che tra non molto tempo saprò se il mio desiderio più grande verrà esaudito. Se ce l'avrò fatta e potrò studiare all'università. *A Oxford.*

Nella mia famiglia nessuno è andato all'università e mi rendo conto che non è scontato che i miei genitori non si siano limitati a un sorriso stanco, quando ho annunciato loro per la prima volta di voler studiare filosofia, politologia ed economia a Oxford. All'epoca avevo sette anni.

Le cose non sono cambiate neppure adesso, a dieci anni di distanza; l'unica differenza è che l'obiettivo è a portata di mano. Continua a sembrarmi un sogno avercela fatta. Spesso mi sorprendo a temere di dovermi svegliare all'improvviso e constatare di essere ancora nella mia vecchia scuola e non a Maxton Hall, la scuola privata più famosa d'Inghilterra.

Getto un'occhiata all'orologio appeso sopra la massiccia porta in legno dell'aula. Mancano tre minuti. Gli esercizi che dobbiamo completare li ho finiti già ieri sera e adesso non mi resta altro da fare che aspettare la fine di quest'ora. Dondolo impaziente la gamba, guadagnandomi subito una gomitata al fianco.

«Ahi», borbotto, e tento di ricambiare, ma Lin è più veloce e si scansa. Ha dei riflessi incredibili. Secondo me dipende dal fatto che pratica la scherma fin dalla scuola elementare. È uno sport in cui bisogna colpire con la velocità di un cobra.

«Smettila di essere così irrequieta», mi esorta senza alzare lo sguardo dal foglio scritto. «Mi fai innervosire.»

Rimango allibita. Lin non è mai nervosa. Almeno non da ammetterlo o darlo a vedere. Eppure in questo momento riconosco effettivamente un lampo di inquietudine nel suo sguardo.

«Scusa. Non riesco a trattenermi.» Passo di nuovo il dito sulle lettere dorate. Negli ultimi due anni ho fatto di tutto per tenere il passo con i miei compagni. Per migliorare. Per dimostrare a tutti di avere il diritto di frequentare Maxton Hall. E adesso che comincia l'iter per l'ammissione all'università, non reggo all'agitazione. Anche se volessi, non potrei farci niente. Ma il fatto che Lin sia più o meno nelle mie stesse condizioni mi tranquillizza almeno in parte.

«I manifesti sono già arrivati?» mi chiede. Piega la testa verso di me e una ciocca dei suoi capelli neri lunghi fino alle spalle le finisce sul viso. Se la scosta con un gesto impaziente.

Scuoto la testa. «Non ancora. Di sicuro oggi pomeriggio.»

«D'accordo. Li distribuiamo domani dopo bio?»

Indico l'appunto rosa nella mia agenda e Lin annuisce soddisfatta. Torno a guardare l'ora. Faccio un grande sforzo per evitare di ricominciare a dondolare le gambe. Cerco invece di mettere via i pennarelli nella maniera più discreta possibile. Devono essere tutti rivolti con la punta nella stessa direzione, per questo impiego più tempo per sistemarli.

Il pennarello oro però non lo metto via, ma lo infilo solennemente nell'elastico della mia agenda. Giro il cappuccio in modo che guardi in avanti. È l'unico modo in cui mi sembra a posto.

Quando finalmente suona la campanella, Lin balza in piedi con una rapidità che mi sembra sovrumana. La guardo alzando le sopracciglia.

«Non guardarmi così», mi rimprovera, mentre si mette la borsa a tracolla. «Hai cominciato tu!»

Io non ribatto, e metto via il resto delle mie cose sorridendo tra me.

Lin e io siamo le prime a uscire dall'aula. Attraversiamo a passo svelto l'ala occidentale di Maxton Hall e giriamo a sinistra alla prima biforcazione.

All'inizio continuavo a perdermi nell'enorme edificio e più di una volta sono arrivata a lezione in ritardo. Mi vergognavo da morire, anche se i professori non si stancavano mai di ripetere che succedeva la stessa cosa a tutte le matricole. La scuola somiglia a un castello: cinque piani, un'ala sud, ovest ed est e tre edifici annessi dove si svolgono lezioni come musica e informatica. Le biforcazioni e i corridoi per i quali ci si può perdere sono innumerevoli e il fatto che non tutte le scale portino a tutti i piani può condurre alla disperazione.

Ormai però conosco l'edificio come le mie tasche. Sono addirittura convinta che potrei raggiungere l'ufficio di Mr Sutton a occhi chiusi.

«Anche io avrei dovuto farmi scrivere la lettera di

referenze da Sutton», borbotta Lin mentre percorriamo il corridoio. Sulla destra le alte pareti sono decorate da maschere veneziane, un progetto di arte degli studenti dell'ultimo anno. Mi è capitato spesso di fermarmi lì davanti ad ammirarle nel dettaglio.

«Perché?» chiedo, mentre mi annoto mentalmente di dire al nostro bidello di mettere al sicuro le maschere prima che si scateni la festa di inizio anno scolastico sabato prossimo.

«Gli siamo simpatiche da quando abbiamo organizzato la festa di chiusura l'anno scorso e sa quanto siamo appassionate e ci impegniamo. Inoltre è giovane, ambizioso e lui stesso si è appena diplomato a Oxford. Cavolo, mi prenderei a schiaffi per non averci pensato.»

Le accarezzo il braccio. «Anche Mrs Marr ha studiato a Oxford. E secondo me ha più peso farsi presentare da qualcuno che ha un po' più di esperienza professionale rispetto a Mr Sutton.»

Lei mi guarda scettica. «Non sarà che poi ti penti di aver chiesto a lui le referenze?»

Io mi limito a un'alzata di spalle. Alla fine dello scorso anno Mr Sutton è venuto a sapere per caso quanto desiderassi andare a Oxford e mi ha esortato a chiedergli tutto quanto mi interessasse al riguardo. Sebbene abbia frequentato un'altra facoltà rispetto a quella che preferisco, mi ha dato tantissime informazioni di prima mano che ho assorbito avidamente e poi annotato con cura nella mia agenda.

«No», rispondo alla fine. «Sono sicura che sappia cosa vada scritto in una lettera di referenze.»

In fondo al corridoio Lin deve andare a sinistra. Ci

accordiamo di sentirci più tardi per telefono e ci salutiamo velocemente. Do un'occhiata all'orologio, è l'una e venticinque, perciò accelero l'andatura. Il mio appuntamento con Sutton è fissato per l'una e mezzo e non voglio arrivare in ritardo per nessun motivo. Supero di volata le vetrate rinascimentali, dalle quali la dorata luce settembrina inonda il corridoio, e mi faccio largo tra un gruppo di studenti che indossano la mia stessa uniforme.

Nessuno bada a me. Funziona così a Maxton Hall. Sebbene tutti portiamo la stessa divisa – gonne a quadri verdi e blu per le ragazze, pantaloni beige per i ragazzi e giacche su misura blu scuro per tutti –, non è difficile capire che io sono un'intrusa, in realtà. Mentre i miei compagni arrivano a scuola con costose borse di marca, la stoffa del mio zaino verde è così lisa in certi punti che ogni giorno temo si possa lacerare. Cerco di non farci caso, né di farmi impressionare dal fatto che alcuni studenti si comportino come se la scuola fosse una loro proprietà, perché provengono da famiglie benestanti. Per loro sono invisibile e io faccio di tutto per rimanere tale. *Basta non dare nell'occhio*. Finora ha funzionato.

Supero a testa bassa gli altri studenti e giro un'ultima volta a destra. Sul lato sinistro, tra la seconda e la terza porta, quella di Mr Sutton, c'è una pesante panca di legno. Getto un'ultima occhiata all'orologio. Mancano due minuti.

Non riesco più ad aspettare. Mi liscio la gonna con un gesto deciso, sistemo la giacca e controllo che la cravatta sia a posto. Poi mi avvicino alla porta e busso.

Nessuna risposta.

Con un sospiro mi siedo sulla panca e guardo in entrambe le direzioni lungo il corridoio. Forse è andato a prendere qualcosa da mangiare. Oppure un tè. Un caffè. Questo mi fa ricordare che oggi sarebbe stato meglio che non lo avessi bevuto. Ero già abbastanza nervosa, ma mamma ne aveva preparato troppo e non volevo buttarlo. Adesso mi tremano leggermente le mani quando guardo di nuovo l'orologio.

L'una e mezzo. Spaccata.

Do un'altra occhiata al corridoio. Nessuno in vista.

Forse non ho bussato abbastanza forte. Oppure – e questo pensiero mi fa accelerare il polso – ho sbagliato giorno. Forse il nostro appuntamento non è oggi ma domani. Apro frenetica la cerniera dello zaino e tiro fuori l'agenda. Ma quando controllo vedo che è tutto giusto. La data è giusta, l'orario è giusto.

Richiudo lo zaino scuotendo la testa. Normalmente non sono tanto apprensiva, ma il pensiero che la mia candidatura possa incepparsi da qualche parte e che non riesca a entrare a Oxford mi crea grande ansia.

Mi esorto a tornare con i piedi per terra. Mi alzo decisa e busso di nuovo.

Questa volta sento un rumore. Sembra qualcosa che cade per terra. Apro la porta cauta e sbircio all'interno.

Il cuore mi si ferma.

Ho sentito bene.

Mr Sutton è in ufficio.

Ma… non è da solo.

C'è una donna seduta sulla sua scrivania, che lo bacia con passione. Lui è in piedi tra le sue gambe, le tiene le mani sulle cosce. Un attimo dopo la stringe più saldamente e l'attira verso di sé. Lei geme nella sua bocca quando le loro labbra si fondono di nuovo e gli affonda le mani nella chioma scura. Non riesco a distinguere dove inizi l'uno e finisca l'altra.

Vorrei distogliere lo sguardo dai due. Ma non ci riesco. Lo vedo far scivolare le mani sotto la gonna di lei. Lo sento respirare affannosamente, mentre lei sospira: «Oddio, Graham».

Quando riesco a liberarmi dalla paralisi, non ricordo più come muovere le gambe. Incespico sulla soglia e la porta si spalanca con violenza, andando a sbattere contro il muro. Mr Sutton e la donna si staccano di colpo. Lui gira la testa e mi vede sulla porta. Io apro la bocca per scusarmi, ma ne esce soltanto un rantolo incomprensibile.

«Ruby», dice Mr Sutton trafelato. Ha i capelli in disordine, i bottoni della camicia slacciati e il viso paonazzo. Non lo riconosco, non è più il mio professore.

Sento le guance andare irrimediabilmente in fiamme. «Io... mi scusi. Pensavo che avessimo...»

La giovane donna si gira e il resto della frase mi muore in gola. Richiudo la bocca mentre un brivido gelido mi corre lungo la schiena. Fisso la ragazza. I suoi occhi azzurri sono sgranati quanto i miei. Sposta subito lo sguardo, lo abbassa sui costosi tacchi a spillo, lo fa scorrere sul pavimento e poi lo rivolge a Mr Sutton – *Graham*, come lo ha appena chiamato in un sospiro – in cerca di aiuto.

La conosco. In particolare, riconosco la sua impeccabile e morbida coda di cavallo biondo ramata che mi dondola sempre davanti durante la lezione di storia.

Durante la lezione di *Mr Sutton*.

La ragazza che pomiciava con il mio professore è Lydia Beaufort.

Mi sento mancare. Inoltre sono sicura di essere sul punto di vomitare.

Rimango a fissarli e mi sforzo di cancellare gli ultimi minuti dalla mia testa, ma è impossibile. Io lo so e lo sanno anche Mr Sutton e Lydia, glielo leggo chiaramente sulle facce scioccate. Faccio un passo indietro, Mr Sutton mi viene incontro con la mano tesa. Io inciampo di nuovo sulla soglia e mi reggo in piedi a stento.

«Ruby...» esordisce, ma il fruscio nelle mie orecchie è sempre più forte.

Giro sui tacchi e mi metto a correre. Alle mie spalle sento Mr Sutton chiamarmi di nuovo per nome, questa volta più forte.

Ma io continuo a correre. Senza fermarmi.

2

James

QUALCUNO sta maltrattando il mio cranio con un martello pneumatico.

È la prima cosa di cui sono consapevole quando mi sveglio lentamente. La seconda è il corpo caldo e nudo semisdraiato sopra di me.

Getto un'occhiata di lato, ma tutto quello che riconosco è una criniera biondo miele. Non ricordo di aver lasciato la festa di Wren insieme a qualcuno. In tutta sincerità, non ricordo nemmeno di essermene andato dalla festa. Richiudo gli occhi e cerco di richiamare alla mente le immagini della serata precedente, ma tutto quello che appare sono brandelli di pensieri senza collegamento: io, ubriaco, su un tavolo; la risata sguaiata di Wren mentre perdo l'equilibrio e finisco per terra davanti ai suoi piedi; lo sguardo di ammonimento di Alistair mentre ballo abbracciato alla sorella Elaine e mi stringo forte alla sua schiena.

Oh, merda.

Sollevo cauto la mano e scosto i capelli dalla fronte della ragazza.

Doppia merda.

Alistair mi ucciderà.

Mi metto a sedere di scatto. Un dolore lancinante mi trapana la testa e per un attimo la vista mi si annebbia. Accanto a me Elaine borbotta qualcosa di incomprensibile e si gira dall'altra parte. Nello stesso momento mi rendo conto che il martello pneumatico in realtà è il mio cellulare che vibra appoggiato sul comodino. Lo ignoro e cerco i vestiti per terra. Una scarpa è nei pressi del letto, l'altra proprio davanti alla porta, sotto i pantaloni neri e la cintura abbinata. La camicia è gettata sulla poltrona di pelle marrone. Quando me la infilo e cerco di abbottonarla, mi rendo conto che mancano alcuni bottoni. Lancio un gemito e mi auguro dal profondo del cuore che Alistair non sia più qui. Non occorre che veda la camicia strappata né il graffio che Elaine mi ha lasciato sul petto con le sue unghie dallo smalto rosa.

Il cellulare ricomincia a vibrare. Lancio un'occhiata allo schermo e leggo il nome di mio padre. Fantastico. Sono quasi le due di un giorno feriale, la mia testa è sul punto di scoppiare e sicuramente ho fatto sesso con Elaine Ellington. L'ultima cosa che mi serve adesso è la voce di mio padre all'orecchio. Chiudo con decisione la chiamata.

Quello di cui ho bisogno, invece, è una doccia. E di abiti puliti. Esco di soppiatto dalla camera degli ospiti di Wren e mi richiudo la porta alle spalle in silenzio. Lungo le scale incontro tracce della notte precedente: un reggiseno e diversi altri indumenti appesi alla ringhiera; dappertutto nell'atrio ci sono tazze, bicchieri e piatti con avanzi di cibo. L'odore di alcol e fumo è ancora nell'aria. È evidente che qui dentro si è festeggiato fino a poche ore fa.

In salotto trovo Cyril e Keshav. Cyril sonnecchia sul costoso divano bianco dei genitori di Wren e Kesh è seduto su una poltrona vicino al camino. Tiene in braccio una ragazza che gli ha affondato le mani nei lunghi capelli neri e lo sta baciando con passione. Sembrano sul punto di ricominciare con i festeggiamenti. Quando Kesh si stacca da lei e mi vede, getta la testa all'indietro e scoppia a ridere. Io gli mostro il dito medio mentre gli passo accanto.

Le imponenti portefinestre che conducono nel giardino dei Fitzgerald sono spalancate. Esco e sono costretto a socchiudere gli occhi. La luce del sole non è particolarmente accecante, ma è come una pugnalata nelle tempie. Mi guardo intorno con circospezione. La situazione qua fuori non è migliore che dentro casa. Al contrario.

Trovo Wren e Alistair sulle sdraio a bordo piscina. Tengono le braccia incrociate dietro la testa, gli occhi nascosti dietro un paio di occhiali da sole. Dopo un attimo di esitazione, mi avvicino.

«Beaufort», mi saluta Wren allegramente, scostandosi gli occhiali sui capelli neri e crespi. Ha un sorriso smagliante, ma vedo che la sua pelle scura è livida. Deve soffrire dei miei stessi sintomi post sbronza. «Passato una bella nottata?»

«Non ricordo bene», rispondo, azzardando un'occhiata verso Alistair.

«Fottiti, Beaufort», dice lui senza guardarmi. I suoi capelli brillano dorati sotto il sole. «Ti avevo detto di tenere le mani lontane da mia sorella.»

Mi aspettavo questa reazione. Alzo appena un sopracciglio, impassibile. «Non l'ho costretta io a venire a letto con me. Non fingere che non possa decidere con chi fare sesso.»

Alistair fa una smorfia ed emette un brontolio confuso.

Spero che si riprenda e non mi tenga il broncio per sempre, dopotutto non posso far tornare indietro il tempo. E a dire il vero non ho nemmeno voglia di giustificarmi davanti ai miei amici. Devo farlo già abbastanza spesso a casa.

«Guai a te se le spezzi il cuore», dice Alistair dopo un po' guardandomi attraverso le lenti a specchio dei suoi occhiali da pilota. Sebbene non veda la sua espressione, so che non è arrabbiato, bensì piuttosto rassegnato.

«Elaine conosce James da quando ha cinque anni», interviene Wren. «Sa perfettamente che cosa aspettarsi da lui.»

Wren ha ragione. Ieri sera Elaine e io sapevamo benissimo entrambi a che cosa andavamo incontro. E sebbene non ricordi niente, sento ancora nell'orecchio la sua voce affannata: Succederà una volta soltanto, James. Una volta soltanto.

Alistair non vuole accettarlo, ma sua sorella ama divertirsi proprio come me.

«Se i tuoi genitori lo sapessero, annuncerebbero subito il fidanzamento», aggiunge Wren divertito dopo un po'.

Faccio una smorfia contrariato. I miei genitori ambiscono già da anni a farmi fidanzare con Elaine Ellington, o con qualsiasi altra ragazza di buona famiglia e con un'ingente eredità. Ma a diciott'anni ho di meglio da fare che sprecare il mio tempo a pensare a che cosa o chi mi capiterà dopo il diploma.

Anche Alistair sbuffa sprezzante. Neppure lui gradisce l'idea di avermi come membro della sua famiglia in futuro. Io mi porto una mano sul petto fingendomi offeso. «Ma come, sembra che non ti piaccia l'idea di avermi come cognato.»

Si sposta gli occhiali sui capelli e mi fulmina con un'occhiata. Si alza dalla sdraio lentamente, come un predatore. Nonostante la figura snella, so quanto sia forte e veloce. Mi è capitato spesso di sperimentarlo di persona durante gli allenamenti.

Lo sguardo che mi rivolge mi fa intuire le sue intenzioni.

«Ti avverto, Alistair», ringhio, facendo un passo indietro.

Lui è più veloce di un battito di ciglia. Me lo trovo davanti all'improvviso. «Anch'io ti ho avvertito», ribatte. «Peccato che tu non mi abbia ascoltato.»

Un attimo dopo mi dà un violento colpo al petto. Barcollo all'indietro prima di finire dritto in piscina. L'impatto mi toglie il respiro e per un istante non so più dove sia il sopra e il sotto. L'acqua mi scroscia nelle orecchie, l'emicrania è amplificata sotto la superficie.

Tuttavia non riaffioro subito. Rilasso il corpo e mi giro a pancia in giù. Guardo le piastrelle della piscina, che vedo sfocate, e conto mentalmente i secondi. Per un attimo chiudo gli occhi. C'è una quiete quasi benefica. Dopo mezzo minuto finisco la riserva d'aria e la pressione al petto aumenta. Lascio risalire in superficie un'ultima bolla d'aria teatrale e aspetto, e poi...

Alistair si tuffa in piscina e mi afferra. Mi trascina con

sé in superficie e, quando apro gli occhi e vedo la sua espressione scioccata, scoppio a ridere mentre riprendo fiato boccheggiando.

«Beaufort!» esclama indignato gettandosi su di me. Mi dà un pugno al fianco – maledizione, quanto sono forti i suoi colpi – e cerca di bloccarmi a terra. Essendo più basso di me, però, non riesce come vorrebbe. Per un momento ci azzuffiamo, poi lo afferro. Lo sollevo senza fatica e lo lancio il più lontano possibile da me. La risata di Wren mi arriva all'orecchio, mentre Alistair finisce in piscina con un tonfo. Quando riaffiora, mi fissa per un momento con un'espressione così furente da strapparmi un'altra risata. Come tutti gli Ellington, Alistair ha una perfetta faccia d'angelo. Anche quando vuole sembrare minaccioso, i suoi occhi nocciola e i boccoli biondi, in un viso dai lineamenti perfetti, glielo rendono impossibile.

«Sei un emerito figlio di puttana», dichiara, schizzandomi d'acqua.

Io mi passo la mano sul viso. «Scusa, amico.»

«Non importa», risponde, continuando però a schizzarmi. Io spalanco le braccia e lo lascio fare. A un certo punto smette e, quando lo guardo, scuote la testa ridendo.

Allora capisco che tra di noi è tutto a posto.

«James?» mi chiama una voce familiare.

Mi giro di scatto. Mia sorella gemella è sul bordo della piscina controsole. Ieri non è venuta alla festa e per un attimo temo che voglia farmela pagare perché oggi ho saltato le lezioni insieme ai ragazzi. Ma quando la guardo con più attenzione, mi sento raggelare: ha le spalle curve, le braccia ciondoloni sui fianchi. Si guarda i piedi evitando i nostri occhi.

Nuoto verso di lei il più in fretta possibile ed esco dalla piscina. Non mi importa se sono bagnato, la prendo per le braccia e la costringo ad alzare la testa e guardarmi. Ho un tuffo allo stomaco. Lydia ha la faccia rossa e gonfia. Deve aver pianto.

«Che succede?» le chiedo, stringendole le braccia un po' più forte. Lei tenta di girare la testa, ma non glielo permetto. Le prendo il mento in modo che non possa evitare il mio sguardo.

Ha gli occhi lucidi di lacrime. Mi si secca la gola.

«James», bisbiglia con un filo di voce. «Ho fatto un casino.»

3

Ruby

«Qui è perfetto», dichiara Ember, mettendosi in posizione tra il melo e il ginestrone.

Tra l'erba del nostro piccolo giardino ci sono diverse mele sparse che dobbiamo ancora raccogliere. Ma nonostante le insistenze quasi quotidiane dei nostri genitori, la voce Raccogliere le mele è segnata in lilla sulla mia agenda solo il giovedì.

So già che non appena mia sorella e io porteremo in cucina le ceste, scoppierà un litigio tra mamma e papà per decidere chi debba averne di più. Come ogni anno, mamma infatti ha intenzione di preparare torte e crostate da portare a far assaggiare in panetteria, mentre papà di cimentarsi con centinaia di marmellate nelle combinazioni di gusti più ardite. A differenza di mamma, nel ristorante messicano dove lavora non c'è nessuno a cui farle assaggiare. Questo significa che ancora una volta saremo Ember e io a fare da cavie, cosa che può essere fantastica nel caso di una nuova ricetta per le crêpe, ma nient'affatto nel caso di una marmellata di mele con cardamomo e peperoncino.

«Che ne dici?»

Ember si mette in posa davanti a me. Tutte le volte resto sorpresa dal suo talento. Ha un atteggiamento naturale e scuote brevemente la testa per scompigliare un po' di più i riccioli della sua lunga chioma castano chiaro. Quando sorride, i suoi occhi verdi letteralmente si accendono e mi domando come sia possibile che sia così sveglia subito dopo essersi alzata. Io finora non sono riuscita nemmeno a pettinarmi e sono convinta che la mia coda liscia spari in verticale verso il cielo. I miei occhi, dello stesso colore di quelli di Ember, non brillano. Al contrario, sono così stanchi e secchi che devo battere le palpebre in continuazione per cercare di alleviare il fastidioso bruciore.

Sono passate da poco le sette del mattino e ho trascorso metà della notte a rimuginare su quello che ho visto ieri pomeriggio. Quando Ember è entrata in camera mia un'ora fa, mi sembrava di essermi appena addormentata.

«Stai benissimo», rispondo, alzando la piccola macchina fotografica digitale. Ember mi dà il segnale e io scatto tre foto, poi cambia posa, si gira di lato e mi guarda – o meglio, guarda nell'obiettivo – da sopra la spalla. Il vestito che porta oggi ha un colletto alla paggio nero e un vistoso disegno blu. Lo ha rubato a nostra madre e lo ha modificato per renderlo più stretto in vita.

Da che mi ricordo, mia sorella è in sovrappeso e combatte regolarmente per trovare abiti adatti alla sua corporatura formosa. Purtroppo non ce ne sono molti in giro e deve sempre improvvisare. Per il suo tredicesimo compleanno si è fatta regalare dai nostri genitori la sua prima macchina da cucire e da allora si confeziona gli abiti come piacciono a lei. Ormai sa con precisione che cosa le dona: ha un vero talento per lo *street style*. Il vestito di oggi, per esempio, lo ha abbinato a un giubbotto di jeans e a sneakers con i talloni argentati dipinte da lei.

Qualche giorno fa in una rivista di moda ho notato una giacca di un materiale che assomigliava alla plastica dei sacchi dell'immondizia. Ho arricciato il naso e ho continuato a sfogliare le pagine, ma, a pensarci bene, sono sicura che Ember la trasformerebbe in un modello fichissimo.

Senza dubbio c'entra molto la sicurezza che emana, davanti all'obiettivo ma anche nella vita reale.

Eppure, non è sempre stato così. Ricordo ancora le giornate in cui rimaneva chiusa in camera sua in preda all'infelicità, perché a scuola la prendevano in giro. All'epoca era piccola e vulnerabile, ma con il tempo ha imparato ad accettare il proprio corpo e a infischiarsene di quello che gli altri dicevano di lei.

Ember non si fa problemi a definirsi «grassa». Quando le persone rimangono sorprese dalla sua schiettezza, spiega: «È come in *Harry Potter*. Il nome 'Voldemort' mette paura solo perché nessuno ha il coraggio di pronunciarlo. Lo stesso vale per l'aggettivo 'grasso'. È solo un modo di descrivere, come 'snello' o 'magro'. È solo una parola, e non ha niente di negativo».

Quello intrapreso da Ember per impararlo è stato un lungo percorso ed è questo il motivo per cui ha aperto un blog. Voleva aiutare altre ragazze nelle sue condizioni ad accettare se stesse. Ora, da più di un anno comunica a tutti che si trova bella così com'è, e con i suoi appassionati contributi al tema moda per taglie forti ha creato una comunità nella quale lei è caposcuola e fonte d'ispirazione.

Anche mamma, papà e io abbiamo imparato tantissime cose da lei, non da ultimo perché ci fornisce di continuo articoli sull'argomento, e siamo incredibilmente fieri di quello che ha fatto.

«Questa credo di averla già», dico dopo averla fotografata anche nella terza posa. Ember mi raggiunge e mi toglie di mano la macchina fotografica. Esamina gli scatti arricciando il naso con aria critica. Arrivata a una delle foto nelle quali guarda da sopra la spalla, finalmente sorride.

«Prendo questa.» Mi scocca un bacio sulla guancia. «Grazie.»

Torniamo in casa insieme attraversando il giardino e cercando di non calpestare le mele cadute. «Quando caricherai l'articolo?» le chiedo.

«Domani pomeriggio, pensavo.» Mi guarda con la coda dell'occhio. «Credi di avere un po' di tempo stasera per dargli un'occhiata?»

In realtà non ne ho. Dopo le lezioni, oggi pomeriggio, devo appendere i manifesti per la festa di sabato e poi lavorare alla mia tesina di storia. Inoltre devo escogitare un piano per ottenere la mia lettera di referenze senza dover più rivolgere la parola a Mr Sutton. Mi basta pensare a ieri – a Lydia Beaufort sulla sua scrivania e a lui tra le sue gambe – per sentire di nuovo la nausea. E i rumori che facevano...

Cerco di scacciare quel ricordo scuotendo la testa, attirandomi un'occhiata stupita da parte di Ember.

«Volentieri», le rispondo, precedendola in salotto. Non ho la forza di guardarla in faccia. Se vedesse le mie occhiaie capirebbe che c'è qualcosa che non va e in questo momento non ho voglia di rispondere alle sue domande.

Non quando il gemito soffocato di Mr Sutton mi riempie le orecchie, per quanto mi sforzi di scacciarlo.

«Buongiorno, tesoro.»

La voce di mamma mi fa trasalire e faccio uno sforzo per controllare le mie emozioni e assumere un'espressione normale. O quantomeno neutra, come se non avessi visto il mio professore pomiciare con una delle sue studentesse.

Mi viene vicino e mi bacia sulla guancia. «Tutto a posto? Hai l'aria stanca.»

Evidentemente il mio tentativo di normalità è fallito.

«Mi serve un po' di caffeina», mormoro, lasciando che mi accompagni al tavolo della colazione. Mi riempie una tazza di caffè e mi accarezza la testa, prima di sedersi di fronte a me. Ember intanto va da papà e gli mostra le foto che le ho scattato. Lui posa subito il giornale da una parte e si china a guardare lo schermo. Quando sorride, le sue rughe intorno agli angoli della bocca si fanno più marcate. «Molto carine.»

«Riconosci il vestito, tesoro?» gli chiede mamma. Si china sopra di lui da dietro e gli mette una mano sulla spalla.

Papà solleva la macchina fotografica e il suo sguardo dietro gli occhiali si fa più pensieroso. «Ma... non è quello che indossavi per il nostro decimo anniversario?» Si gira a guardare mamma, che annuisce. Lei ed Ember hanno la stessa corporatura, e per questo all'inizio della sua carriera di sarta mia sorella aveva a disposizione un certo numero di capi sui quali fare esperimenti. All'inizio mamma si dispiaceva se sbagliava e rovinava i vestiti, ma ormai non succede quasi più. Adesso è felice tutte le volte che Ember riesce a compiere miracoli e a trasformare vecchi abiti e camicette.

«L'ho stretto in vita e ho aggiunto un colletto», spiega mia sorella. Si siede a tavola e si versa dei cereali in una delle ciotole preparate da mamma.

Un sorriso illumina il viso di papà. «È diventato proprio molto bello», dice, prendendo la mano a mamma. La attira verso di sé finché i loro visi non sono alla stessa altezza, e poi la bacia teneramente.

Ember e io li guardiamo e so che pensiamo la stessa cosa: che schifo. I nostri genitori sono così innamorati che a volte risultano stucchevoli. Ma noi sopportiamo con dignità. E se penso a quello che è successo alla famiglia di Lin, apprezzo che la mia sia ancora intatta. È una fortuna, anche perché non dobbiamo fare niente per consolidare lo stretto legame che ci unisce.

«Avvisami quando il tuo pezzo sarà online», dice mamma, dopo essersi seduta accanto a papà. «Voglio leggerlo subito.»

«Okay», risponde Ember a bocca piena.

Dobbiamo sbrigarci, se vogliamo prendere lo scuolabus, e capisco che si voglia rimpinzare.

«Però prima gli darai un'occhiata tu, vero?» chiede papà rivolto a me.

Sebbene sia passato quasi un anno, nostro padre nutre ancora delle remore riguardo al blog di Ember. Internet lo mette a disagio, soprattutto dato che sua figlia pubblica foto e pensieri propri. Ember ha dovuto faticare a convincere papà che un blog di moda per taglie forti fosse una buona idea, ma ha caldeggiato con tale entusiasmo e coraggio l'idea di *Bellbird*, che alla fine papà non ha potuto fare altro che acconsentire. La sua unica condizione è che io – sorella maggiore e quindi più assennata – legga in anticipo gli articoli e controlli che nessun particolare sulla nostra vita privata finisca in rete. Ma le sue preoccupazioni sono infondate: mia sorella lavora in maniera accurata e professionale e l'ammiro per quello che è riuscita a ottenere in così breve tempo.

«Ma certo.» Mangio una cucchiaiata di cereali e la innaffio con un sorso di caffè. Adesso è Ember a guardarmi disgustata, ma io non ci faccio caso. «Oggi arriverò un po' più tardi, non state in pensiero.»

«Hai così tanto da fare a scuola?» chiede mamma.

Se sapessi.

Vorrei tanto raccontare loro quello che è successo, so che poi mi sentirei meglio. Ma non posso. Casa mia e Maxton Hall sono due mondi separati senza punti di contatto. E ho giurato a me stessa di non mescolarli mai. Per questo a scuola nessuno sa niente della mia famiglia e a casa nessuno sa quello che succede a Maxton Hall. Ho fissato questo confine il primo giorno di scuola ed è stata la decisione più saggia che potessi prendere. So che Ember è spesso contrariata dalla mia laconicità, e mi vengono i sensi di colpa tutte le volte in cui i miei genitori non riescono a nascondere del tutto la loro delusione quando, alla domanda «Come è andata la giornata?» rispondo con un semplice «Bene». Ma casa mia è un'oasi di pace per me. Qui contano famiglia, lealtà, sincerità e amore. A Maxton Hall conta soltanto una cosa: i soldi. E ho paura che rovinerei il nostro pacifico nido se facessi entrare qualcosa da quel mondo.

A parte il fatto che non mi riguarda quello che fanno

Mr Sutton e Lydia Beaufort tra di loro, non li tradirei mai. Se a Maxton Hall nessuno sa niente della mia vita privata è solo grazie alla regola ferrea che mi sono imposta e che rispetto alla lettera: non farti notare! Da due anni mi sforzo di restare invisibile alla maggior parte dei miei compagni di classe e di muovermi al di sotto dei loro radar.

Se raccontassi a qualcuno la storia di Mr Sutton o se andassi dal preside, farei scoppiare uno scandalo. Non posso rischiarlo, non ora che sono quasi arrivata al traguardo.

Lydia Beaufort e la sua famiglia – soprattutto il suo odioso fratello – sono esattamente il genere di persone dalle quali voglio tenermi lontana. I Beaufort possiedono la più antica e grande catena di negozi di abbigliamento maschile d'Inghilterra. Hanno interessi non solo in tutto il Paese, ma anche a Maxton Hall. Persino le nostre uniformi sono ideate da loro.

No. Non ho nessuna intenzione di scontrarmi con i Beaufort.

Farò finta che non sia successo niente.

Quando sorrido a mamma e mormoro un: «Niente di che», mi rendo conto di sembrare forzata e tesa. Le sono perciò ancora più grata perché non insiste e mi versa un'altra tazza di caffè senza fare commenti.

A scuola è un delirio. Cerco di concentrarmi sulla lezione, ma la mia mente non fa che divagare. Al cambio dell'ora ho il terrore di incrociare Mr Sutton o Lydia in corridoio, e corro letteralmente da un'aula all'altra. Lin mi getta più di una volta occhiate indagatrici, e io mi ripeto di stare calma. L'ultima cosa che desidero è che cominci a farmi domande alle quali non posso rispondere. Tra l'altro sono sicura che non abbia creduto alla mia scusa, quando le ho detto che ieri mi ero confusa e per questo non ho ancora la mia lettera di referenze.

Alla fine dell'ultima ora andiamo insieme in segreteria a prendere i manifesti che finalmente sono arrivati ieri per posta. Avrei preferito passare prima dalla mensa – durante l'ora di biologia lo stomaco mi brontolava così forte che persino il professore una volta si è girato verso di me –, ma Lin ha pensato che potevamo attaccarne già qualcuno lungo il tragitto per risparmiare tempo.

Partiamo dall'aula magna, dove posizioniamo il primo manifesto su una delle possenti colonne. Quando sono sicura che lo scotch regga, faccio qualche passo indietro e incrocio le braccia. «Che te ne pare?» chiedo a Lin.

«Perfetto. Messo lì, lo vedranno tutti quelli che entrano dalla porta principale.» Si gira verso di me e mi sorride. «Davvero un ottimo lavoro, Ruby.»

Osservo le lettere nere intrecciate che annunciano il *Back-to-School Party*, la festa di inizio anno. Doug ci ha fornito una grafica davvero eccezionale: i caratteri mescolati a una lieve spruzzata d'oro su fondo argentato danno un effetto elegante e raffinato, ma non troppo antiquato per una festa scolastica.

Maxton Hall è famosa per le feste leggendarie. In questa scuola si festeggia qualunque cosa: inizio e fine delle lezioni, anniversario della fondazione, Halloween, Natale, Capodanno, il compleanno del rettore Lexington... Il budget a disposizione del comitato organizzativo è vertiginoso. Ma, come non si stanca mai di ricordarci il rettore, il ritorno di immagine costruito grazie a eventi di successo non è quantificabile in denaro. Infatti, le feste di Maxton Hall sono riservate agli studenti solo sulla carta. In primo luogo l'obiettivo è quello di attirare genitori, sponsor, politici e altre personalità con molti soldi per finanziare la scuola e per fare in modo che grazie al loro sostegno i loro figli abbiano la partenza migliore nella vita, andando poi direttamente a Cambridge oppure a Oxford.

Quando sono arrivata in questa scuola, ho dovuto scegliere un'attività extracurricolare e il comitato organizzativo mi è sembrata l'opzione migliore: mi piace pianificare e organizzare e lì posso agire dietro le quinte, senza che gli altri studenti si accorgano di me. Non mi aspettavo, però, di divertirmi tanto. E nemmeno che due anni dopo sarei stata a capo dell'organizzazione insieme a Lin.

Lei si gira verso di me, con un sorriso raggiante. «Non è forse una sensazione esaltante sapere che quest'anno nessuno ci può dare ordini?»

«Credo che non avrei resistito un giorno di più sotto la guida di Elaine Ellington senza prenderla a schiaffi», rispondo, e Lin ridacchia sottovoce. «Non ridere. Dico sul serio.»

«Avrei voluto vederti.»

«E io avrei voluto farlo.»

Elaine era una caposquadra insopportabile – tirannica e ingiusta e pigra – ma la verità è che non le avrei mai fatto del male. A parte che non considero la violenza un metodo per risolvere i problemi, ma avrei contravvenuto alla mia stessa regola di fare in modo di non dare nell'occhio.

Adesso però la cosa si è risolta da sola. Elaine ha preso il diploma e ha lasciato la scuola. E il fatto che i suoi modi autoritari non piacessero nemmeno agli altri membri del team è stato evidente quando Lin e io siamo state scelte a succederle: un fatto al quale stento ancora a credere.

«Attacchiamo altri due manifesti prima di andare a pranzo?» chiedo e Lin annuisce.

Per fortuna quando arriviamo alla mensa l'ora di punta è passata. Gran parte degli studenti si sta già recando alle lezioni pomeridiane, oppure si gode gli ultimi raggi di sole nel parco della scuola. I tavoli sono semivuoti e Lin e io riusciamo a prendere un buon posto vicino alla finestra.

Per prudenza evito di alzare lo sguardo dalle lasagne, mentre attraverso la sala con il vassoio fino al nostro tavolo. Solo dopo essermi seduta, aver posato gli altri manifesti sulla sedia accanto a me e lo zaino per terra, mi azzardo a guardarmi intorno. Nessuna traccia di Lydia Beaufort.

Di fronte a me Lin apre l'agenda e comincia a esaminarla, mentre sorseggia il succo d'arancia. Sulle pagine vedo ideogrammi cinesi, triangoli, cerchi e simboli, e ancora una volta l'ammiro per il sistema che usa, molto più raffinato dei miei pennarelli colorati. Tuttavia ricordo di averle chiesto una volta di spiegarmi il significato di ciascun simbolo e a quale ambito lo collegasse e di averci rinunciato dopo essermi persa nel giro di mezz'ora.

«Ci siamo dimenticate di mettere un manifesto modello nel cassetto del rettore Lexington», mormora, scostandosi una ciocca di capelli neri dietro l'orecchio. «Lo faremo subito dopo pranzo.»

«D'accordo», rispondo con la bocca piena. Credo di avere il mento schizzato di sugo di pomodoro, ma non mi interessa. Ho una fame da lupi, probabilmente perché a parte qualche cucchiaiata di cereali non mangio più niente da ieri pomeriggio.

«Oggi devo aiutare mamma per una mostra», dice Lin indicando uno dei simboli cinesi. Qualche tempo fa sua madre ha aperto una galleria d'arte a Londra, che funziona abbastanza bene, ma alla quale deve collaborare spesso anche Lin, persino durante la settimana.

«Se devi andare via prima, penso io ad attaccare gli altri manifesti», mi offro, ma lei scuote la testa.

«Eravamo d'accordo di suddividerci equamente i compiti quando abbiamo accettato l'incarico. O facciamo le cose insieme, oppure non le facciamo.»

Le sorrido. «Va bene.»

Fin dall'inizio della scuola ho detto a Lin che non mi costava nessuna fatica assumermi ogni tanto una parte del suo lavoro: mi piace aiutare gli altri, soprattutto i miei amici... perché non ne ho molti. E so che la situazione a casa sua non è così semplice; spesso è più stressata di quanto lasci trasparire. Soprattutto se si considera che deve anche gestire la pesante mole di compiti che abbiamo tutti i giorni. Ma Lin è ambiziosa almeno quanto me e altrettanto testarda: probabilmente è per questo motivo che andiamo così d'accordo.

Esserci trovate è stato quasi un miracolo. Quando sono arrivata a Maxton Hall, lei frequentava una cerchia del tutto diversa. In mensa sedeva al tavolo con Elaine Ellington e le sue amiche e a me non sarebbe mai venuta l'idea di rivolgerle la parola, anche se entrambe eravamo nel comitato organizzativo e mi ero accorta che aveva un'agenda precisa e ordinata come la mia.

Poi però suo padre è stato travolto da un grave scandalo, che non solo ha fatto perdere alla famiglia tutto il patrimonio, ma l'ha anche allontanata dalle cerchie che frequentava. All'improvviso Lin si è trovata da sola a scuola, anche se non so bene se siano stati i suoi amici ad allontanarla o se invece sia stata lei stessa a staccarsi per la vergogna che provava per l'accaduto. In ogni caso, so come ci si sente a perdere tutti gli amici in un colpo solo. Mi era successa la stessa cosa, con il trasferimento dalla mia vecchia scuola di Gormsey. Era stato un periodo estremamente faticoso – il carico di aspettative a lezione, le attività extrascolastiche, il fatto che tutti qui erano tanto diversi da me – e all'inizio non ero riuscita a mantenere i contatti con Gormsey. I miei amici laggiù mi hanno fatto capire senza tanti complimenti che cosa ne pensavano.

Ma con il senno di poi ho imparato che gli amici veri non ti prendono in giro continuamente solo perché ti piace impegnarti a scuola. Ho sempre reagito con un sorriso a epiteti come «secchiona» e «prima della classe», anche se in realtà non ci trovavo proprio niente da ridere. E so anche che non ha niente a che fare con l'amicizia il fatto che gli altri non dimostrino la minima comprensione per la situazione in cui uno si trova. Non mi hanno chiesto neppure una volta come stessi o se potessero aiutarmi in qualche modo.

All'epoca ho sofferto tantissimo nel vedere distrutte quelle amicizie, soprattutto perché nessuno a Maxton Hall voleva avere a che fare con me, o meglio si accorgeva della mia esistenza. Non appartengo a una famiglia ricca: invece delle borse griffate ho uno zaino vecchio di sei anni, invece di sfavillanti MacBook un portatile che i miei genitori mi hanno comprato usato prima dell'inizio della scuola. Il sabato sera non partecipo alle feste esclusive delle quali poi tutti parlano per una settimana; per la maggior parte dei miei compagni io semplicemente non esisto. Nel frattempo mi sono abituata e mi piace che sia così, ma durante le prime settimane mi sentivo tremendamente sola e isolata. E poi ho conosciuto Lin. Quello che ci lega non è soltanto il fatto che abbiamo vissuto esperienze analoghe con i nostri amici. Lin condivide anche due dei miei più grandi hobby: le piace organizzare cose e adora i manga.

Non so dire se ci saremmo conosciute se non fosse stato per quella storia con i suoi genitori. Ma anche se a volte ho la sensazione che le manchi il periodo in cui il suo nome contava qualcosa e poteva frequentare persone come gli Ellington, sono grata di averla come amica.

«Allora facciamo così, tu vai dal rettore e attacchi i manifesti in biblioteca e nell'aula studio. Al resto penso io, d'accordo?» propongo.

Mostro a Lin il cinque. Per un momento sembra volermi dire qualcosa, ma poi sorride riconoscente e mi batte il cinque. «Sei la migliore.»

Qualcuno sposta la sedia accanto alla mia e si mette a sedere. Vedo Lin sbiancare all'improvviso. Aggrotto la fronte quando guarda con occhi spalancati prima me e poi la persona che mi si è seduta accanto e quindi di nuovo me.

Giro la testa lentamente... e mi trovo a fissare un paio di occhi azzurri.

Come tutti nella scuola conosco questi occhi, solo che non li ho mai visti da vicino. Appartengono a un viso notevole con folte sopracciglia, zigomi sporgenti e una bella bocca dalla linea arrogante.

James Beaufort si è seduto vicino a me.

E mi guarda.

Da vicino sembra ancora più pericoloso che da lontano.

È uno di quelli che si comportano come se tutta la scuola fosse di loro proprietà. I suoi lineamenti sono decisi, il nodo della cravatta perfetto. Su di lui l'uniforme piuttosto banale sembra raffinatissima, come se fosse stata ideata apposta per la sua figura. Probabilmente dipende dal fatto che l'ha disegnata sua madre. L'unico particolare non accurato del suo aspetto sono i capelli biondo ramati, che al contrario di quelli della sorella, impeccabilmente acconciati, sono spettinati.

«Ciao», dice.

L'ho mai sentito parlare? Ho sentito le sue grida sul campo di lacrosse o da ubriaco a una delle feste della scuola, ma mai mi si è rivolto così. Il suo «ciao» ha un'aria intima, come pure il lampo nei suoi occhi. Si comporta come se per lui fosse del tutto normale venire a sedersi al mio tavolo durante il pranzo e rivolgermi la parola. In realtà non abbiamo mai parlato e preferirei che le cose rimanessero così.

Mi guardo intorno cauta e deglutisco. Non tutti, ma qualcuno si è girato dalla nostra parte. È come se il mantello dell'invisibilità che indosso da un paio d'anni mi fosse scivolato leggermente dalle spalle.

Non va bene. Non va per niente bene.

«Ciao, Lin. Ti spiace se ti porto via l'amica per un po'?» domanda, senza distogliere gli occhi da me neppure per un istante. Il suo sguardo intenso mi provoca un brivido lungo la schiena. Impiego qualche secondo a capire quello che ha detto. Un attimo dopo giro la testa verso Lin e cerco di farle capire senza parlare che *a me* invece dispiacerebbe essere portata via, ma lei non mi guarda. Ha occhi solo per James.

«Certo che no», risponde con voce arrochita. «Non c'è problema.»

Faccio appena in tempo a recuperare lo zaino dal pavimento che la mano di James Beaufort si appoggia sulla mia schiena e mi guida fuori dalla mensa. Accelero l'andatura per staccarmi dalla sua mano, ma ne sento lo stesso il calore, come se si fosse impresso sulla mia pelle attraverso la stoffa della giacca. Mi conduce oltre la grande scalinata nell'atrio e si ferma in un punto nascosto dove chi è ancora in mensa e chi ne sta uscendo non possa vederci.

So già che cosa vuole da me. Siccome negli ultimi due anni non mi ha guardato neppure una volta, la cosa deve riguardare la storia tra sua sorella e Mr Sutton.

Quando sono assolutamente sicura che nessun altro possa sentirci, mi giro verso di lui. «Credo di sapere che cosa vuoi da me.»

Le sue labbra si curvano in un lieve sorriso. «Davvero?»

«Ascoltami, Beaufort...»

«Temo di doverti interrompere a questo punto, Robyn.» Fa un passo verso di me e io non indietreggio, ma continuo a fissarlo con sorpresa. «Devi dimenticare il più in fretta possibile quello che hai visto ieri, capito? Se dovessi scoprire che ne hai accennato anche solo lontanamente a qualcuno, farei in modo di cacciarti da questa scuola.»

Mi appoggia qualcosa sulla mano. Io abbasso lo sguardo confusa e mi irrigidisco vedendo di che cosa si tratta. È una spessa mazzetta di banconote da cinquanta sterline. Deglutisco a fatica.

Non ho mai tenuto in mano così tanti soldi.

Alzo gli occhi. Il sorrisetto arrogante di James è più che eloquente. Mi dice chiaro e tondo che sa benissimo quanto mi servano quei soldi. E che non è la prima volta che compra il silenzio di qualcuno.

Il suo sguardo e tutta la sua postura sono così pieni di autocompiacimento che vengo assalita d'un tratto da una rabbia incontenibile.

«Fai sul serio?» domando a denti stretti, indicando la mazzetta di banconote. Sono così furente che le mani mi tremano.

Lui si fa pensieroso. Infila la mano nella tasca interna della giacca e tira fuori una seconda mazzetta che mi porge. «Saranno al massimo diecimila.»

Allibita, guardo prima i soldi, poi lui.

«Se tieni la bocca chiusa fino alla fine del quadrimestre, possiamo raddoppiare il tutto. Se ce la fai fino a fine anno, lo quadruplichiamo.»

Le sue parole riecheggiano nella mia testa, incessanti, e il sangue ribolle nelle vene. Mi sta davanti, mi getta ai piedi diecimila sterline, convinto di potermi chiudere la bocca. Come se niente fosse. Come se fosse naturale, quando si è nati con la camicia. Di colpo mi rendo chiaramente conto di una cosa: non solo non sopporto James Beaufort. Mi *disgusta*. Lui, tutto ciò che rappresenta e il suo modo di vivere, senza remore né paura delle conseguenze: quando ci si chiama Beaufort, si è intoccabili. Qualunque cosa si faccia, i soldi di papà sistemeranno tutto. Mentre io mi faccio il mazzo da due anni solo per avere una minuscola possibilità di essere accettata a Oxford, per lui la scuola superiore è solo una passeggiata.

Non è giusto. E più a lungo lo guardo, più la cosa mi fa infuriare.

Stringo le dita convulsamente intorno alle banconote

che ho in mano. Digrigno i denti e strappo la fascetta di carta che le tiene insieme.

James aggrotta la fronte. «Ma cosa...»

Alzo la mano di scatto e lancio in aria i soldi.

James sostiene gelido il mio sguardo, serissimo. L'unica reazione è una lieve contrazione di un muscolo a livello della mandibola.

Mentre le banconote planano lievi verso terra, mi giro e me ne vado.

4

Ruby

UNA coda biondo ramata mi dondola davanti alla faccia. Le rivolgo contro tutta la mia collera.

È colpa di Lydia! Se non avesse pomiciato con il nostro professore, io non li avrei scoperti e non mi sarei fatta umiliare da suo fratello. Adesso potrei concentrarmi sulla lezione e non agitarmi perché James mi ha chiamato *Robyn.* Né perché ho gettato al vento cinquemila sterline.

Mi nascondo il viso tra le mani. È inconcepibile che lo abbia fatto davvero. Non accettare i soldi è stato giusto, questo è ovvio. Eppure... è da ieri pomeriggio che mi viene in mente tutta una serie di cose per le quali avrei potuto utilizzarli. Casa nostra, per esempio. Dopo l'incidente di papà, otto anni fa, l'abbiamo ristrutturata pezzo dopo pezzo eliminando tutte le barriere architettoniche, ma non è stato possibile migliorare alcuni punti. Inoltre la macchina sta esalando l'ultimo respiro e dipendiamo tutti da quell'unico mezzo di trasporto. In particolare papà. Con le quarantamila sterline che James mi ha offerto per la fine dell'anno, avrei potuto acquistare un minivan.

Scuoto la testa. No, non accetterò mai del denaro dai Beaufort per rimanere in silenzio. Non mi faccio comprare.

Tiro fuori l'agenda sotto il libro di storia e la apro. Tutti i punti di oggi sono già cancellati. L'unico che campeggia ancora sarcastico sulla pagina è: RITIRARE LA LETTERA DI REFERENZE DA MR SUTTON.

Guardo quelle parole stringendo i denti. Vorrei cancellarle con il correttore, e mi piacerebbe fare lo stesso con il ricordo di Mr Sutton e Lydia.

Per la prima volta dall'inizio della lezione, oso gettare un'occhiata oltre la testa di Lydia. Mr Sutton è alla lavagna. Indossa una camicia a quadri con un cardigan verde scuro e gli occhiali che porta sempre a lezione. La barba di tre giorni è curata e sulle guance vedo bene le fossette che scatenano sempre l'adorazione di tutte noi.

Intorno a me sento risuonare all'improvviso delle risate: ha fatto una battuta.

Uno dei motivi per cui mi è sempre stato così simpatico.

Adesso non riesco più a guardarlo in faccia.

Non capisco: Mr Sutton è stato così bravo da arrivare a Oxford, ci ha studiato per anni, subito dopo il diploma è riuscito a entrare come professore in una delle scuole private più prestigiose d'Inghilterra, e la prima cosa che fa è avere una storia con un'allieva? Ma perché, cavolo?

Il suo sguardo incrocia il mio e un attimo dopo il suo sorriso vacilla. Davanti a me Lydia si irrigidisce. Contrae le spalle, il collo, come se volesse impedirsi a tutti i costi di girarsi verso di me.

Sposto frettolosamente lo sguardo sull'agenda, lasciando così che i capelli mi coprano il viso come una nuvola scura. Rimango in questa posizione per il resto della lezione.

Quando finalmente suona la campanella, mi sembra che siano passate ore, non novanta minuti. Mi prendo tutto il tempo che posso. Raduno le mie cose al rallentatore e le sistemo con cura nello zaino. Poi chiudo la zip, così lentamente da sentire ogni singolo dentino che si incastra.

Dopo che i passi e le voci dei miei compagni si sono allontanati, mi decido ad alzarmi. Mr Sutton sta infilando i suoi documenti in una cartelletta con aria assorta. Sembra teso, tutta l'allegria che ha mostrato durante la lezione è sparita dai suoi lineamenti.

L'unica studentessa che è rimasta nell'aula oltre a me è Lydia Beaufort. Indugia sulla porta, guarda con aria tesa tra me e Mr Sutton.

Il cuore mi batte forte in gola quando mi metto lo zaino in spalla e mi incammino. Mi fermo a qualche distanza dalla cattedra e mi schiarisco la voce. Mr Sutton mi guarda. I suoi occhi nocciola sono pieni di rincrescimento. Mi sembra di avvertire tutti i suoi sensi di colpa. I suoi movimenti sono quelli di un robot.

«Lydia, vorresti lasciarci soli?» chiede senza guardarla.

«Ma...»

«Per favore», aggiunge con dolcezza, gettandole una breve occhiata.

Lei annuisce a labbra strette e si volta. Si richiude la porta alle spalle senza fare rumore.

Mr Sutton si gira verso di me. Apre la bocca per parlare, ma io lo precedo.

«Vorrei ritirare la mia lettera di referenze per Oxford», mi affretto a dire.

Lui batte le palpebre, confuso, e impiega un momento a reagire. «Io... ma certo.» Fruga svelto nella cartelletta dove ha appena messo i fogli della lezione. Non trovando quello che cerca, si sporge in avanti e raccoglie da terra la borsa di pelle appoggiandola sulla cattedra. La apre e ci rovista dentro per un po'. Le mani gli tremano e noto un velo di rossore sulle sue guance.

«Ecco la copia», mormora, tirando fuori una cartellina trasparente con dentro un foglio di carta. «In realtà avrei voluto parlarne con te prima, ma...» Si schiarisce la voce. «L'ho già caricata perché non sapevo se saresti venuta a ritirarla.»

Prendo la cartellina con dita impacciate. Deglutisco a fatica. «Grazie.»

Lui si schiarisce di nuovo la voce. La situazione è sempre più imbarazzante. «Vorrei che sapessi che io...»

«No.» La mia voce è solo un roco sussurro. «Per favore... no.»

«Ruby...» All'improvviso riconosco un'altra emozione negli occhi di Mr Sutton, oltre al rammarico: la paura. Ha paura di me. O meglio, di come potrei utilizzare quello che so di lui e Lydia. «Volevo soltanto...»

«No», ripeto, e stavolta la mia voce è più decisa. Alzo le mani in un gesto di difesa. «Non ho intenzione di raccontarlo a nessuno. Davvero. Io... voglio solo dimenticare.»

Lui apre la bocca e la richiude senza parlare. Nei suoi occhi si rincorrono sorpresa e dubbio.

«La cosa non mi riguarda», proseguo. «E non riguarda nessun altro.»

Nel silenzio che segue, Mr Sutton mi osserva con tale intensità che non so da che parte girare lo sguardo. È come se cercasse nei miei occhi la conferma che dico sul serio. Alla fine mormora: «Sai che allora continuerò a essere il tuo professore».

Questo lo so, naturalmente. E la prospettiva di trascorrere diverse ore a settimana con Lydia e Mr Sutton nella stessa aula è tutt'altro che allettante. Ma l'alternativa sarebbe andare dal preside e l'incontro con James Beaufort mi ha già dato un assaggio di che cosa mi succederebbe in quel caso.

E comunque sono sinceramente convinta che la vita privata di Mr Sutton non mi riguardi.

«Voglio solo dimenticare la cosa», ripeto.

Lui tira un profondo sospiro. «E non poni... condizioni?» Di fronte alla mia espressione indignata, si affretta ad aggiungere: «Non che tu ne abbia bisogno per superare il mio corso. Sei una delle migliori della classe, e lo sai. Pensavo solo che... io...» S'interrompe con un gemito di frustrazione. Ha le guance rosse, la posa incerta e lo sguardo quasi disperato. Tutto a un tratto sembra molto giovane e per la prima volta mi chiedo quanti anni possa avere. Al massimo venticinque, direi.

Cerco di sorridere, ma non ci riesco del tutto. «Vorrei solo poter continuare gli studi in pace, Mr Sutton», dico, infilando la copia della lettera nello zaino.

Vedendo che non risponde, vado verso la porta dell'aula. Mi giro un'ultima volta a guardarlo. «La prego di non trattarmi diversamente da prima, ora.»

Lui mi fissa come se fossi un fantasma, di quelli animati da cattive intenzioni. Sembra diffidente e non posso biasimarlo.

«Grazie per la lettera.»

Lo vedo deglutire con fatica. Poi mi rivolge un cenno d'assenso. Mi giro ed esco dall'aula. Dopo essermi richiusa la porta alle spalle, mi ci appoggio con la schiena, chiudo gli occhi e faccio qualche respiro profondo.

Solo in questo momento mi rendo conto di non essere sola. Un fruscio mi fa spalancare gli occhi.

Di fronte a me, contro la parete, c'è James Beaufort. Tiene le braccia incrociate sul petto e un piede appoggiato al muro. Mi osserva: l'espressione più dura di ieri, l'aura più cupa. Non c'è più niente del sorrisetto complice che aveva accompagnato la sua proposta di darmi dei soldi.

Si stacca dal muro e mi viene incontro. I suoi passi sono lenti, quasi minacciosi. Il tempo sembra rallentare. Il cuore mi batte forte nel petto. Questo è il suo regno. Mi sembra di essere un'intrusa.

Si ferma proprio davanti a me. Mi guarda senza parlare e per un momento mi dimentico di respirare. Quando ricomincio, colgo il suo profumo. È buono, sa di anice stellato. Speziato e acre, ma piacevole. Vorrei avvicinarmi di più e annusarlo, ma poi mi ricordo di chi ho di fronte.

James infila la mano nella tasca interna della giacca.

Questo mi fa uscire dallo stato di choc. Socchiudo gli occhi e lo fulmino con lo sguardo. «Se vuoi darmi altri soldi, te li caccerò in gola.»

La sua mano si blocca per un istante, poi torna a muoversi. I suoi occhi lampeggiano minacciosi. «Smettila con questo atteggiamento da Madre Teresa e dimmi che cosa vuoi dalla mia famiglia.» La voce è vellutata e profonda, in netto contrasto con le sue parole così dure.

«Non voglio proprio niente dalla tua famiglia», rispondo. Sono contenta di avere la porta alle mie spalle. «A parte forse che mi lasci in pace. E Madre Teresa avrebbe preso i soldi e li avrebbe dati alla mensa dei poveri o distribuiti ai mendicanti per strada. Per beneficenza, sai.»

James impietrisce. «Lo trovi divertente?» domanda, con una nota di collera nella voce. Muove un altro passo verso di me, mi viene così vicino che le punte delle nostre scarpe si toccano.

Se si azzarda a fare un altro passo verso di me, lo colpirò nelle parti basse: non mi importa poi chi conoscerà il mio nome a Maxton Hall. «Non voglio problemi con te, Beaufort», dico, sforzandomi di rimanere calma. «E nemmeno con tua sorella. Soprattutto non voglio i vostri soldi. L'unica cosa che voglio è finire quest'ultimo anno di scuola in pace.»

«Allora è proprio vero che non vuoi i soldi», dichiara, con aria così incredula che mi chiedo involontariamente che cosa abbiano dovuto affrontare in passato lui e la sua famiglia. O con che genere di persone abbiano avuto a che fare.

Non mi interessa, non mi interessa, non mi interessa!

«No, non voglio i tuoi soldi.» Forse alla fine mi crederà, se glielo ripeto ancora qualche volta guardandolo negli occhi.

Mi esamina per quella che sembra un'eternità, studia in ogni particolare il mio viso e le mie intenzioni. Quindi abbassa lo sguardo, prima sulla mia bocca, poi sul mento e sul collo e poi ancora più in basso. Centimetro dopo centimetro.

Quando alza di nuovo gli occhi, sembra aver capito. Fa un passo indietro. «Okay.» Sospira e guarda prima da una parte e poi dall'altra del corridoio. «Dove lo vuoi fare?»

Non ho la minima idea di che cosa voglia dire. «Come?»

«Dove lo vuoi fare.» Si massaggia la nuca. «Credo che una delle stanze di tutoraggio là in fondo sia libera. Ho un passe-partout.» Mi guarda con aria critica. «Fai molto rumore? Sai, lì accanto c'è l'ufficio di Mrs Wakefield che di solito si ferma fino a tardi.»

Lo fisso allibita, domandandomi che cavolo voglia da me. «Non ho la più pallida idea di quello che vuoi.»

Lui alza un sopracciglio con fare sarcastico. «Ma certo. Stammi a sentire, anch'io conosco la finta del non-voglio-soldi.» Poi mi prende la mano con decisione e mi conduce lungo il corridoio. Tira fuori la chiave della stanza in questione e apre la porta.

Con la mano libera si allenta la cravatta.

Dove lo vuoi fare?

Quando capisco a che cosa si riferisce, trattengo il fiato sgomenta. Lui però mi prende per mano e mi fa entrare nella stanza. Io mi fermo sulla soglia e mi libero dalla sua stretta.

«Che storia è questa?» lo accuso.

«Adesso trattiamo in modo diverso», risponde. Dà un'occhiata all'orologio. Ha il cinturino nero e la cassa di bronzo ed è molto chic. Deve essere costato un occhio della testa. «Tra poco ho l'allenamento, quindi sarebbe il caso di spicciarci.»

Mi tiene aperta la porta e indica la stanza, mentre si allenta del tutto la cravatta e comincia a sbottonarsi la camicia. Quando intravedo i pettorali sotto, ho una specie di cortocircuito e mi si secca la gola.

«Ma ti ha dato di volta il cervello?» esclamo con voce

roca, facendo un passo indietro, prima che possa aprirsi del tutto la camicia.

Lui mi guarda intensamente. «Non far finta di non sapere come funzionano le cose qui.»

Io sbuffo sprezzante. «Tu sei fuori, se credi di comprare il mio silenzio con dei favori sessuali. Ma chi ti credi di essere, brutto stronzo borioso?»

Lui batte le palpebre più volte di seguito. Apre la bocca e la richiude. Alla fine alza le spalle.

Ho le guance in fiamme. Non so se dovrei sentirmi disgustata o vergognarmi. Credo di provare un misto di entrambe le cose. «Ma quanto sei bacato?» mormoro scuotendo la testa.

Lui schiocca la lingua. «Ognuno ha il suo prezzo, Robyn. Qual è il tuo?»

«Mi chiamo Ruby, per la miseria!» esclamo, stringendo i pugni. «Il mio prezzo è di essere lasciata in pace a partire da questo momento. Non posso proprio permettermi di farmi vedere con te.»

I suoi occhi lampeggiano. «*Tu* non puoi permetterti di farti vedere con *me*?»

L'incredulità nella sua voce dovrebbe farmi arrabbiare, ma provo solo compassione per lui. Forse.

«È già stato abbastanza che tu mi abbia rivolto la parola in mensa. Non voglio entrare a far parte del tuo mondo.»

«Il mio mondo», ripete asciutto.

«Ma sì, le feste, le droghe e tutto il resto. Non voglio averci niente a che fare.»

All'improvviso si sentono dei passi nel corridoio. Il cuore mi si ferma e poi accelera di colpo. Do uno spintone a James per farlo entrare nella stanza e poi mi richiudo la porta alle spalle. Rimango in ascolto trattenendo il fiato e spero di cuore che chi sta passando fuori non debba entrare in questa stanza.

Per favore no, per favore no, per favore no.

I passi sono più vicini, e io strizzo gli occhi. Si fermano davanti alla porta. Poi riprendono e dopo un po' spariscono del tutto. Tiro un sospiro di sollievo.

«Dici proprio sul serio.» Il tono di James è impassibile, come il suo sguardo.

«Esatto. Perciò per favore abbottonati la camicia.»

Mi accontenta lentamente, senza perdermi di vista. Come se cercasse una qualche scappatoia che gli possa aver lasciato. Ma alla fine non la trova. «E va bene.»

Il senso di oppressione al petto sparisce di colpo. «Bene. Fantastico. Devo tornare a casa, i miei mi aspettano.» Mi indico alle spalle con il pollice. Di fronte al suo silenzio, alzo la mano impacciata in un saluto. Poi mi giro verso la porta.

«Sappi che comunque non mi fido di te.» Il suono della sua voce profonda mi fa venire la pelle d'oca sulle braccia.

Abbasso la maniglia. «Se è per questo la cosa è reciproca.»

5

James

L'ATMOSFERA nello spogliatoio è tesa, l'aria è carica dell'adrenalina che ci scorre in corpo. I minuti che precedono il discorso dell'allenatore, prima che possiamo finalmente entrare in campo, sono al contempo i peggiori e i migliori. Nell'arco di questi minuti tutto sembra possibile: vittoria o sconfitta, orgoglio e umiliazione, gioia trionfante e indicibile disperazione. Non c'è istante in cui lo spirito di squadra sia maggiore e la motivazione più alta.

Da fuori giungono le grida di giubilo dei nostri compagni e quelle dei tifosi avversari. Incredibile che fino a cinque anni fa nessuno a Maxton Hall si interessasse di lacrosse. All'epoca era considerato lo sport dei perdenti: chi non convinceva né a rugby né a calcio veniva infilato nella squadra di lacrosse, e di conseguenza la squadra era una catastrofe. Un branco variegato di spilungoni in piena pubertà, con i brufoli in faccia e le braccia e le gambe troppo lunghe e ingombranti.

Pensavo che sarebbe stato divertente entrare nella squadra. Soprattutto speravo di far infuriare mio padre.

Non mi sarei mai aspettato di appassionarmi sul serio. Né che nel giro di poche settimane mi venisse l'ambizione di trasformare la squadra. Ho convinto gli amici a cambiare, ho minacciato il rettore Lexington con la collera dei miei genitori se non ci avesse procurato un allenatore migliore, e ho fatto realizzare una nuova divisa da uno dei nostri stilisti più bravi.

È stata la prima volta in vita mia che ho provato una vera passione per qualcosa. E ne è valsa la pena. Perché oggi, a distanza di cinque anni, dopo lunghi allenamenti più volte a settimana, dopo sangue, sudore, lacrime, una frattura e tre campionati vinti, siamo il fiore all'occhiello della scuola.

Ci siamo fatti tutti il culo per arrivare dove siamo. E ogni volta mi riempio di orgoglio, alla vista delle facce decise dei miei compagni di squadra prima di una partita.

Come adesso.

Oggi tuttavia un'altra emozione si mescola all'orgoglio. È oscura e dolorosa, e mi rende faticoso, per la prima volta dopo tutti questi anni, infilarmi le protezioni.

Sarà la prima partita dell'ultimo anno di scuola.

Una volta conclusa questa stagione, per me sarà finita. Il lacrosse diventerà semplicemente la parte di un lento, spaventoso conto alla rovescia che non posso fermare. Per quanto mi sforzi di farlo.

«Tutto a posto?» mi domanda Wren, dandomi una spallata.

Scaccio quel pensiero con tutte le forze. Non è ancora il momento, ho tutto un anno davanti, nel quale posso fare come mi pare. Con un sorriso forzato solo a metà, mi giro verso di lui. «Gliela faremo vedere a quei merdosi dell'Eastview.»

«McCormack è mio», interviene subito Alistair, come se avesse aspettato solo la mia parola d'ordine. «Ho ancora un conto in sospeso con lui.»

«Alistair», lo ammonisce Kesh alla mia sinistra. Si massaggia con le dita il dorso del naso nel punto in cui se lo è rotto un anno fa. «Lascia perdere.» Il suo tono di voce e lo sguardo eloquente che rivolge ad Alistair non lasciano dubbi sul fatto che devono aver parlato della cosa già in passato.

«No», si limita a ribattere Alistair.

McCormack, con il quale purtroppo condivido il nome di battesimo, in occasione dell'ultima partita ha colpito deliberatamente Kesh in faccia con la stecca subito dopo che si era tolto il casco. Ricordo ancora lo choc che ho provato alla vista del mio amico a terra. Il sangue che gli usciva dal naso e gli gocciolava sulla maglia. I minuti in cui è rimasto privo di sensi davanti a noi.

McCormack per questo è stato squalificato per le tre partite successive, ma il pensiero della faccia deformata di Kesh basta per farmi ribollire di rabbia; deve fare lo stesso effetto ad Alistair, che continua a guardarlo con espressione decisa.

«Non fare cavolate», dice Kesh infilandosi la maglia azzurra. Poi si lega i capelli in una coda bassa e disordinata e infine chiude lo sportello dell'armadietto.

«Lo conosci», mormora Wren, appoggiandosi di lato all'armadietto con un sorriso storto.

«Non me ne frega niente se sarò squalificato per il resto della stagione. McCormack la deve pagare.» Alistair dà una pacca sulle spalle a Kesh. «Dovresti essere contento che mi preoccupi così tanto per te e il tuo onore.»

Prima che riesca a togliere la mano, Kesh la prende e gliela tiene ferma con forza. Gira la testa verso di lui: «Dico sul serio».

Gli occhi color ambra di Alistair sono due fessure. «Anch'io.»

Si fissano per un momento di troppo e l'atmosfera già carica diventa ancora più tesa. È tempo di intervenire. «È meglio che risparmiate le energie per la partita», dico con un tono di voce che rivela chiaramente che mi sto rivolgendo loro non come amico, bensì in qualità di capitano. Due paia di occhi infuriati si girano verso di me, ma prima che possano rispondere qualcosa, batto le mani.

La squadra si riunisce all'istante al centro dello spogliatoio. Mentre mi muovo, mi infilo la maglia con il numero 17. La stoffa è familiare, sembra una parte di me. Quella emozione oscura cerca nuovamente di riaffiorare, ma io la scaccio con tutte le forze e mi concentro sull'allenatore Freeman, che esce dal suo spogliatoio e ci viene incontro. È un uomo alto e dinoccolato, con una corporatura più adatta alla corsa o all'atletica leggera. Si calca il berretto azzurro sulla testa sempre più calva, raddrizza la visiera e poi cinge le spalle mie e di Cyril, capitano e vicecapitano.

Ci guarda uno dopo l'altro. «Per alcuni di voi è la prima stagione, per altri l'ultima. Il nostro obiettivo è vincere il campionato», dice a denti stretti. «Qualsiasi altra cosa è inaccettabile. Quindi fate in modo di mettervelo in tasca.»

Freeman non è un uomo di molte parole, ma non è necessario. Bastano queste poche frasi per scatenare grida di giubilo ed entusiasmo.

«Dovrà essere la stagione migliore che Maxton Hall abbia mai visto», aggiungo, con voce un po' più alta di lui. «Chiaro?»

I ragazzi esultano di nuovo, ma Cyril non è ancora convinto. Si avvicina una mano all'orecchio. «Chiaro?»

Questa volta la risposta è così dirompente che mi fischiano le orecchie, com'è giusto che sia.

Ci infiliamo i caschi e prendiamo le stecche. La strada dallo spogliatoio al campo è come un'immersione, i rumori da fuori arrivano attutiti come se avessi le orecchie schiacciate dalla pressione dell'acqua. Stringo più forte la stecca e conduco la mia squadra sul campo da gioco.

Le tribune sono strapiene. I tifosi lanciano grida quando usciamo, le cheerleader ballano. La musica dagli altoparlanti fa vibrare il terreno sotto i miei piedi. L'aria fresca mi entra nei polmoni e mi sento più vivo di quanto mi accada da settimane.

Mentre le riserve e l'allenatore si sistemano a bordo campo, noi ci spostiamo al centro e ci schieriamo di fronte alla squadra avversaria, che sembra altrettanto motivata.

«Sarà una bella partita», mormora Cyril accanto a me, dando voce al mio pensiero.

Mentre aspettiamo il fischio dell'arbitro, passo in rassegna la tribuna. Da qui non riconosco nessuno, a parte Lydia, che come sempre è seduta in alto con le sue amiche e finge che tutto questo spettacolo non le interessi. Giro lo sguardo a bordo campo, osservo le riserve dell'altra squadra, poi il loro allenatore che si avvicina a Freeman per salutarlo.

Una testa bruna attira la mia attenzione. Una ragazza si è unita ai due allenatori. Scambia qualche parola con loro, poi indica qualcosa che tiene in mano. Quando il vento le scosta i capelli dal viso, la riconosco.

Non posso proprio permettermi di farmi vedere insieme a te.

Il ricordo delle sue parole è come un pugno allo stomaco. Nessuno mi aveva mai detto niente del genere.

Di solito è vero il contrario. Le persone vogliono essere viste insieme a me *a qualunque costo*. Dal primo momento in cui sono entrato in questa scuola, i compagni mi si sono attaccati alle costole, cercando di attirare la mia attenzione. È quello che succede quando ci si chiama Beaufort. Da quando la mia famiglia ha creato la sartoria di abbigliamento classico maschile centocinquant'anni fa e l'ha trasformata in un impero miliardario, non c'è nessuno in questo Paese che non conosca il nostro nome. «Beaufort» è sinonimo di ricchezza. Di influenza. Di potere. E a Maxton Hall c'è una serie di persone che crede di poter ottenere tutte queste cose – o almeno una piccolissima parte di esse – solo ricoprendomi di miele e lusinghe.

Ho perso il conto di quante volte, dopo una notte di bagordi, qualcuno mi ha infilato in mano dei bozzetti di vestiti maschili. Quante volte qualcuno mi ha rivolto la parola con un pretesto, solo per chiedermi nel corso della conversazione i contatti dei miei genitori. Quante volte qualcuno ha cercato di entrare nella mia cerchia di amici per poter dare alla stampa informazioni su me e Lydia. La foto al sedicesimo compleanno di Wren due anni fa, nella quale sniffo della cocaina, è solo un esempio fra tanti. Per non parlare di tutto quello che ha dovuto passare Lydia.

Per questo ho scelto con cura i miei amici. Wren, Alistair, Cyril e Kesh non sono interessati ai miei soldi: ne hanno già più che abbastanza. Alistair e Cyril appartengono all'antica aristocrazia inglese, il padre di Wren ha accumulato una ricchezza inimmaginabile con la borsa e quello di Kesh è un produttore cinematografico di successo.

Tutta la gente *vuole* la nostra attenzione.

Tutti, tranne...

Indugio su Ruby. I suoi capelli scuri risplendono al sole e sono scompigliati dal vento. Cerca di lisciarsi la frangetta con la mano, ma non ha senso, perché nel giro di due secondi il vento gliela spettina di nuovo. Sono sicuro di non averla mai vista prima della storia di Lydia. Ora mi chiedo come sia stato possibile.

Non posso proprio permettermi di farmi vedere insieme a te.

Tutto di lei suscita la mia diffidenza, in particolare i suoi occhi di un verde intenso. Vorrei andare da lei per vedere se guarda anche le altre persone come ha fatto con me: con il fuoco nello sguardo e piena di disprezzo.

Questa ragazza ha sorpreso mia sorella a pomiciare con un professore. Mi chiedo quali siano le sue intenzioni, se aspetta solo il momento più adatto per far esplodere la bomba. Non sarebbe la prima volta che il nome della mia famiglia finisce in prima pagina sui giornali.

«Mortimer Beaufort e la sua amante ventenne.»

«Cordelia Beaufort in preda alla depressione.»

«La cocaina lo distruggerà? James Beaufort è un drogato!»

Dopo una cena con una collaboratrice, i media hanno affibbiato a mio padre una relazione, da un litigio tra i miei genitori hanno tirato fuori una grave depressione di mia madre e di me hanno fatto un tossico pericolosamente vicino all'overdose e bisognoso di cure. Non oso immaginare che cosa scriverebbero se sapessero della storia tra Lydia e Mr Sutton.

Continuo a fissare Ruby. Tira fuori una macchina fotografica dallo zaino e scatta una foto dei due allenatori che si danno di nuovo la mano. Stringo la stecca con tanta forza da far stridere i guanti. Non riesco a valutarla, non ho idea se abbia detto la verità o se dietro la sua facciata ci sia un calcolo spietato.

Forse avrei dovuto offrirle più soldi. Oppure vuole qualcos'altro e aspetta solo il momento giusto per pretenderlo da me.

Che il destino della mia famiglia, in particolare di Lydia, sia nelle mani di questa ragazza non mi piace affatto.

Non posso proprio permettermi di farmi vedere insieme a te.

Staremo a vedere.

Ruby

Non capisco più niente.

Il lacrosse è uno sport veloce. La palla passa da una stecca all'altra e non riesco a seguirla, né con l'obiettivo né a occhio nudo. Avrei dovuto capire fin dall'inizio che non ce l'avrei fatta a documentare questo sport senza Lin. Di solito ci dividiamo gli articoli sulle manifestazioni sportive: una si occupa dell'andamento del gioco, l'altra scatta le foto. Oggi però Lin è stata chiamata a Londra da sua madre all'ultimo minuto e non abbiamo trovato nessun altro del comitato che potesse sostituirla.

Siccome gli articoli sulla squadra di lacrosse sono nettamente i più cliccati sul nostro blog, non volevamo saltare l'appuntamento. Il problema, però, è che per scrivere un intervento dal titolo «Maxton Hall contro Eastview: duello tra giganti» dovrei almeno sapere che cosa succede sul campo. Ma, tra le grida dei giocatori, le imprecazioni degli allenatori e il tifo degli spettatori, è difficile mantenere la concentrazione sui singoli passaggi di gioco, come scattare le foto migliori dei momenti più salienti. Soprattutto perché devo usare una macchina fotografica che ha come minimo una decina d'anni.

«Porca puttana!» grida l'allenatore Freeman accanto a me, così forte da farmi trasalire. Distolgo l'occhio dalla macchina fotografica e mi rendo conto che mi sono persa il secondo gol dell'Eastview. Cavolo. Lin mi ucciderà.

Mi avvicino timidamente all'allenatore. Quando si assiste dal vivo a una partita, non è possibile rivedere un'azione, ma forse lui può spiegarmi che cosa è successo. Ma prima che riesca ad aprire la bocca, lui ricomincia a sbraitare.

«Passa quella palla, per la miseria, Ellington!»

Torno immediatamente sul gioco. Alistair Ellington si lancia di corsa verso la metà campo avversaria, con una velocità tale che non provo nemmeno a fotografarlo, perché non riuscirei a catturare l'azione in un'istantanea. Cerca di avanzare tra due difensori, ma all'improvviso ne spunta un terzo che lo blocca. Ellington è maledettamente agile, ma meno grosso dei suoi compagni. Persino io mi rendo conto che non ha possibilità contro tre avversari.

Uno dei difensori gli dà una violenta spallata. Ellington resiste, ma indietreggia sul prato di mezzo metro buono.

«Passa!» gli grida di nuovo l'allenatore.

Alistair continua a opporsi all'altro giocatore, e le loro imprecazioni arrivano fino a bordo campo. All'improvviso la postura già rigida di Alistair diventa ancora più granitica e per un attimo i due giocatori sembrano cristallizzati nelle loro pose. L'allenatore Freeman fa un profondo respiro, probabilmente per gridare un'altra istruzione, ma Alistair sposta indietro la stecca, prende slancio e colpisce l'avversario al fianco con forza.

Io trattengo il fiato sgomenta. Alistair sferra un secondo colpo, questa volta allo stomaco dell'altro giocatore, che lancia un grido di dolore e cade in ginocchio. Un suo compagno si getta su Alistair, lo atterra e comincia a prenderlo a pugni. Alistair colpisce anche lui con la stecca. L'arbitro fischia ma occorrono diversi giocatori per separare i due litiganti. Riconosco la voce profonda di James Beaufort: rimprovera Ellington e immagino che, come capitano della squadra, adesso vorrebbe come minimo strangolarlo.

L'allenatore Freeman continua a imprecare senza interruzione. L'espressione «porca puttana» è la più leggera, tutte le altre sono decisamente da censurare. Si è tolto il berretto e si sistema i capelli con tale foga che mi sembra di vederne cadere diversi. Subito dopo l'arbitro espelle Alistair.

Lui viene dalla nostra parte, si toglie il casco e il paradenti e getta entrambi rabbiosamente a terra.

«Che cosa ti è preso, Ellington?» ringhia l'allenatore.

Io indietreggio con discrezione per non finire in mezzo al fuoco incrociato.

«Se lo meritava», risponde Alistair. Ha una voce perfettamente controllata, come se non fosse appena stato coinvolto in una rissa.

«Sei...»

«Fuori per le prossime tre partite?» Alistair alza le spalle. «Se crede che la squadra lo possa sopportare, faccia pure.»

Poi supera l'allenatore con passo disinvolto, butta per terra la stecca e si toglie i guanti. Quando si accorge che lo fisso, si blocca.

«Vuoi qualcosa?» mi domanda in tono di sfida.

Scuoto la testa.

Per fortuna il fischio dell'arbitro mi risparmia di dovergli dare una risposta. Ritorno in fretta e furia alla mia posizione originaria. Impiego qualche secondo a scoprire dov'è la palla: nella tasca della stecca di Wren Fitzgerald. Non è veloce come Alistair, ma più robusto. Con una spallata si sbarazza di un giocatore dell'Eastview, ma poco dopo la palla viene presa da un altro. Beaufort però lo tallona e si impossessa della palla quando questi cerca di passarla.

Storco la bocca contrariata. Beaufort è proprio bravo. Maledettamente bravo. Si muove con agilità ed eleganza, adegua i passi a quelli dell'avversario ed è brutale quando qualcuno cerca di intralciarlo. Non vedo la sua faccia sotto il casco, ma sono sicura che gli piaccia stare in campo. Quando gioca, sembra che per tutta la vita non abbia fatto altro che correre in giro con una stecca da lacrosse.

«Che stai facendo?» La voce di Alistair risuona vicinissima a me, il che mi fa sussultare e mi ricorda anche il vero motivo della mia presenza qui. Mi affretto ad aprire il taccuino.

«Scrivo un articolo sulla partita per il *Maxton Blog*», rispondo senza guardarlo. «Come si chiama il difensore che ha appena preso la palla a Wren?»

«Harrington», risponde. Sento il suo sguardo su di me, mentre l'allenatore Freeman riprende la sua sequela di parolacce. A quanto pare Beaufort ha perso la palla mentre io prendevo appunti. Eastview se ne è impossessata di nuovo.

«Avanti, Kesh», mormora Alistair.

L'attaccante dell'Eastview fa un salto di mezzo metro in aria per prendere la palla. Una volta atterrato, fa due passettini e la scaglia in avanti con forza. Succede tutto così in fretta che in un primo momento non so dire se abbia fatto gol oppure no. Ma poi sento le grida di giubilo dei tifosi del Maxton Hall sulle tribune quando Keshav alza la stecca in aria. L'incoraggiamento di Alistair deve essere servito: è riuscito a parare.

«Fammi fare bella figura, nel tuo articolo», dice Alistair, mentre annoto sul taccuino: KESHAV PARA ALL'ULTIMO SECONDO.

Mi giro verso di lui con espressione scettica. È la prima volta che lo vedo così da vicino e mi rendo conto che i suoi occhi sono del colore dello scotch. «Hai colpito un altro giocatore senza motivo. Come potrei descrivere la cosa in termini positivi secondo te?»

Un'ombra gli si posa sul viso quando il suo sguardo torna su Keshav. «Chi lo dice che l'ho fatto senza motivo?»

Alzo le spalle. «Da qui non mi è sembrato che tu ti sia preoccupato molto di quello che facevi.»

Alistair mi guarda sorpreso. «Ho aspettato per mesi l'occasione di farla pagare a McCormack. E quando ha aperto bocca per offendere me e i miei amici, ho trovato finalmente il motivo ufficiale.»

Uno dei suoi boccoli biondi gli ricade sulla fronte e lui lo scosta deciso. Poi abbassa lo sguardo sui miei appunti e arriccia il naso. «Come farai a decifrare quello che hai scritto? Non si legge niente.»

Vorrei protestare, ma ha ragione. In circostanze normali la mia scrittura è ordinata, e se mi sforzo, addirittura bella. Ma a causa della velocità con cui devo documentare tutto, è diventata un obbrobrio.

«Di solito siamo in due», mi giustifico, anche se non dovrebbe importarmi di quello che Alistair Ellington pensa della mia scrittura. «E non è così semplice scattare foto, seguire il gioco e annotarsi tutte le azioni contemporaneamente per poi poterle descrivere.»

«Perché non hai pensato di filmare la partita?» chiede. Sembra sinceramente interessato e non ha l'aria di cercare un pretesto per potermi prendere in giro.

Io gli mostro la macchina fotografica senza fare commenti.

Alistair arriccia il naso. «Roba d'epoca. A quando risale?»

«Credo che mia madre l'abbia comprata prima della nascita di mia sorella.»

«E tua sorella quanti anni ha? Cinque?»

«Sedici.»

Alistair resta allibito per un secondo, poi sorride. Non ha più l'aria del feroce giocatore di lacrosse che pochi istanti fa ha preso a botte un altro giocatore. Somiglia piuttosto... a un angelo. Ha lineamenti belli e regolari che insieme ai riccioli biondi gli danno un'impressione di assoluto candore. Ma io so che è un'illusione. Alistair è uno degli amici più stretti di James Beaufort, e quindi tutto il contrario che candido.

«Aspetta un momento», dice, poi si gira e scompare oltre la porta che dà verso gli spogliatoi. Prima che abbia il tempo di chiedermi che cosa voglia fare, torna da me tenendo in mano un iPhone nero.

«Non ho più memoria sufficiente per filmare tutta la partita, ma posso scattare qualche foto», dice. Sblocca lo schermo, accede alla fotocamera e gira il telefono in modo da inquadrare il campo. Quando si accorge che io sono immobile, inarca un sopracciglio. «Devi guardare la partita, non me.»

Socchiudo gli occhi confusa. Sono così turbata da non vergognarmi neppure che mi abbia sorpreso ancora una volta a fissarlo. «Vuoi aiutarmi?»

Lui alza le spalle. «Tanto per adesso non ho niente di meglio da fare.»

«È davvero un gesto molto... gentile. Grazie.» Cerco di non sembrare troppo diffidente, ma non ci riesco del tutto. È una situazione così surreale. Stento a credere che questo sia davvero il fratello di Elaine Ellington. Lei non mi avrebbe mai aiutato. Al contrario, mi avrebbe deriso per la macchina fotografica e si sarebbe assicurata che il giorno dopo lo sapessero tutti.

Osservo Alistair per un po' con la coda dell'occhio, ma lui sembra prendere sul serio il suo nuovo incarico. Scatta una foto dopo l'altra e abbassa il telefono solo per incitare la squadra o inveire contro gli avversari.

Io mi concentro sugli appunti, cosa che adesso mi risulta decisamente più facile. Quando l'allenatore Freeman ci raggiunge, penso che voglia allontanare Alistair per gli improperi che ha lanciato a un attaccante dell'Eastview. Invece si piazza accanto a me e comincia a spiegarmi le regole e a indicarmi i nomi di alcune azioni.

Durante gli ultimi dieci minuti di gioco comincia a piovere, ma questo inconveniente non sembra smorzare il tifo sulle tribune né lo slancio in campo, al contrario. Quando Maxton Hall si aggiudica la partita dopo un assist di Cyril Vega a Beaufort, i tifosi sembrano impazzire. L'allenatore lancia un ruggito animalesco, si gira a pugni stretti e agita le braccia verso di loro.

Chiudo in fretta e furia il taccuino e lo metto nello zaino. Sono bagnata fradicia e ho la frangetta appiccicata alla fronte. Non ha senso cercare di sistemarla, e non voglio scostarla all'indietro, perché ho ereditato la fronte spaziosa di papà.

I giocatori lasciano il campo a uno a uno e stringono la mano ad Alistair; tutti tranne Kesh, che si dirige verso gli spogliatoi senza nemmeno guardarlo. Sul viso di Alistair vedo passare un'emozione che non so definire bene. Per una frazione di secondo il suo sorriso si spegne, lo sguardo si rabbuia, impenetrabile. Ma poi batte le palpebre e il momento passa, così in fretta che credo di essermelo solo immaginato.

Ancora una volta Alistair mi sorprende a fissarlo. Inarca le sopracciglia.

«Ti ringrazio di nuovo», dico precipitosamente, prima che possa aprire bocca. Non so se sarebbe carino con me anche in compagnia dei suoi amici, e preferisco non scoprirlo. «Per le foto.»

«Figurati.» Digita sul cellulare e poi me lo porge. Vedo che ha aperto una finestra della rubrica. «Dammi il tuo numero così te le mando.»

Prendo il telefono e prima che abbia inserito l'ultima cifra del mio numero, sento una voce che ormai conosco fin troppo bene.

«Che state facendo?»

Alzo lo sguardo.

Davanti a me c'è James Beaufort. Anche lui è completamente fradicio: i capelli biondo ramati sono più scuri del solito e gli cadono sulla fronte, dando ai suoi lineamenti un aspetto ancora più spigoloso. In una mano tiene la stecca, nell'altra il casco e non sembra badare al fatto che l'acqua gli goccioli dal viso e dalle spalle e si mescoli al fango che gli ha schizzato la maglia durante la partita.

Non vorrei farlo, ma mi sorprendo a osservare il suo corpo bagnato. Quella vista risveglia in me qualcosa che non ha niente a che fare con la diffidenza e l'ostilità. È un'emozione che non conosco, ma della quale so con certezza che l'ultima persona per cui dovrei provarla è proprio James Beaufort.

Accantono decisa il pensiero di cosa potrebbe significare e cerco di sembrare indifferente.

Per fortuna è Alistair a rispondere alla domanda. «Deve scrivere un articolo sulla partita per il *Maxton Blog*.» Mi toglie di mano il cellulare, osserva il numero e il nome che ho scritto sotto. Dubito che prima sapesse come mi chiamavo. «Più tardi ti manderò le foto, Ruby.»

«Benissimo, grazie», rispondo, sebbene mi sia già preparata mentalmente al fatto che con ogni probabilità non lo farà. Non importa quanto mi abbia colto di sorpresa nell'ultima mezz'ora: lui è pur sempre Alistair Ellington.

«Vado a vedere quanto è arrabbiato Kesh», dice rivolto a James.

«È proprio incazzato.» James rivolge un'occhiata gelida all'amico e compagno di squadra. «Esattamente come me e come tutti gli altri. Ti avevo detto di stare lontano da McCormack.»

«E io non ti ho dato ascolto.» Alistair alza le spalle. «Sarai anche il mio capitano, James, ma non sei mia madre.» Sembra non crucciarsi per nulla di quello che James pensa di lui, ma quando gli batte brevemente sulla spalla, a me sembra un gesto di scusa. Poi si allontana per andare negli spogliatoi.

Lo sguardo di James ora è di nuovo rivolto a me. È ancora più freddo di prima. Non so se dipenda da me o dal breve bisticcio con Alistair, in ogni caso vorrei sparire da qui il più in fretta possibile.

«Che storia è questa?» mi chiede.

La pioggia all'improvviso mi sembra ancora più gelida.

«Non so a che cosa ti riferisci», rispondo, più ardita di quanto mi senta in realtà.

Lui lancia una breve esclamazione che dovrebbe essere una risata. Oppure è un ruggito? Non ne sono troppo sicura. Mi rendo solo conto che la sua posa si è irrigidita e la sua espressione è più implacabile che mai.

«Stai lontana dai miei amici, Ruby.»

Prima che abbia il tempo di ribattere, mi supera tra le acclamazioni dei tifosi e sparisce negli spogliatoi.

6

James

«QUESTA festa è un mortorio.» Wren beve una sorsata dalla sua fiaschetta e poi la passa a Cyril, appoggiato accanto a lui alla ringhiera con la stessa espressione disgustata.

Sotto di noi c'è Weston Hall, una vasta sala da ballo sfarzosa con le tipiche finestre rinascimentali di Maxton Hall, il parquet a spina di pesce e gli stucchi alle pareti. Come il resto del campus, anche questo ambiente dà l'idea di essere tornati indietro al Quattrocento, almeno in circostanze normali.

Stasera l'impressione è quella di essere tornati a una festa di compleanno per bambini. La decorazione è frivola, il buffet offre punch analcolico e antipasti in piccoli vasetti da conserva con nastri colorati. La musica è spaventosa. Non riesco proprio a capire che cosa faccia il dj sulla sua pedana. Non ci sono passaggi tra un pezzo e l'altro, sembra quasi che abbia preso una playlist qualunque di Spotify e l'abbia messa in riproduzione casuale. Mi aspetto da un momento all'altro che l'atmosfera peggiori ulteriormente. Inoltre gli invitati non sembrano avere molto chiaro il dress code della serata. Alcuni si sono agghindati troppo, altri sono troppo casual.

La festa è un vero fiasco in tutto e per tutto. Sembra che qualcuno abbia cercato di portare una ventata d'aria fresca a Maxton Hall, senza tuttavia avere il coraggio di gettare alle ortiche la tradizione. Ne è venuto fuori un bizzarro miscuglio di raffinatezza e innovazione, che confonde gli ospiti e impedisce che si accenda una qualche atmosfera.

«Ma dai, non è tanto male», osserva Alistair interrompendo i miei pensieri. Affonda le mani nelle tasche e dondola avanti e indietro sui piedi, lo sguardo fisso sulla pista da ballo sotto la balconata dove in effetti si sta muovendo qualcuno.

«Sei l'unico a cui piace questa festa», ribatte Kesh alzando gli occhi al cielo.

Alistair alza le spalle. «Io la trovo divertente.»

Kesh fa una smorfia. Prende la fiaschetta da Cyril e me la porge senza toccarla.

«Ci sarà da divertirsi, credimi.» Bevo una lunga sorsata di scotch e mi gusto il bruciore che mi scende lungo la gola.

Wren lancia occhiate tra me e Alistair. Poi spalanca gli occhi. «Hai in mente qualcosa?»

Io alzo le spalle con aria vaga, ma come al solito Alistair non riesce a controllare la propria espressione. Non c'è bisogno di conoscerlo molto bene per capire che nasconde qualcosa. I suoi occhi che lampeggiano maliziosi e il suo nervosismo tradiscono tutto.

«Non ci credo. Hai progettato qualcosa, lo hai raccontato a *lui* e non a me?» Con aria offesa Wren indica prima Alistair e poi me. «Sei il mio migliore amico. Lo considero un tradimento contro la mia persona.»

Sorrido con malizia. «Tradimento?»

Lui annuisce enfatico. «Alto tradimento. Hai infranto la sacra fratellanza che ci lega dai tempi dell'asilo.»

«Che cazzata.»

Con la mia risposta mi guadagno un pugno sulla spalla.

«Vedila così, Wren: avrai una fantastica sorpresa», osserva Alistair dando un pizzicotto alla guancia di Wren.

Lui lo lascia fare con una smorfia. «Spero per voi che ne valga la pena.»

Parla già biascicando, e siamo solo al terzo giro di fiaschetta. Ma quando Wren la richiede, gliela passo lo stesso. In realtà è una vergogna dover bere del costoso Bowmore di nascosto quassù, invece che da un bicchiere di cristallo, ma alle feste di Maxton Hall le bevande alcoliche sono riservate ai genitori o agli ex allievi. Agli studenti è severamente vietato anche solo avvicinarsi al bar. Questo tuttavia non ci ha mai impedito di provvedere da soli a spassarcela, e la maggior parte dei professori chiude un occhio quando si accorge che abbiamo bevuto. La punizione peggiore che abbiamo ricevuto finora è stata un richiamo.

I miei genitori versano ogni anno una cifra tale che la scuola non può fare altro che essere magnanima. Non può permettersi di essere troppo severa con noi o i nostri amici.

«Dove si è cacciata Lydia?» chiede Cyril. Cerca di usare un tono disinvolto, ma nessuno ci crede. Sono anni che Cyril è innamorato di mia sorella. E dopo che hanno avuto una storia un paio d'anni fa, le cose sono peggiorate. Lydia, che voleva solo divertirsi, ha troncato la cosa dopo qualche settimana, senza rendersi conto che Cyril era follemente innamorato di lei e che gli aveva spezzato il cuore.

A volte mi fa davvero pena. Soprattutto se penso che da più di due anni non è più stato con nessuna ragazza e continua a soffrire in silenzio.

«Non pensi che sarebbe il momento di... non so... Guardare avanti?» gli domanda Alistair.

Cyril lo fulmina con i suoi occhi di ghiaccio.

«Lydia è andata da una sua amica, credo che arriverà più tardi», rispondo, prima che la situazione possa degenerare. Tutte le volte che affrontiamo anche alla lontana il tema, Cyril reagisce come se lo avessimo gravemente offeso.

Non deve scoprire, per nessun motivo, che mia sorella ha una storia con quella sagoma di professore.

Il che mi ricorda che devo scambiare con urgenza qualche parola con Mr Sutton. Quel pezzo di merda deve tenere giù le mani da Lydia, altrimenti renderò un inferno il tempo che trascorrerà ancora a Maxton Hall.

Mi scoccia non aver provveduto prima, ma la massima priorità era accertarmi che Ruby tenesse la bocca chiusa. Soprattutto perché quella ragazza continua ad avere qualcosa che mi rende sospettoso.

Qualche giorno fa l'ho incontrata in corridoio mentre andavo alla lezione di filosofia con Lydia. Mentre mia sorella teneva gli occhi chini a terra, io li ho alzati su Ruby. I nostri sguardi si sono incrociati, ma dopo una frazione di secondo è stato come se lei vedesse attraverso di me. Io ho fatto il contrario, e ho continuato a fissarla finché sono stato costretto a girare la testa all'indietro. Sono rimasto colpito dal suo portamento fiero. Il suo modo di tenere stretto il raccoglitore con un braccio, i passi decisi, il mento alto. Sembrava pronta per una battaglia.

La cerco istintivamente per la sala. I miei sensori devono essere per qualche motivo sintonizzati su di lei, perché in una folla di più di cento persone impiego solo pochi secondi a individuarla. Mi appoggio con entrambe le braccia alla balaustra e mi sporgo in avanti.

Ruby è ai margini del buffet e annota freneticamente qualcosa su una cartelletta. Alza gli occhi, si guarda intorno, e ricomincia a scrivere. Poi si gira brusca e si dirige verso l'impianto stereo, dietro il quale c'è il dj. Scambia qualche parola con lui e indica i propri appunti.

Qualcosa scatta nella mia testa.

Maledizione.

Deve far parte del comitato organizzativo.

Stringo le labbra. Divertente.

Ruby dice ancora qualcosa al dj, che annuisce. Poi torna verso la pista da ballo e riprende il suo posto al buffet un po' in disparte. Infila la mano nella scollatura del vestito verde scuro e tira fuori qualcosa. Un cellulare. Digita qualcosa, poi lo rimette a posto. Nello stesso momento vedo un tizio in giacca e cravatta che le si avvicina.

Quando lo riconosco, stringo più forte la balaustra.

Graham Sutton.

A prescindere dal fatto che sono diffidente nei confronti di chiunque si avvicini troppo a mia sorella, nel caso di Sutton tutti i campanelli d'allarme si mettono a suonare. Soprattutto ora che lo vedo parlare con Ruby. Lei evita il suo sguardo, ma non sembra particolarmente turbata.

Socchiudo gli occhi e mi maledico in silenzio per essere quassù invece che di sotto al buffet, dove potrei ascoltare quello che si dicono. Forse è qualcosa di assolutamente banale che riguarda la festa. Oppure invece stanno parlando di mia sorella.

E se si fossero messi d'accordo? Se Sutton avesse stretto un patto con Ruby? Non ci avevo ancora pensato e dubito che Lydia abbia preso in considerazione la cosa. Non mi ha spiegato come mai se la facesse con il professore, ma la conosco abbastanza bene da sapere che quell'uomo non è semplicemente un mezzo per provare un brivido momentaneo.

Sento accendersi in me il bisogno irrefrenabile di proteggere mia sorella. Infilo automaticamente la mano nella tasca interna della giacca e tiro fuori il cellulare. Lo sblocco con il pollice, poi attivo la macchina fotografica.

L'angolo in cui si trovano Ruby e Mr Sutton è in ombra. Lui le ha posato una mano sulla spalla e le parla tenendo il viso molto vicino al suo. Solo in un secondo momento si nota che la cartelletta di Ruby è tra di loro e che la stanno consultando insieme. Pare che stiano parlando proprio della festa.

Una scena assolutamente innocua, vista dal vivo. Ma sullo schermo del mio cellulare, con un'angolazione giusta e una correzione adeguata, potrebbe sembrare una situazione del tutto diversa. Scatto più foto in successione.

«Che stai facendo?» domanda Alistair dietro di me. Poi sbircia il cellulare da sopra la mia spalla.

«Mi copro le spalle», rispondo.

Lui aggrotta la fronte. «Che cos'hai contro di lei?»

Faccio un profondo respiro. Vorrei bere un altro sorso di Bowmore per spegnere del tutto il cervello. Sono giorni che non ci riesco.

«Ha visto qualcosa che non avrebbe dovuto vedere.»

Alistair mi guarda per un momento con aria pensierosa, poi annuisce. «D'accordo.»

«Se va a raccontarlo a qualcuno, Lydia finisce nei guai.»

Alistair guarda verso Ruby, che sta ancora parlando con Mr Sutton. «Ho capito.»

Scatto un'ultima foto e rimetto il telefono nella tasca interna della giacca. Poi giro lo sguardo verso l'ingresso del salone. «I miei ospiti sono arrivati.»

Un sorriso illumina il viso di Alistair. «Si parte.»

Ruby

La festa è un grande successo. Alle undici Maxton Hall è gremita di ospiti, che bevono e mangiano, chiacchierano o ballano. Finora non ci sono stati grossi problemi e il rettore Lexington ci ha appena fatto i complimenti per la riuscita della serata. Sono sollevata e per un attimo valuto l'idea di entrare in pista e lasciarmi andare un pochino. Ma ho già congedato Doug e Camille per il resto della serata e qualcuno di noi deve tenere d'occhio il buffet per controllare che a nessuno venga in mente di versare dell'alcol nel punch.

Durante le prime due ore la pista è rimasta completamente vuota e io ero piuttosto preoccupata. Ma Kieran, che è con me nel comitato organizzativo e si è occupato della musica, ha detto che era abbastanza normale. E aveva ragione. Da una mezz'ora gli invitati ballano i remix più diversi dalle classifiche che personalmente non mi piacciono, ma che sembrano molto popolari.

Mi guardo intorno. Molte facce mi sono sconosciute, ma anche questo è normale. Lo scopo della festa è radunare gli ex studenti, trovare sponsor e farsi conoscere dai genitori dei futuri allievi. È quello che mi ha spiegato il rettore Lexington la prima volta che ho chiesto di far parte del comitato organizzativo due anni fa. Le feste di Maxton Hall servono solo in seconda battuta a far trascorrere una bella serata a noi studenti.

All'improvviso la luce si spegne. E anche la musica.

Per un attimo rimango paralizzata dallo choc, poi infilo la mano nel reggiseno e tiro fuori il cellulare. «Accidenti, accidenti, accidenti», mormoro, mentre cerco di azionare la torcia.

Un mormorio contrariato si leva nella sala e riecheggia nella mia testa come un'eco. Questa festa deve proseguire senza problemi. Non ci devono essere intoppi. Non abbiamo pensato a un generatore di emergenza: Lin e io saremo chiamate a risponderne e mi pare già di sentire la tirata delusa di Mr Lexington sulla pianificazione e l'organizzazione e i danni d'immagine che arrechiamo alla scuola.

Mi faccio largo fino al buffet. Cercare Lin adesso sarebbe assurdo, devo raggiungere il bidello Jones, andare con lui in cantina e controllare...

La luce si riaccende. Tiro un sospiro di sollievo e mi porto una mano al cuore che batte all'impazzata. Ma quando mi giro e vedo James Beaufort sulla pedana del dj, il cuore mi scivola fino alle ginocchia.

Sta parlando con il dj e gli sta mettendo in mano qualcosa. Probabilmente soldi. Stringo i denti. Sono troppo lontana per intervenire con prontezza. Guardo verso la pista da ballo. Alcuni invitati lanciano occhiate incuriosite qua e là, probabilmente si chiedono che cosa sia successo alla musica. Altri si dirigono verso il buffet o il bar.

È troppo tardi quando mi rendo conto che alcune delle persone che si trovano lì non appartengono affatto alla cerchia di Maxton Hall.

«Amici», annuncia la voce del dj, «ho appena saputo che stasera c'è una sorpresa speciale per voi. Siete pronti?» Lo stomaco mi fa una capriola. Di fronte a me, dall'altra parte della pista, vedo Lin e Kieran, due statue impietrite con la faccia di cera. «Buon divertimento!»

Le luci vengono abbassate, finché la sala è in penombra. Un brusio stupito percorre i presenti quando la musica riparte. Il pezzo ha un ritmo lento e bassi profondi che fanno vibrare i lampadari di cristallo. Guardo verso la pista. Un gruppetto di uomini e donne comincia a ballare con movimenti lascivi. All'improvviso l'atmosfera nella sala è completamente diversa da come era fino a qualche minuto fa. Non è più composta e raffinata, bensì sporca e allusiva. Mi incammino verso Beaufort per dirgliene quattro, quando qualcuno mi tocca il braccio.

«Sei Ruby Bell?» mi domanda un tizio venendomi accanto. Io annuisco distratta. All'altro capo della sala una delle giovani donne prende Mr Sutton e Mr Cabot e li porta al centro della pista.

«Questo è un regalo del tuo amico James Beaufort», prosegue, schiaffandomi una sedia dietro le ginocchia e facendomi cadere seduta. Io lo guardo senza capire.

È sulla ventina, ha capelli biondi lisciati all'indietro con il gel e occhi azzurri. Si mette in posa davanti a me...

e comincia a ballare. Mi si secca la bocca. Ho il cervello in standby. Non riesco a credere che stia succedendo per davvero. Ma è così. Il tizio si sfila lentamente la giacca, poi comincia ad allentarsi il papillon nero. Quando se lo toglie e se lo getta alle spalle, alcune delle donne esultano estasiate. Poi si mette a giocare con le bretelle, ne fa scivolare una sulla spalla e mi sorride ammiccante. Tende la seconda bretella, fa una giravolta aggraziata e se la fa schioccare con aria di sfida sul petto. Quindi si china verso di me e dondola i fianchi al ritmo lento della musica.

«Non vuoi darmi una mano, Ruby?» sussurra, quindi mi prende la mano nella sua, che è sorprendentemente calda, e la porta alla bretella.

«Avanti, spoglialo!» grida qualcuno.

Questo mi libera dalla paralisi.

Balzo in piedi. Il tipo fa un salto indietro. Per un attimo sembra stupito, ma poi il sorriso allusivo gli torna sulle labbra. Si toglie le bretelle da solo e continua il suo show come se niente fosse.

Il cuore mi si ferma quando guardo oltre lui, al centro della pista da ballo. Due giovani ballano davanti a Mr Cabot, vestite solamente di tanga con i brillantini e reggiseno di pizzo.

Può essere soltanto un brutto sogno dal quale prima o poi mi sveglierò madida di sudore. Ma quando vedo Alistair Ellington con un uomo seduto sulle ginocchia che si toglie le bretelle e poi si fa aiutare a sbottonarsi la camicia, non posso più illudermi. È proprio la realtà.

Giro su me stessa in preda alla collera. Lo vedo subito. James Beaufort è in un angolo della sala a gustarsi lo spettacolo. Tiene in mano un bicchiere con un liquido ambrato e la sua espressione è quasi beata. Un attimo dopo i nostri sguardi si incrociano. Lui alza il bicchiere con un sorriso e brinda alla mia salute. La parte razionale del cervello mi consiglia di andare a cercare Lin e poi di recarci insieme dai professori, perché questa pazzia finisca subito. La parte irrazionale vorrebbe fare qualcosa di brutto a James, per causargli dolore. Sebbene quest'ultima sia la parte più forte, rimango calma e mi volto.

Potrò far soffrire James Beaufort anche in seguito. E so anche già come.

7

James

Il lunedì mattina non si parla d'altro che della festa. Dopo che nel fine settimana il forum online della nostra scuola ha rischiato di esplodere perché tutti volevano caricare e condividere le foto e i video, oggi i nostri compagni ci applaudono e ci ringraziano per la serata tanto riuscita. La sorpresa non è finita solo in prima pagina sul nostro giornale, ma è arrivata anche in altre scuole d'Inghilterra.

I miei genitori naturalmente non hanno creduto a una parola quando li ho assicurati di non avere niente a che fare con tutta la faccenda, ma alla fine erano più arrabbiati con Lydia che non si è fatta vedere alla festa.

Tutto sommato è stato un completo successo.

Almeno finché gli altoparlanti nei corridoi non diffondono un annuncio in tutta la scuola.

«*James Beaufort deve recarsi immediatamente nell'ufficio del rettore Lexington.*»

Me l'aspettavo. Lexington ha già manifestato la propria delusione per l'accaduto durante l'assemblea che si tiene ogni lunedì mattina prima dell'inizio delle lezioni nella Boyd Hall, e ha invitato con voce grave tutti gli studenti a ricordare il codice di comportamento di Maxton Hall. Sempre la stessa storia: noi facciamo qualcosa, lui racconta a tutta la scuola quanto sia sconvolto, poi ci convoca nel suo ufficio per richiamarci e cinque minuti più tardi ci congeda.

«Vediamo se terrà lo stesso discorso di sempre», dice Wren cingendomi le spalle con un braccio. Mi stringe brevemente a sé. «Non farti intimidire.»

«Non lo faccio mai», rispondo, poi saluto lui e gli altri, e mi dirigo a passo baldanzoso verso l'ufficio del rettore, dove la sua segretaria mi indica in silenzio la porta.

Busso due volte senza esitazioni.

«Avanti.»

Entro e mi richiudo la porta alle spalle. Quando mi giro, resto allibito. Accanto alla scrivania del rettore c'è l'allenatore Freeman e proprio di fronte è seduta... Ruby. Mi lancia una breve occhiata da sopra la spalla prima di tornare a guardare in avanti.

«Voleva parlarmi?» chiedo. Sono un po' sorpreso per il pubblico presente.

Lexington mi indica con la mano il posto libero accanto a Ruby davanti alla sua scrivania. «Si accomodi, prego.» Il suo tono è diverso dal solito. In genere usa un misto di stizza e contrarietà, quando mi parla, come se la faccenda per lui fosse una seccatura e volesse concluderla in fretta per tornare a occuparsi di cose più importanti. Questa volta la sua voce resta calma in maniera inquietante. Anche le rughe sul suo viso sembrano più profonde del solito. Evidentemente non ho scelto un buon giorno per un discorso.

Mi lascio cadere sulla sedia davanti alla sua scrivania.

«È vero che è stato lei a portare, in occasione della nostra festa sabato scorso, alcuni...» Si schiarisce la voce. Evidentemente deve cercare le parole adeguate per questo frangente. «...intrattenitori che hanno causato un certo scompiglio?»

Alla parola «intrattenitori» per poco non mi sfugge una risata.

«Dipende da quello che intende con 'intrattenitori', signore», ribatto lentamente. «Giuro che non c'entro assolutamente niente con il dj.»

Lexington annuisce e mi guarda con i suoi occhi grigio acciaio. «Crede di essere spiritoso, Mr Beaufort?»

Io alzo le spalle incerto. «Certi giorni sì, signore.»

Ruby tira il fiato indignata. Mi giro verso di lei, ma distoglie subito lo sguardo.

Il rettore Lexington si sporge in avanti sulla scrivania di mogano scuro. La luce che entra dalla finestra gli illumina il viso solo per metà. Il silenzio che regna qui dentro all'improvviso mi sembra quasi spettrale.

«Mi dica, Mr Beaufort, secondo lei quale impatto avrà questo avvenimento sulla fama del nostro college?»

Ci penso su un attimo. «Credo che una cosa del genere possa favorire la nostra immagine. Qui è sempre tutto così rigido e ogni tanto non guasta allentare un po' l'atmosfera.»

«Tu non hai tutte le rotelle a posto», sibila Ruby.

«Miss Bell!» ruggisce Mr Lexington. «Non è il suo turno.»

Ruby impallidisce. Stringe le labbra e china lo sguardo sullo zaino verde che tiene sulle gambe. È così logoro che sembra sul punto di sfasciarsi.

«Mr Beaufort, quello che ha fatto ha superato ogni limite. Non posso tollerare simili eventi a Maxton Hall.»

...per questo sono costretto a richiamarla. Se dovesse ripetere un simile comportamento, ci saranno delle conseguenze.

Conosco a memoria il discorso di Lexington. Mi piacerebbe recitarlo insieme a lui e vedere la sua reazione.

«Lei è ormai adulto e questo è il suo ultimo anno di scuola. Deve decidersi ad assumersi le sue responsabilità e a capire che le sue azioni hanno delle conseguenze», prosegue Lexington.

Ah. Questa parte è nuova.

«Siccome ha rovinato il primo evento dell'anno scolastico, trovo adeguato che a partire da ora, e fino al termine del semestre, lei partecipi al lavoro del comitato organizzativo della scuola. Diciamo che sarà un lavoro socialmente utile sotto la supervisione di Miss Bell.»

Un attimo di silenzio. E poi...

«Cosa?» gridiamo in coro Ruby e io.

Un attimo dopo ci guardiamo allibiti.

«È fuori discussione», protesto, mentre Ruby mormora: «Signore, non so se...»

Lexington alza una mano e ci induce al silenzio. Mi guarda da sopra gli occhiali senza montatura e i suoi occhi sembrano scavare nei miei.

«Mr Beaufort, lei è in questa scuola da cinque anni. In tutto questo tempo si è concesso le libertà più inopportune», comincia. «E in nessuna occasione ne ha pagato le conseguenze. Ho chiuso un occhio quando ha organizzato una corsa automobilistica in cortile. L'ho lasciata fare quando lei e i suoi amici avete pensato che fosse divertente travestire la statua del fondatore con un completo da cheerleader e una parrucca. Oppure quando ha creato un profilo per dei siti di appuntamenti a me e ad altri professori. E quando ha organizzato una festa non autorizzata nella Boyd Hall. Per non parlare delle innumerevoli volte in cui si è presentato ubriaco alle feste *ufficiali*. Però è arrivato il momento che le sue azioni abbiano le giuste conseguenze. Negli ultimi due secoli il Maxton Hall College si è creato un'ottima nomea. Siamo famosi per la disciplina e l'eccellenza, e non posso permettere che lei, con la sua giovanile incoscienza, le metta a repentaglio in continuazione.» Lexington si gira verso l'allenatore Freeman che annuisce brusco. Poi il suo sguardo torna su di me. Provo un vago malessere allo stomaco. «Mr Beaufort, è esonerato dalla squadra di lacrosse per il prossimo semestre con effetto immediato.»

Sento il sangue frusciare nelle orecchie. Vedo Lexington aprire la bocca e dire qualcos'altro, ma non sento nemmeno una parola.

Durante il campionato scorso, un giocatore avversario mi ha placcato con tanta forza con la stecca che siamo caduti entrambi a terra di slancio, lui sopra di me con tutto il suo peso. Non avevo mai provato un dolore così forte, e per mezzo minuto non ero riuscito a respirare.

Ho la stessa identica sensazione anche adesso.

«Non... non può farlo», gracchio, odiandomi per il mio tono patetico. Mi schiarisco la voce, faccio un profondo respiro e indosso nuovamente la maschera dell'indifferenza come mi ha insegnato a fare mio padre.

«Invece sì, Mr Beaufort. Posso eccome», replica il rettore calmo, incrociando le mani sull'addome. «E prima che minacci l'intervento dei suoi genitori... ho già parlato stamattina con suo padre. Mi ha garantito che sosterrà qualunque punizione decida di darle.»

Non avevo calcolato nemmeno questo. «Signore, con tutto il rispetto, è la nostra ultima stagione. Sono il capitano della squadra, i ragazzi hanno bisogno di me.» Lancio un'occhiata all'allenatore in cerca di aiuto.

Il rincrescimento nei suoi occhi è come un pugno allo stomaco. «Te la sei voluta tu, Beaufort.»

«Alistair è squalificato per le prossime tre partite. Se non ci fossi nemmeno io...»

«Cyril diventerà capitano e metterò una delle matricole al tuo posto.»

Ho la gola secca. La collera mi fa avvampare le guance e le mani cominciano a tremarmi. Stringo i pugni, affondo le unghie nella pelle fino a provare dolore e a farmi schioccare le nocche.

«La prego, coach.» Con la coda dell'occhio vedo Ruby agitarsi sulla sedia. La situazione sembra riempirla di disagio, ma in questo momento non mi interessa minimamente quello che pensa di me.

È il mio ultimo anno di scuola. Gli ultimi mesi prima che la mia vita vada completamente a rotoli. Per il lacrosse – per questo ultimo periodo spensierato con i miei amici – farei di tutto. Anche se dovesse significare implorare davanti agli occhi di Ruby Bell.

Con mio sgomento l'allenatore Freeman non si fa commuovere. Si limita a scuotere la testa, le braccia conserte sul petto.

«Miss Bell, confido che spieghi a Mr Beaufort tutto quanto è necessario sul comitato organizzativo», prosegue il rettore Lexington, come se non mi avesse appena distrutto la vita. «Dovrà partecipare a ogni riunione, rendersi disponibile per ogni festa fino al termine del semestre. Se si rifiutasse o le creasse dei problemi, si rivolga subito a me, capito?»

«Sissignore», risponde Ruby a voce bassa, ma decisa.

«Quando sarà la prossima riunione? Così Mr Beaufort potrà subito annotarla sulla sua agenda.»

Ruby si schiarisce la voce e, pur non volendolo, giro la testa verso di lei.

Il suo sguardo è implacabile. Il mio lo è di più.

«La prossima riunione è fissata per oggi dopo pranzo nell'aula 11 della biblioteca», dice senza la minima emozione.

Stringo i denti. Cerco febbrilmente una via d'uscita da questa situazione, ma non ne esiste nessuna. Inoltre non ho la più pallida idea di come spiegare la cosa ai miei genitori.

Questa volta ho davvero esagerato.

Ruby

«*Cosa?*»

Lin ha gridato a voce così alta che tutte le persone in biblioteca devono averla sentita. Il resto del comitato mi guarda allibita dopo che ho fatto l'annuncio.

«James Beaufort entra a far parte del comitato a partire da oggi», ripeto, in tono distaccato come la prima volta.

Lin scoppia a ridere di gusto. Dopo che si è calmata almeno in parte, io proseguo: «Mi raccomando, comportatevi normalmente quando arriverà». Mentre pronuncio queste parole, vedo Jessalyn Keswick tirare fuori il lucidalabbra. Il rosa chiaro le dona sulla pelle scura, come tutto il trucco. Jessalyn è una ragazza meravigliosa, carismatica, che conquista tutti quelli che le stanno accanto, me compresa. Potrei restare a guardarla per ore.

«Che cosa c'è?» chiede con un sorriso innocente. «Voglio essere al top quando arriverà Beaufort.» Mi lancia un bacio con la mano. Io alzo gli occhi al cielo, ma fingo di catturarlo e poi di riporlo con cura nell'astuccio. Il resto della squadra ride.

«Che cosa pensa di ottenere Lexington in questo modo?» domanda Kieran Rutherford, di un anno più giovane di noi. Con la pelle chiara, gli occhi vivaci color ambra e una passione per i capelli lunghi, somiglia a un vampiro: un giovane conte Dracula con i lineamenti scolpiti. Anche lui è qui grazie a una borsa di studio e nel gruppo è quello che lavora con più serietà e ambizione accanto a Lin e me. «Che lo convertiamo e lo riportiamo sulla retta via?»

Lin sbuffa sprezzante. «Credetemi, per uno come lui non c'è più niente da fare.»

Ecco il motivo per cui è la mia migliore amica a Maxton.

«Ehi!» interviene Camille. Non mi sorprende, dopotutto è una delle migliori amiche di Elaine e quindi fa parte del gruppo di James. A questo si aggiunge che non sopporta me e Lin e il fatto che siamo state nominate a capo del comitato. Non riesco proprio a capire perché continui a farne parte, ma penso che sia solo per avere una nota di merito nel curriculum. Di certo non ci mette né passione né dedizione.

«Non ha importanza ora», mi affretto a dire, vedendo che Lin ha aperto la bocca per ribattere. «È stato sospeso dalla squadra di lacrosse per il resto del semestre.»

Jessalyn fa un fischio stupito. «Lexington ha colpito duro stavolta.»

Un mormorio di conferma si leva dagli altri. «Beaufort se l'è proprio meritato», commenta Lin. «Abbiamo passato metà delle vacanze a organizzare la festa di inizio anno e con il suo gesto ha rovinato tutto. Inoltre oggi Ruby si è dovuta beccare una ramanzina di mezz'ora da parte di Lexington.»

«Sul serio?» chiede incredulo Kieran.

Io annuisco e lui osserva indignato: «Ma non è colpa tua se Beaufort ha invitato quella gente alla festa».

Alzo le spalle rassegnata. «Abbiamo organizzato noi la festa, quindi Lin e io ne siamo responsabili. E poi avremmo dovuto controllare meglio gli ingressi. Da questo punto di vista è anche colpa nostra. Vuole che ci scusiamo ufficialmente sul *Maxton Blog* in modo che la gente sappia che la cosa non era stata voluta da noi.»

Questo non fa che aumentare la mia rabbia nei confronti di Beaufort. Da quando sono arrivata a Maxton Hall, non ero mai stata richiamata, da nessun professore, men che meno dal rettore in persona. Se voglio conservare una minima speranza di essere accettata a Oxford, ho bisogno di referenze impeccabili e James ha messo a repentaglio tutto con la sua trovata infantile. Di sicuro non permetterò a un idiota così pieno di tempo e di soldi da non sapere che cosa farsene di rovinarmi il futuro.

«Ma è assurdo e non ha alcun senso. Tu sei l'ultima che dovrebbe essere chiamata a rispondere di questo casino.» Kieran aggrotta la fronte contrariato.

Gli sorrido riconoscente e ignoro l'occhiata eloquente di Lin. È dalla fine dell'anno scorso che cerca di dimostrarmi che Kieran è perdutamente innamorato di me. Ma è un'idiozia. È soltanto un tipo simpatico.

Mi schiarisco la voce. «Vogliamo cominciare?»

Gli altri annuiscono e io indico la lavagna dove Lin ha già scritto i punti all'ordine del giorno. «Per prima cosa dovremmo analizzare la festa: che cosa ha funzionato, che cosa no? A parte Beaufort, naturalmente. Camille, vuoi scrivere tu il verbale?»

Camille mi rivolge un'occhiata assassina, ma apre il quaderno e prende una penna. Lin comincia a spiegare le sue impressioni sulla festa e io getto un'occhiata all'orologio. Sono appena passate le due. La pausa di mezzogiorno è terminata. Beaufort dovrebbe arrivare da un momento all'altro. Una brutta sensazione si fa strada nel mio stomaco. È una specie di fremito nervoso, come se fossi... agitata.

Accantono subito il pensiero ed entro nella discussione. Il resoconto della serata, seguito dalla programmazione delle nuove cose da fare, ci prende così tanto tempo che dobbiamo rimandare alla fine della settimana la discussione degli altri punti. Ci suddividiamo alcuni incarichi e poi la riunione si scioglie. Lin e io restiamo nell'aula per compilare il comunicato di scuse.

James Beaufort non si è fatto vedere in tutte le due ore e mezzo della riunione.

Dopo aver inviato il nostro scritto a Lexington, Lin e io ci separiamo e la mia amica va alla macchina. Casa sua non è lontana dalla scuola, ma non ci arriva nessun autobus, così l'estate scorsa sua madre le ha comprato un'utilitaria usata.

Io invece abito a mezz'ora dal Maxton Hall College. Con le facciate scrostate e le strade mal tenute, Gormsey è l'esatto contrario del lusso, ma a me piace. Non mi pesa neppure il tragitto quotidiano in autobus fino a Pemwick, dove ha sede la scuola. Al contrario, per me è il momento più rilassante della giornata. Durante il viaggio non devo essere né la Ruby che non racconta niente della propria famiglia a scuola, né quella che non può condividere in famiglia quanto avviene a scuola. In quei minuti posso essere semplicemente... Ruby.

Mentre mi dirigo verso la fermata dell'autobus, passo davanti al campo sportivo dove si sta allenando la squadra di lacrosse. Osservo distrattamente i giocatori che corrono su e giù sul campo da gioco vestiti di tutto punto.

Mi salta all'occhio il giocatore con la maglia numero 17.

Mi fermo di scatto. Poi mi avvicino alla recinzione e infilo le dita tra le maglie della rete.

Quello mi vuole proprio prendere in giro. Guardo a bocca aperta Beaufort che lancia una palla a Cyril Vega mentre corre. Sento fin da quaggiù la sua risatina stupida.

Che... che... *pezzo di merda!*

Proprio in quel momento James si gira e mi vede. Non

riesco a scorgere la sua espressione dietro il casco, ma il suo atteggiamento cambia. Si irrigidisce, sembra quasi alzare il mento con aria di sfida. Che grandissimo idiota! Alle mie spalle sento il rombo dell'autobus che si avvicina. Nonostante l'ondata di calore che mi si sprigiona dallo stomaco, distolgo gli occhi da James e raggiungo la fermata.

Che faccia pure quello che gli pare.

8

Ruby

Mentre Ember legge la mia presentazione per Oxford, con il pennarello d'oro cerchio il suo nome scritto in lilla sulla mia agenda. Adesso Mostrare a Ember la mia presentazione ha un'aria molto più ufficiale e solenne.

«Il mio appassionato interesse per la politica, i principi filosofici e agli aspetti economici più concreti troverà la sua massima espressione nel corso di laurea in Filosofia, politica ed economia. Questo percorso unisce tutti gli ambiti che mi interessano e sono contenta di avere la possibilità di approfondire i temi più importanti della società contemporanea in una maniera che solo Oxford può offrirmi», legge mia sorella a voce alta, poi si ferma per un attimo, sdraiata sulla schiena. Si mette in bocca la matita e rotola sul letto a pancia in giù per guardarmi.

Io trattengo il respiro.

Ember sorride. Io afferro uno dei suoi sandali con la zeppa e glielo lancio.

«Dai, Ember», bisbiglio. Sono le due di notte, a quest'ora dovremmo già essere a letto. Ma ho continuato a limare la mia presentazione fino a pochi minuti fa e, dato che comunque mia sorella è abituata a essere attiva di notte e che spesso lavora al blog fino alle prime ore del mattino, mi sono intrufolata in camera sua e le ho chiesto se poteva leggerla.

«È un po' pomposo», osserva sottovoce, e io fatico a capirla per colpa della matita che tiene tra i denti.

«Deve essere così.»

«E mi sembra anche un po' presuntuoso. Come se volessi vantarti delle tue conoscenze e di tutti i testi specialistici che hai già letto.»

«Anche questo deve esserci.» Mi alzo e la raggiungo sul letto.

Lei borbotta assorta e fa qualche cerchio sul foglio. «Questi punti li eliminerei comunque», commenta restituendomelo. «Non devi essere così lecchina e ripetere in continuazione il nome dell'università dove ti stai candidando. Lo sanno che sono a Oxford. Anche senza che tu lo dica venti volte.»

Io arrossisco. «Hai ragione.» Prendo il foglio e lo infilo nell'agenda posata sulla scrivania. «Sei un tesoro, grazie.»

Ember sorride. «Figurati. Comunque so già come puoi sdebitarti.»

Tra me e mia sorella è sempre stato così. L'una fa qualcosa per l'altra che può in cambio chiederle qualcosa e così essere di nuovo in debito. È una specie di baratto, un continuo andirivieni di favori. Ma se dobbiamo essere sincere, ci piace semplicemente aiutarci a vicenda.

«Spara.»

«Potresti finalmente portarmi a una delle tue feste a Maxton Hall», propone in tono volutamente disinvolto.

Mi irrigidisco.

Non è la prima volta che Ember me lo chiede e tutte le volte mi addolora doverla deludere. Perché è l'unico favore che non potrò mai farle.

Non dimenticherò mai l'ora di ricevimento in cui mamma e papà si sono presentati a Maxton Hall per conoscere i miei professori e i genitori dei miei compagni. È stato terribile. A parte che l'edificio principale risale ad alcune centinaia di anni fa ed è tutt'altro che privo di barriere architettoniche, le occhiate delle altre persone non avrebbero potuto essere più sdegnose. Mamma e papà si erano messi in ghingheri, ma quel giorno ho imparato che lo chic standard dei Bell non è nemmeno lontanamente paragonabile a quello di Maxton Hall. Mentre gli altri genitori si erano presentati con tailleur e completi Beaufort, papà aveva un paio di jeans e una giacca sportiva. Mamma portava un vestito meraviglioso, che tuttavia era impolverato di farina della panetteria, cosa di cui ci siamo accorti solo quando una signora anziana le ha gettato un'occhiata sprezzante e poi si è voltata per farlo notare a una sua conoscente.

Ancora oggi mi si spezza il cuore ripensando all'espressione addolorata di mamma, che lei cercava di mascherare dietro un sorriso posticcio. Oppure al viso tirato di papà quando per l'ennesima volta sbagliava a entrare da una porta e mamma e io dovevamo aiutarlo. Entrambi hanno cercato di non far vedere quanto fossero feriti dai nasi arricciati e dalle spalle voltate degli altri genitori. Ma non sono riusciti a ingannarmi.

Quel giorno ho deciso che d'allora in poi per me ci sarebbero stati due mondi: la mia famiglia e Maxton

Hall, e che li avrei tenuti accuratamente divisi. I miei genitori non fanno parte dell'élite d'Inghilterra e va bene così. Non voglio più metterli in una situazione di disagio come quella. Dopo l'incidente in barca di papà, hanno dovuto affrontare già tante difficoltà e lo schifo che succede a Maxton Hall è l'ultima cosa con la quale voglio tormentarli.

Per Ember vale lo stesso. Mia sorella è come una lucciola: con la sua personalità esuberante e i suoi modi schietti attira sempre l'attenzione generale. So benissimo che cosa può succedere a Maxton Hall e ho sperimentato personalmente di che cosa sono capaci i ragazzi lì, perché credono che il mondo sia loro. Le storie che ho sentito negli ultimi tre anni nel bagno delle ragazze mi hanno rivoltato lo stomaco. Una cosa del genere *non* succederà a Ember.

Voglio solo il meglio per mia sorella. E la mia scuola e i suoi allievi non ne fanno certo parte.

«Sai che alle feste non possono entrare persone esterne», rispondo con un certo ritardo.

«La settimana scorsa Maisie è venuta alla festa di inizio anno», ribatte asciutta Ember. «Ha detto che è stata leggendaria.»

«Allora deve essere entrata di nascosto senza che la sicurezza se ne accorgesse. E poi ti ho già raccontato che la festa è stata un fiasco assoluto.»

Ember aggrotta la fronte. «Secondo quello che ha raccontato Maisie, è stato tutt'altro che un fiasco. Al contrario.»

Stringo le labbra e chiudo l'agenda.

«E dai, Ruby! Per quanto tempo ancora vorrai tenermi

lontana? Ti prometto che mi comporterò bene. Sul serio. Farò come se fossi parte dell'ambiente.»

Le sue parole mi provocano una fitta di dolore. Fa male sapere che lei pensi che non la voglia con me perché ho paura che possa farmi fare brutta figura. Lo sguardo carico di aspettativa che mi rivolge mi stringe la gola.

«Mi spiace, ma non è possibile», dico sottovoce.

Il lampo di speranza si trasforma da un attimo all'altro in collera. «Sei proprio crudele.»

«Ember...»

«Ammettilo che non mi vuoi alle tue stupide feste!» esclama in tono offeso.

Non posso risponderle. Non posso mentirle e la verità le farebbe male.

«Se sapessi quello che succede dietro le quinte a Maxton Hall, non continueresti a chiedermi di venire», bisbiglio.

«La prossima volta che avrai bisogno di qualcosa nel cuore della notte, rivolgiti ai tuoi stupidi compagni di scuola», sibila lei. Poi si tira la coperta sopra la testa e si volta verso il muro.

Cerco di ignorare il battito doloroso che sento nel petto. Prendo in silenzio l'agenda dalla scrivania, spengo la luce ed esco dalla camera.

Il giorno dopo mi sento a pezzi e devo usare il correttore per nascondere le occhiaie. Dopo il litigio con Ember, non sono riuscita a dormire e sono rimasta sveglia quasi tutta la notte. Come sempre Lin si accorge subito che qualcosa non va, ma pensa che abbia ancora a che fare con Beaufort e la catastrofe di sabato scorso, e io non la smentisco.

Dopo lezione mi dirigo subito in biblioteca. Voglio sfruttare la mezz'ora prima della prossima riunione per restituire dei libri e prenderne in prestito altri che la volta scorsa non erano disponibili.

La biblioteca è il luogo che preferisco a Maxton Hall e quello dove finora ho trascorso la maggior parte del tempo. Con il soffitto a volta e il ballatoio non ha un'aria tetra, nonostante le scaffalature di legno scuro, ma, al contrario, è invitante. Basta entrare dalla porta e già si riconosce l'atmosfera accogliente e produttiva di questo luogo dove non si può fare altro che sentirsi bene. Per non parlare dell'incredibile scelta di libri a disposizione. Nella piccola biblioteca di Gormsey non trovavo nemmeno un testo che potesse aiutarmi nell'autopresentazione, mentre qui all'inizio sono stata sopraffatta dalla quantità di volumi e non sapevo da che parte cominciare.

Ho passato giornate intere nel mio posticino preferito davanti alla finestra, da una parte perché è l'unico posto di Maxton Hall dove mi sento bene, dall'altra perché non posso prendere in prestito i volumi centenari del fondo di consultazione. A volte, quando sono qui, vorrei che le giornate avessero più ore. Oppure che potessi fermarmi fino alla chiusura. Per me è come avere un assaggio di ciò che mi aspetterebbe a Oxford. Con la differenza che lì le biblioteche – stando alle informazioni riportate sul sito – sono ancora più vaste e meglio assortite. E sono aperte con orario continuato.

Affrontare le opere introduttive indicate sulla pagina dell'università è un'impresa ardua. Molti testi sono estremamente complessi, e devo rileggere alcuni brani più volte prima di capirli. Ma lo trovo stimolante e mi sono abituata a creare un quadernino per ogni libro, con il riassunto dell'opera e qualche mia riflessione.

Sono fortunata e alcuni dei libri che voglio leggere assolutamente sono di nuovo disponibili. Dopo averli presi in prestito, mi dirigo senza indugio nella saletta del nostro gruppo. Sono un po' in anticipo, ma ne approfitto per scrivere l'ordine del giorno sulla lavagna e sistemare i miei appunti. Dato che lunedì abbiamo discusso quasi esclusivamente della festa di inizio anno, abbiamo diversi argomenti da affrontare.

Apro la porta con una mano, mentre con l'altra tengo i libri stretti al petto. Li appoggio su un tavolo e, prima di togliermi di spalla lo zaino, accarezzo con le dita il dorso di *Patterns of Democracy* di Arend Lijphart. «Abbiamo un appuntamento per il fine settimana», bisbiglio.

Qualcuno sbuffa.

Mi giro di scatto. Nello stesso istante lo zaino mi scivola dal braccio e cade sul pavimento con un tonfo sonoro.

James è appoggiato alla panca sotto la finestra dall'altra parte della stanza, le braccia incrociate sul petto. Mi guarda con le sopracciglia inarcate. «Che tristezza.»

Io impiego un istante a riprendermi dalla sorpresa. «Che cosa?» domando mentre raccolgo lo zaino da terra e lo poso sul tavolo accanto ai libri. Uno dei buchi sul fondo si è allargato ulteriormente con la caduta e impreco dentro di me. Dovrò chiedere a Ember di darmi una mano per ricucirlo.

«Che sprechi il fine settimana sui libri di scuola.»

James mi si avvicina lentamente. «A me verrebbero in mente attività ben più piacevoli.»

«Che cosa ci fai qui?» ribatto indifferente senza reagire alla sua allusione.

«Non hai sentito Lexington? Devo cominciare ad assumermi le mie responsabilità e a capire che le mie azioni hanno delle conseguenze.» Ripete le parole del rettore con un sorriso sarcastico.

Apro lo zaino e tiro fuori uno dopo l'altro l'agenda, la cartellina e il raccoglitore del comitato. «E all'improvviso hai deciso di rispettare quello che ti dice?»

Lo sguardo di James è imperscrutabile quando si ferma davanti a me. Non riesco a capire che cosa stia pensando. «Non è che avessi poi tanta scelta, giusto?»

Lo guardo scettica. «L'altro ieri hai scelto eccome.»

Alza le spalle. Probabilmente l'allenatore lo ha rimproverato, dopo aver scoperto che aveva partecipato all'allenamento. Ben gli sta.

«Ora sono qui. Dovresti esserne felice.» Mentre parla, James si china a raccogliere qualcosa per terra, un pennarello. Deve essermi scivolato fuori dallo zaino. Me lo porge. Siccome il suo gesto mi sembra quasi amichevole, mi schiarisco la voce e cerco qualcosa da dirgli.

«La punizione dura solo fino al termine del semestre, James.» È la prima volta che lo chiamo con il nome di battesimo.

La sua espressione cambia. All'improvviso non sembra più considerarmi trasparente, mi fissa intensamente. Nel suo sguardo c'è un fuoco che sento ardere dentro di me e che mi provoca un brivido in tutto il corpo. Provo un fremito d'eccitazione allo stomaco. Distolgo bruscamente lo sguardo e giro su me stessa per allontanarmi. «Non cambia il fatto che odio questa roba.»

Il cuore mi batte all'impazzata e deglutisco con fatica, mentre lui si siede a braccia conserte e guarda fuori dalla finestra.

Non so cosa intenda con «questa roba». Se sia il fatto di non poter giocare a lacrosse. Oppure di dover trascorrere il suo tempo qui. O magari si riferisce semplicemente alla mia persona. Lo posso accettare.

La posta in gioco per me è troppo alta per farmi intimidire da un ragazzo ricco e viziato. Dobbiamo superare la cosa, volenti o nolenti. Prima la accetteremo, più sarà semplice gettarsi alle spalle questa esperienza.

Senza dire altro mi giro verso la lavagna e annoto i punti all'ordine del giorno. Mi innervosisce non sapere se James mi stia osservando oppure no, ma l'orgoglio non mi permette di voltarmi. Per fortuna, poco dopo la porta dell'aula si apre. «Scusa il ritardo, la stampante a casa è impazzita e ho dovuto ristampare la mia presentazione, ma adesso ce l'ho e...» Lin si blocca a metà frase quando si accorge della presenza di James.

«Ehi», dice lui.

Mi domando se sia il suo modo di salutare tutti. Sono sicura che dica «Ehi» anche ai docenti quando lo chiamano per i colloqui a Oxford.

«Che ci fa lui qui?» mi domanda Lin, senza distogliere gli occhi da James.

«Sconta la sua punizione», rispondo sincera.

James non ribatte. Invece si china verso il basso, apre la cartella e tira fuori un quaderno. Lo sistema sul tavolo davanti a sé. Ha la copertina di pelle nera con una B svolazzante stampata sopra: la marca Beaufort. Di sicuro costerà un patrimonio. Una volta siamo stati in uno dei negozi Beaufort a Londra, quando cercavamo un vestito nuovo per papà. È stato un paio di anni fa, quando doveva presentarsi spesso in tribunale a causa dell'incidente. Ricordo ancora benissimo le targhette con i prezzi a quattro cifre che ci hanno fatto battere in ritirata dopo meno di due minuti, cercando di non farci notare.

Lin si schiarisce la voce accanto a me. Io distolgo lo sguardo da James con aria colpevole e maledico il calore che per l'ennesima volta mi sale alle guance. Per fortuna Lin è abbastanza delicata da non fare commenti.

«Tieni.» Mi porge una cartellina trasparente con diversi fogli. «La mia presentazione.»

Io tiro fuori la mia dal raccoglitore e gliela consegno. «Questa è la mia, ma non è ancora perfetta.»

«Neppure la mia lo è», dice Lin. «È questo il senso di leggerle a vicenda. Credi di riuscire a darle un'occhiata stasera?»

«Sicuramente. Così potremo parlarne domani nell'ora libera dopo matematica.»

Prendo il pennarello dorato e annoto sull'agenda LEGGERE E CORREGGERE LA PRESENTAZIONE DI LIN.

«Mi sento molto lusingata nel vedere il mio nome scritto con il pennarello dorato», mormora lei sorridendomi. Io ricambio il sorriso e continuo a scrivere l'ordine del giorno alla lavagna, mentre a poco a poco gli altri membri del gruppo ci raggiungono. Tutti gettano occhiate furtive a James, a parte Camille, che lo saluta baciandolo sulle guance.

Una volta che sono arrivati tutti, iniziamo la riunione.

«Il punto più importante da discutere oggi è la seconda grande festa di quest'anno», esordisce Lin con espressione raggiante. «Halloween.»

Kieran commenta con un «Uh-huuu» spettrale e tutti scoppiano a ridere.

«Il ballo in maschera dello scorso anno è riuscito molto bene», prosegue Lin, aprendo sul suo portatile la cartella con le foto della festa. Gira lo schermo e lo tiene in alto in modo che tutti possano vederle.

«Non potremmo ripetere la stessa cosa per semplicità? Voglio dire, visto che è venuta così bene», propone Camille. «Ci risparmierebbe un sacco di lavoro.»

«È fuori discussione.» Lin la guarda sbigottita e Camille reagisce con un'alzata di spalle. Io intanto mi avvicino al lato destro della lavagna che è ancora libero e scrivo al centro *Halloween*. Poi cerchio la parola.

«Dobbiamo trovare un tema per la serata», spiega Lin. «Forza, proviamo a fare delle proposte.»

Per un attimo regna il silenzio.

«A me viene in mente solo quello che non voglio», esordisce alla fine Jessalyn.

«Avanti, dillo. È un modo come un altro per cominciare», la esorto facendole cenno di parlare.

«Non voglio niente di arancione. Le decorazioni arancioni e nere sanno di compleanno da bambini e non si addicono a Maxton Hall.»

Annuisco e scrivo nell'angolo superiore destro della lavagna *Decorazione raffinata*.

«Che ne dite di bianco e nero?» propone Doug. È il membro più silenzioso della squadra e non parla quasi mai, perciò la sua proposta mi sorprende piacevolmente. Sorrido e mi giro di nuovo verso la lavagna.

«Il bianco e nero è scontato.»

Un silenzio di tomba cala nella stanza.

Mi giro lentamente. James è stravaccato sulla sedia con la schiena appoggiata alla spalliera, il suo atteggiamento rilassato contrasta nettamente con l'atmosfera tesa che di colpo regna tra noi.

«Come, scusa?» chiede Lin, togliendomi le parole di bocca.

«Il bianco e nero è scontato», ripete James asciutto come la prima volta.

«Questo l'ho capito», sibila Lin.

Lui la guarda aggrottando la fronte. «Allora non capisco la domanda.»

«Questo è uno scambio di idee, Beaufort. Ciascuno dice la sua e tutte vengono annotate *senza commenti*, in modo che si giunga alla soluzione in maniera spontanea», gli spiego con tutta la calma di cui sono capace.

«Lo so come funziona, Bell», ribatte, indicando con il mento la lavagna. «E ti dico che in questo modo non si arriva da nessuna parte.»

«Lo dice uno che crede che ci sia bisogno di spogliarellisti per creare una buona atmosfera», mormora Kieran.

«Li ho chiamati solo perché sapevo che la vostra festa era moscia.»

Nessuno commenta, ma mi rendo conto che la tensione cresce. A parte Camille, tutti fissano James con espressione furibonda, ma lui sembra non farci caso. Si guarda intorno con aria sorpresa. «Ma dai. Ve ne sarete accorti anche voi.»

«Se lo credi davvero, allora sei fuori di testa», dice Kieran e Jessalyn annuisce convinta.

«Ragazzi», mi intrometto, guardando entrambi con aria sgomenta. «Datevi una regolata.» Vedo gli angoli della bocca di James fremere in maniera sospetta e mi giro verso di lui puntandogli il pennarello come se fosse un'arma. «E tu piantala di sorridere. Abbiamo passato gran parte delle vacanze a organizzare quella festa. Non era moscia.»

James si sporge in avanti sulla sedia e appoggia entrambe le braccia sul tavolo. «Questione di punti di vista.»

Ho l'impressione che la vena sulla mia tempia abbia cominciato a pulsare. «Davvero?»

Lui annuisce.

«Come mai, se posso chiedere?» domanda Lin con maliziosa innocenza. Conosco questo tono di voce. Non promette niente di buono e mi fa venire una fastidiosa pelle d'oca.

James alza una mano e comincia a elencare. «Il buffet era dozzinale. La musica faceva schifo. Mancava un dress code chiaro. E l'atmosfera si è scaldata troppo tardi.»

Sento letteralmente il fremito di Lin accanto a me. Se fossimo soli, tirerei il collo a James per le sue critiche spietate. Tutti i presenti nell'aula avevano messo tantissimo impegno in quella festa e non è giusto liquidarla come un unico grande fallimento. Anche perché non è vero. Ma essendo a capo della squadra, devo reagire in maniera più o meno equilibrata. E bisogna ammettere che alcuni punti non erano perfetti, come noi stessi abbiamo evidenziato lunedì.

«Per quanto riguarda la musica, sono d'accordo con

te», dico con voce tranquilla. «Non era il massimo. Ma la gente ha ballato lo stesso, perciò non parlerei di fiasco totale.»

«La gente ha ballato perché è così che si fa a una festa, ma l'atmosfera non era quella che avrebbe potuto essere con la musica giusta.»

Tre anni fa, nella vecchia scuola, partecipai a un seminario su come appianare le discordie. Il corso durava cinque settimane e ci insegnava diversi metodi per superare i conflitti. Non ricordo bene tutto, ma una cosa in particolare mi è rimasta in mente: bisogna dare a ogni parte la sensazione di essere ascoltata, e incanalare l'energia creata dal litigio verso le cose importanti.

Tenendo a mente questo principio, faccio un profondo respiro e guardo seria James. «Terrò presente la tua critica e ne farò tesoro. Tuttavia ciò non cambia il fatto che dobbiamo trovare un tema per Halloween. La proposta di Doug mi piace molto e l'annoterò. Così come farò con tutte le altre proposte, in modo che alla fine potremo capire che cosa è adeguato e che cosa non lo è.» Con queste parole scrivo *Black and White* alla lavagna. Poi mi giro di nuovo. «Altri suggerimenti?»

«Sì, io ho un'idea», annuncia Jessalyn, agitando le mani come se avesse appena avuto un'illuminazione. «Raffinatezza classica con un tocco spettrale. Lumini da cimitero, fiori neri. Una versione moderna della tradizionale festa di Halloween.»

Annoto prontamente tutto.

«È altrettanto banale.»

«Se non hai nessun contributo da dare, tieni la bocca chiusa, Beaufort», ringhia Lin.

«Una festa da vampiri rosso-nera», propone Kieran.

«Noioso», mormora James.

Ce la farò. Resisterò e non gli caccerò un pennarello nell'occhio.

«Noioso è prima di tutto il modo in cui critichi le nostre proposte», obietta Jessalyn. «Una volta tanto, prova a dire qualcosa di concreto, invece di spargere energia negativa.»

James si solleva a sedere e consulta il quaderno. Dubito che lì dentro ci sia scritta una sola parola che abbia a che fare con l'organizzazione della festa di Halloween.

«La mia proposta è una festa vittoriana. Weston Hall sarebbe perfetta. Si potrebbero utilizzare stoviglie e posate originali dell'epoca, ciotole da punch, tovaglioli di pizzo e così via. Possibilmente in nero. La fonte di illuminazione principale – proprio come all'epoca – sarebbero le candele, che darebbero un tocco spettrale. Naturalmente bisognerà fare attenzione a non appiccare il fuoco a tutta la scuola, ma con le misure antincendio adeguate dovrebbe essere possibile. Il dress code sarebbe raffinato e decadente come all'epoca. E ci sono tantissimi giochi che si facevano per Halloween nel periodo vittoriano. Si potrebbero proporre nel corso della serata.»

Dopo che James ha finito di parlare, per un attimo restiamo tutti in silenzio.

«È... un'idea davvero fantastica», dico incerta.

Lui mi guarda con un lampo negli occhi. «Se non sbaglio dovevamo annotare tutto senza fare commenti?»

Distolgo lo sguardo e scrivo la proposta sulla lavagna.

«Una volta ho letto che nell'Ottocento, in occasione di tale festività, venivano preparati dolci nei quali erano nascosti cinque oggetti diversi», dice Kieran. «Chi ne trovava uno nel proprio pezzo era ritenuto molto fortunato. Potremmo modernizzare l'idea e dare delle ricompense a chi li trova.»

«Però bisognerà spiegarlo prima. Per evitare che qualcuno si strozzi», osserva Camille arricciando il naso.

«Che musica sceglieremo?» chiede Jessalyn.

«Che ne dite di musica classica arrangiata?» propongo.

«Ma non uno di quei ridicoli remix elettronici», sbuffa Lin.

«Ehi! Sono attualissimi. E poi mi aiutano a concentrarmi.» Tutti mi rivolgono occhiate scettiche. Io mi giro verso Kieran, che nella maggior parte dei casi condivide i miei gusti musicali, per cercare aiuto. «Dai, Kieran. Diglielo anche tu.»

«Ci sono ottimi arrangiamenti di musica vittoriana. Ultimamente ne ho sentito uno davvero bello di Caplet.»

Gli sorrido riconoscente e a fior di labbra gli dico: «Mandami il link».

«Secondo me bisognerebbe trovare un'orchestra», interviene James. «E imparare una danza d'apertura per la festa.»

Un mormorio concorde si leva tra i presenti, mentre io sono assalita dall'ansia. Non so ballare.

«Bene, a sentirvi parlare direi che abbiamo quasi trovato il tema per la festa», dice Lin, con un tono meravigliato, esattamente come mi sento io. Indica la lavagna. «In ogni caso procederemo comunque alla votazione. Chi di voi è per Black and White?»

Nessuno risponde.

«Chi vuole la festa classico-raffinata?»

Di nuovo nessun voto.
«A chi piace la festa macabra da vampiri?»
Non si alza nessuna mano.
«Che ne dite di una festa di Halloween in stile vittoriano?» domando, e prima che abbia terminato di parlare, quattro braccia si levano in aria. Per un attimo sembra che James trovi troppo stupido votare, ma poi lo fa controvoglia.
Non mi ero affatto aspettata che la riunione prendesse questa piega. Guardo Lin meravigliata. «Allora direi che abbiamo trovato il tema per la festa di Halloween di quest'anno.»

9

James

Percy ha parcheggiato la Rolls-Royce davanti all'ingresso principale della scuola. È appoggiato alla macchina, il cellulare in una mano, il berretto nell'altra. Le ciocche bianche tra i capelli scuri sembrano sempre più numerose. Appena mi vede, mette via il telefono e si calca in testa il berretto, raddrizzandosi. In realtà non sarebbe necessario e lo sa anche lui.

Scendo di corsa i gradini e la gente intorno a me mi fa immediatamente spazio. A quanto pare ho un'aria truce, come mi sento. Tutta colpa di quel maledetto comitato organizzativo! Mi pento già di non aver tenuto la bocca chiusa e di aver condiviso la proposta della festa vittoriana. Se penso all'elenco delle cose da fare che gli altri hanno subito formulato, mi sento male. Se dovessi organizzare la festa a casa, delegherei il tutto a un coordinatore e non dovrei muovere un dito. In questo caso però sono *io* il coordinatore, come mi ha fatto capire Ruby inarcando un sopracciglio.

Avrei voglia di gridare, se penso che mi aspetta un intero

semestre pieno di riunioni come questa. Per non parlare poi del fatto che non sopporto l'idea di non potermi più allenare con la squadra.

Non era così che mi ero immaginato l'ultimo anno di scuola.

Arrivato alla macchina, vorrei soltanto sprofondare nel sedile posteriore, ma prima che riesca a salire, Percy mi tocca lievemente un braccio.

«Signore, mi sembra che il suo umore non sia positivo.»

«Il tuo spirito di osservazione è notevole, Percy.»

Lui guarda incerto tra me e la portiera. «Sarebbe meglio se controllasse il suo temperamento. Miss Beaufort non sta bene.»

Le sue parole mi fanno dimenticare subito lo stupido comitato organizzativo. «Che cosa è successo?»

Per un istante Percy sembra indeciso, come se non fosse sicuro di quanto sia lecito rivelarmi. Alla fine mi si avvicina e dice sottovoce: «Ha appena parlato con qualcuno. Un uomo giovane. Sembrava un litigio».

Io annuisco e Percy apre la portiera per farmi salire.

Per fortuna i vetri sono oscurati. Lydia ha un aspetto orrendo. Gli occhi e il naso rossi, strisce grigie sulle guance. Non l'ho mai vista piangere tanto come nelle ultime settimane, e provo una rabbia incontenibile nel vederla così e nel sapere di non poter fare niente per aiutarla.

Lydia e io siamo sempre stati inseparabili. Quando si vive in una famiglia come la nostra, non resta altro da fare che stringersi insieme per resistere, qualunque cosa accada. Sono pochissimi i giorni della vita in cui non ho visto la mia sorella gemella. Tutte le volte che sta male, provo una strana sensazione nel petto, e per lei è lo stesso. Nostra madre ci ha spiegato che accade spesso tra gemelli e ci ha fatto promettere fin da piccoli che custodiremo questo legame prezioso per sempre senza metterlo a repentaglio stupidamente.

«Che succede?» domando, dopo che Percy ha messo in moto.

Lei non risponde.

«Lydia...»

«Non ti riguarda», bisbiglia.

Alzo un sopracciglio e la guardo finché lei gira la testa verso il finestrino. La nostra conversazione finisce qui.

Mi appoggio al sedile e guardo fuori a mia volta. Gli alberi dal fogliame colorato passano così velocemente accanto a noi da formare un'immagine sfocata e vorrei che Percy guidasse più lentamente. Non solo perché sto male all'idea di tornare a casa, ma soprattutto per avere più tempo per fare breccia nel silenzio di Lydia.

Vorrei aiutarla, ma non so proprio come. Nelle ultime settimane le ho provate tutte per scoprire che cosa sia successo tra lei e Mr Sutton, ma ogni volta si rifiuta di parlarne. La cosa in realtà non dovrebbe sorprendermi. Pur essendo inseparabili, finora non avevamo mai affrontato l'argomento della nostra vita amorosa. Ci sono cose di una sorella che è meglio non sapere, e viceversa. Ma stavolta è diverso. È annientata e mi è capitato di vederla in queste condizioni solo una volta, per l'esattezza due anni fa. E all'epoca la nostra famiglia ha rischiato di esserne distrutta.

«Graham è impazzito», bisbiglia all'improvviso, quando ho già perso le speranze.

Mi giro verso di lei e aspetto che prosegua. La rabbia che provo per quello stronzo di un professore si riaccende in me per l'ennesima volta, ma la trattengo. Non voglio che Lydia si chiuda di più.

«Ho tanta paura che Ruby vada a dirlo a Lexington», sussurra con voce nasale.

«Non lo farà.»

«Come fai a saperlo?» Nei suoi occhi riconosco lo stesso scetticismo che ho provato verso Ruby quando l'ho incontrata la prima volta.

«Perché continuo a tenerla d'occhio», rispondo dopo un po'.

Lydia non sembra convinta. «Non puoi correrle dietro sempre, James.»

«Non è necessario. Lei è nel comitato organizzativo.»

Lydia mi guarda stupita e io le faccio un sorriso storto. È bello vedere la tensione allentarsi almeno in parte dalle sue spalle. Dopo un po' dice sottovoce: «Mi ero completamente dimenticata della faccenda del comitato organizzativo. Quant'è terribile?»

Io mi limito a sbuffare.

«Hai già parlato con papà?» mi domanda cauta.

Scuoto la testa e guardo fuori dal finestrino mentre la Rolls-Royce si ferma. Davanti a noi, la facciata imponente della nostra dimora si innalza nel cielo cupo coperto da nubi pesanti, che rispecchiano il mio stato d'animo e ciò che mi aspetta oggi.

«Come mi descriveresti in tre parole?» domanda Alistair sovrastando la musica che esce assordante dal mio stereo. È seduto sul divano a fissare lo schermo del cellulare, con i boccoli biondi che gli ricadono sulla fronte.

Ho preparato due gin tonic e torno con i bicchieri verso il divano. Senza alzare gli occhi, Alistair allunga la mano e ne prende uno.

È già il terzo giro, e finalmente la mia testa raggiunge quella sensazione ovattata che cerco tutte le volte. Mi fa dimenticare che gli altri sono all'allenamento di lacrosse. E soprattutto scaccia il ricordo delle ultime due ore. La voce di mio padre è già solo un mormorio distante.

«Che ne diresti di: 'Stallone straordinariamente sexy'?»

Alistair sogghigna. «Sarebbe corretto. Ma forse arrivo più lontano con la modestia.»

Mi lascio cadere sul divano accanto a lui ridendo. Non riesco a togliermi dalla testa l'impressione che avesse già bevuto un paio di bicchieri quando gli ho scritto e gli ho chiesto di passare da me. Probabilmente la sospensione dalla squadra non lo ha lasciato così indifferente come vorrebbe far credere.

In ogni caso mi è piombato in salotto annunciando che d'ora in avanti starà alla larga da tutti i tipi di Maxton Hall e invece darà un'occhiata in più agli «appuntamenti online». Me l'ha detto con un sorriso sornione, come se non facesse sul serio e volesse crearsi un profilo soltanto per noia.

Io però lo conosco troppo bene e so che la cosa gli è tutt'altro che indifferente. Non ne può più dei tipi di Maxton Hall, perché vogliono stare con lui solo di nascosto. Al contrario della maggior parte di loro, Alistair ha manifestato già da due anni le sue inclinazioni sessuali, con grande sdegno di quegli stronzi dei suoi genitori che da allora lo trattano come un emarginato.

Se online trovasse qualcuno che non gli dia la sensazione di avere un segreto sporco, sarei a favore. Tanto più che mi potrebbe distrarre dai miei problemi e questo mi farebbe molto comodo.

«Devono essere proprio tre parole?» domando. Lui scuote la testa. «Allora... 'Ragazzo simpatico, giocatore di lacrosse, sportivo e alla ricerca di esperienze eccitanti, eccetera eccetera'.»

Fa un sorriso storto. «Eccetera eccetera, chiarissimo.»

Mi sposto verso di lui e nel muovermi mi rovescio un po' di gin tonic sulla mano. Me l'asciugo sui pantaloni imprecando, poi guardo il cellulare di Alistair. Quando vedo la bozza del suo profilo, scoppio a ridere.

«Cosa c'è?» mi chiede agguerrito.

«Non sei alto uno e ottantacinque, bugiardo.»

Lui sbuffa. «Invece sì.»

«Io sono uno e ottantaquattro e tu sei una spanna più basso di me. Togli dieci centimetri e forse arrivi all'altezza giusta.»

Mi dà una gomitata nel fianco e mi ritrovo con le dita bagnate di alcol. «Non fare il guastafeste.»

«Va bene, va bene.» Bevo tre lunghe sorsate dal bicchiere e lo appoggio sul tavolino da dove prendo il portatile. Lo apro e comincio a cercare descrizioni personali vagamente ragionevoli.

Chiedere ad Alistair di venire qui è stata la decisione giusta. Si è fatto subito portare dal suo autista e da allora mi ha distratto senza farmi nemmeno una domanda.

«Oddio», mormoro.

Alistair emette un verso interrogativo e si china verso di me per guardare lo schermo del portatile. Io lo giro verso di lui. «Volevo trovare ispirazione per il tuo profilo, ma adesso vorrei non aver mai cliccato su questo link. Chi può scrivere una roba del genere? 'La mia aspirazione è farlo con il mio gemello, ma siccome sono figlio unico, dovrai accontentarti.'»

Alistair scoppia a ridere. «Mi è passata la voglia. Scrivo soltanto 'diciotto anni, giocatore di lacrosse, aperto a tutto'.»

«No, amico», dico scuotendo la testa. «'Aperto a tutto' è come dare il via libera a ogni genere di richiesta.»

Lui alza le spalle. Dopo qualche minuto dice, senza alzare gli occhi dal cellulare: «A proposito, Elaine ha chiesto di te».

Inarco un sopracciglio ma non rispondo. È la prima volta dalla festa di Wren che Alistair affronta l'argomento e dal tono della sua voce non riesco a capire se voglia una conversazione seria oppure no.

«È preoccupata per il tuo giovane e fragile cuore, e vorrebbe sapere se pensi ancora spesso a lei.»

Okay, decisamente niente di serio.

«Eccome», ribatto. Dubito che Elaine abbia pensato anche solo lontanamente alla nostra notte insieme. È più probabile che sia Alistair a non riuscire ad archiviare la cosa, perché ha risvegliato il suo istinto protettivo di fratello.

«Non riesco ancora a credere che tu sia andato a letto con mia sorella.» Scrolla il capo e finge di vomitare. «Non potresti fidanzarti con lei? Almeno forse riuscirei ad accettare meglio la cosa.»

Gli do una pacca sulle spalle, sogghignando. «Se dovessi fidanzarmi con qualcuno, non lo farò di certo per farti dormire meglio.»

Alistair sospira con finta disperazione. Poi mi porge il cellulare. «Vuoi almeno aiutarmi a scegliere la foto?»

Me ne mostra due, una in cui è disteso su una sdraio a torso nudo con le braccia dietro la testa e un'altra in bianco e nero, un selfie allo specchio con giacca e cravatta.

«Quella sdraiato», dico. «Nell'altra sei troppo vestito.»

«Mi piace il tuo spirito di squadra, Beaufort.»

Dato che per fortuna l'argomento Elaine è stato archiviato, vado a prendere il quarto giro di gin tonic. Brindiamo e Alistair torna a dedicarsi al suo nuovo hobby, mentre io controllo senza troppo entusiasmo la posta in arrivo.

Mi blocco quando vedo di aver ricevuto un invito dagli uffici Beaufort. Apro controvoglia la mail nella quale c'è scritto soltanto: *Venerdì prossimo, ore 19.00, cena d'affari con la direzione a Londra. Massima puntualità.*

Il mio buonumore viene spazzato via all'istante. Un brivido freddo mi percorre la schiena al ricordo del litigio di oggi pomeriggio con mio padre.

Ci metti in cattiva luce.

Abbiamo una reputazione da difendere.

Sei un ragazzo infantile e sciocco.

Mi scoccia aver sussultato quando mi è venuto vicino con la mano alzata, perché so bene che non bisogna mostrare né debolezza né paura al cospetto di Mortimer Beaufort.

L'appuntamento non è altro che una punizione. Si rende perfettamente conto che in questo modo mi colpisce molto più che con le parole o con le mani. In realtà abbiamo un accordo: finché frequento Maxton Hall mi lascia fuori da tutte le questioni legate alla nostra azienda. Il fatto che ora debba partecipare a questa cena è il suo modo di dirmi:

«Sono io a stabilire le regole della tua vita e, se non ti dai una regolata, finirà prima di quanto immagini».

Allontano da me il computer con un gesto di frustrazione e vado verso il bar. Riempio di whisky un bicchiere e resto a fissare per un attimo il liquido ambrato. Poi mi giro e torno verso il divano.

Alistair mi guarda. Sul suo viso non c'è più traccia del sorriso di prima. «Tutto a posto?»

Alzo le spalle. Ho voluto che venisse qui per dimenticare la faccenda con mio padre, non per parlarne.

Alistair non insiste. Al contrario mi mostra il cellulare. «Ho un match.» Sullo schermo c'è la foto di un tipo moro molto muscoloso.

Mi sistemo sul divano in modo da appoggiare la testa all'indietro sullo schienale. «Che cosa ha scritto sul suo profilo?»

«Che cerca qualcuno che si occupi del suo cuore. E del suo pene.»

«Molto creativo.»

«Ah. E mi ha... appena mandato una foto del suo cazzo. Che ne diresti di rivelarmi il tuo nome prima di mostrarmi i tuoi genitali?» borbotta Alistair e io rido mio malgrado.

È uno dei motivi per i quali Alistair è tra i miei migliori amici. Se volessi, potrei parlare con lui di quello che mi gira incessantemente per la testa. Potrei parlare di tutto con lui, ma non devo farlo. Ci conosciamo da così tanto tempo che siamo in perfetta sintonia e sappiamo quali sono i nostri limiti e li rispettiamo, anche se a volte li mettiamo alla prova. Dubito che riuscirei a instaurare un'amicizia del genere con qualcun altro.

«Hai fame?» chiedo dopo un po'.

Alistair risponde di sì e allora chiamo di sotto in cucina. Dopo lo scontro con mio padre mi era passato l'appetito, ma adesso ho una fame da lupi.

Mentre aspettiamo che la cameriera ci porti da mangiare, Alistair guarda altre foto di tipi mezzi nudi e io faccio scorrere sul portatile i miei blog preferiti. Accanto alle pagine sul lacrosse e ai blog degli amici, da un paio di mesi seguo principalmente blog di viaggi. Non c'è niente che mi distragga come i racconti e le immagini da luoghi lontani. Mi segno alcuni nuovi post da leggere più tardi: adesso sono troppo ubriaco per capirci qualcosa.

Nell'elenco ho inserito anche il blog scolastico. In realtà lo leggo solo per farmi quattro risate, ma quando do un'occhiata agli interventi in ordine cronologico, all'improvviso la faccia di Ruby mi affiora alla mente. Lo stomaco mi fa una capriola e non so se sia per la fame, per l'alcol, o forse per qualcos'altro.

Agendo per conto suo, il mio indice apre il blog.

Scorro una alla volta le manifestazioni della scuola – tutte di una noia mortale –, sorvolo gli articoli – di una banalità assoluta – e guardo le foto alla ricerca del viso di Ruby. Sebbene il suo nome compaia in molti post e venga citato negli eventi scolastici, la sua faccia non appare da nessuna parte. Subito dopo che Lydia mi aveva raccontato che Ruby aveva sorpreso lei e Sutton, l'ho cercata su Google per scoprire il maggior numero possibile di informazioni su di lei. Ma non c'era niente. Non ha un profilo su Facebook né su Twitter e neppure su Instagram, quanto meno non con il suo nome vero.

Ruby Bell è un fantasma.

Continuo a scorrere le pagine. Ho già superato l'ultimo

anno senza trovare quello che cercavo. Qualunque cosa sia. Più navigo, più mi stizzisco. Perché diavolo non trovo niente su di lei?

«Stai guardando il blog scolastico per caso?» mi domanda all'improvviso Alistair.

Alzo gli occhi con aria colpevole. Alistair fissa con espressione disgustata lo schermo del portatile. Ma quando legge la parola che ho inserito nel riquadro di ricerca del browser, il suo viso si illumina. «È così, allora.»

«Che cosa?»

Il suo sorriso si fa più smagliante. «Chissà quando lo sapranno gli altri.»

Richiudo il portatile. «Non c'è proprio niente da sapere.»

La risposta di Alistair viene coperta dai colpi alla porta della nostra cameriera Mary che ci porta da mangiare. Mentre spinge in camera mia il piccolo carrello, mi alzo barcollando per andare a riempirmi di nuovo il bicchiere. Adesso mi tocca scacciare dalla mente, oltre alla voce di mio padre, anche l'immagine dell'espressione di autocompiacimento di Ruby.

10

Ruby

La scritta rosa sulla mia agenda è una presa in giro. Dice infatti che devo Chiedere a Beaufort abiti vittoriani. Peccato che non abbia la minima voglia di farlo.

Questa settimana ho avuto un'overdose di James Beaufort e mi basta così. Da quando abbiamo stabilito il tema per la festa di Halloween, il suo comportamento durante le riunioni è insopportabile. O fa battute sarcastiche, oppure ci ignora del tutto. Non mi importerebbe, se ieri non avessimo deciso che sul manifesto di presentazione dell'evento debba esserci una coppia con costumi dell'epoca. Il modo più semplice per ottenerli velocemente e senza spese è di passare dai Beaufort e dal loro magazzino smisurato.

Dopo la riunione, Lin e io abbiamo tirato a sorte per chi dovesse chiedere questo favore a Beaufort: naturalmente ho perso io. Da allora mi domando quale sia il modo più adeguato per farlo. Forse potrei scrivergli una mail. Così non dovrei chiederglielo davanti agli altri incassando con ogni probabilità un rifiuto.

Chiudo energicamente l'agenda e la infilo nello zaino.

«Possiamo fare cambio», propone Lin mentre si mette la borsa a tracolla. Poi prende il suo vassoio, lo appoggia sopra il mio e porta entrambi negli appositi ripiani.

Valuto brevemente l'alternativa, chiedendomi se sia meglio ascoltare Lexington parlare per un'ora delle misure antincendio.

«Aspetta», dice Lin mentre usciamo dalla mensa dirigendoci verso il centro studi. «Mi rimangio tutto. Non voglio fare cambio.»

«Peccato. Avrei accettato subito.»

Il campus è inondato da una luce autunnale rosso dorata e le prime foglie sulle querce stanno virando dal verde al giallo al rosso scuro.

«Dai, non è poi una cosa tanto tragica.»

«Lo dice chi ha esclamato 'Bingo!' quando ha estratto il biglietto per la conferenza sulle misure antincendio», ribatto asciutta.

Lei sorride colpevole. «È solo che lo trovo così arrogante. Voglio dire, fino al termine del semestre è membro a tutti gli effetti della nostra squadra. Quindi potrebbe dare il suo contributo ogni tanto, no? Dato che tra l'altro la proposta è stata sua.»

«Già. E purtroppo era una proposta davvero ottima.» Appoggio il tesserino scolastico davanti alla porta del centro studi finché sulla maniglia si accende la lucina verde. Poi la apro e faccio passare avanti Lin.

Il centro studi è un piccolo edificio utilizzato solo da quelli dell'ultimo anno. Ci si può incontrare quando c'è bisogno di preparare delle ricerche oppure quando serve un posto tranquillo per studiare in vista degli esami finali. Oggi in una delle aule ci sarà il primo incontro di un gruppo di studio che deve prepararci alla procedura di iscrizione a Oxford.

«Oh», fa Lin a bassa voce quando entriamo e io mi blocco.

Quando si parla del diavolo.

Nell'aula ci sono venti posti e le uniche persone presenti sono Keshav, Lydia, Alistair, Wren, Cyril e... James. Oltre a due ragazze e un ragazzo che conosco solo di vista e una giovane donna che presumo sia la nostra tutor. È l'unica a salutarci.

Mi dirigo verso uno dei posti più lontani dalla cricca di Beaufort. Lin mi segue e si siede accanto a me. Tiro fuori con gesti meccanici l'agenda, i pennarelli e il nuovo quaderno che ho comprato apposta per questo seminario. Mentre sistemo tutto sul banco – ogni cosa deve essere parallela al bordo –, mi sforzo con tutta me stessa di fingere che gli altri non esistano. Non voglio avere niente a che fare con James e ancor meno con i suoi amici. Il pensiero di dovermi misurare con gente come lui presentando la domanda a Oxford mi fa stare male. È gente che appartiene a famiglie ricche sfondate che da generazioni studiano lì.

Non so quale sia l'approccio di Lin. Un tempo, pur non appartenendo al gruppo di James, aveva frequentato gli stessi ambienti, perché era amica di Elaine Ellington e di altre ragazze di un anno più grandi di noi. Ma poi il padre ha lasciato la madre per un'altra donna, che in seguito si è rivelata una truffatrice. Nel giro di un anno per colpa sua ha perso tutto il patrimonio, provocando un enorme scandalo che a sua volta ha fatto sì che nessuno volesse più avere niente a che fare con i Wang. Né negli affari né in società e nemmeno in questa scuola.

Per poter permettere alla figlia di continuare a frequentare Maxton Hall, la madre di Lin ha dovuto vendere la sua tenuta di campagna e trasferirsi in una casa più piccola nei pressi di Pemwick. Anche se in realtà vivono in una residenza che è quattro volte la nostra, per Lin è stato senza dubbio un cambiamento sconvolgente. Oltre ad aver perso in un colpo solo la famiglia e la vita che conosceva, si è ritrovata anche senza amici.

In genere, finge che non sia successo niente. Che le cose non siano mai state diverse. Ma a volte riconosco nel suo sguardo un lampo di struggimento, segno che in realtà la vita di un tempo le manca. Soprattutto adesso, quando getta un'occhiata malinconica al posto libero accanto a Cyril. È da diverso tempo che mi chiedo se in passato ci sia stato qualcosa tra loro, ma tutte le volte che provo ad affrontare la cosa, anche alla lontana, Lin cambia subito argomento. Non posso biasimarla, dopotutto nemmeno io le racconto niente della mia vita privata. Tuttavia a volte sono davvero curiosa.

Il mio sguardo si posa involontariamente su James. Mentre i suoi amici chiacchierano e sembrano in perenne movimento, lui è seduto immobile al suo posto. Wren gli sta parlando ma io sono piuttosto sicura che non lo ascolti. Mi domando quali pensieri rendano così truce la sua espressione.

«Mi fa piacere che ci siate tutti», comincia la tutor e io distolgo lo sguardo da James. «Mi chiamo Philippa Winfield, ma potete chiamarmi Pippa. Attualmente frequento il secondo semestre a Oxford e ho dovuto seguire la vostra stessa procedura di iscrizione. Perciò so bene come vi sentite.»

Wren mormora qualcosa che provoca una risata in Cyril, il quale la soffoca con un colpo di tosse. È probabile che stiano facendo apprezzamenti su Pippa. Con il caschetto mosso biondo scuro e l'incarnato di porcellana, sembra una bambola. Una bellissima bambola preziosa.

«Nelle prossime settimane vi aiuterò a prepararvi per il *Thinking Skills Assessment* e i colloqui. Il TSA è un test di due ore che bisogna superare per alcune facoltà di Oxford. Serve per stabilire se il candidato sia in possesso di competenze e capacità critica sufficienti per studiare nell'ateneo.»

Il test è fissato subito dopo Halloween e io sono già nervosa all'idea di tutti i compiti che dovremo accollarci. Nella mezz'ora successiva Pippa ci spiega com'è strutturato l'esame e quanto tempo abbiamo per ogni sezione, tutte cose che so già. Non mi interessa la struttura del test, voglio imparare come superarlo. Quasi mi avesse letto nel pensiero, alla fine Pippa batte le mani. «Sarà meglio dare un'occhiata a uno dei quesiti tipo che possono rientrare nel test. A me è servito molto discutere con altri candidati di alcune domande, perché tutti abbiamo punti di vista diversi e in parte questo può essere davvero illuminante. Pensavo di fare lo stesso anche qui.» Apre il raccoglitore e tira fuori un plico di fogli che ci distribuisce. «A pagina due troverete la prima domanda. Tu», dice, indicando Wren, che si è già rimesso a bisbigliare. «Per favore, leggi la domanda.»

«Con grande piacere», risponde Wren con un sorriso

sfacciato, prima di prendere il foglio e leggere a voce alta: «La prima domanda è: 'Se siete in grado di indicare dei motivi per le vostre azioni, significa che le vostre azioni sono razionali?'»

Lin alza un braccio.

«Non devi prenotarti, apro ufficialmente la discussione», dice Pippa con un cenno verso di lei.

«Tutte le azioni hanno un'origine emotiva», spiega la mia amica. «Certo, si dice sempre che bisognerebbe riflettere e prendere la decisione più intelligente, invece di ascoltare quello che ci dice il cuore, ma in fin dei conti tutte le decisioni sono guidate dai sentimenti e quindi non sono razionali.»

«Verrebbe un tema molto breve», commenta Alistair e i suoi amici si mettono a ridere. Tutti tranne James. Batte più volte le palpebre, come se si fosse appena svegliato da un sogno.

«È una tesi che può essere approfondita oppure smentita da uno di voi», commenta Pippa.

«Per rispondere alla domanda bisognerebbe prima definire che cosa significa 'razionale' in questo contesto», osserva Lydia. Ha un pennarello dietro l'orecchio e tiene il foglio con due mani davanti a sé. Per quale corso di studi farà domanda?

«Razionalità significa pensiero o comportamento caratterizzato dalla ragione», mormora Kesh.

«In questo contesto razionalità significa ragione», dichiaro. «Ma la ragione è qualcosa di soggettivo. Com'è possibile definire la ragione se ogni persona ha regole, principi e valori diversi?»

«Secondo me però tutti possiedono più o meno gli stessi principi di base», interviene Wren.

Io alzo le spalle poco convinta. «Secondo me dipende da chi ti ha educato e da quali persone si muovono nel tuo ambiente.»

«Tutti impariamo fin da bambini che non si devono uccidere altri esseri umani eccetera. Se si agisce secondo questi principi, oggettivamente si tiene un comportamento razionale», ribatte lui.

«Ma non tutti i comportamenti possono essere ricondotti a questi principi», obietta Lin.

«Allora se faccio qualcosa che mi distrugge, ma che so essere ispirato da un determinato principio, significa che prendo una decisione razionale?» chiede Lydia. Io la guardo confusa, ma lei fissa il foglio con le domande.

«Se corrisponde al tuo concetto di ragione, secondo me sì», rispondo dopo una breve pausa. «Ecco dimostrato quanto possano differire i principi nelle diverse persone. Io non farei mai volontariamente qualcosa che possa distruggermi.»

«Significa che il mio concetto di ragione è meno valido del tuo?» All'improvviso Lydia sembra in collera. Le guance diafane le si riempiono di chiazze rosse.

«Voglio dire che secondo me un'azione non può essere razionale se nuoce a qualcuno. Che sia la propria persona o il prossimo. Ma è solo una mia opinione.»

«E la tua opinione è superiore a quella degli altri. Giusto?»

Guardo James, stupita. Ha parlato così piano che quasi non l'ho sentito. Non ha più l'aria di essere perso nei propri pensieri. Adesso è qui, in quest'aula, lo sguardo gelido è rivolto nella mia direzione.

Stringo più forte il pennarello. «Non parlo per me stessa, mi riferisco in generale al fatto che ciascuno di noi pensa e agisce in maniera diversa.»

«Ammettiamo che invitassi di nascosto degli spogliarellisti a una festa, per creare l'atmosfera e offrire una piacevole serata a tutti i presenti», dice James lentamente. «La mia sarebbe una decisione razionale, seguendo il tuo ragionamento.»

Il pennarello rischia di spezzarsi a metà tra le mie dita. «Non è stata una decisione razionale, è stato semplicemente un gesto immorale e merdoso.»

«Consiglio di evitare la parola 'merdoso' nei test e nei colloqui», precisa Pippa.

«Tu introduci una differenza che esula dal quesito», ribatte asciutto James. «Per esempio, se avessi due offerte di lavoro, delle quali una è economicamente migliore, ma l'altra più soddisfacente, la decisione razionale sarebbe di scegliere il posto pagato meglio.»

«Se si parte da un principio di ragione squisitamente monetario, cosa che non dovrebbe sorprendere in uno come te.» Mi sento carica di energia e mi sembra che dentro l'aula siamo rimasti solo James e io.

Lui alza un sopracciglio. «Prima di tutto, non mi conosci affatto. In secondo luogo, l'azione razionale è scegliere il posto di lavoro pagato meglio.»

«E perché, se posso chiederlo?»

Lui mi guarda dritto negli occhi. «Perché a questo mondo nessuno si interessa a te se non hai soldi.»

Le sue parole mi fanno pensare alle suole consumate

delle mie scarpe e allo zaino bucato. Sono invasa dalla collera, bruciante e impetuosa. «Da questo si nota chi ti ha cresciuto.»

«Che cosa significa?» domanda con voce pericolosamente pacata.

Io alzo le spalle. «Se fin da piccolo ti viene insegnato che nessuno si interesserebbe a te se sei povero, è chiaro che le tue azioni sono ispirate da un'unica ragione. Tutto il resto non conta. È piuttosto meschino.»

Un muscolo della mandibola di James comincia a guizzare. «Faresti meglio a non dire altro, Ruby.»

«A Oxford non potrai chiudere la bocca a nessuno. Forse dovresti abituarti ad affrontare chi la pensa in maniera diversa da te, oppure abituarti all'idea di essere respinto. Dopotutto questo non dovrebbe crearti alcun problema, in fondo sei sempre ricco e tutti sono interessati a te.»

James sussulta come se lo avessi preso a schiaffi. Nell'aula c'è un silenzio assoluto. L'unico suono che sento è il battito tumultuoso del cuore e lo scroscio del sangue nelle orecchie. Un attimo dopo James si alza di scatto rovesciando la sedia, che cade per terra con un gran tonfo. Io trattengo il respiro quando lo vedo uscire a grandi passi sbattendosi la porta alle spalle.

Tutto a un tratto mi rendo conto di chi ho intorno. Gli amici di James hanno l'aria perplessa, come se si chiedessero che cosa cavolo sia appena successo. Sul viso di Lydia c'è un'espressione di profondo choc. Un brivido freddo mi scende lungo la schiena. A poco a poco l'adrenalina mi abbandona e mi rendo conto di ciò che ho appena detto.

Tanti saluti al principio di «rimanere invisibile». Invece di condurre una discussione formale, sono andata sul personale perché James mi ha fatto arrabbiare. Quello che ha detto è vero. Non lo conosco per niente. E non ho il diritto di rinfacciargli certe cose solo perché si comporta da stronzo impulsivo. Farlo non mi rende migliore di lui.

Ma che cosa mi è saltato in testa?

11

James

Il disegno con il quale ho riempito il foglio ha assunto un aspetto notevole. Le saette nere appuntite, le piccole spirali e i cerchi disordinati sembrano quasi tridimensionali. Come se bastasse allungare la mano per essere risucchiati nell'immagine. Tutte le volte resto stupito dei risultati che ottengo scarabocchiando a caso. E da come questa attività serva a distrarmi, per esempio dal fatto che i ragazzi siano sul campo a poche centinaia di metri da me e ad allenarsi per la partita del prossimo weekend. Oppure dal fatto che devo trascorrere ancora un'ora e undici minuti in questa stanza.

«James!»

Alzo la testa. Tutti quelli del comitato organizzativo sono girati verso di me. «Che c'è?»

«Non ti ha nemmeno ascoltato!» esclama Jessalyn lanciando un'occhiata indignata a Ruby, come se fosse colpa sua se non me ne frega niente di queste inutili riunioni.

«Lo ripeto ancora una volta», dice Ruby tranquilla guardandomi dall'altro lato del tavolo. «Abbiamo bisogno di costumi d'epoca per la foto da mettere sul manifesto. A Gormsey c'è un negozio che li noleggia, ma si vede che non sono vestiti autentici, bensì di plastica.»

«Gormsey?» domando confuso.

«Il quartiere dove abito», spiega lei lentamente.

Mai sentito.

Mi sorprendo a chiedermi in che genere di casa abiti Ruby. Come siano i suoi genitori. Se abbia fratelli e sorelle.

Tutte cose che non dovrebbero interessarmi.

«L'ultima volta abbiamo detto che volevamo una foto il più possibile vicina all'originale. Ma non è così facile trovare buoni costumi. La Beaufort esiste da più di centocinquant'anni, giusto?»

Si sforza di usare un tono amichevole con me, ma non cambia il fatto che nelle vene mi scorra vecchio astio.

So già che cosa sta per chiedermi.

«Potresti domandare ai tuoi genitori di prestarci un paio di costumi dell'epoca vittoriana?»

Vorrei poter continuare a scarabocchiare sul mio quaderno. Oppure essere da qualche altra parte, per esempio a giocare a lacrosse. Lì non c'è nessuno che vuole qualcosa da me, posso correre, scartare, portare a termine azioni, segnare in porta ed essere libero. Sul campo posso dimenticare. Qui tutto mi ricorda chi sono e che cosa mi aspetta in futuro.

Mi schiarisco la voce. «Purtroppo non posso.»

Sembra che Ruby si aspettasse la mia risposta. «D'accordo. Posso chiedere perché?»

«No, non puoi.»

«In altre parole non *vuoi* aiutarci», dice sforzandosi di restare calma.

«Volere o potere non fa differenza. La mia risposta non cambia.»

Vedo fremere leggermente le sue narici, mentre lei si sforza di mantenere un contegno. Non ci riesce fino in fondo e guardarla è quasi divertente. Cerco di ignorare quanto sia carina. Non ho mai visto un viso come il suo: il nasino all'insù non si addice alla linea fiera della bocca, gli occhi da gatto non si addicono alle lentiggini sul naso, e la frangetta dritta non si sposa al viso a forma di cuore. Ma per qualche strana magia, tutto è perfettamente armonizzato. E diventa più affascinante ogni volta che la guardo.

Non so spiegarmi perché ieri io abbia perso le staffe in quel modo. Non era la prima volta che qualcuno mi rinfacciava di essere uno stronzo viziato e ricco. Non era la prima volta che *Ruby* me lo rinfacciava. Non so perché le sue parole mi abbiano turbato tanto, ma hanno acceso qualcosa dentro di me che non mi è piaciuto. Non mi riconosco in questo comportamento, e neppure i miei amici. Nessuno di loro oggi ha accennato all'episodio, mentre io avevo sperato che mi avrebbero preso in giro per la mia reazione e così facendo avrebbero sdrammatizzato la cosa. Il loro silenzio e i loro sguardi eloquenti, invece, hanno dato maggior peso e importanza alle parole di Ruby.

Trattengo un sospiro. Volevo godermi l'ultimo anno di scuola, maledizione, non pensare a niente e nessuno, divertirmi e basta. E invece non posso giocare a lacrosse, devo starmene seduto in questa fottuta aula dove l'aria è soffocante e sentirmi dire da Ruby che...

Ruby schiocca le dita per attirare la mia attenzione.

«Scusa», dico, strofinandomi il viso con entrambe le mani. «Dicevi?»

«Gente, possiamo anche fare a meno di lui», sbuffa Kieran.

«Anch'io farei volentieri a meno di voi, ma purtroppo devo sopportarvi fino alla fine del semestre», ribatto fissandolo con sguardo gelido.

«James!» esclama Ruby indignata.

«Cosa c'è? Sono sincero.»

«Ci sono momenti nella vita in cui la sincerità non è ammessa.»

Vorrei risponderle qualcosa del tipo «senti chi parla», ma mi trattengo. Per qualche motivo mi piace sentirla rivolgersi a me con tanta severità. Forse dipende dal fatto che da due settimane ormai non posso più far festa con i ragazzi e ho accumulato troppa energia. Devo assolutamente trovare qualcos'altro a cui pensare. Tiro fuori il cellulare dalla tasca dei pantaloni senza farmi notare e scrivo un messaggio sul gruppo: *Stasera festa a casa mia*.

«Noleggiamo i costumi al negozio», propone Lin. «Basterà photoshoppare le immagini per dargli un'aria sufficientemente autentica.»

Kieran sbuffa di nuovo. «Però è uno scandalo. Abbiamo James *Beaufort* nella nostra squadra.»

«Vorrà dire che avanzerò io stessa una richiesta presso la Beaufort, se James non vuole collaborare», annuncia Ruby.

«Non lo farai», dico distrattamente, senza distogliere lo sguardo dal cellulare. Alistair sta scrivendo che i nuovi giocatori sono un disastro e l'allenatore sta per dare di matto.

«Non puoi impedirmelo, giusto?»

Non voglio per nessun motivo che parli con i miei genitori. Non voglio avere nessuno vicino ai miei genitori.

In realtà è impossibile, dato che con le loro donazioni finanziano una fetta non trascurabile della scuola e presenziano praticamente a ogni evento. Ma l'idea di Ruby insieme a mio padre mi dà il voltastomaco.

«Vuoi davvero che riferisca al rettore Lexington quanto sia scarso il tuo impegno durante le riunioni settimanali?»

Alzo lentamente lo sguardo e fisso Ruby socchiudendo gli occhi. Stento a credere che abbia appena tentato di ricattarmi. Se non fossi così in collera, ne sarei impressionato.

«Fa' quello che devi», borbotto.

Per il resto della riunione li ignoro e nessuno mi rivolge più la parola. Faccio disegni rabbiosi sul quaderno, cerchi e oggetti appuntiti che si trasformano in mostriciattoli dalle zanne aguzze con in mano stecche da lacrosse. Quando Ruby dichiara chiusa la riunione, mi alzo così in fretta che Camille accanto a me sussulta spaventata. Sono quasi fuori dalla porta, quando Ruby all'improvviso mi si piazza davanti.

«Potresti trattenerti un attimo?»

«Sono di fretta», dico a denti stretti.

Cerco di girarle intorno, ma lei continua a bloccarmi. «Per favore.»

Il suo tono non è più irritato come qualche minuto fa. Sembra stanca, come se anche lei non vedesse l'ora di andarsene finalmente da qui. Forse è per questo motivo che annuisco e faccio spazio agli altri. Forse però è anche per il pensiero del rettore Lexington e per il fatto che desidero più di ogni altra cosa ridurre al minimo necessario la mia presenza a queste riunioni. Kieran è l'ultimo ad andarsene. Prima di chiudersi la porta alle spalle, mi lancia un'occhiata stramba. Se devo dirla tutta, mi verrebbe da pensare che sia geloso di me. Interessante.

Ruby si schiarisce la voce. È appoggiata con un fianco a uno dei banchi e tiene le braccia incrociate sul petto. «Se ce l'hai con me, non sfogarti sugli altri. Non è colpa loro e non è giusto che tu gli renda il lavoro difficile.»

Se ripenso a ieri, sto quasi male. Ricordo ogni singola parola che mi ha rivolto. Ma non voglio per nessun motivo che si accorga di aver colto nel segno.

Per questo sostengo il suo sguardo con freddezza. «Non ce l'ho con te.»

«L'impressione che dai, però, è piuttosto bellicosa.»

La guardo alzando un sopracciglio. «Abbiamo avuto una stupida divergenza durante un seminario, Ruby Bell. Una divergenza che a un certo punto ho trovato assurda. Che cosa vuoi da me?»

«Volevo solo scusarmi. Sono stata ingiusta e ti ho attaccato sul piano personale, mi spiace per questo.»

D'accordo, non era ciò che mi aspettavo. Impiego qualche istante a trovare le parole giuste. «Ti ritieni troppo importante, se credi che ci stia ancora rimuginando su.»

Lei batte più volte le palpebre, chiaramente confusa dalla mia risposta tagliente. «Sai una cosa? Scordatelo e basta.»

«Non è necessario che ti scusi solo perché vuoi qualcosa da me.»

«Non mi scuso perché voglio qualcosa da te, James», ribatte, «ma perché mi spiace sinceramente. Ieri sono stata… ingiusta.»

Per un po' ci guardiamo in silenzio e io cerco delle

intenzioni nascoste nei suoi occhi. Ma non ne trovo. La sua espressione è sincera e aperta. Sembra prendere sul serio la cosa. Valuto brevemente le mie alternative. Potrei continuare a fare il sostenuto, come se non mi importasse niente di quello che ha detto. Ma correrei il rischio che lei vada a lamentarsi di me da Lexington e che la mia punizione si allunghi. Inoltre mi rendo conto di non volerlo fare. Litigare con Ruby Bell è maledettamente faticoso. Credo che la mia vita sarebbe più facile se le andassi un po' incontro.

«D'accordo», dico soltanto.

Tutto d'un tratto l'atmosfera tra di noi non è più carica di collera come fino a pochi minuti fa. Ho la sensazione di respirare di nuovo e anche le spalle di Ruby sembrano molto più rilassate.

«Bene», risponde. Per un attimo sembra incerta, come se non sapesse che cosa fare. Poi annuisce e torna al suo banco.

Prende l'agenda, la apre e spunta qualcosa. Mi domando se abbia davvero segnato di scusarsi con me come punto sulla sua lista delle cose da fare. Non mi sorprenderebbe.

In realtà, potrei andarmene. Ci siamo detti tutto quello che andava detto. Non riesco a capire perché rimanga dove sono e la osservi mentre raduna le sue cose. Sembra che ci sia un posto per ogni cosa in quel suo orribile zaino e c'è qualcosa di tranquillizzante, quasi ipnotizzante nel suo modo di infilarci uno dopo l'altro un raccoglitore, un quaderno, pennarelli, una bottiglia d'acqua e infine l'agenda.

«Quanti costumi ti servono per il manifesto?» mi sorprendo a chiedere.

Ruby si blocca. Gira lentamente la testa e mi guarda. «Due», risponde cauta. «Uno da uomo e uno da donna.»

Mi rendo conto che cerca di non sembrare troppo entusiasta e decido di non tenerla ulteriormente sulle spine.

«Chiederò ai miei genitori», dico dopo una breve pausa.

Gli occhi di Ruby si illuminano ed è evidente che fa un grande sforzo per trattenere un'esclamazione di giubilo. «Davvero?»

Io annuisco. «Sì.»

Chiude lo zaino e se lo mette in spalla. Poi si avvicina di qualche passo. «Grazie. Non sai quanto ci sia utile.»

Alzo le spalle e, per la prima volta da quando ho iniziato a partecipare alle riunioni del comitato organizzativo, usciamo insieme dall'aula.

«L'organizzazione sta filando liscia, vero? Per Halloween?»

Mi lancia un'occhiata sorpresa. Io stesso sono stupito dalla mia domanda. Ma perché cavolo non me ne vado e basta?

«Direi di sì. Ma credo che potrò dormire tranquilla solo quando la festa sarà un successo.»

«Perché ci tieni tanto?»

Ci mette un po' a rispondere. «Voglio dimostrare di essere brava a guidare la squadra. Che sono all'altezza del compito. Ho dovuto lottare parecchio per entrare nel comitato e poi ho dovuto lottare altrettanto per non farmi umiliare da Elaine.» Mi rivolge uno sguardo di scuse. «So che siete amici, ma non era affatto brava come leader.

Non voglio che tutto il lavoro e la passione che metto nel comitato siano vani.»

Emetto una specie di borbottio pensieroso e lei mi guarda con aria interrogativa.

«Mi stavo solo chiedendo se c'è qualcosa che mi appassioni allo stesso modo.»

«Il lacrosse?» domanda.

Io alzo le spalle evasivo. «Forse.»

Scendiamo di sotto, attraversiamo la biblioteca e usciamo, e per la prima volta mi rendo chiaramente conto che gli avvenimenti che a me appaiono futili e fastidiosi rappresentano invece una parte importante nella vita di altre persone.

«Che ore sono?» domanda Ruby all'improvviso.

Guardo l'orologio. «Quasi le quattro.»

Impreca sottovoce e si mette a correre. «Non voglio perdere l'autobus!»

Lo zaino verde le rimbalza sulla schiena e i capelli castani le svolazzano intorno alla testa mentre sfreccia verso la fermata.

Mi dirigo dall'autista che mi aspetta nel parcheggio con la nostra Rolls-Royce. Chiedere i costumi ai miei genitori ora non mi sembra un'impresa così titanica.

Ruby

Il mio cellulare vibra proprio mentre sono seduta con i miei genitori ed Ember a guardare *The Voice Kids* alla tv. Lo sfilo dai pantaloni. Il tasto di sblocco è difettoso da un po' e ho la sensazione di doverlo pigiare ogni giorno sempre più forte. Quando finalmente riesco nel mio intento, rimango paralizzata.

Un numero sconosciuto mi ha inviato un messaggio.

Ho i costumi per il manifesto. Si possono ritirare a Londra domani. J.

«È incredibile che quella bambina abbia solo otto anni.» Mi arriva all'orecchio la voce stupita di mamma.

«Ma perché voi due non sapete cantare?» domanda papà. «Altrimenti anch'io vi avrei mandato all'epoca a un programma del genere.»

«Noi abbiamo talenti di altro genere, papà», risponde Ember.

«Ma davvero? Cosa sai fare di tanto speciale?» Sento una specie di tonfo che mi fa alzare la testa. Ember ha appena lanciato un cuscino a papà. Lui ride divertito.

«Il mio blog ha più di cinquecento follower, papà. So cucire e dimostro alla gente che con un fisico come il mio si può portare quello che si vuole: non trovi che sia un talento?»

«Hai superato i cinquecento follower?» chiedo stupita.

Lei annuisce brusca. Dal nostro litigio non abbiamo più parlato molto. Ember continua a essere arrabbiata perché mi ostino a non invitarla alla prossima festa a Maxton Hall, perciò non ho partecipato al raggiungimento di questo suo grande traguardo.

«È fantastico. Congratulazioni», riesco a dire. Non so perché le mie parole sembrino tanto forzate, dato che in realtà vengono dal cuore. Ember mette così tanto impegno e amore in Bellbird che si merita tutto il successo che riscuote.

«Grazie.» Mia sorella china lo sguardo sul telecomando e comincia a giocherellarci.

«Secondo voi Ember potrebbe presentarsi armata di macchina da cucire e partecipare al casting?» chiede papà. «Oppure potrebbe tenere una conferenza. Io lo troverei fantastico, se spiegassi a più gente possibile quello che hai detto a noi: il paragone con Voldemort e tutto il resto, in modo che anche gli altri capiscano!»

Ember fa una risata spazientita. «Non credo che funzionerebbe, papà. È una gara tra cantanti.»

«Ah. Certo. Hai ragione. Che mi dici invece di *Britain's Got Talent*? È un talent show e non puoi venirmi a dire che quello che fai non è adeguato. Se fosse necessario, caricheremmo a forza i tuoi cinquecento follower e li piazzeremmo in studio come pubblico. E poi ti faremmo il tifo tutti insieme.»

«Sono d'accordo!» esclamo. «Prova a presentare i tuoi progetti a un casting. Io preparerò cartelli colorati da distribuire ai cinquecento follower.»

Ember fa una smorfia. Io le faccio la linguaccia. I suoi occhi lampeggiano e poi un sorriso incerto le affiora sulle labbra. In questo momento ho la sensazione che tutto sia di nuovo a posto. Ci siamo odiate in silenzio, come sempre. Le spalle mi si rilassano per il sollievo.

Papà aggiunge ancora qualcosa, ma io sono distratta dal telefono che s'illumina di nuovo. Faccio per rispondere, ma cancello subito le parole. Non so come reagire. L'idea di andare a Londra insieme a James, e trascorrere una giornata con lui al di fuori dei confini che Maxton

Hall ci pone normalmente, è bizzarra. Bizzarra ma anche... eccitante, a pensarci bene. Provo a scrivere di nuovo qualche parola.

All'improvviso un cuscino mi colpisce in faccia.

«Ehi!» esclamo.

«La nostra discussione non era ancora terminata, Ruby», dice serissimo mio padre. «Partecipa anche tu.»

«No, papà, non so cantare, e no, non andrò a un talent show per permettervi di prendervi gioco di me.»

«Hmm», fa lui guardandomi serio mentre mamma emette un gridolino entusiasta. «Una bambina così piccola con una voce così meravigliosa!»

«Ci sono anche altri modi per vincere a un talent show. Se non si può fare niente con la macchina da cucire, potreste imparare a fare le giocoliere.»

«Se hai tanta voglia di partecipare a un talent show, dovresti presentarti tu stesso», dico asciutta.

«Sapete una cosa? Magari lo faccio», risponde papà con finta indignazione.

«E che numero vorresti presentare?» chiede mamma distratta, senza distogliere lo sguardo dallo schermo.

«Che ne direste di...»

Danny Jones, uno dei giurati, schiaccia il pulsante e la sua poltrona comincia a girare. Mamma esulta e papà alza le braccia euforico.

Ember e io ci scambiamo un'occhiata e scoppiamo a ridere insieme.

«Avevamo in programma qualcosa per domani?» chiedo, dopo che la bambina ha lasciato il palcoscenico e l'atmosfera si è calmata di nuovo.

Papà scuote la testa. «No, perché?»

«Stiamo organizzando una festa per Halloween e dobbiamo procurarci dei costumi. Un nostro compagno di scuola li ha trovati e mi chiede se domani possiamo andare a prenderli a Londra.»

«È un viaggio di due ore. Guiderà il tuo misterioso compagno, oppure prenderete il treno?» chiede mamma.

Alzo un dito per farle segno di aspettare. Poi scrivo una risposta.

D'accordo. Come arriviamo a Londra? R.B.

Spero che capisca che le mie iniziali sono per scherzo.

Il mio autista passerà a prenderti verso le 10. Okay? J.M.B.

Io sbuffo ed Ember mi guarda con aria interrogativa.

Per un attimo ho la tentazione di cercare James su Google per scoprire quale sia il suo secondo nome, ma evito di farlo. Sarebbe come superare un confine. Non voglio sapere tutto quello che c'è in rete su di lui. Già a scuola circolano centinaia di voci. La mia sete di pettegolezzi su James Beaufort è soddisfatta fino al termine dei miei giorni.

«A quanto pare il mio compagno ha un autista», rispondo con un certo ritardo.

«Un autista?» chiede scettica Ember. «Allora è uno di quegli snob.»

«La sua famiglia è proprietaria della Beaufort.»

«Hai intenzione di andare a Londra con il figlio di

Beaufort?» chiede papà. Il suo tono di voce è un misto di sorpresa e diffidenza.

Io annuisco lentamente. «Sì. Possiamo prendere dei vestiti dal loro magazzino.»

Papà è accigliato. «E ci andate... in due?»

«Suvvia, Angus», interviene mamma. «Lascia in pace Ruby.»

«Eh no. Se Ruby ha un appuntamento, voglio saperlo.»

Mi sento arrossire. «Non è un appuntamento, papà. È una roba di scuola.»

Lui borbotta qualcosa di incomprensibile. Ember invece mi guarda sgranando gli occhi. «È incredibile.» Si lascia cadere sul divano e incrocia le braccia sul petto. «È così... accidenti. Non ti rendi conto dell'occasione che hai, Ruby.»

«Farò delle foto per te», dico conciliante, ma Ember fissa testarda lo schermo.

«Allora posso andare?» chiedo a mamma. Mi sembra l'unica persona ragionevole in questo salotto.

«Ma certo», risponde subito, lanciando un'occhiata d'avvertimento a papà quando lui apre di nuovo la bocca. «Sei abbastanza grande da decidere con chi, quando e dove andare.»

Le sue parole stranamente mi fanno arrossire ancora di più. Senza farvi troppa attenzione, digito un messaggio di risposta:

Okay. A proposito: invece dello champagne preferirei un po' di gelato Ben & Jerry's. R.J.B.

PS: se aggiungi un'altra iniziale, giuro che do fuori di matto.

Esito prima di inviare la risposta. Mi chiedo se sia il caso. James e io non siamo il genere di persone che scherzano per messaggio. Oppure sì?

A domani, Ruby.

No, non siamo quel genere di persone.

12

Ruby

Il mattino seguente sono a un passo da una crisi isterica perché non ho idea di che cosa indossare per la visita alla Beaufort. Non so se esista un dress code specifico, e, in quel caso, quanto debba essere elegante. Inoltre mi domando se James si metterà in giacca e cravatta. Non ci siamo mai incontrati al di fuori della scuola, vale a dire ci siamo sempre visti con la divisa scolastica.

Alla fine scelgo una gonna nera, calze sopra il ginocchio e un pullover ocra con il colletto bianco all'uncinetto e un fiocco nero. Completo l'outfit con le brogues nere comprate qualche mese fa in un negozio di seconda mano a Gormsey.

Per quanto riguarda la moda, non sono nemmeno lontanamente audace quanto Ember. Preferisco comprare cose che mi fanno sentire tranquilla e che so di poter indossare a lungo. Però mi piace curare il mio aspetto e dedicarci tempo: forse dipende anche dalla mia mania per l'ordine.

Una volta vestita, vado per sicurezza da mia sorella. È

già sveglia ed è seduta alla scrivania davanti alla finestra quando mi affaccio in camera sua.

«Che c'è?» mi chiede senza girarsi a guardarmi.

«Che ne dici?» Si volta sulla sedia e io spalanco la porta in modo che possa vedermi bene.

«Molto carina», dichiara dopo avermi scrutato dalla testa ai piedi.

«Davvero?» le chiedo facendo un giro su me stessa. Quando torno a guardare Ember, vedo che ha socchiuso gli occhi.

«E non sarebbe un appuntamento?» Nel suo tono c'è una punta di sarcasmo.

Alzo gli occhi al cielo. «Ember, quel tipo non lo sopporto nemmeno.»

«Si vede», ribatte alzandosi. Va verso l'armadio, una vera e propria stanzetta ricavata nel muro, e apre l'anta. Poi si china in avanti fino a scomparirci quasi dentro e comincia a frugare. La raggiungo cauta e sbircio da sopra la sua spalla. Dopo mezzo minuto riemerge porgendomi una borsetta bordeaux.

«La mia borsa!»

«Non fare tante storie. Tanto vai in giro sempre con lo zaino», replica, sulla difensiva. Poi indica i miei abiti. «Ora però ci sta d'incanto.»

«Dovrei chiederti gli interessi, visto il tempo che te la sei tenuta.» Tolgo con le mani lo strato di polvere che si è depositato sulla finta pelle. Anche questa l'ho comprata al negozio di seconda mano in centro. L'ho usata tutta fiera per due settimane, finché la nostra vicina di casa Mrs Felton me l'ha vista nella panetteria di mamma e si è vantata a voce alta che – cinquant'anni prima – fosse appartenuta a lei. A quel punto, l'ho prestata volentieri a Ember e non l'ho più voluta indietro. Adesso che ce l'ho in mano, però, sono contenta di riaverla.

«Non ti pagherò nemmeno un centesimo per qualcosa che non sapevi più che fosse nel mio armadio», ribatte Ember.

Il suono del campanello mi paralizza. Lancio un'occhiata all'orologio. Sono le dieci meno un quarto. «È troppo presto», sbuffo e corro in camera mia per trasferire velocemente il cellulare e il portafoglio nella borsa.

«Ruby!» mi chiama la voce di mia madre.

Mentre scendo, mi esorto a restare calma. Non c'è nessun motivo di agitarsi. È solo una commissione per la scuola: Lin e io abbiamo fatto la stessa cosa centinaia di volte, e con James non sarà diverso.

Faccio un profondo respiro e scendo gli ultimi gradini. Mamma ha appena aperto la porta e, quando entro in corridoio, la vedo chiacchierare con un uomo. Resto a bocca aperta.

Prima di tutto: James non ha mentito. Ha davvero l'autista. E pure in uniforme, con il berretto e tutto il resto. Secondo: l'autista assomiglia ad Antonio Banderas. Ha un colorito olivastro, occhi neri e una bocca espressiva e quasi sensuale. Deve essere sulla quarantina ed è estremamente attraente. A giudicare dal rossore sulle gote di mamma, la pensa esattamente come me.

«Buongiorno, signorina», mi saluta l'autista-Zorro togliendosi il berretto.

«Buongiorno...»

«Percy», mi suggerisce mamma, sorridendo raggiante.

«...Percy», ripeto con un sorriso, poi prendo il parka dal guardaroba. «Bene, mamma. Ci vediamo più tardi.»

«Divertiti, tesoro. E mandaci qualche foto.» Mi bacia sulla guancia e io esco di casa. Un attimo dopo Percy apre come per magia un enorme ombrello nero sopra la mia testa.

«Molte grazie», dico.

«Prego, signorina. La macchina è proprio qui davanti.»

Seguo il gesto della sua mano e rimango quasi paralizzata dallo stupore. Sulla strada di fronte a casa nostra è parcheggiata una Rolls-Royce. Nera e lucida e gigantesca rispetto alle altre macchine lungo il marciapiede, sembra quasi un corpo estraneo anche per me, che sono ormai abituata alla vista di limousine e auto costose.

Percy apre la portiera posteriore e tiene l'ombrello sopra di me finché non sono salita a bordo. Lo ringrazio e lui mi rivolge un cenno d'assenso prima di richiudere delicatamente la portiera. Mezzo minuto più tardi accende il motore. Mi liscio nervosa la gonna e controllo che il mio outfit sia a posto.

Solo a questo punto mi giro verso James.

È seduto in un angolo, un'espressione imperscrutabile in viso. Sembra non sapere bene cosa pensare del fatto che io sia salita sulla sua macchina. Porta un gessato grigio scuro, la camicia bianca e una cravatta di seta scura con il fermacravatte. In mano regge un bicchiere, che io mi auguro ardentemente contenga semplice succo di mela, e all'anulare sinistro porta un anello d'argento con sigillo che non avevo mai notato prima. Reca uno stemma che senza dubbio deve essere quello della sua famiglia.

Più lo guardo, più mi sento inadeguata con i miei capi

vintage rimediati. Al contrario di me, tutto quello che indossa James denota ricchezza, a partire dalla pettinatura fino alla punta delle scarpe di pelle nera e lucida. Cerco di non farmi impressionare, dopotutto sapevo che cosa mi aspettava.

Solo a un secondo sguardo mi rendo conto di quanto sia stanco. I suoi occhi azzurri sono arrossati e contornati da occhiaie profonde.

«Buongiorno», dice infine con voce arrochita.

Forse si è appena svegliato. Oppure è rimasto sveglio a fare bagordi per tutta la notte.

«Buongiorno», rispondo. «Grazie di essermi passato a prendere.»

Di fronte al suo silenzio e sotto il suo sguardo scrutatore, mi giro a esaminare la macchina. I sedili sono in pelle, davanti a James c'è un mobile bar con dei bicchieri e uno sportello che immagino sia una specie di frigo. Tra la nostra zona e la parte dell'autista c'è un divisorio.

Quando il silenzio tra di noi minaccia di diventare imbarazzante, dico rivolgendo un cenno verso Percy: «Il tuo autista potrebbe essere una star di Hollywood. Non ho mai visto un quarantacinquenne tanto attraente».

«Mi lusinga, signorina. Ho cinquantadue anni», risponde la voce di Percy da un altoparlante sul tettuccio. Guardo James interdetta. Lui fa un sorriso da un orecchio all'altro, mentre mi sento avvampare.

«Quando dici certe cose, dovresti spegnere l'interfono, Ruby Bell», suggerisce James indicando sopra di sé. Seguo il suo sguardo e vedo una lucina rossa lampeggiante.

«Oh.»

«Ci penso io, signore», dice Percy e un secondo dopo la luce si spegne.

Mi nascondo il viso tra le mani e scuoto la testa. «Nei film c'è solo il divisorio che si alza. Come facevo a sapere che bisogna anche schiacciare un bottone apposta?»

«Non preoccuparti. Non è che faccia spesso dei complimenti a Percy. Di sicuro ne sarà stato contento.»

Scuoto la testa. «Credo che dovrei scendere.»

«Ormai è troppo tardi. Sarai prigioniera qui con me per le prossime due ore.» Sento un lieve tintinnio. «Tieni, per te.»

Tolgo lentamente le mani dal viso. James mi porge un barattolino azzurro di Ben & Jerry's.

Non posso crederci che mi abbia portato del gelato.

«Ne avevamo ancora un po' in casa», spiega semplicemente. «Prendilo, altrimenti lo mangio io.»

Prendo il bicchierino senza aggiungere altro. James si china verso il frigo e un attimo dopo tira fuori un altro barattolino di Ben & Jerry's. Lo guardo interessata togliere il coperchio e staccare la pellicola. Vestito in quel modo e con il gelato in grembo mi sembra così irreale che per un momento mi domando se sia sveglia o stia ancora dormendo.

La condensa sul barattolo con il calore della mia mano forma una goccia che mi cade sulle gambe. Mi guardo attorno alla ricerca di un tovagliolo.

«Là davanti a destra», dice James indicando il bar.

Mi allungo, prendo uno dei tovaglioli color guscio d'uovo e me lo apro sulle ginocchia. Poi tolgo il coperchio del barattolino e assaggio una cucchiaiata. Chiudo gli occhi estasiata. «Mmm. Fiordilatte con granella di biscotti.»

«Ho dovuto tirare a indovinare sul tuo gusto preferito. Ci ho azzeccato?»

«Assolutamente sì», rispondo con la massima convinzione. Poi mi blocco per un istante. «Anche se devo dire che il nuovo caramello salato non è male. L'hai assaggiato?»

James scuote la testa.

Per un po' mangiamo in silenzio. Poi lui dice: «È la migliore colazione postsbronza che abbia mai fatto».

Allora ieri ha fatto una festa. «È stata una lunga nottata?»

Mi pento immediatamente della domanda quando vedo il suo sorriso allusivo. «Diciamo di sì.»

«Allora alcune delle voci inquietanti su James Beaufort è fondato.»

«Voci inquietanti su James Beaufort?» domanda divertito.

Io alzo un sopracciglio. «Ma sì che lo sai.»

«Non ho la più pallida idea di che cosa stai parlando.»

«Non dirmi che non sei al corrente di tutte le voci che corrono su di te e sulla tua cricca.»

«Per esempio?»

«Che fai colazione con il caviale, il bagno nello champagne, hai distrutto un materasso ad acqua facendo sesso... e via discorrendo.»

Lui si blocca con il cucchiaio a metà strada. Passa un secondo. Poi un altro. Alla fine si mette in bocca il gelato e se lo gusta lentamente, come se fosse immerso in riflessioni profonde. Sembra svegliarsi a poco a poco. Il velo offuscato è sparito dai suoi occhi.

«D'accordo, allora facciamo piazza pulita delle voci una volta per tutte», comincia. «Il caviale non mi piace per niente. L'idea di mangiare uova di pesce mi dà il voltastomaco. Per colazione mi bevo un frappè con uova strapazzate o muesli.»

«*Nel* frappè?» Faccio una smorfia disgustata.

«Non *nel* frappè. Insieme.»

«Ah, capisco.»

Fa un'altra breve pausa. «Non è vera neanche la storia dello champagne. O meglio, non del tutto. Una volta ho lasciato cadere in piscina una bottiglia vergognosamente costosa dei genitori di Wren e poi ho fatto il bagno. Ma non l'ho fatto di proposito.»

«Scommetto che i genitori di Wren ti adorano.»

«Non immagini quanto.» Sorride compiaciuto e prende un'altra cucchiaiata di gelato.

«E... la storia del materasso ad acqua?» chiedo titubante.

James si blocca e mi lancia un'occhiata scaltra. «Ti interessa, vero?»

«Se devo essere sincera, sì», ammetto, senza distogliere lo sguardo. «Voglio dire, i materassi ad acqua non si distruggono tanto facilmente, giusto? Ho sentito dire che sono molto robusti.»

«Non era un materasso ad acqua, era un normalissimo letto.»

Deglutisco impacciata. C'è qualcosa negli occhi di James che non ho mai visto prima. Qualcosa di oscuro, pesante, che mi provoca un formicolio all'addome.

«Che noia», osservo roca, ma la mia voce mi tradisce.

Non voglio immaginare James mentre è a letto con una ragazza.

Davvero.

Purtroppo adesso sto pensando a che cosa abbia fatto per sfondare un letto. E a che aspetto dovesse avere. Ho visto un po' della sua pelle quando si è spogliato di fronte a me. So che ha un bel fisico. E spesso ho notato i suoi movimenti agili durante le partite di lacrosse. Di sicuro sa come fare felici le ragazze a letto.

In questo momento sono grata di avere in mano il gelato. Vorrei affondarci la faccia per raffreddarmi.

«Le voci di solito non contengono nemmeno un briciolo di verità, o al massimo giusto un pizzico.» Il suo ghigno eloquente mi fa capire che ha indovinato fin nei minimi dettagli quello che sto pensando.

Decido che è il momento di abbandonare il tema materasso ad acqua. «Allora sono contenta che su di me non ne circolino.»

James rimette il gelato in frigorifero e appoggia il cucchiaio sopra il ripiano del bar. Poi si appoggia all'indietro sul sedile e mi guarda pensieroso. «Dopo la faccenda di Lydia, ho preso informazioni su di te.»

«Non so se voglio sapere che cosa dice la gente sul mio conto», mormoro.

«La maggior parte delle persone non ti conosceva nemmeno. E quando hanno detto qualcosa, non è mai stato niente di negativo.»

Tiro un sospiro di sollievo. «Sul serio?»

James annuisce. «È per questo che ero così diffidente nei tuoi confronti. Una persona con una fama tanto positiva può solo avere degli scheletri nell'armadio.»

Io faccio una smorfia. «Non ho nessuno scheletro nell'armadio.»

«Certo che no.» Ha uno sguardo divertito e si china

in avanti. «Dai, Ruby. Raccontami qualcosa di cui nessun altro dei nostri compagni è a conoscenza.»

Scuoto la testa in un gesto meccanico. No. Non parteciperò a un gioco del genere. «Raccontami tu qualcosa di te che non sa nessun altro.»

Mi aspetto che protesti, invece sembra riflettere seriamente sulla mia domanda.

«Se non vengo ammesso a Oxford, mio padre mi ucciderà.» Lo dice con disinvoltura, come se avesse da tempo accettato questa realtà. Ma i suoi occhi mi raccontano una verità diversa.

«Perché anche lui ha studiato lì?» domando cauta.

«Entrambi i miei genitori hanno studiato a Oxford. E anche i loro genitori.»

Ho sempre invidiato James e i suoi amici per il fatto che, grazie alle loro origini, fossero in possesso dei requisiti migliori per essere ammessi in un'istituzione come Oxford. Ma adesso mi rendo conto che c'è anche un rovescio della medaglia. Un aspetto che provoca un'incredibile pressione e mi fa capire un po' meglio la violenta reazione di James nel gruppo di studio. Devo averlo davvero ferito con le mie parole.

«Io ho sempre desiderato andare a Oxford. Da quando so pensare», comincio a raccontare dopo un po'. All'improvviso ho la sensazione che sia giusto confidargli questo aspetto di me. Dopotutto anche lui si è appena aperto e mi ha aiutato a capirlo un po' meglio. Dal nostro primo incontro non abbiamo fatto altro che litigare. Non guasta cercare di sgomberare il campo dai pregiudizi che abbiamo l'uno verso l'altra. «I miei genitori mi hanno sempre incoraggiato, anche se per loro era evidente che sarebbe rimasto soltanto un sogno. Prendo buoni voti, ma questo non basta per entrare a Oxford. Ma poi hanno saputo delle borse di studio che ogni anno Maxton Hall concede ad alcuni studenti e hanno presentato domanda per me. Non credevamo che ce l'avrei fatta, ma ai colloqui di selezione devo essere stata molto brava. Da allora l'idea di Oxford non è più così pazzesca e ho giurato a me stessa che farò di tutto per riuscire a entrare. Voglio rendere orgogliosi i miei genitori. E anche me stessa.»

James resta in silenzio per un istante. Mi guarda e l'improvvisa intensità dei suoi occhi azzurri mi provoca un brivido lungo la schiena. «Da quanto tempo frequenti la scuola?»

«Due anni.»

Lui sbuffa.

«Che cosa c'è da sbuffare?» domando.

Alza le spalle incredulo. «Mi chiedo come mai finora non ti avessi mai notato.»

Il mio cuore fa una capriola. E poi mi do metaforicamente una pacca sulla spalla. La mia strategia di restare invisibile deve aver funzionato in maniera impeccabile. «Ho la dote di sapermi muovere come un'ombra per i corridoi e di fondermi con le pareti.»

Lui solleva impercettibilmente un angolo della bocca. «Così sembra che tu sia il fantasma residente a Maxton Hall. Oppure un camaleonte. Ma torniamo a noi. Tocca a te.»

Lo guardo perplessa. «In che senso?»

«Devi raccontarmi qualcosa che nessun altro sa.»

«Ma l'ho appena fatto!»

Lui scuote la testa. «Non conta. Hai solo ribattuto a una cosa che ho raccontato io.»

Faccio un profondo respiro e butto fuori l'aria lentamente, mentre valuto che cosa rivelargli. Il suo sguardo vigile posato su di me non mi rende certo facile riflettere. Al contrario.

Scrollo il capo rassegnata. «Non c'è niente da raccontare.»

«Non ti credo.» Si appoggia all'indietro, le braccia incrociate sul petto. «Andiamo. Non è possibile che studi e basta.»

Invece sì, vorrei rispondergli. Per fortuna la memoria mi viene in soccorso con un altro pensiero. «Mi piacciono i manga.»

James mi guarda per un istante come se non avesse capito. Poi sorride. «È già qualcosa. Non lo definirei uno 'scheletro nell'armadio', ma va bene. Qual è il tuo manga preferito?»

Socchiudo le palpebre confusa. Non mi aspettavo una domanda da lui.

«*Death Note*», rispondo dopo un po'.

«Me lo consiglieresti?»

Non riesco a ricordare come siamo passati da «James distrugge letti facendo sesso» a «I manga preferiti di Ruby». Non ne ho davvero la più pallida idea. Tuttavia annuisco lentamente. «Secondo me chi non ha letto *Death Note* ha una grossa lacuna di cultura generale.»

James assume un'aria scioccata. «Sarebbe spaventoso.»

Gli angoli della bocca mi si curvano senza che io lo voglia.

Mi viene da sorridere.

James Beaufort è riuscito a farmi sorridere.

Quando me ne rendo conto, giro di scatto la testa e guardo fuori dal finestrino, ma sono sicura che lui mi abbia visto. Nei suoi occhi si è acceso chiaramente un lampo di trionfo.

Mi domando perché.

13

Ruby

Beaufort

Il cognome di James spicca imponente sulla facciata della sede aziendale. Mentre lui scende dalla macchina e si dirige con passo sicuro verso l'ingresso, mi fermo a guardare con occhi sgranati prima l'insegna, poi l'enorme edificio moderno che – come mi ha spiegato James durante il tragitto – ospita ai piani inferiori la più grande filiale d'Inghilterra e a quelli superiori gli uffici design, vendita, assistenza clienti e soprattutto la sartoria. Grandi vetrate rivestono i sei piani del palazzo con dietro manichini che sfoggiano i capi classici che hanno reso famosa l'azienda.

«Vieni?» mi chiama James dalla porta d'ingresso.

Abbiamo chiacchierato per il resto del tragitto. Non molto, ma più di quanto mi aspettassi. La sensazione di trovarmi in un sogno non si decide a svanire.

Sono a Londra. Con *James Beaufort*.

Non posso crederci.

«Ruby!» mi chiama James, guardando l'orologio con espressione eloquente.

Mi riscuoto dalla paralisi e lo raggiungo con passo veloce. Mi tiene aperta la porta e io entro esitante nell'edificio. Poi mi guardo intorno.

Il negozio è decisamente più grande di quello dove ero andata con i miei genitori. I soffitti alti, le pareti bianche e i pavimenti in parquet conferiscono all'ambiente un aspetto invitante, nonostante l'arredamento scuro. Lungo la parete di fondo ci sono scaffalature fino al soffitto con un numero incredibile di camicie. Davanti ai ripiani in alto corre una sbarra di ottone alla quale è fissata, sul lato sinistro, una scala. Subito dietro l'ingresso c'è un grande tavolo rotondo con al centro la statua di un cervo di ottone e tutt'intorno pantaloni accuratamente ripiegati in piccole pile. Sopra il tavolo è appeso un lampadario che diffonde una luce calda nell'ambiente. L'aria ha un profumo singolare: acre ma non eccessivo, un misto tra gli odori naturali dei tessuti e un aroma che deve provenire da un deodorante per ambienti.

James mi tocca lievemente il braccio. Alzo gli occhi verso di lui, che con un breve movimento del capo indica verso la parte posteriore del negozio. Mi volto lentamente. Alla nostra destra c'è un'altra scaffalatura. Al centro, uno spazio libero con ritratti di uomini vestiti in fogge diverse e illuminati lateralmente da due applique d'ottone. Al di sotto un divano di velluto verde scuro con cuscini a scacchi, un futon rivestito di pelliccia e un tavolino di vetro con bicchieri di cristallo e una caraffa d'acqua.

Tutt'intorno a noi è un tripudio di ruvidi tweed, nobili sete, morbidi pellami: i materiali con i quali lavora la Beaufort sono i migliori dal punto di vista qualitativo. Non c'è dubbio che mi trovi in un negozio frequentato da aristocratici e politici, e, pur non volendolo, mi sento un po' fuori posto.

Forse dipende però anche dal fatto che tutti i presenti sono uomini. Uomini dietro i banconi, uomini in piedi su sgabelli davanti a grandi specchi, uomini inginocchiati ai loro piedi che prendono le misure e poi l'uomo che mi sta accanto.

All'improvviso uno dei suddetti uomini si alza dal pavimento. Dice qualcosa al cliente, al quale stava sistemando l'orlo dei pantaloni, poi posa lo sguardo su di noi. Quando riconosce James, s'irrigidisce. «Mr Beaufort!» Guarda l'ora cereo in volto.

«Non c'è problema, Tristan, abbiamo tempo», risponde James.

Non riconosco il suo tono di voce. Sembra un altro. Parla con superiorità e autorevolezza. Quando gli getto un'occhiata, noto il suo portamento eretto. Sebbene tenga le mani in tasca con aria disinvolta, si capisce che in questo posto non è uno qualunque. Mi domando come ci riesca. Sembra in grado di trasformare qualunque luogo in cui si trovi in una sua proprietà. A scuola, sul campo di lacrosse, in questo negozio. Succederebbe anche in una gelateria? Forse dovrei accertarmene alla prima occasione.

Tristan chiama un altro sarto e gli porge il metro. Un attimo dopo corre verso di noi e stringe la mano a James. «Mi scusi se non sono venuto ad accoglierla.»

«Non si preoccupi, Tristan», lo tranquillizza James. «Può dedicarci il suo tempo, oppure ha da fare?»

Il sarto lo guarda indignato. «Ma certo che ho tempo per lei, signore.»

James si gira verso di me. «Ruby, lui è Tristan MacIntyre,

primo sarto della Beaufort. E, Tristan, lei è Ruby Bell, direttrice del comitato organizzativo di Maxton Hall.»

Guardo James sorpresa che mi abbia presentato in questa maniera. Avrebbe potuto dire semplicemente che sono una sua compagna di scuola. Oppure soltanto il mio nome.

Tristan si sistema la giacca e, quando posa lo sguardo su di me, il suo atteggiamento si rilassa un pochino. Un sorriso stanco gli affiora sul viso. «Non capita spesso che Mr Beaufort porti dei compagni di scuola qui, perciò sono estremamente onorato di fare la sua conoscenza, Miss Bell.»

Ricambio il sorriso e gli porgo la mano. Lui la prende, ma invece di stringerla come mi aspetterei, la gira e accenna un baciamano. All'improvviso avverto il bisogno di fare una riverenza. Per fortuna mi trattengo appena in tempo e rispondo invece: «Il piacere è tutto mio, Mr MacIntyre».

«Può chiamarmi Tristan.»

«Solo se lei mi chiamerà Ruby.»

Il suo sorriso si fa più sincero e poi si rivolge a James con uno sguardo eloquente. «Abbiamo fatto portare un paio di abiti dall'archivio. Sono di sopra in sartoria. Se volete seguirmi.»

Si gira e ci conduce nel retro del negozio fino a una porta di legno scuro. Al di là c'è una rampa di scale.

«Spero che i modelli che abbiamo scelto vi piacciano», dice mentre sale. «Sono stati ideati personalmente dal suo trisavolo, Mr Beaufort.»

Lancio un'occhiata sorpresa a James, ma il suo viso è impassibile quando risponde: «Sono sicuro che andranno benissimo per l'occasione».

«Si tratta del trisavolo che ha fondato la Beaufort?» domando incuriosita.

Tristan annuisce. «Nel 1857, per la precisione, insieme a sua moglie. Lo sapeva che in origine la Beaufort era una casa di moda sia maschile sia femminile? Solo all'inizio del Novecento si è deciso di specializzarsi in un ramo.»

Lo sapevo da quando Lin aveva proposto di chiedere i costumi a James. Avevo obiettato che non avremmo risolto il nostro problema perché ci sarebbe mancato comunque il vestito da donna, e lei mi aveva raccontato gli inizi della casa di moda Beaufort e mostrato dei sontuosi vestiti che erano in vendita all'epoca.

«Sì», rispondo con un lieve ritardo, «ma non so il perché.»

«La nostra situazione finanziaria era difficile», mi spiega James. «Il mio bisnonno aveva fatto alcune scelte sbagliate ed eravamo vicini alla bancarotta. Specializzarci è stata l'unica soluzione praticabile.»

«Da allora la Beaufort è diventata quella che è ancora oggi», riprende Tristan come se fosse stato presente all'epoca. «Nessuno è in grado di confezionare vestiti come sappiamo fare noi. Da noi trova tutto ciò che desidera: abiti per ogni occasione, fino ai completi da sera. La lavorazione non è paragonabile qualitativamente ai capi pronti, per non parlare poi del fatto che ogni vestito è personalizzato con le iniziali del cliente. Mr Beaufort, mostri le sue.»

Mi fermo e mi giro verso James, che è un gradino sotto di me. I nostri occhi sono allo stesso livello. Indugio per un momento di troppo sui suoi occhi, la cui espressione ancora una volta è imperscrutabile. Poi poso lo sguardo sul taschino della giacca antracite dove sono ricamate le iniziali JMB.

«Da ieri mi chiedo per cosa stia la M», confesso. Alzo di nuovo gli occhi e improvvisamente gli sono tanto vicina da cogliere particolari del suo viso che non avevo mai notato. Per esempio che ha le ciglia incredibilmente scure rispetto al colore dei capelli. O che ha una spruzzata di lentiggini chiare sulle guance.

«Mortimer», risponde sottovoce.

«Come tuo padre?»

Annuisce e torna a guardare Tristan. Un chiaro segnale che non gli va di proseguire il dialogo in questa direzione.

Mentre finiamo di salire le scale, Tristan mi parla dei particolari tessuti usati dai sarti Beaufort, e della vastissima scelta di gemelli ai quali possono attingere.

Finora per me un abito da uomo era sempre stato semplicemente... un abito da uomo. Non ho mai notato differenze particolari, né tantomeno immaginato quante decisioni vadano prese per crearne uno. Né quanti modi diversi esistano di produrlo.

«Ogni quadretto è misurato, non lasciamo niente al caso», spiega Tristan mentre ci incamminiamo in un corridoio ben illuminato. «È sempre stata la prerogativa della Beaufort. Lavoriamo con grandissima cura e offriamo la qualità migliore. Per questo vestiamo anche la famiglia reale.» Si ferma davanti a una fotografia appesa al muro. Mi avvicino e resto a bocca aperta.

È la foto del principe Carlo.

«Non mi dica che avete vestito anche lui», esclamo ammirata.

James non risponde, ma Tristan sorride fiero. «Non soltanto lui.»

Proseguiamo lungo il corridoio, le cui pareti sono rivestite da una serie infinita di ritratti di personalità influenti, politici e membri della nobiltà, tutti vestiti con capi Beaufort. Riconosco Pierce Brosnan, i Beatles, persino il Primo Ministro. C'è inoltre una serie di uomini che non conosco, ma il cui atteggiamento basta a farmi capire che sono potenti e molto ricchi.

«Hai conosciuto tutte queste persone?» chiedo rivolta a James.

Lui alza le spalle. «Qualcuna.»

«È davvero fantastico», mormoro, e sono quasi delusa quando Tristan apre una porta in fondo al corridoio e ci fa entrare nella sartoria.

Mi guardo intorno piena di curiosità. È un ambiente molto vasto, sembra un capannone illuminato. Pur essendo sabato, conto una cinquantina di persone che lavorano tra manichini e tavoli pieni di stoffe.

«Venite, i costumi sono là dietro.» Tristan ci precede e attraversa la stanza con noi al seguito. Al nostro passaggio le persone salutano educatamente James, ma restano un po' rigide. Quando getto un'occhiata alle mie spalle, le vedo avvicinare la testa e bisbigliare. Guardo James corrugando la fronte: sfoggia una maschera di disinvolta arroganza, la stessa espressione che usa a scuola. Mi domando che cosa stia pensando in questo momento. Non sembra piacergli il timore che le persone qui dentro a quanto pare hanno di lui.

A un tratto mi rendo conto che vorrei sapere più cose

sul suo conto. Su James, sulla Beaufort e su quello che accade dietro le quinte di questa ricca famiglia.

Tristan mi strappa alle mie riflessioni quando si ferma di scatto. «Voilà», annuncia, indicando un manichino accanto a sé che...

Rimango senza fiato.

Il manichino indossa un vestito da donna. È di seta verde, formato da due pezzi, con le maniche corte e volant di pizzo nero. Il corpetto è aderente, ha una scollatura a cuore non troppo profonda ed è impreziosito da perline nere. La gonna ampia sembra ancora più grande e pesante grazie alla sottogonna. La seta verde a pieghe è alternata a strisce di pizzo, e sfiora il pavimento. È decisamente l'abito più bello che abbia mai visto in vita mia.

Non so come farò a portarlo a casa o a scuola. Non oso nemmeno toccarlo, per paura di sporcarlo. Accanto al manichino femminile ce n'è un altro con un completo da uomo composto da finanziera, panciotto, camicia e pantaloni. La finanziera è leggermente avvitata e sembra realizzata con un morbido tessuto di lana. Il panciotto nero ha numerose tasche e finisce a punta. Intorno al colletto della camicia bianca c'è una cravatta nera più ampia e di foggia diversa rispetto a quelle che conosco.

«Quando i *gentlemen* si vestivano, all'epoca, non facevano le cose a metà. Ogni dettaglio doveva essere perfetto», spiega Tristan, cominciando a sfilare il vestito dal manichino. Poi rivolge un cenno a James perché lo segua oltre un divisorio. «Venga, Mr Beaufort. Vediamo se le sta bene.»

James si allontana con Tristan senza rivolgermi neppure un'occhiata. Sembra essere in stand by, non è del tutto presente. Da quando siamo scesi dalla Rolls-Royce non ho più colto nessuna emozione sul suo viso. Come se la sua massima aspirazione fosse di non rendere partecipe nessuno qui dei suoi pensieri o dei suoi sentimenti.

Mentre ascolto i borbottii di Tristan e il frusciare di stoffa, mi avvicino di un passo all'abito femminile. Mi domando che genere di donna lo avesse portato e quale tipo di vita conducesse. Chissà se aveva dei sogni e se era riuscita a realizzarli.

Dopo circa cinque minuti, Tristan torna da me. «Gli sta a pennello», dice con orgoglio.

«Conosci le mie misure, Tristan», commenta asciutto James. «Di sicuro ti hanno aiutato.» Poi esce a sua volta dal paravento.

Mi si secca la bocca.

James sembra provenire direttamente dall'Ottocento. Il vestito gli sta alla perfezione; Tristan gli ha persino pettinato i capelli di lato e gli ha messo in mano un bastone da passeggio. Lo esamino con calma dalla testa ai piedi.

È semplicemente *fantastico*.

Solo quando torno a guardarlo in faccia, mi rendo conto di quanto devo averlo fissato, e il suo sorrisetto malizioso mi fa capire che sa benissimo quello che ho pensato. Mi sento avvampare le guance.

«Tocca a lei, Ruby», mi esorta a un tratto Tristan.

«Come?» Lo guardo confusa. «Cosa?»

«Deve provare il vestito», risponde, indicandolo. Fisso prima lui, poi James. Lui cerca di trattenere una risata, riuscendoci solo a metà. Soltanto adesso mi rendo conto di quello che vogliono da me.

«È fuori discussione!» dichiaro con una sfumatura di

panico nella voce. Dovevo *procurarmi* i vestiti. Nessuno ha mai parlato di indossarli.

«Credevi forse che fossi l'unico a fare un viaggio nel tempo? No davvero.» James allunga il bastone verso di me e mi colpisce con un po' troppa forza allo stinco. «Per favore, vai a cambiarti.»

«Un vero gentiluomo non toccherebbe mai una signora con un bastone da passeggio, Mr Beaufort», lo rimprovera Tristan.

James sbuffa. «Ruby non è una signora, Tristan. È una despota.»

«Non hai ancora conosciuto il mio lato dispotico. Ma sono pronta a fartelo vedere.» Guardo James socchiudendo gli occhi. «Tristan, per caso non ha un altro bastone così?»

«Temo di no. Ma non avrà bisogno di nessun bastone da passeggio quando indosserà questo abito meraviglioso. Venga», mi invita il sarto, e la sua espressione è così trepidante che non ho il coraggio di rifiutarmi ancora. Lo seguo dietro il paravento e lui scompare, per poi tornare poco dopo con una signora che mi presenta come sua assistente e che mi aiuta a indossare il vestito. Scopro che da sola non ce l'avrei mai fatta. Soltanto chiudere i numerosi bottoncini a occhiello è un'arte, per non parlare poi del fatto che sia il corpetto sia la gonna sono rinforzati da stecche di metallo. Devo fare non poche acrobazie per infilarmi entrambi dalla testa e dalle gambe. Una volta vestita, scopro che la circonferenza della gonna è così ampia che non passo dallo spazio tra il paravento e la parete.

«Siamo pronte, capo», annuncia l'assistente di Tristan, che torna da noi. Quando mi vede, batte le mani soddisfatto e il suo viso si illumina. «Meraviglioso! Solo qualche tocco ancora...» Come per magia tira fuori un fermacapelli e si mette alle mie spalle. Me li raccoglie sulla sommità del capo – o almeno così mi pare – e li fissa con il fermaglio. Poi torna davanti a me e sistema un paio di ciocche finché gli compare sul viso un'espressione compiaciuta. Alla fine posso girarmi verso lo specchio appeso alla parete.

Resto senza fiato.

Non sapevo di poter avere un aspetto simile. A parte il fatto che il vestito aderisce alle mie curve come se fosse stato cucito su di me, ho la sensazione di avvertire lo spirito della signora che lo indossava in origine. Mi sento bella, potente e forte. Come se il mondo fosse ai miei piedi e mi bastasse uno schiocco di dita per ottenere ciò che voglio. Mi giro lentamente verso Tristan e sorrido. «Grazie di avermi costretta a provare il vestito.»

Lui abbozza un inchino. «Mr Beaufort», annuncia solenne, «le presento Miss Ruby Bell.»

Mi muovo con cautela. Un passo, due passi, supero il divisorio, quattro passi, cinque passi... Poi mi fermo e alzo gli occhi.

James sta chiacchierando con l'assistente di Tristan, ma quando mi vede, si blocca a metà frase. Alza le sopracciglia e socchiude le labbra. Mi scruta dalla testa ai piedi, come se avesse tutto il tempo del mondo, e io deglutisco impacciata.

Poi mormora qualcosa che non riesco a capire.

«Cosa?»

Si schiarisce la voce. «Sei... molto bella.»

Ho un tuffo al cuore. Non è la prima volta che ricevo un complimento da un ragazzo, ma per qualche motivo è un'emozione nuova. Non credo che James lo dica spesso. Le sue parole mi sembrano... sincere. E oneste.

«Il vestito sembra fatto per lei», conferma Tristan. Mi sospinge verso James e poi prende il cellulare. «Adesso fingete di essere una dama e un gentiluomo dell'Ottocento.»

Sento James sbuffare piano accanto a me, ma quando gli lancio un'occhiata, vedo che fissa l'obiettivo come se in vita sua non avesse mai fatto altro. Mi tornano in mente le foto circolate a Maxton Hall l'anno scorso. Lo raffiguravano con la nuova collezione ideata dai suoi genitori e anche in quel caso aveva la stessa faccia imperscrutabile di adesso. Giro la testa verso Tristan e cerco di assumere un'espressione raffinata. Non so se ci riesco, ma lui scatta una foto dopo l'altra.

«Provate a cambiare posa. Lei potrebbe inchinarsi leggermente e porgere la mano a Ruby, come se volesse invitarla a ballare», propone dopo qualche minuto.

James sembra un professionista, quando segue l'indicazione. Dubito che molti diciottenni sarebbero altrettanto eleganti facendo l'inchino, con o senza costume d'epoca. Sono sorpresa quando mi prende la mano e mi guarda dal basso. Ha la pelle calda e, sebbene mi sfiori soltanto le dita, provo un brivido lungo tutto il braccio.

Riesco a immaginarlo. Un salone pieno di persone in costume, musica d'orchestra e James e io. Mi posa una mano sulla schiena e mi guida sul parquet. Di sicuro sa come muoversi. Non mi sarebbe difficile lasciargli il comando durante la danza e, per una volta tanto, seguirlo e basta.

Deglutisco impacciata. È un pensiero che mi piace più di quanto dovrebbe.

«Ne facciamo un'altra in cui vi guardate?» propone

Tristan e James si alza di nuovo. Il fazzoletto di seta nel taschino della giacca gli si è spostato e io automaticamente allungo la mano per rimetterlo a posto.

Un lampo gli si accende negli occhi. Ritiro subito la mano, e poi non so più che cosa fare con le braccia e le lascio cadere lungo i fianchi.

All'improvviso James mi prende di nuovo la mano. Mi posa l'altra intorno alla vita e io trattengo il respiro. Il cuore comincia a battermi all'impazzata e non so perché, ma è bellissimo essere toccata da lui. In questo momento non riesco più a ricordare perché lo trovi tanto insopportabile.

Che cosa mi sta facendo?

James ricambia il mio sguardo con la stessa miscela di meraviglia e scetticismo che provo io. Più ci guardiamo negli occhi, più i rumori intorno a noi si spengono. Le mie sensazioni sono concentrate sul tatto. Sento le sue dita intorno alla vita che si muovono leggermente, la sua mano che stringe la mia. Il suo sguardo mi sembra quasi una sfida che voglio accettare a qualunque costo.

«James», dice una voce profonda dietro di noi.

Il fuoco nel suo sguardo si spegne. Da un secondo all'altro. Anche la sua posa disinvolta sparisce. Di colpo si irrigidisce e mi lascia come se si fosse scottato.

Un secondo. Ha impiegato un solo secondo per tornare a essere il James Beaufort che conosco. La piega arrogante della bocca e la luce fredda negli occhi lo fanno apparire piuttosto minaccioso nei panni che indossa.

«Mamma, papà. Non sapevo che oggi foste qui.»

Oddio. Comincio a girarmi a fatica nell'abito voluminoso e, quando ci riesco, provo un tuffo al cuore.

Davanti a me ci sono Mortimer e Cordelia Beaufort. I

genitori di James e Lydia. Tra gli imprenditori più affermati dell'Inghilterra. Tutto a un tratto non mi sento più forte e potente come pochi istanti prima nel mio costume, soprattutto in confronto a Cordelia Beaufort. Tutto in lei è stile, eleganza e superiorità. Ha un viso sottile e la stessa bocca arrogante di James, solo che la sua è dipinta di rosso scuro. Ha un incarnato di porcellana e indossa un tubino bianco aderente di qualche costoso stilista. I capelli ruggine lucenti le sfiorano le spalle e sono perfettamente acconciati, come se fosse appena uscita dal parrucchiere.

Il padre di James ha la chioma bionda, occhi azzurro ghiaccio e la bocca piegata leggermente verso il basso. Il suo portamento è dritto e fiero, e con il completo Beaufort su misura sembra in procinto di recarsi a un importante appuntamento di lavoro.

Il suo viso non mostra alcuna emozione mentre mi squadra dalla testa ai piedi.

Ora so da chi James ha ereditato la sua maschera imperscrutabile.

«Eravamo qui per via di una riunione con la Cina», spiega la madre di James. Fa un passo avanti per baciare il figlio sulle guance e io colgo l'aroma del suo profumo. Sa di cipria e rose fresche.

«Percival ci ha informati di averti accompagnato qui insieme alla tua...» mi getta una breve occhiata «...compagna di scuola.»

James non risponde. Siccome non dà l'impressione di volermi presentare ai genitori, faccio un passo avanti con le guance in fiamme e porgo la mano a sua madre. «Sono Ruby Bell. Mi fa molto piacere conoscerla, Mrs Beaufort.»

Lei guarda la mia mano per un attimo di troppo prima

di stringerla. «Il piacere è tutto mio.» Sorride scoprendo una fila di denti bianchissimi.

Voglio essere come lei, mi sorprendo a pensare. Voglio essere come lei, entrare in una stanza ed essere rispettata immediatamente da tutti come donna forte solamente grazie alla mia aura.

Ciò che non voglio è incutere timore e spavento alle persone come sembra accadere con Mr Beaufort. Mi rivolge un brusco cenno mentre gli stringo la mano, poi torna a guardarsi in giro nella sartoria, come se ne avesse già abbastanza di me.

«Vedo che avete tirato fuori due capi dal magazzino», osserva Mrs Beaufort, inclinando la testa di lato per guardarci. Fa un passo avanti e tocca la gonna del mio abito. Una ruga si forma tra le sue sopracciglia. «La gonna è troppo lunga. L'accorci per favore, Mr MacIntyre.»

Tristan, che dall'arrivo dei Beaufort non ha più fiatato, si affretta ad annuire. «Subito, madame.»

Mrs Beaufort muove un dito in cerchio per indicarmi di girare su me stessa. Obbedisco con un senso di disagio allo stomaco. «A che cosa vi servono gli abiti?»

«Per la festa vittoriana di fine ottobre», risponde James. Si è trasformato, la sua voce monotona sembra quella di un robot.

«Si riferisce alla festa che deve organizzare perché si è comportato come un ragazzo scriteriato», precisa Mr Beaufort.

Mrs Beaufort schiocca la lingua. Concludo la giravolta, cosa tutt'altro che semplice con il vestito, poi getto occhiate furtive ai tre. James non manifesta alcuna reazione alle parole del padre. Sua madre al contrario lancia un'occhiata di rimprovero al marito.

Poi torna a occuparsi di me. Sfiora le maniche corte, le gonfia e poi dice a Tristan: «Bisogna allargarlo un pochino sul davanti, Tristan. Altrimenti stringe e...» Mi rivolge un'occhiata interrogativa.

«Ruby», le suggerisco prontamente.

«...Ruby non riesce a respirare», conclude.

Tristan annuisce e mi fa accomodare dietro il paravento insieme alla sua assistente. Io getto un'ultima occhiata a James, ma lui non mi guarda: è totalmente concentrato sui genitori. Il padre gli dice qualcosa guardando verso di me. Sembra contrariato, ma non riesco a capire una parola di quello che sta dicendo.

Distolgo lo sguardo e mi rivolgo a Tristan. «Mi sembrano due persone molto... importanti.» Riesco solo all'ultimo istante a sostituire «autoritarie» con un aggettivo più positivo. Tristan sta già accorciando l'orlo del vestito, infilandoci gli spilli dal portaspilli che tiene sul polso.

«Ha proprio ragione, signorina.» Non aggiunge altro.

Il silenzio che è calato sulla sartoria da quando sono entrati i Beaufort ha qualcosa di spaventoso. Nessuno osa più chiacchierare, persino Tristan si limita a rivolgermi un sorriso prima di andarsene e lasciarmi con la sua assistente che mi aiuta a cambiarmi. Togliere il vestito risulta decisamente più semplice che infilarlo. Nel giro di dieci minuti torno ad avere indosso le mie cose ed esco dal divisorio.

Mi fermo accanto a James, che si è tolto la finanziera e la tiene gettata sul braccio.

Mrs Beaufort mi lancia un'occhiata, poi posa la mano sul braccio del figlio. «Ci vediamo di sotto.»

James annuisce brusco.

Quindi la donna si gira verso di me. «Piacere di averla conosciuta, Miss Bell.»

Il padre di James non dice una parola. Esce dalla sartoria insieme alla moglie. Solo quando la porta si è richiusa alle loro spalle, torno a respirare normalmente.

«Avresti dovuto avvertirmi prima, sai», mormoro.

James si gira rigido verso di me. Vorrei poter decifrare il suo sguardo, ma c'è solo un azzurro di ghiaccio. «Percy ti aspetta di sotto.»

«Bene, sono pronta. Sei tu quello rimasto nell'Ottocento.» Provo a sorridergli cauta.

Lui non ricambia. «La nostra gita è terminata», annuncia, e la sua voce rispecchia esattamente il suo atteggiamento freddo e distaccato. «È meglio che tu vada.»

Aggrotto la fronte. «Che cosa?»

«Adesso devi andartene, Ruby.» Lo dice lentamente, accentuando ogni sillaba come se fossi dura di comprendonio. «Ci vediamo a scuola.»

Gira su se stesso e scompare dietro il paravento per cambiarsi. Per un attimo non posso fare a meno di fissarlo. Subito dopo mi rendo conto di quello che ha appena fatto. Del modo in cui mi ha parlato.

Mi sento invadere dalla collera e faccio un passo avanti per affrontarlo. Ma non vado molto lontana. Tristan mi prende per un braccio e mi trattiene. L'espressione nei suoi occhi è dispiaciuta, ma anche severa quando mi guarda. «Venga, Ruby. L'accompagno di sotto.»

Mi tira leggermente per il braccio. Io mi lascio condurre via controvoglia. Mentre attraversiamo la sartoria, sento su di me gli sguardi impietositi di tutti i presenti.

14

Ruby

Il mantello dell'invisibilità mi è scivolato dalle spalle.

La voce della mia gita a Londra con James si è diffusa a scuola. Pare che ci siano addirittura delle foto di noi due che entriamo insieme nel negozio. A un tratto persone di Maxton Hall che non ho mai visto in faccia conoscono il mio nome. Alcuni mi salutano amichevoli nei corridoi, altri – la maggior parte – bisbigliano alle mie spalle. Il momento peggiore è durante le lezioni, perché non riesco a concentrarmi a causa degli sguardi insistenti dei compagni. Quasi si aspettino da me che mi alzi all'improvviso per raccontare che cosa è successo nel fine settimana tra James Beaufort e me.

Io, al contrario, vorrei dimenticare il più in fretta possibile lo scorso sabato. Mi sento ancora così umiliata e la collera verso James aumenta tutte le volte che penso al suo comportamento.

Quando suona la campanella della pausa per il pranzo, valuto seriamente l'idea di saltare il pasto, ma ho troppa fame e andarmene non sarebbe un'alternativa realistica.

E poi Lin ha promesso di farmi da scudo e di raccontarmi gli ultimi pettegolezzi su suo padre.

«Ha una nuova amichetta», annuncia, dopo che siamo rimaste sedute in silenzio per un po'.

Alzo lo sguardo dal mio piatto di udon. «Non sarà un'altra truffatrice che vuole arricchirsi?» domando a bocca piena.

«No.» Lin fa una smorfia. «Almeno spero.»

«E?» insisto delicatamente.

Lin alza le spalle. Allontana da sé il tramezzino sbocconcellato e si pulisce le dita sul tovagliolo. «Non so. Secondo me potrebbe anche fare una pausa, dopo l'esperienza disastrosa con l'ultima donna.»

Lin vede il padre una volta al mese, per evitare che i contatti tra loro si interrompano del tutto, e l'ammiro per il pragmatismo con cui affronta tutta la situazione. Non so se sarei in grado di guardare negli occhi papà, nel caso in cui avesse trattato così male me e mamma.

«È stata carina con te?» le domando alla fine.

Alza di nuovo le spalle. «Questo sì. Anzi, forse fin troppo.»

«Che cosa intendi dire?»

«Non saprei. Diciamo che non siamo entrate in sintonia.» Comincia a strappare un angolo del tovagliolo. «Ma va bene così. Non si può andare d'accordo con tutte le persone.»

Ci penso su un attimo. «Però con alcune persone dopo un po' succede in maniera sorprendente.» Giro involontariamente lo sguardo verso James e i suoi amici. Si sono presi uno dei posti migliori accanto alle grandi finestre e chiacchierano animatamente. A un certo punto James dice qualcosa che fa così tanto ridere Wren che Keshav deve battergli sulla schiena perché si è fatto andare di traverso un boccone.

«Sembra che tu lo dica per esperienza», osserva Lin gettando un'occhiata eloquente verso James.

Scuoto la testa e torno a fissare gli udon.

«Andiamo. Perché non mi racconti quello che è successo?»

«L'ho già fatto.»

Lin alza un sopracciglio. «Tutto quello che hai detto è stato: 'Abbiamo ritirato i costumi'. Ma io non sono mica stupida.»

Faccio un profondo respiro. «È andata bene. Anzi, più che bene. Finché all'improvviso non sono spuntati i suoi genitori.»

Lin fischia piano tra i denti. «Hai conosciuto i Beaufort?»

Annuisco con solennità. «Mi hanno molto impressionato. Soprattutto la madre», comincio. «Non ho avuto molto tempo di stare con loro, perché si sono fermati solo un attimo. Poi James è tornato quello di sempre.»

«Che cosa ha fatto?» chiede Lin e in quel momento sembra ricordarsi di avere davanti a sé un vassoio con del cibo. Addenta il tramezzino mentre mi fissa trepidante.

«Mi ha cacciato via. Sono stata scortata fuori.»

Lei smette di masticare e mi fissa.

Alzo le spalle con un gesto vago. Non voglio più pensare all'orribile viaggio di ritorno, durante il quale sono stata costretta a fare profondi respiri per calmarmi.

«È stata la cosa più imbarazzante che abbia mai vissuto», mormoro, azzardando un'altra occhiata verso James.

Proprio nello stesso momento, lui guarda nella mia

direzione. Quando i nostri occhi si incontrano, la rabbia torna a ribollirmi dentro e mi trattengo a stento dall'alzarmi e colpirlo con il vassoio.

Ma dopo un istante, interrompe il contatto e torna a dedicarsi ai suoi amici.

«Ma perché ti ha cacciato via?» chiede Lin.

È proprio quello che mi sono chiesta per tutto il weekend. E ho trovato una sola risposta plausibile.

«Credo che si sia vergognato di me. Avresti dovuto vedere come mi ha guardato suo padre. Come se fossi una cacca che aveva calpestato.» Mi avvicino la coppetta con il dessert: budino di cioccolato con panna decorato con una fragola e una foglia di menta. Se non altro questa giornata mi regala qualcosa di buono.

«Ma che scemenza. Non devi permettere a nessuno di darti questa sensazione», esclama Lin con tanta enfasi che alzo lo sguardo.

«Ma è la verità», ribatto. «Nemmeno tu mi avresti degnato di un'occhiata, se non fosse successa la storia con i tuoi genitori.»

Lin sussulta, come se le avessi lanciato in faccia il mio budino. Il suo viso si fa cereo e solo adesso mi rendo conto di quello che ho appena detto. Apro subito la bocca per scusarmi, ma lei si alza di scatto.

«Che bello sapere che hai un'opinione così bassa di me.» Prende il vassoio anche se non ha ancora finito di mangiare. Lo lascia sul carrello apposito, poi esce dalla mensa senza girarsi nemmeno una volta.

Io rimango a fissare il budino e mi rendo conto di aver perso l'appetito. Che giornata di merda.

* * *

Quando mi avvio verso la biblioteca nel pomeriggio, mi sono quasi abituata agli sguardi e ai bisbigli dei miei compagni. Mi risulta sempre più facile ignorarli, anche se l'eco delle loro voci mi risuona a lungo nelle orecchie. Non avrei mai immaginato che quella giornata con James avrebbe avuto un simile effetto sulla mia vita a Maxton Hall. Ma che cosa credevo? James è il re della scuola: è ovvio che la gente voglia sapere con chi passa il tempo libero. Salire in macchina con lui è stato un grandissimo errore. E il prezzo da pagare adesso è la mia invisibilità.

La riunione del comitato organizzativo è un tormento. Lin evita di guardarmi e io non posso guardare James. Mi costa molta fatica raccontare agli altri dei costumi senza far trasparire quanto sia offesa e arrabbiata. Ma devo riuscirci, perché alla fine tutti sembrano contenti delle foto. Inoltre Camille ci informa che i suoi genitori conoscono il proprietario di una grande manifattura di posate che è disposto a fornirci tutto quello che ci serve per la festa. Jessalyn ha raccolto diverse offerte per il noleggio delle decorazioni e ne discutiamo insieme; Kieran ci fa sentire sul portatile la musica che ha scelto.

Seguo solo la metà delle cose.

Dopo esserci distribuiti i compiti per la prossima settimana e aver dichiarato chiusa la riunione, prendo Lin per un braccio. Lei continua a evitare il mio sguardo, ma aspetta che gli altri escano dall'aula. Chiudo la porta dietro di loro e mi giro verso la mia amica.

«Non lo pensavo sul serio», comincio. «Mi dispiace per quello che ti ho detto. Pensavo solo che... prima avevi amici del tutto diversi. Mi domando semplicemente se ci saremmo mai conosciute se non fosse stato per la faccenda dei tuoi genitori.»

Lin mi guarda in silenzio per un po'. Alla fine sospira e mormora: «Hai ragione».

Sono stupita. «Sul serio?»

Lei annuisce. «Se quel giorno non ci fossimo incontrate, non saremmo mai diventate tanto amiche», dice, e per la prima volta dal pranzo mi guarda negli occhi. «Ti sono tanto riconoscente per avermi rivolto la parola, alla toilette.»

La sua voce si incrina e lei deglutisce turbata. Ricordo ancora bene quel giorno di un anno e mezzo fa, quando sono entrata nei bagni al primo piano e ho sentito qualcuno che singhiozzava. Non avevo idea di chi ci fosse dentro, ma ho capito che doveva stare proprio male. Così ho chiesto cauta se fosse tutto a posto e Lin ha risposto soltanto che dovevo lasciarla in pace. Non le ho dato retta, mi sono seduta per terra, le ho passato un pacchetto di fazzoletti da sotto la porta e ho aspettato che fosse pronta a uscire. Quello è stato l'inizio della nostra amicizia.

«Anch'io sono contenta di averti rivolto la parola. E mi dispiace davvero tanto.»

«Anche a me. Non volevo provocarti.»

«Oggi è stata davvero una giornata schifosa», dico rassegnata. Tiro fuori dallo zaino il cellulare e faccio una foto agli appunti che abbiamo scritto sulla lavagna nel corso della riunione. Poi accendo il portatile e invio agli altri la foto e il verbale scritto da Lin. Lei intanto comincia a cancellare la lavagna.

«Beaufort ha continuato a fissarti per tutto il tempo», afferma all'improvviso.

Sbuffo. «Ero davanti. Tutti mi fissavano.»

«Non come lui. Con lo sguardo sembrava implorarti di girarti verso di lui.»

«Che scemenza.»

Lin alza le spalle. «Come vuoi. In ogni caso, è stato fantastico il modo in cui lo hai ignorato. Se lo meritava.»

Richiudo il portatile e lo infilo nello zaino. «Voglio soltanto che le cose tornino come prima», dico, mentre spegniamo le luci. «Tutti adesso mi guardano come se sabato avessimo fatto chissà che cosa. Invece non hanno la minima idea di quello che è successo. Vale a dire niente.»

Lei borbotta pensierosa. «Lo so. Ma sai come sono fatti qui. Si gettano come avvoltoi sulla minima notizia. Soprattutto se riguarda in qualche modo James Beaufort.»

La guardo scettica. «Mmm.»

Lei mi dà una gomitata amichevole nel fianco e mi tiene aperta la porta. «Dai, andiamo. Appena ci sarà un nuovo pettegolezzo, dimenticheranno tutto.»

Usciamo in corridoio e, proprio mentre sto per risponderle, noto qualcuno in piedi accanto alla porta.

James.

Lo guardo. Mi verrebbe voglia di chiedergli che cosa diavolo ci faccia qui, ma mi ricordo all'ultimo istante che lo devo ignorare. Perciò distolgo lo sguardo e mi incammino.

Lui si stacca dalla parete e mi raggiunge.

«Hai un attimo?» Il suo tono di voce gentile mi confonde. Non si addice al James che quarantotto ore fa mi ha trattato come se valessi meno di niente.

Adesso devi andartene, Ruby.

Vorrei gridargli in faccia quello che penso, ma ci tengo troppo al mio tesserino della biblioteca e alla chiave per le aule riunione. «No, non ce l'ho», rispondo brusca. Sono fiera di essere riuscita a mantenere la voce calma, dandole comunque enfasi. James deve capire che non tollero di essere trattata in quel modo.

«Dobbiamo parlare», prosegue James gettando una breve occhiata a Lin. «Da soli.»

Scuoto la testa. «Non dobbiamo fare proprio niente, James.»

Lin mi tocca il braccio, per darmi sostegno e dimostrarmi che non sono sola.

All'improvviso provo soltanto una grande stanchezza. «Sai una cosa?» Lo guardo fisso negli occhi. «Forse sarebbe meglio tornare a com'era prima.»

James aggrotta la fronte. «Com'era prima?»

Devo schiarirmi la voce. Ho un groppo in gola che diventa sempre più grosso. «Mi riferisco all'epoca in cui ignoravi del tutto la mia esistenza. Forse sarebbe meglio tornare a quel punto: stavo decisamente meglio.»

Lui apre la bocca per dire qualcosa, poi la richiude e la ruga sulla sua fronte si fa più marcata. Alla fine annuisce lentamente. «Capisco.»

Molto bene. Ha colto qual è il mio problema. In futuro non dovrò più preoccuparmi di lui.

Tuttavia mi sento male, quando mi giro e mi incammino verso l'uscita insieme a Lin.

15

Ruby

«Che ti succede?» chiede Ember facendomi sussultare.

Ero così assorta nei miei pensieri mentre mescolavo la marmellata da non essermi accorta che lei si era avvicinata da dietro e guardava nella pentola da sopra la mia spalla.

«Niente», rispondo dopo un attimo.

Papà indica nella mia direzione con un pacchetto di gelatina in polvere. «C'è qualcosa che non quadra, concordo con tua sorella.»

Alzo gli occhi al cielo. «Mi date sui nervi, ecco che cosa c'è.» Mescolo con un po' troppo slancio e uno schizzo di marmellata di mele mi finisce sulla mano. Trattengo il respiro sibilando.

«Mettila subito sotto l'acqua fredda», ordina mamma togliendomi il mestolo di mano. Lo consegna a Ember e poi mi porta verso il lavandino dove apre l'acqua fredda.

«Lasciatemi vegetare nel mio brodo», borbotto.

«Come ti pare», risponde papà. «È solo che dopo la misteriosa gita di sabato sei cambiata e vorrei tanto sapere perché.» Mi limito a sbuffare. Non riesco a stare tranquilla nemmeno a casa.

Non ho mai capito perché tutti si lamentino del lunedì. Per me ogni lunedì simboleggia un nuovo inizio, il momento in cui stabilire la rotta per una magnifica settimana. Di solito amo il lunedì. Oggi invece tutto mi infastidisce: i compagni a scuola, il ricordo di sabato, le occhiate incuriosite di Ember. Persino la piccola ustione sulla mano che brucia da morire. Maledetta marmellata di mele.

Vorrei chiudermi in camera mia e imparare a memoria tutto il programma dei prossimi tre mesi, ma la famiglia mi ha costretto a dare una mano a preparare le marmellate. Sono sicura che in realtà sia solo una scusa per indurmi a parlare.

«Perché non ci racconti semplicemente che cosa è successo?» chiede Ember un attimo dopo, confermando le mie supposizioni.

«Perché in realtà non ti interessa sapere come sto», rispondo. «Me lo chiedi solo perché vuoi avere notizie sulla Beaufort.»

«Non è vero!»

«Ah no?» ribatto in tono provocatorio. «Perciò non ti interessa sapere com'è?»

Ember si dondola nervosa da un piede all'altro. «Certo che mi interessa. Ma una cosa non esclude l'altra. Possono interessarmi sia una delle più grandi sartorie maschili d'Inghilterra sia lo stato d'animo di mia sorella. Nel mio cuore c'è posto per entrambe le cose, tesoro.»

«Che carina», commenta papà superandoci entrambe con la sedia a rotelle per avvicinarsi ai fornelli. Prende un cucchiaio pulito e lo immerge nella marmellata che bolle piano. Tutte le volte resto affascinata a guardarlo durante l'assaggio. Quando provo una ricetta, io ho un'aria... normale. Con papà, invece, si capisce subito che è un professionista. La sua espressione cambia, come se analizzasse mentalmente tutti gli ingredienti a uno a uno e valutasse se manca qualcosa e, in quel caso, che cosa.

Come adesso. Tiene la testa inclinata da una parte e noi lo osserviamo trepidanti. Un attimo dopo il suo viso si illumina e lui si spinge all'indietro fino al carrellino di metallo dove tiene tutte le spezie. Prende il barattolo con una miscela di cannella e ne versa un pizzico nel tegame di ghisa. Il profumo che si sprigiona mi ricorda il Natale, la mia festa preferita.

«Non c'è niente da raccontare, Ember», rispondo con un po' di ritardo e mia sorella sbuffa scontenta. «Sai già tutto quello che c'è da sapere della Beaufort.»

«Anche a me piacerebbe visitare la sartoria», sospira appoggiando il mento sul palmo della mano.

«Non sarebbe noioso? Hai sempre detto di volerti specializzare in moda femminile», osserva papà.

Suonano alla porta e noi ci scambiamo un'occhiata sorpresa.

«Chi può essere?» chiede mamma uscendo dalla cucina.

«Mi interessa l'atmosfera, papà. Mi interessa vedere come lavorano lì, con quali materiali e quali tagli. Sarebbe sicuramente fantastico.» Provo una fitta di rimorso di fronte allo struggimento di Ember. Capisco che trovi ingiusto il fatto che io abbia avuto senza sforzo la possibilità di visitare la sede centrale di una grande sartoria, cosa che a lei probabilmente non capiterà tanto presto. Ma devo anche pensare a come si è conclusa la visita. E non vorrei mai che lei si sentisse tanto umiliata, come è successo a me.

«Ho un'idea. Non potresti chiedere al tuo amico di portare a fare un giro anche me?» domanda Ember, e il sospetto che sia una battuta solo per metà mi inquieta.

«Puoi chiederglielo tu di persona, Ember», annuncia d'un tratto mamma.

Io mi giro verso di lei corrugando la fronte. «Che cosa?»

«Il ragazzo aspetta davanti alla porta di casa», spiega, indicando alle proprie spalle con il pollice. «Non ci avevi detto che è così carino.»

La guardo allibita e il mio istinto di protezione sale da zero a cento. «Non lo hai fatto entrare, vero?»

«No. Puoi farlo tu… oppure anche no, se preferisci.» Mamma mi raggiunge e mi dà un bacio sulla testa. Sento le occhiate incuriosite dei miei famigliari quando attraverso la cucina e vado verso la porta. Mi sembra di essere stordita.

James è sulle scale che portano all'ingresso. È la prima volta che lo vedo vestito in maniera normale. I jeans scuri e la maglietta bianca lo fanno sembrare un ragazzo qualunque. Se lo avessi incontrato per strada, forse non lo avrei riconosciuto.

Tiene sul braccio una voluminosa custodia nera con il logo della Beaufort. Fisso per un istante la B svolazzante e mi sento assalire da una rabbia indicibile.

Che cosa è venuto a fare a casa nostra? Non voglio che si avvicini alla mia famiglia. La mia vita qui non ha niente a che fare con la mia vita a Maxton Hall, e non posso accettare che mi stia davanti facendo sparire il confine che mi sono imposta anni fa… soprattutto non dopo sabato scorso.

Nel momento in cui apro la bocca per rimproverarlo, lui sposta lo sguardo dai nostri roseti e mi scorge sulla porta. Nei suoi occhi affiora un'emozione che non so interpretare – non ci riesco mai –, poi sale un gradino e così ci troviamo occhi negli occhi. Si schiarisce la voce e mi porge la custodia.

«Sono venuto a portarti il vestito. Tristan lo ha modificato. Ora dovrebbe essere perfetto.»

Io non mi muovo. «E sei venuto fino a casa mia per questo?»

Lui fa un respiro profondo, poi si sfrega la nuca con una mano. «Volevo anche parlarti di sabato. Mi sono comportato da stronzo e mi dispiace.»

Per un attimo lo guardo senza parlare.

È la prima volta che lo sento dire una cosa del genere e mi domando istintivamente quante volte gli sia capitato di scusarsi in vita sua. Se penso a quello che ha combinato a scuola negli ultimi anni, è evidente che il suo limite morale di regola è molto più basso del mio.

Adesso invece sembra davvero pentito.

«Non riesco a capire perché tu lo abbia fatto», dico a bassa voce.

Soprattutto dopo che mi aveva tenuto per mano e tra di noi c'era stato un momento speciale. Mi sono accorta del calore nel suo sguardo e della scintilla che era scoccata tra di noi. Non me la sono immaginata.

Lui deglutisce impacciato. Per quella che mi sembra un'eternità, rimane in silenzio a guardarmi con occhi imperscrutabili. Poi mormora, così piano che fatico a sentire le parole: «A volte non mi capisco nemmeno io, Ruby Bell».

Apro la bocca per ribattere, poi la richiudo. Ho la sensazione che per la prima volta sia sincero con me e non voglio rovinare tutto respingendo le sue scuse. Perciò rimango in silenzio. Continuo a tacere così a lungo che in altre circostanze diventerebbe imbarazzante, ma invece sono convinta che James e io potremmo restare a guardarci per ore senza parlare, nel tentativo di gettare uno sguardo dietro il muro dell'altro.

«Perché sei venuto qui?» domando alla fine.

«Quello che hai detto oggi...» Esita. «E se io non volessi tornare a com'era prima?»

Faccio una risata senza gioia. «Mi hai cacciato via. E prima mi hai umiliato di fronte ai tuoi genitori. Ti sei comportato come se non valessi abbastanza da poterli conoscere.»

Lui scuote la testa. «Non l'ho fatto per questo.»

Lo vedo dondolare impercettibilmente avanti e indietro sui piedi. Quasi fosse nervoso. «Sabato mi sono divertito. Finché... sono arrivati i miei genitori.» Si schiarisce la voce. «Secondo me sarebbe un peccato se adesso fingessimo all'improvviso di non conoscerci. Tu non sei più invisibile per me. E non voglio nemmeno fingere che lo sia.»

Sebbene il retrogusto amaro di sabato sia ancora nella mia mente, le sue parole mi provocano un piacevole fremito allo stomaco. «Non capisco che cosa ti aspetti da me adesso, James», dico a bassa voce.

«Non mi aspetto niente. Vorrei soltanto che non tornassimo come prima. Non possiamo continuare semplicemente a... conoscerci, d'ora in poi?»

Lo guardo allibita.

Non fa sul serio, mi dico mentalmente. Non *può* fare

sul serio. Non sono stupida. So che James non mi sopporta, anche se sabato scorso abbiamo passato davvero dei bei momenti insieme. Sono il motivo per cui è stato espulso dalla squadra di lacrosse, inoltre conosco uno dei più grandi segreti di sua sorella e quindi rappresento un rischio per lui e la sua famiglia. Sono certa che lo abbia detto solo per potermi tenere d'occhio.

«Se è un altro dei tuoi trucchi per...» ribatto scettica, ma James mi interrompe.

«No», dice, salendo anche l'ultimo gradino.

Non devo dare importanza alle sue parole, questo lo so bene. Non sono in grado di valutarlo, dubito che qualcuno possa farlo. Eppure in questo momento c'è qualcosa nel suo sguardo, qualcosa di onesto e di sofferto che per un attimo mi toglie il respiro.

Com'è successo? Com'è possibile che nel giro di un mese siamo passati dal non conoscerci, dal ricatto e dall'odio fino a questo punto?

La porta si apre alle mie spalle. «Ruby? Tutto bene?»

Mi irrigidisco. Davanti a me c'è James Beaufort con un vestito vecchio di centocinquant'anni sul braccio e un'espressione che mi fa tremare le ginocchia. Alle mie spalle mia sorella, con la quale ho bisticciato davanti alla marmellata di papà giusto pochi minuti fa. I miei due mondi collidono a tutta velocità e mi sento avvampare e raggelare nello stesso tempo. Non so come reagire, perciò annuisco verso Ember con un sorriso tirato e cerco di comunicarle senza parole di andarsene. Lei getta occhiate tra me e James, curiosa e diffidente, ma alla fine si ritira e richiude la porta.

A questo punto mi giro di nuovo verso di lui. Devo

fare due profondi respiri prima di ritrovare un contegno. Poi mi rendo conto di dovergli ancora una risposta. «Non saprei», dico sincera.

James annuisce lentamente. «Va bene. In realtà ero passato a scusarmi per sabato.»

«Solo per sabato?»

Lui sorride audace. «Non certo per averti offerto una lap dance.»

Non ho idea se sia il caso di accettare le sue scuse di fronte a un'affermazione del genere.

Non so se dica sul serio o se voglia semplicemente stemperare la tensione per accertarsi che non vada a raccontare a nessuno di Lydia. Tuttavia la mia vita sarebbe molto più semplice se la smettessi di agitarmi per lui in continuazione. O addirittura se riuscissi a parlarci di tanto in tanto delle cose di scuola. Sabato ho notato che non è solo sveglio, ma anche intelligente. Mi ha divertito chiacchierare con lui. E poi c'era quel *qualcosa* che mi ha provocato un brivido e ha acceso la mia curiosità.

So che non è ragionevole e che non dovrei fidarmi di lui. Ma più ci penso, più mi rendo conto che nemmeno io in realtà voglio tornare al prima.

Lo guardo negli occhi per fargli capire che dico sul serio e annuncio: «Non tollererò una cosa del genere da te una seconda volta».

«Capito», risponde sottovoce, poi mi porge il vestito.

Proprio in quel momento comincia a piovere. Non forte, ma in maniera abbastanza insistente e ho paura che, nonostante la custodia, il vestito possa rovinarsi. Lo prendo di mano a James ed entro in casa, per metterlo al sicuro nel nostro guardaroba. Quando torno indietro, James ha già i capelli bagnati e le gocce di pioggia gli scorrono sul viso. Si passa il dorso della mano sulla guancia e poi tra i capelli, senza distogliere lo sguardo da me. La buona educazione mi imporrebbe di farlo accomodare prima che si infradici, ma non ci riesco. Non mi sembra giusto. Non posso presentargli i miei genitori e mia sorella. Forse non ci riuscirò mai.

«Scuse accettate», dico infine.

I suoi occhi si accendono. È la prima volta che gli vedo una simile luce sul viso.

Rimaniamo così, sotto la pioggia, sulle scale di casa mia, io sulla porta, non ancora pronta per farlo accomodare.

Ma è un inizio.

16

James

Assistere a una partita di lacrosse senza poter giocare è una tortura.

La mia squadra è piena di adrenalina quando esce dallo spogliatoio e i giocatori mi battono il cinque uno dopo l'altro, mentre li osservo come uno spettatore a bordo campo, fra le tribune. Sopporto la tortura, ma in questo momento mi pento di ogni cosa, soprattutto della decisione di aver voluto animare un po' la festa di inizio anno scolastico.

Il peggio è che Roger Cree, la matricola che ha preso il mio posto, si sta dimostrando così bravo da rischiare di diventare un serio concorrente. Se fosse stato una schiappa, il mio posto in squadra sarebbe stato sicuro, ma così? Come faccio a sapere che l'allenatore, al termine della mia punizione, non voglia tenerlo in squadra? Visto che, tra l'altro, sembra andare anche molto d'accordo con Cyril e gli altri.

Quando si avvicina e mi porge il pugno, lo colpisco mio malgrado e poi raggiungo le riserve sulla panchina della squadra. Incrocio le caviglie e osservo la squadra avversaria entrare in campo e schierarsi di fronte ai miei ragazzi. È una squadra forte, riconosco molti giocatori dell'ultima stagione. Il loro attaccante, in particolare, è imprevedibile e velocissimo. Spero che Cyril lo tenga d'occhio.

«Ehi, Beaufort. Peccato che tu non possa giocare», mi dice all'improvviso una delle riserve. Si chiama Matthew, ma dubito di aver mai scambiato una parola con lui.

«Proprio così, amico. È un peccato», aggiunge un altro.

«Non capisco proprio perché ti abbiano dato questa punizione. Il tuo gesto è stato assolutamente fenomenale.»

«Soprattutto perché è il tuo ultimo anno. Deve essere tremendo trascorrere la stagione in panchina.»

D'accordo, basta così. Mi alzo di scatto. Senza ribattere, torno verso il bordo campo. Sono contento di avere gli occhiali da sole. Non solo perché c'è una luce accecante per essere ottobre, ma soprattutto perché così nessuno può rendersi conto di quanto stia soffrendo.

Mi metto a una certa distanza dall'allenatore Freeman e scruto il campo da gioco con le braccia conserte. È terribile dover stare a guardare la mia squadra senza poter fare niente. Dopo il fischio dell'arbitro, passano meno di cinque minuti e gli avversari segnano un punto.

A un tratto sento dei passi alle mie spalle. Guardo dietro di me e vedo Ruby e la sua amica Lin correre verso il campo. Hanno entrambe il viso paonazzo e i capelli scomposti. Quando si fermano, Ruby impreca a voce alta. Non si è ancora accorta di me, perciò ho la possibilità di osservarla indisturbato.

Indossa l'uniforme scolastica, anche se la maggior parte dei nostri compagni di solito viene alle partite in abiti civili o con le magliette della squadra. In una mano regge un cavalletto, nell'altra un quaderno e sulle spalle porta come al solito il suo orribile zaino che sembra sul punto di sfasciarsi. Ha lo stesso colore del vomito, ma per qualche motivo le dona. La fa assomigliare a una Tartaruga Ninja. Una Tartaruga Ninja scomposta e con la faccia paonazza.

Mi avvio lentamente verso di loro e le osservo aprire il cavalletto e fissarci una macchina fotografica dall'aria costosa.

«Posso aiutarvi?» chiedo.

Ruby si gira di scatto e mi guarda con gli occhi sgranati. Evidentemente non si è ancora abituata ai miei tentativi di fare amicizia con lei. Per tutta la settimana l'ho salutata nei corridoi e ogni volta l'ho vista sussultare, come se non fosse abituata a sentirsi rivolgere la parola al di fuori delle lezioni.

«Ci siamo perse qualcosa?» chiede trafelata. Il suo sguardo corre velocemente sul campo e poi devia verso l'allenatore Freeman. Lui però è così assorto nel gioco che non si è accorto del ritardo di Ruby e Lin.

«Ridgeview ha appena segnato. Con una schiacciata», rispondo.

Ruby prende appunti sul quaderno. «Ottimo. Grazie.»

Intanto Lin ha finito di montare la macchina fotografica e controlla i parametri prima di cominciare a scattare foto.

Poi entrambe si concentrano sulla partita che devono documentare.

Mi rendo conto che preferisco di gran lunga guardare Ruby piuttosto che la mia squadra. Se non altro la sua vista mi fa meno male. Abbiamo recuperato lo svantaggio e siamo a un passo dall'annientare Ridgeview, ma non riesco a gioirne, per quanto mi sforzi. Quando Cree aiuta a fare due gol e nella seconda metà segna lui stesso, mi rendo conto che i ragazzi non hanno bisogno di me. Vorrei sparire immediatamente e non so proprio perché non lo faccia.

Resto a bordo campo con espressione impassibile e accetto la cosa, batto le mani quando fanno gol, impreco quando gli avversari sono in vantaggio rispetto a noi e rispondo a tutte le domande che mi pongono Ruby e Lin.

Dopo l'ora e mezza di gioco non ho la sensazione di aver conquistato il mondo, come di solito mi capita tutte le volte che vinciamo una partita. Sono sfinito e non ce la faccio più a rimanere qui. Il pensiero di andare alla festa di Cyril stasera, e di ricevere da tutti manifestazioni di compassione come quelle che ho sperimentato oggi in panchina, mi fa star male. Mi giro senza dire una parola, prima ancora che la squadra esca dal campo, e mi dirigo verso la scuola. Tiro fuori il cellulare e chiamo Percy perché venga a prendermi.

«James!»

Mi guardo alle spalle.

Ruby mi è corsa dietro. La sua frangetta non sopporta particolarmente bene il vento, alcune ciocche si sono sollevate in verticale. Si accorge della mia occhiata e le liscia sulla fronte. È una delle piccole manie che ho notato nell'ultima settimana. So anche che porta sempre con sé un pettinino, che utilizza quando pensa che nessuno la veda.

«Cosa c'è?»

«Tutto a posto?»

Perché me lo chiede? Nessuno mi fa mai domande del genere, perché a nessuno interessa come sto. E anche se così non fosse, quasi tutti avrebbero troppa paura o troppa soggezione per chiedermelo.

«Deve essere brutto guardare gli altri giocare, vero?» chiede dolcemente.

«Già.»

Si dondola da una gamba all'altra. «Preferisci rimanere da solo?»

Mi passo una mano sulla nuca indeciso e alzo le spalle. Grazie al cielo Alistair mi toglie dall'imbarazzo di dover rispondere. Attraversa il prato con la faccia paonazza e si ferma davanti a noi. «Beaufort! Dove vai, amico mio?»

Okay, la sua domanda è persino più idiota di quella di Ruby. «A casa.»

«Te ne sei dimenticato? Oggi si festeggia da Cy.»

Non me lo sono dimenticato, è solo che la festa di Cyril è l'ultimo posto in cui mi va di andare. Però non posso dirlo ad Alistair. La squadra ha vinto e sono pur sempre il capitano, anche se momentaneamente sospeso. Non festeggiare la vittoria con i miei ragazzi sarebbe ingiusto. Senza contare che non ho voglia di affrontare le domande che mi verrebbero fatte se stasera non mi facessi vedere.

«Certo che vengo.» Con la coda dell'occhio vedo l'espressione di Ruby cambiare. Evito di guardarla direttamente.

«Non fare quella faccia. Vedrai che sarà uno sballo. Abbiamo tutta la casa per noi.»

Mi limito a un borbottio incomprensibile.

«Ehi, perché non vieni anche tu, Ruby?» Lancio un'occhiata di avvertimento ad Alistair, ma lui si limita a guardare sorridendo da me a lei.

«Non sei obbligata», mi affretto a dire. La festa di Cyril

non è decisamente il luogo adatto per una come Ruby. «Non credo che ti piacerebbe.»

Mi accorgo di aver detto la cosa sbagliata, perché Ruby è corrucciata. Pensa che l'abbia sfidata, anche se è l'esatto contrario delle mie intenzioni. «Come fai a sapere che cosa mi piace e che cosa no?»

Alistair tossisce impacciato e lo incenerisco con lo sguardo. L'ha fatto apposta. Sa benissimo come funzionano certe feste e com'è la gente che le frequenta.

«Vengo molto volentieri, Alistair. Grazie dell'invito», risponde Ruby con un sorriso troppo incantevole per essere sincero. «A che ora è?»

Alistair apre la bocca per rispondere ma io lo anticipo. «Passo a prenderti io.»

Ruby irrigidisce le spalle.

«Non ce n'è bisogno, davvero, James.»

«Non è un problema per me darti uno strappo.»

Lei inarca le sopracciglia. «Ma ce l'hai la patente?»

Alistair fa un fischio ammirato. Evidentemente gli piace vedermi incassare una batosta verbale. Guardo Ruby scuotendo la testa.

«Ci porterà Percy, se per te va bene.»

Lei sorride da un orecchio all'altro. «Altroché se va bene per me.»

«Percy, eh? Anch'io lo trovo niente male. Ha un che di Antonio Banderas», commenta Alistair.

«È quello che ho detto anch'io!» Ruby ride, e io mi sento scaldare.

Maledizione. Perché non riesco a mantenere la testa lucida in sua presenza? Ho promesso a Lydia di tenerla d'occhio e questo è tutto quello che c'è tra di noi. Basta che me lo ricordi sufficientemente spesso.

«Bene. Percy sarà da te per le otto.»

Ruby annuisce. «Fantastico.»

Ruby

Cyril Vega abita nella casa più grande e pomposa che abbia mai visto in vita mia. Non sono nemmeno sicura che il termine «casa» sia corretto per ciò che ho davanti. Il parco nel quale siamo entrati, dopo che la targa di Percy è stata videocontrollata da un addetto alla sicurezza, sembra infinito. Alla mia destra e alla mia sinistra ci sono soltanto distese di prati rasati e alberi e cespugli piantati simmetricamente.

Quando James e io scendiamo dalla macchina, rimango un attimo ferma, piego la testa all'indietro e ammiro l'imponente facciata. Le alte colonne ai lati dell'ingresso e l'ampia balconata soprastante danno alla villa l'aspetto di una residenza di altri tempi.

Accanto a me James sembra del tutto indifferente quando saliamo i gradini verso l'enorme portone. Ma la cosa non mi sorprende. Tanto per cominciare Cyril è uno dei suoi migliori amici e poi casa sua deve essere altrettanto grande. Sento che le mani mi diventano prima fredde e poi sudate.

Che cosa ci faccio qui?

Avevo giurato a me stessa di non partecipare mai a una di queste strambe feste. Ma è bastata una stupida battuta di James per risvegliare il mio spirito battagliero. Ho dovuto fare l'esatto contrario di quello che voleva lui e con il senno di poi è del tutto assurdo. È da lunedì che mi cruccio perché la gita con James ha distrutto la mia invisibilità a Maxton Hall, e adesso lo accompagno a questa festa alla quale parteciperà gran parte dei miei compagni di scuola. Oggi pomeriggio non ho pensato nemmeno per un secondo a che cosa avrebbe significato per me. Di sicuro la gente ricomincerà a parlare di noi, e anche più di prima.

Sentiamo già da fuori la musica e il vociare degli invitati. Per una frazione di secondo mi viene voglia di fingere un malore per battere in ritirata. Ma non voglio dare questa soddisfazione a James. Perciò mi asciugo velocemente i palmi delle mani sulla gonna e mi schiarisco la voce. James mi dà un'occhiata di lato ma faccio finta di niente. Poi apre la porta con una chiave che stranamente è attaccata al suo portachiavi.

Entriamo nell'atrio, così imponente che per un istante mi distrae dal mio nervosismo. Il pavimento è di marmo e l'arredamento è sontuoso, con particolari in bianco e oro. Un enorme lampadario è appeso al soffitto e ai lati due scalinate asimmetriche conducono a una balconata.

A prima vista sembra che la festa si stia svolgendo dappertutto. La musica pare provenire da un'altra stanza, ma ci sono ospiti anche qui nell'ingresso. Nessuno bada a noi. Tiro un sospiro di sollievo.

«Che cosa stanno facendo lassù?» chiedo a James indicando la ventina di ragazzi e ragazze in piedi sulla balconata.

«Giocano a una versione particolare di birra pong che c'è solo qui da Cyril», mi risponde lui.

Vedo un tizio far cadere qualcosa dall'alto: dopo un po' riconosco le palline da ping pong. Precipitano nell'atrio, dove è sistemata una serie di barattoli. Qualche pallina ci finisce dentro, le altre rimbalzano in giro tra le esclamazioni di giubilo dei ragazzi e i gridolini di qualche ragazza. Poi tutti si mettono a bere.

«Non lo capisco.»

«Nemmeno io», mi risponde.

«Ce l'hai fatta!» grida a squarciagola qualcuno sopra di noi. Alzo lo sguardo e faccio appena in tempo a vedere Cyril che si mette a cavallo di uno dei corrimano. Si aggrappa saldamente e scende a razzo. Mi basta guardarlo per essere assalita dalla nausea. Alle sue spalle spunta Wren che tuttavia sceglie la variante più sicura e scende per le scale. Mentre cammina getta la testa all'indietro e svuota il bicchiere.

Cyril ci raggiunge per primo e saluta James con un mezzo abbraccio battendogli la mano sulla schiena. «Spero che oggi tu sia fiero di noi.»

Avverto chiaramente la tensione di James accanto a me. «Ma certo», dice in tono neutro, senza particolare gioia e senza tradire la frustrazione che deve aver provato a dover stare in panchina.

Lo sguardo di Cyril finisce su di me. «E tu sei...?» chiede, mentre i suoi occhi azzurro ghiaccio mi scrutano da capo a piedi. Studia la mia camicetta bianca a righine azzurre e la mia gonna plissettata e arriccia il naso come se fosse sul punto di starnutire.

Stronzo. Come se fosse più bello di me solo perché

la sua camicia nera probabilmente costa quanto tutto il mio outfit.

«Ruby», risponde James, facendo le presentazioni. «Ruby, lui è Cyril.»

«Ruby! Alistair mi ha detto di averti invitata.» Wren ci raggiunge sorridendo. Trattengo l'impulso di guardare altrove.

«Ciao», saluto, costringendomi a sorridere.

Lui saluta brevemente James, poi torna a guardare me. Il messaggio che mi lancia con il suo sorrisetto arrogante e ammiccante è incontrovertibile: questo è il mio regno. Qui sono io a stabilire le regole.

Un attimo dopo, James mi posa una mano sulla schiena. «Cy, fai il bravo padrone di casa e offrici da bere.»

Usa il suo tono da Io-sono-James-Beaufort e i suoi amici non trovano niente da ridire, mentre io non mi farei mai comandare a bacchetta così. Loro invece scoppiano a ridere e ci conducono nella parte posteriore dell'atrio, oltre la scalinata. Cyril raccoglie qualche pallina da ping pong prima di aprire una porta che dà su un ampio salone.

L'ambiente è più piccolo dell'atrio, ma è occupato come minimo da una cinquantina di persone che chiacchierano o ballano. La musica è assordante e il fumo mi entra nel naso e mi fa lacrimare gli occhi.

Le feste alle quali ho partecipato finora si possono contare sulle dita di una mano. Erano piccole riunioni nel parco di Gormsey, oppure – una volta – ho partecipato alla festa per i quindici anni di una compagna di classe. Mi aveva invitato per pura cortesia e ci sono andata perché mamma ha insistito che dovessi cercare di stabilire dei contatti con i miei compagni. È finita che sono rimasta tutta la sera in un angolo, muovendomi a ritmo di una musica orribile, contando i minuti che mancavano per poter tornare a casa.

Quello che succede sotto i miei occhi non ha niente a che fare con le mie esperienze. Al posto della birra nei bicchieri di plastica, gli invitati bevono costosi alcolici da bicchieri di cristallo. La musica non esce da uno stereo portatile, ma da un impianto stereo con le casse integrate in diversi punti della stanza. E poi c'è un sacco di pelle nuda.

Questa dunque è una festa esclusiva.

Mi guardo intorno e cerco di assorbire tutte le mie impressioni. I bassi della musica sono così forti che sento il pavimento vibrare sotto i piedi.

A una seconda occhiata scorgo la serra a vetri annessa al salone. È occupata da una gigantesca piscina illuminata, dalla quale comunque mi terrò alla larga.

Vedo qualcuno che nuota con indosso solo la biancheria e schizza le persone sul bordo. Altri sono seduti a fumare e bere su divani in velluto dall'aria antica e costosissima.

Sono così sopraffatta dalla situazione che mi rendo conto troppo tardi che James mi ha chiesto qualcosa. «Come, scusa?»

Lui si china fino a trovarsi con la bocca all'altezza del mio orecchio. «Che cosa vuoi bere, Ruby Bell?»

Un brivido mi scorre lungo la schiena e le braccia mi si riempiono di pelle d'oca. Ignoro entrambe le sensazioni. «Una coca, se c'è. Altrimenti acqua.»

James si raddrizza e mi guarda negli occhi. «Ti disturba se bevo?»

Scuoto la testa. «No.»

«Benissimo, torno subito.»

Un attimo dopo, lui e Cyril sono scomparsi. Wren rimane con me e mi guarda di nuovo con quel sorrisetto allusivo.

«Non bevi?» La sua voce è quanto mai provocatoria.

Con un enorme sforzo di volontà, evito di girare sui tacchi e piantarlo da solo. O di gridargli in faccia di fronte agli altri. Sono riuscita a ignorarlo per due anni: non gli permetterò di farmi uscire dai gangheri solo per qualche stupida battuta.

«No», rispondo brusca.

Wren si avvicina di un passo, mentre io indietreggio istintivamente.

«Come mai, Ruby?» mi domanda, facendo un altro passo verso di me, finché sento il muro alle spalle. «Hai avuto brutte esperienze?»

Il fiato gli puzza di alcol, e ha anche le pupille dilatate. Mi domando se abbia usato qualcos'altro, a parte lo scotch, per rintronarsi.

«Sai benissimo perché non bevo, Wren», ribatto gelida, raddrizzando le spalle. Se non si decide a lasciarmi in pace, gli farò seriamente del male. Alla mia sinistra ho notato una credenza di legno scuro con sopra diverse statue e una lampada.

So come difendermi.

«Ricordo molto bene quella serata», prosegue lui. Alza il braccio sinistro e si appoggia alla parete accanto alla mia testa.

«Io invece no», sibilo a denti stretti. Finora a scuola mi ha sempre lasciato in pace. Non ha mai fatto neppure un'allusione a quello che è successo due anni fa... perché allora ne parla proprio oggi?

«Davvero?» mormora avvicinandosi ancora di più.

Cortocircuito. Gli appoggio le mani sul petto e lo allontano decisa da me. «Non ho voglia di ripetere l'esperienza, Wren.»

Lui mi prende le mani e intreccia le dita alle mie. Mi guardo intorno in preda al panico. «Ho ancora nell'orecchio le parole che mi hai sussurrato allora.»

«È stato solo perché mi avevi fatto ubriacare.»

«Davvero?» di nuovo quel sorriso lascivo. «L'alcol porta allo scoperto i pensieri più nascosti, Ruby. Lo volevi almeno quanto me.»

Mi blocco, mentre il ricordo di quella serata alla fine affiora alla mia mente: il respiro ansimante di Wren, le sue mani inquiete sul mio corpo. Al pensiero mi sento avvampare. Da una parte per la vergogna, dall'altra perché mi è piaciuto veramente. Solo il modo in cui è successo continua a tormentarmi ancora oggi.

Wren apre la bocca per dire qualcosa, ma una voce alle nostre spalle gli intima, severa e annoiata allo stesso tempo: «Lasciala in pace, Fitzgerald».

Lui sgrana gli occhi e io guardo stupita dietro di lui. Lydia ci ha raggiunto. Lancia a Wren un'occhiata irritata, poi mi prende per mano e, senza dire altro, mi porta in mezzo alla stanza. Solo una volta che siamo a distanza di sicurezza, mi guarda sorpresa.

«Chi lo avrebbe detto che proprio una come *te* avesse un segreto inconfessabile?»

Mi sento invadere dal panico e istintivamente stringo i pugni. Ma prima che possa dire qualcosa, lei alza le mani con un sorrisetto divertito sulle labbra: «Non preoccuparti. Non andrò a raccontarlo a nessuno».

La fisso per qualche istante, poi mi rendo conto di quello che ha detto. «Non mi interessa se qualcuno viene a saperlo», dichiaro sprezzante, ma sappiamo entrambe che è una solenne bugia.

Se potessi, cancellerei tutta quella serata dalla mia memoria. Avevo quindici anni ed ero appena entrata a Maxton Hall. Era la prima festa alla quale potevo partecipare ed ero così esaltata e nervosa che ho bevuto allegramente tutte le coppe di punch che Wren mi portava. Non sapevo che ci aggiungesse dell'alcol dalla sua fiaschetta per farmi ubriacare. E quando mi ha trascinato in corridoio e mi ha baciato, ero euforica. Wren era uno dei ragazzi più belli che avessi mai visto. E mi desiderava. Ricevere il mio primo bacio da lui è stato come andare in estasi.

Solo il mattino successivo mi sono resa conto di quanto fosse stato subdolo da parte sua darmi da bere di nascosto e di quanto fossi stata ingenua. Da allora non ho più toccato una goccia d'alcol.

Lydia alza un sopracciglio, è proprio di fronte a me. «Davvero? Credevo ci tenessi di più alla tua reputazione.»

«Non c'è niente di scandaloso nel fatto che qualcuno mi abbia fatto ubriacare e poi abbia pomiciato con me. Non è mica come farsela con un professore.»

Mi pento delle mie parole subito dopo averle dette. Lydia impallidisce, poi fa un passo minaccioso verso di me. «Hai detto che avresti tenuto la bocca chiusa. Io...» Tace di colpo e riprende le distanze.

«Eccovi qui.» James si avvicina e mi porge un bicchiere di coca con ghiaccio e una fettina di limone. Per sé ha preso qualcosa di ambrato in un costoso bicchiere di cristallo.

Guarda lentamente da me a Lydia e di nuovo me. «Tutto a posto?»

«Fratellino, potresti portare qualcosa da bere anche a me? Ho il bicchiere vuoto», dice Lydia battendo le ciglia con enfasi esagerata.

James alza gli occhi al cielo, ma prende il bicchiere della sorella e torna verso il bar. Non appena si allontana, il sorriso di Lydia si spegne. Lei mi guarda gelida, io deglutisco impacciata. Mi pento di essere venuta. Non vorrei essere qui, ma a casa, dove mi sento sempre protetta e al sicuro. Questo è l'esatto contrario: un'avventura per la quale non mi sento all'altezza.

«Senti», dico, prima che abbia il tempo di minacciarmi di nuovo. «Mi dispiace per quello che ti ho appena detto.»

Lei apre la bocca e la richiude senza parlare. Poi mi guarda scettica. «Cosa?»

«Non sono tua nemica», proseguo. «E non mi interessa quello che c'è tra te e Mr Sutton. Non tradirò il tuo segreto.»

Lei stringe le labbra.

«Voglio solo starmene in pace», riprovo.

«Perché dovrei crederti?» mi chiede socchiudendo gli occhi. «Non ti conosco affatto.»

«È vero», ammetto. «Ma James mi conosce. E gliel'ho promesso.»

«Gliel'hai promesso», ripete, come se non capisse il significato di quelle parole.

«Sì», confermo esitante.

Mi guarda in silenzio per un po', con aria scettica. Poi però la sua espressione cambia. Come se all'improvviso alcune tessere del puzzle le fossero andate a posto nella mente. Il suo sguardo si sposta dal mio viso a un punto oltre la mia spalla. «È così allora», commenta infine.

Mi giro, nel tentativo di scoprire che cosa intenda. Vedo James, in piedi al bar. Sta tirando fuori una bottiglia dopo l'altra, esaminandone l'etichetta.

«Così come?» domando.

Lei mi sorride rassicurante: «Non preoccuparti, non sei la prima».

Non ho la minima idea di che cosa stia parlando.

«Molte ragazze sono già state conquistate dal suo fascino.»

Allora è tutto chiaro. Non riesco a trattenermi e scoppio in una fragorosa risata.

Lydia mi guarda interdetta. «Che cosa c'è di tanto divertente?»

«Non so se qualcuno te lo abbia mai detto, ma tuo fratello è l'esatto contrario di un tipo affascinante.»

Mi fissa, indecisa se insultarmi o mettersi a ridere. James la libera dall'imbarazzo perché sceglie proprio questo momento per tornare da noi.

«Tieni», dice porgendo a Lydia un bicchiere. «Per te, *sorellina.*»

Lei dà un'occhiata fugace al contenuto, poi torna a guardarmi. «Ti tengo d'occhio, Ruby.» Con queste parole si volta e scompare tra la folla.

«Che cosa intendeva?» chiede James perplesso, seguendo con lo sguardo la chioma biondo rame che a un certo punto si perde tra la gente.

Rispondo con un'alzata di spalle e lui si acciglia.

«Che cosa ti ha detto?»

«Niente. Non si fida di me e non crede che terrò la bocca chiusa.»

James lascia vagare lo sguardo per la sala. Sembra che debba pensare alle parole da pronunciare, come se non sia sicuro di ciò che può dirmi. «Per lei è difficile fidarsi degli altri.»

Lo guardo con aria interrogativa.

«Non sono molte le persone che terrebbero per sé un simile segreto, Ruby.» Alza le spalle. «Al contrario. Il novanta per cento della gente lo rivelerebbe alla stampa o cercherebbe di ricattarci. Non sarebbe la prima volta che qualcuno passa del tempo con noi soltanto per carpire i segreti di famiglia.» Mentre pronuncia queste parole, tiene lo sguardo rivolto sulle persone che ballano in mezzo alla sala.

«Ma è perverso.»

Gli angoli della sua bocca si curvano leggermente. «Infatti.»

Non avevo mai pensato a questo aspetto. Non basta a giustificare il comportamento di James, ma mi permette di capire un po' meglio lui e sua sorella.

«Mi domando che cosa sia venuta a fare, se tutti diffidano di me.»

Mi guarda in viso con aria pensierosa, poi solleva la mano come se volesse toccarmi, ma la lascia ricadere e beve un sorso dal bicchiere che aveva preparato per Lydia. È il suo secondo drink. «Sei qui perché Alistair ti ha invitato», dice infine.

«È vero», mormoro, scostandomi dietro l'orecchio una ciocca di capelli che mi solletica il mento. «Alistair. Se fosse stato per te, adesso non sarei qui.»

«Non è questo.»

«Che cosa, allora?» Non riesco a capire perché l'idea che lui non mi voglia qui mi dia tanto fastidio.

«Questo non è un luogo adatto a te, Ruby.»

Mi sembra di aver ricevuto una stilettata. Faccio una grande fatica a mascherare il dolore che provo.

«Non... non volevo dire così», si precipita a esclamare James. Evidentemente non sono stata brava come pensavo a nascondere quello che provo.

«Ma certo.» Mi giro a guardare la piscina oltre la grande vetrata. Qualcuno si è appena tuffato completamente vestito. Dopo pochi secondi James mi si para davanti riempiendomi tutto il campo visivo.

«Dai, hai capito. Volevo dire soltanto che non mi piace vederti in compagnia di certe persone. Alla fine cercheranno di rifilarti qualcosa. Mi sento responsabile per te.»

«Sono benissimo in grado di badare a me stessa, grazie», ribatto piccata.

Mi guarda con intensità e io bevo un sorso di coca per interrompere il contatto visivo. Quando mi fissa in quel modo, mi sento avvampare e qua dentro fa già abbastanza caldo.

«Non voglio essere una palla al piede per te. Comportati come faresti normalmente», gli dico, con un gesto che comprende tutta la sala. Qualunque cosa faccia James a feste come questa, liberissimo di farlo. Non voglio che si comporti da baby-sitter.

Lui annuisce e si scola il secondo bicchiere. Poi afferra anche il mio e posa entrambi su uno dei tavolini. Un attimo dopo torna da me e mi prende per mano. Mi conduce al centro della sala, in mezzo a quelli che ballano. Il cuore mi batte all'impazzata e, quando mi stringe a sé, io mi domando che cosa cavolo abbia in mente di fare. Il suo petto sfiora il mio e la sua mano stringe brevemente la mia prima che mi lasci e cominci a muoversi a ritmo di musica.

James Beaufort vuole ballare con me. Mi guarda sorridendo e dondola il bacino con movimenti circolari.

«Che stai facendo?» chiedo confusa. Sono l'unica immobile come un baccalà in mezzo alla pista da ballo.

«Mi comporto come faccio di solito alle feste», risponde James.

Il suo sguardo è una sfida e io devo accettarla. Cerco di muovermi come fa lui. Quando qualcuno mi spinge da dietro, barcollo contro di lui che mi posa una mano in vita per sostenermi. Ho la gola secca e il cuore mi batte più forte. Uno strano calore mi assale quando alzo lo sguardo su di lui. Siamo così vicini che tra di noi non passerebbe nemmeno un foglio di carta.

Qualcuno esulta accanto a noi. Stacco gli occhi dal viso di James e mi guardo intorno. Ci sono almeno cinque paia di occhi rivolte nella nostra direzione.

Devo aver perso il senno. Anche ammesso che tra James e me ora regni una pacifica convivenza, questa è tutta un'altra faccenda. E se non voglio che i pettegolezzi su di noi si spargano per tutta la scuola, devo subito togliermi dalla situazione attuale.

«Devo andare in bagno», annuncio. James si stacca subito. I suoi occhi lampeggiano eloquenti e al momento sono troppo confusa per capire che cosa vogliano dire. Indica l'angolo sinistro della sala dove, oltre a un ampio arco, si apre un corridoio. «Prima a destra, seconda porta a sinistra.»

Mi faccio largo tra la gente che balla e percorro il corridoio. Alle pareti sono appesi ritratti a olio dei membri della famiglia Vega e la tappezzeria risplende verde e oro alla luce delle lampade. La passatoia rosso scuro ha disegni astratti simili ad animali. Questa parte del corridoio è completamente vuota e ne approfitto per appoggiarmi al muro.

Non ho davvero la più pallida idea di che cosa sia venuta a fare qui. A parte il fatto di sentirmi totalmente fuori luogo, James mi provoca molta insicurezza. Le sue carezze, i suoi sguardi, le sue parole sussurrate: se non lo conoscessi, direi che sta flirtando con me.

Quando è venuto da me lunedì dicendomi che non voleva tornare al prima, non avevo messo in conto che le cose potessero prendere questa piega. È il suo modo di ballare con tutte le ragazze che conosce? Probabile.

Forse dovrei considerarlo come un compito. Questi sono i miei compagni di scuola, che mi piaccia o meno. E se dovessi riuscire a entrare a Oxford, dovrò imparare a cavarmela con alcuni di loro e molti altri rampolli di famiglie ricche.

Faccio un respiro profondo, stringo i pugni e mi stacco dal muro animata da un nuovo coraggio. Mi darò una rinfrescata, poi tornerò nella sala, finirò la coca e ballerò con James. Che cosa potrebbe mai succedere? Siccome ormai sarò comunque sulla bocca di tutti, tanto vale divertirmi. Presa questa decisione, raggiungo la porta poco più avanti sul lato sinistro del corridoio e la apro nella speranza di trovare un bagno. La stanza è rischiarata solo dalla luce del corridoio. Impiego un istante per abituare la vista, ma poi riconosco i contorni di un antico secretaire, delle poltrone e... un sacco di librerie.

Non è il bagno, è la biblioteca! Dopo una breve esitazione, avanzo di un passo e mi guardo intorno incuriosita. I libri collocati su un solo ripiano superano per quantità quelli presenti in tutta casa nostra. Un sorriso mi illumina il volto mentre faccio un altro passo avanti... e allora li sento.

Respiri affannosi e sospiri soffocati.

Girati e vattene, mi ordina una voce stridula nella mia testa, ma è già troppo tardi. Il mio sguardo si posa su Alistair, appoggiato a una delle librerie in fondo alla stanza. Tiene la testa gettata all'indietro e in quel momento lancia un gemito.

Si sente uno schiocco soffocato. «Se continui a fare tanto chiasso, smetto.»

Resto paralizzata. È una voce che conosco. Bassa e profonda, un po' roca.

«Vai avanti», dice Alistair piegando la testa in avanti.

Il tipo inginocchiato davanti a lui si alza. «Solo se me lo chiedi per favore.»

Alistair lo afferra per i capelli e lo fa chinare verso di sé per baciarlo. Il tipo appoggia le mani accanto alla testa di Alistair e ricambia il bacio. Allora lo riconosco.

Keshav.

Trattengo il fiato, mentre la bocca di Keshav scivola dal viso al collo di Alistair.

Ed è allora che Alistair si accorge di me.

«Kesh, smettila», bisbiglia in preda al panico scostando l'amico da sé.

Giro sui tacchi ed esco di corsa in corridoio. Mi guardo

intorno confusa e decido di tornare nel salone. Supero di slancio la gente che balla, i cui visi sono un mare confuso, e cerco James.

Lo vedo con la sorella, Cyril e Wren vicino alla piscina. Stanno chiacchierando di qualcosa, Wren gesticola animatamente.

Ho bisogno di un momento per riprendermi.

Ma perché diamine continuo a sorprendere persone intente a pomiciare che chiaramente non desiderano un pubblico? Da quando colleziono i segreti altrui? Non è normale.

Faccio un grande sforzo per riprendermi e tornare vagamente calma. Decido di rimangiarmi quanto mi ero appena riproposta. Non posso divertirmi qui e non mi abituerò mai a questa gente.

Voglio andare da James e implorarlo di riportarmi a casa, ma lui è così vicino alla piscina che ho un attimo di incertezza. Alla vista dell'acqua provo un vago malessere, ma alla fine raccolgo tutto il mio coraggio ed esco nella serra. Mi fermo vicino al muro a una certa distanza dal gruppo. Wren si accorge di me per primo. «Eccola.»

Gli rivolgo un cenno d'assenso e sospiro sollevata quando James viene verso di me. Non avrei mai immaginato che potesse essere lui la persona con la quale mi sarei sentita più a mio agio a una festa, ma oggi è proprio così. È diventato il mio punto di riferimento e devo fare uno sforzo per non prendergli la mano.

«Tutto a posto?» si informa. Tiene in mano un altro bicchiere, stavolta con un contenuto bruno. Ha le guance lievemente arrossate.

«Vorrei tornare a casa», bisbiglio trafelata.

James aggrotta la fronte, ma annuisce subito. Evidentemente si capisce che sono a un passo da una crisi di nervi. Svuota il bicchiere, poi lo posa su un tavolino lì accanto. «Ma certo.»

«Ma dai. Da quando lasci una delle mie feste prima delle quattro del mattino?» chiede offeso Cyril.

«Da quando ho qualcuno che devo riaccompagnare a casa», risponde James guardando con freddezza l'amico. Eccolo di nuovo, l'invalicabile muro di arroganza.

«E dai, Ruby. Non fare la guastafeste. Lasciaci il nostro amico», interviene Wren, che si accuccia per spruzzare un po' di acqua della piscina con la mano. Qualche goccia mi arriva sul collo e io mi sento soffocare.

«Smettila», esclamo con una voce che non riconosco da quanto è stridula.

«Sei fatta di zucchero o cosa?» domanda Cyril con una risata. È senza camicia e indossa un costume da bagno nero. Ha i capelli ancora umidi dopo aver nuotato. Si avvicina di un passo. Io indietreggio e mi avvinghio al braccio di James. Non mi interessa quello che pensano gli altri.

«Avanti, Cy. Lasciala stare», dice James, ma nemmeno il suo tono autoritario stavolta ha l'effetto desiderato. Cyril sogghigna come un predatore. Un attimo dopo fa un balzo verso di me, mi strappa di mano la borsa e la porge a Lydia.

«Cyril, ti avverto...» Ho appena il tempo di ansimare, ma è troppo tardi. Mi stringe in un abbraccio che non ha niente di amorevole e mi trascina con sé dentro la piscina. Lancio un grido stridulo quando colpisco l'acqua di slancio, e comincio ad agitare braccia e gambe in preda al panico.

Poi andiamo a fondo e il mio cuore si ferma per un

secondo. Non sono più a casa dei Vega, bensì in un lago torbido e verdastro. Non ho più diciassette anni, bensì otto. E non so più nuotare, ma sono tragicamente in balia dell'acqua gelida.

Non riesco a respirare.

Le alghe mi trascinano verso il fondo e non riesco a muovermi. Le braccia non mi obbediscono, le gambe sono fuori combattimento. Non ho più il controllo del mio corpo.

La pressione sul petto aumenta vertiginosamente. E poi non ho altra scelta che respirare l'acqua.

17

James

Mentre Wren e mia sorella scoppiano a ridere quando Cyril riaffiora e ci schizza, continuo a fissare Ruby che è solo una macchia scura e sfocata sotto la superficie dell'acqua. Prima l'ho vista divincolarsi come impazzita, ma adesso non si muove più.

C'è qualcosa che non va.

«Se sapesse che conosciamo già la finta del morto, la smetterebbe», dice Wren allungando una mano per aiutare Cyril a uscire dalla piscina.

Ruby continua a rimanere sott'acqua. In un angolo della mia testa so che c'è qualcosa che non va. Il cuore mi batte all'impazzata e mi lancio.

«James, non credo che abbia bisogno veramente...» Non sento il resto delle parole di Lydia perché mi tuffo di testa. Raggiungo Ruby con lunghe bracciate, la cingo con un braccio e la trascino in superficie. Non si muove.

«Ruby», la chiamo ansimando quando torniamo a galla. La scuoto. «Ruby!»

All'improvviso comincia ad agitare le braccia intorno

a sé. Tossisce e boccheggia e io la tengo stretta al busto per evitare che affondi di nuovo.

È completamente fuori di sé. «Portami fuori di qui», esclama stridula. «Devo uscire da qui!»

Annuisco e nuoto insieme a lei fino al bordo della piscina. Poi la sollevo per i fianchi e la faccio sedere sul bordo. Lei tossisce ancora a lungo, per liberare i polmoni dall'acqua che ha respirato per brevi istanti. Mi isso sul bordo accanto a lei e la sostengo mentre vomita.

«Portami via da qui.» La sua voce è un sussurro rotto che smuove qualcosa dentro di me. Mi alzo e l'aiuto a sollevarsi. Tiene lo sguardo basso, ma riconosco lo stesso le lacrime che si mescolano alle gocce d'acqua sul suo viso. Quando si rimette in piedi, scivola di lato. Sento che trema in tutto il corpo, e allora mi accuccio e la prendo in braccio. Lei non protesta nemmeno, ma mi nasconde il viso contro il collo, per non far vedere a nessuno che sta piangendo.

Mi giro furioso verso Cyril, che non ride più.

«Sei un gran figlio di puttana», mormoro. Vorrei gridargli in faccia, ma non voglio spaventare Ruby.

Mi giro ed esco in giardino passando dalla porta della serra.

Percy impiega parecchio tempo ad arrivare, ma ha con sé degli asciugamani e un cambio. Ruby evita di guardarmi quando la avvolgo nella spugna e comincio a strofinarla. Continua a tremare come una foglia. Percy mi porge in silenzio un'altra salvietta che apro e le appoggio sulla testa. Poi le tampono l'acqua dai capelli. Probabilmente esagero, ma continuerò a strofinarla finché smetterà di tremare. Anche se dovessi impiegarci tutta la notte.

A un tratto il suo corpo viene scosso da un singhiozzo silenzioso. Mi blocco. Fa male vedere piangere una persona forte come lei, e non so che cosa fare. Posso solo continuare ad asciugarla, poi la accarezzo dolcemente con movimenti circolari sulla schiena e chiedo a Percy di passarmi la felpa di Maxton Hall che ha portato con sé.

«Riesci a sbottonarti la camicia?» le chiedo cauto.

Ruby non dà segno di avermi sentito. Siccome dubito che con le dita tremanti riesca a combinare qualcosa, le infilo la felpa dalla testa e poi comincio a slacciarle la camicia a occhi chiusi. Una volta che è aperta, gliela faccio scivolare delicatamente dalle spalle, poi l'aiuto a infilare le braccia nelle maniche della felpa. Quando sto per metterle il cappuccio, solleva le mani e mi stringe gli avambracci. Ha le dita ancora gelate.

Un attimo dopo china la testa in avanti contro il mio petto e fa un profondo respiro. Anche il suo fiato trema. È spaventoso vederla così.

«È tutta colpa mia», mormoro.

Ruby mi solleva la testa dal petto e mi guarda. I suoi occhi sono ancora diffidenti, ma ho l'impressione che stia riacquistando lucidità. Sembra la Ruby di sempre. La ragazza testarda, battagliera, che non si fa mettere i piedi in testa da nessuno. Un macigno mi cade dal cuore e nel mio petto si fa strada un'emozione allo stesso tempo pesante e leggera.

Mi giro da una parte e mi sbottono la camicia per infilare la seconda felpa che ha portato Percy.

«Forza, ti riportiamo a casa», dico infine, aprendo la portiera della Rolls-Royce.

Lei sale e io le siedo accanto. Quando Percy parte, reclino la testa all'indietro contro il sedile. Tutto a un tratto l'alcol che ho bevuto si fa sentire e la testa mi gira vorticosamente.

Guardo di sfuggita Ruby che si muove accanto a me. Si è tirata le maniche della felpa blu fin sopra le dita facendo sparire le mani dentro il tessuto. Provo l'irresistibile impulso di abbracciarla. Mi giro rapidamente dall'altra parte.

«Ho una tremenda paura dell'acqua», bisbiglia nel silenzio.

Devo fare uno sforzo per non girarmi verso di lei. Credo che si senta più sicura se continuo a guardare fuori dal finestrino. «Perché?»

Non risponde subito. «A mio padre piace andare a pesca. Mi portava sempre con sé da piccola e passavamo interi fine settimana insieme su qualche lago. Quando avevo otto anni, abbiamo avuto un incidente.»

Il suo corpo si irrigidisce e sento che è sopraffatta da un terribile ricordo. Il respiro si fa affannoso. Allora le prendo la mano e gliela stringo sopra la felpa.

Sembra così piccola e fragile, eppure sono convinto che Ruby sia l'esatto contrario di *fragile*.

«Che cosa è successo?»

«Siamo stati speronati da una barca più grande che non ci aveva visto. La nostra è stata ridotta a pezzi e mio padre ha subito un grave trauma. A causa dello stiramento del collo gli si è rotta una vertebra.»

Le stringo brevemente la mano.

«Da allora è su una sedia a rotelle. Ho un terrore assoluto dell'acqua», conclude in fretta.

Credo che la storia non si esaurisca qui, ma non insisto. Quello che mi ha raccontato basta per farmi un'idea di cosa deve esserle passato per la testa quando Cyril l'ha trascinata con sé in piscina.

«Mi spiace», dico, sentendomi un completo idiota. Ha appena condiviso con me una delle sue esperienze più traumatiche e l'unica cosa che riesco a darle è una misera giustificazione.

«Non importa. Tu non sei come i tuoi amici.» La sua mano spunta da sotto la felpa e si avvicina incerta alla mia. Intreccio le dita alle sue e con il pollice le accarezzo titubante il dorso della mano.

«Non è vero», mormoro scuotendo la testa. «Sono esattamente come i miei amici. Addirittura peggio di loro.»

Per il resto del viaggio restiamo in un silenzio affiatato, mentre rifletto su quanto mi ha appena detto. A un certo punto Ruby si appisola e la sua testa mi scivola sulla spalla. La sua mano non si stacca dalla mia e continuo ad accarezzarle assorto la pelle che per fortuna è ritornata calda.

Dopo venti minuti arriviamo a casa sua. Le luci sono ancora accese e io dovrei svegliarla. Ma non trovo il coraggio di farlo, non ora che la vedo così serena.

«È una brava ragazza, Mr Beaufort», dichiara all'improvviso la voce di Percy attraverso l'altoparlante. Guardo in avanti, anche se il divisorio è alzato. «Non rovini tutto.»

«Non ho idea di che cosa stai dicendo», rispondo.

Ma non lascio la mano di Ruby.

18

Ruby

EMBER e io trascorriamo il sabato in pigiama. Mamma e papà sono da amici e noi approfittiamo della cucina libera per prepararci dei biscotti con scaglie di cioccolato. Ci stiamo assicurando che la ciotola dell'impasto sia veramente vuota quando suonano alla porta. Sussultiamo e ci scambiamo un'occhiata, poi le passo il «ce l'hai» con grandissima prontezza di riflessi. Ember sbuffa contrariata quando si rende conto della sconfitta. Si allontana mogia verso il corridoio.

Poco dopo sento una voce energica e familiare. «Ciao, tu sei Ember? Io sono Lin. Dov'è tua sorella? Devo parlare subito con lei!»

Prima che abbia tempo di batter ciglio, Lin mi si piazza davanti e mi porge il cellulare. «Dimmi che questa non sei tu.»

Per un attimo la guardo interdetta. È la prima volta che Lin viene a trovarmi a casa. Finora era venuta a prendermi un paio di volte, ma aveva sempre aspettato fuori in macchina. La sua presenza dovrebbe mettermi in agitazione. Dopotutto frequenta Maxton Hall e fa parte di quell'ambito della mia vita che voglio a tutti costi tenere separato dalla famiglia. Ma più la vedo in piedi nella nostra cucina, più mi rendo conto che è vero il contrario. Sono contenta che sia venuta. Il nostro recente litigio mi ha fatto capire chiaramente che non siamo semplici compagne di scuola, ma che potremmo essere qualcosa di più. Forse è tempo di aprirmi con lei.

Lecco un'ultima volta la spatola con l'impasto dei biscotti per non doverle rispondere. Lin si avvicina impassibile fino a venirmi proprio di fronte e mi mette il cellulare davanti al naso, tanto che sono costretta a piegare la testa all'indietro per scorgere qualcosa sulla foto scura.

Si vede James da dietro: trasporta qualcuno che gli tiene le braccia strette al collo e il viso nascosto contro il petto. Non si capisce che quella persona sono io, ma nonostante questo mi sento avvampare le guance. Mi domando quante altre foto esistano di quel momento. E chi le abbia già viste.

«Ruby?» domanda Lin, con un tono improvvisamente un po' meno deciso. «Che cosa è successo ieri?»

«Sono stata alla festa di Cyril», rispondo. «Te l'ho già raccontato.»

«Sì, lo so. Quello che vorrei sapere è che cosa è successo *qui.*»

«Che cosa è successo dove?» chiede Ember strappando di mano il cellulare a Lin. Spalanca la bocca quando vede la foto. «Sei proprio tu?»

«Sì», confermo impacciata. Questa giornata con Ember sarebbe dovuta servire a distrarmi. Volevo scacciare il ricordo della notte appena trascorsa e calmare i miei pensieri in subbuglio. Quello che è successo ieri… non so neppure io che cosa sia stato. Tantomeno potrei descriverlo a parole o affrontarlo.

«Racconta subito com'è andata ieri sera», mi ordina mia sorella con quel tono che non ammette repliche, ereditato senza dubbio da mamma.

Mi chino verso il forno per controllare i biscotti. Purtroppo non sono ancora pronti e non possono proteggermi dalle occhiate interrogative di Lin ed Ember. Sospiro piano, lascio cadere la spatola nella ciotola, poi indico verso la sala da pranzo. Dopo esserci sedute, comincio a raccontare.

Alla fine della storia le loro reazioni sono diverse. Lin è soprattutto scettica. Ember invece ha appoggiato il mento alla mano e sorride con aria sognante.

«Questo Beaufort mi sembra davvero uno all'antica», sospira.

«Non è vero!» esclama incredula Lin. «Quello di cui hai appena parlato non può essere James Beaufort.»

Mi limito a un'alzata di spalle. Anche a me sembra impossibile che lui si sia spinto fino al punto di proteggermi di fronte ai suoi amici… ma lo ha fatto. E non solo. Si è occupato di me. Mi ha rivestito e si è comportato da vero gentiluomo. Mi ha tenuto la mano quando gli ho raccontato di papà.

La notte scorsa ha cambiato le cose tra di noi. Me ne rendo conto chiaramente. Un brivido mi percorre tutto il corpo se penso al suo sguardo e al modo in cui mi ha accarezzato la mano. A come sia stata assalita da un fremito di calore e James abbia pensato che avessi ancora freddo mentre era l'esatto contrario. A come mi abbia toccato, quasi fossi fatta di vetro fragile e delicato.

«È esattamente quello che intendevo quando ti ho consigliato di stare attenta», conferma Lin, scuotendo la testa e riportandomi al presente.

«Lo so», mormoro. Vorrei riuscire a dimenticare quello che ho provato finendo sott'acqua.

«Non posso credere che Cyril lo abbia fatto davvero», prosegue. «La prossima volta che lo vedo, lo strozzo.»

Ha un'aria così costernata e delusa che per l'ennesima volta mi domando se Cyril sia in realtà qualcosa di più di un semplice compagno di scuola per lei. Se ci sia stata una storia tra di loro e in quel caso che cosa sia successo veramente. Finora ha sempre evitato di parlare della sua vita amorosa. Forse sarebbe il momento giusto per chiederle qualcosa al riguardo: dopotutto io le ho confidato qualcosa di me.

Ma Ember interrompe i miei pensieri e prende la parola.

«Per fortuna c'era James.» Sembra che dai suoi occhi debbano spuntare da un momento all'altro tanti cuoricini rossi. «Non riesco a credere che ti abbia davvero presa in braccio per portarti via dalla festa. *Tra le sue braccia!*»

Non ci credo nemmeno io. Soprattutto se penso a quanto sia stato freddo e arrogante nei miei confronti all'inizio. Quella sua versione non coincide con il James che ieri mi ha avvolto in un mucchio di asciugamani e mi ha accarezzato la schiena finché non ho smesso di tremare. Il James che ha messo in subbuglio i miei pensieri e la notte scorsa è venuto a trovarmi in sogno, toccandomi con le sue mani calde.

Non va bene. Non va bene. Non. Va. Bene.

«Se non avessi visto questa foto, non ci avrei mai creduto», dice Lin tornando a fissare lo schermo del cellulare. «Com'è possibile che un tipo arrogante come lui all'improvviso si trasformi in un cavaliere?»

«Evidentemente si è accorto che Cyril aveva superato il limite con Ruby ed è intervenuto. Questo dimostra che ha un cuore buono», dichiara Ember. Mi guarda e all'improvviso qualcosa muta nella sua espressione. «Oh-oh.»

Lin alza la testa. «Che cosa c'è?» Quando il suo sguardo si posa su di me, lancia un gemito. «Ruby!»

Evidentemente il caos dei miei pensieri mi sta scritto in faccia. «Non lo capisco nemmeno io, va bene?» dico. «Non lo sopporto, eppure...» Mi interrompo e alzo le spalle.

Per un po' Ember sembra sul punto di voler ribattere qualcosa, ma alla fine si alza. «Andiamo a controllare i biscotti.»

Torniamo tutte e tre in cucina, dove nel frattempo si è diffuso un profumino irresistibile. Dopo che io ed Ember abbiamo sfornato i biscotti, Lin li sistema in ordine simmetrico su un vassoio. Quando torniamo in salotto, mi dà una gomitata al fianco. «È normale sentirti attratta da qualcuno che in realtà trovi insopportabile.»

Vorrei tanto chiederle se parla per esperienza diretta. Ma Lin è molto introversa per quanto riguarda la sua vita amorosa e non ho il coraggio di approfondire. «Trovi?» le chiedo soltanto.

Lei annuisce.

I miei pensieri tornano automaticamente a James. Sento un formicolio sulla mano nel punto dove mi ha accarezzato e, se ripenso a come si è spogliato davanti a me, provo un senso di calore allo stomaco.

«Comunque stento ancora a crederci. Proprio Beaufort.

Il maledetto re della scuola», mormora Lin lasciandosi cadere sul divano.

«Non so nemmeno io come sia potuto succedere», ammetto, mentre prendo uno dei biscotti. È ancora troppo caldo, ma lo addento per non essere costretta a parlare.

«Se davvero si è preso cura di te così bene, ha la mia benedizione», interviene Ember scegliendo a sua volta un biscotto. Poi incrocia le gambe sul tavolo da pranzo. «Adesso che cosa farai? Avete già parlato dopo ieri?»

Scuoto la testa. «In realtà oggi volevo solamente passare una bella giornata in compagnia di mia sorella.»

Ember si solleva di scatto. «Devi sentirlo!»

Getto occhiate da lei a Lin scuotendo la testa. «Ragazze, non c'è niente. Siamo soltanto... amici.» Trovo strano definire James un «amico», ma in questo momento non mi viene in mente nient'altro.

«Ma certo. Scrivigli subito», mi esorta anche Lin e io tiro fuori il cellulare dai pantaloni con un sospiro.

Rifletto brevemente su che cosa dovrei scrivergli e poi scelgo l'opzione più semplice.

Grazie. R.J.B.

Dopo aver inviato il messaggio, infilo il cellulare tra i cuscini del divano per non doverlo più vedere.

«Che cosa gli hai scritto?» chiede Ember.

«L'ho solo ringraziato.»

Lin arriccia il naso e prende anche lei un biscotto. Lo spezza in quattro parti e ne mette in bocca una. Capita raramente che mangi qualcosa di dolce. È attentissima all'alimentazione e in pratica rinuncia a tutto quello che è ghiotto. Per me è un peccato, ma finora non sono riuscita a convincerla che la vita è più divertente con un po' di cioccolato.

Sento il cellulare che vibra. Devo fare un enorme sforzo di volontà per non afferrarlo subito. Mi sentirei in imbarazzo a mostrarmi tanto ansiosa di fronte a Lin ed Ember.

Per fortuna non sentono quanto mi batte forte il cuore quando sblocco lo schermo e leggo il messaggio.

Non mi hai mai detto per che cosa sta la J. J.M.B.

Rispondo subito.

Indovina. R.J.B.

James. J.M.B.

Un po' egocentrico, non trovi? R.J.B.

Jenna. J.M.B

No. R.J.B.

Jemima. J.M.B.

Sono impressionata che tu abbia indovinato dopo tre tentativi soltanto. R.J.B.

Per un po' non risponde. Guardo lo schermo scuro e sono consapevole delle occhiate incuriosite di Ember e

Lin. Non so nemmeno io che cosa stia aspettando, quando dopo un paio di minuti il cellulare vibra di nuovo.

Ti senti meglio?

Nessuna iniziale. Basta scherzi. Di colpo ho la gola secca. Non voglio pensare a ieri, non voglio pensare all'acqua né alla figuraccia che ho fatto con gran parte dei miei compagni di scuola, comportandomi come un'isterica. Soprattutto non voglio pensare a lunedì, e a quello che mi succederà.

Ho paura per lunedì. Girano delle foto di noi due.

Lin ed Ember cominciano a chiacchierare di cose che non hanno niente a che fare con James e con la festa, ed Ember accende pure la televisione. Prende un DVD dallo scaffale e lo inserisce.

Sono grata che mi lascino un po' di privacy, soprattutto quando leggo il messaggio successivo di James.

Non preoccuparti. Sulla foto si vede solo la mia schiena bagnata.

Trattengo il respiro. Il messaggio ha solo un significato neutro, oppure è un modo indiretto per flirtare? Non ne ho la più pallida idea. So solo che vorrei rimanere al suo livello.

Allora a questo riguardo diciamo che posso essere contenta per la foto.

La sua risposta tarda ad arrivare. Così tanto che mi pento delle parole che gli ho scritto. Siamo a metà del film quando il cellulare vibra.

Ruby Bell, sbaglio o stai cercando di flirtare con me?

Un sorriso mi affiora sulle labbra. Lo nascondo dentro il colletto del pigiama. Poi spengo il cellulare e mi concentro con tutta me stessa sul film.

19

Ruby

QUANDO scendo dall'autobus il lunedì mattina, trovo James appoggiato alla staccionata del campo sportivo. Mi saluta con un sorriso storto.

Dopo quanto accaduto una settimana fa nella sede dell'azienda dei suoi genitori, non avrei mai creduto che un giorno sarei stata felice di trovarlo ad aspettarmi.

«Ciao», lo saluto un po' trafelata, fermandomi davanti a lui.

Il suo sorriso si allarga. Anche lui sembra felice di vedermi. «Ciao.»

Mi guarda negli occhi e provo di nuovo quella sensazione allo stomaco. Mi domando se sentirei formicolare la pelle, nel caso mi toccasse come ha fatto venerdì. Scaccio immediatamente il pensiero in un angolino buio nella mia testa. «Oggi mi farai da scorta?»

Lui continua a sorridere. «Pensavo di andare insieme all'assemblea per proteggerti dalle domande degli altri.»

Un attimo dopo indica verso la scuola e si avvia in quella direzione. Infilo le dita nelle cinghie dello zaino e lo seguo.

«Come... com'è andato il resto del fine settimana?» gli domando incerta.

«Ieri sono stato a pranzo con la famiglia.»

Non dice altro. Gli lancio un'occhiata interrogativa. Lui se ne accorge e lentamente torna serio.

«È venuta a trovarci mia zia Ophelia. Lei e papà non vanno molto d'accordo.»

Per un momento resto allibita che si sia confidato con me. Non lo avevo messo in conto, soprattutto da quando mi ha raccontato quanto abbiano sofferto lui e sua sorella in passato per il tradimento delle persone di cui si fidavano. Viceversa, venerdì anch'io gli ho raccontato qualcosa di me. Deve essersi accorto di quanto mi sia costato. E forse in questo momento sta come me. Forse anche lui sente che qualcosa è cambiato e non vuole che torniamo a quel rapporto impacciato che avevamo prima.

In me si accende una speranza. Non ho idea di quale nome dare a ciò che è nato tra noi – amicizia? Di più? Di meno? – ma mi piacerebbe molto scoprirlo, un poco alla volta.

«Ci sono stati diverbi?»

Lui affonda le mani nelle tasche. «Le nostre riunioni di famiglia non sono mai particolarmente pacifiche. Le Beaufort Companies sono di proprietà di mia madre e di sua sorella. Ma, da quando i miei genitori si sono sposati, mio padre è subentrato nella gestione di molti aspetti e ha anche fatto parecchi cambiamenti, cosa che a qualcuno non è piaciuta, prima di tutto a Ophelia», spiega.

«Anche lei lavora per l'azienda di famiglia?» chiedo interessata.

James annuisce. «Sì, ma non ha potere decisionale per

quanto riguarda l'azienda principale. Ha cinque anni meno di mia madre e per questo è sempre stata tenuta un po' ai margini. Si occupa delle consociate o di quelle aziende di cui i miei genitori hanno acquistato una percentuale.»

Mi domando che cosa ne penserebbe Ember se i nostri genitori ci lasciassero in eredità un'azienda ma non le dessero voce in capitolo solo perché è la più piccola delle due. Sfido io che alle riunioni di famiglia i Beaufort facciano scintille.

«Ultimamente non ha condiviso tutta una serie di decisioni, perciò l'atmosfera era piuttosto tesa. Ma... è andata bene. Ho vissuto serate in famiglia peggiori», conclude con un'alzata di spalle, e insieme imbocchiamo il vialetto che porta alla Boyd Hall.

Veniamo superati da una ragazza che frequenta il mio corso di storia. Quando mi vede insieme a James, strabuzza gli occhi. Stringo le cinghie dello zaino e deglutisco. Nonostante tutto, alzo il mento e sostengo il suo sguardo con aria di sfida, finché lei non si gira e prosegue a passo spedito.

«Ehi, non c'è bisogno di essere così aggressive», dice James sfiorandomi la spalla con la sua.

«Che cosa dovrei fare? Se lei mi fissa, io la fisso a mia volta.»

Si mette davanti a me e mi costringe a fermarmi. «Ti fai coinvolgere troppo. Dovresti restare indifferente. Non deve interessarti ciò che gli altri dicono di te.»

«Ma non è così.»

«E allora? Non c'è bisogno che lo sappiano. Basta che tu finga che non ti interessi niente. Vedrai che ti lasceranno in pace.»

All'improvviso la sua espressione cambia: abbassa un po' le palpebre, rilassa le sopracciglia e piega leggermente all'insù gli angoli della bocca. Ha un'aria strafottente e così arrogante che mi verrebbe voglia di scuoterlo. «Con quella faccia verrebbe voglia di prenderti a schiaffi.»

«Con questa faccia do l'impressione che non me ne importi niente di essere preso a schiaffi. È questa la differenza», spiega, poi mi fa un cenno con il mento. «Prova tu.»

Cerco di imitarne l'espressione. A giudicare dal guizzo delle sue labbra non devo riuscirci troppo bene.

«D'accordo. Magari per iniziare basterà che eviti di fissare tutti come se volessi incenerirli.»

Riprendiamo il cammino e cerco di fare tesoro del suo consiglio. Eppure il mio senso di malessere aumenta man mano che ci avviciniamo alla Boyd Hall. Poco prima di entrare nell'edificio, James mi posa la mano sulla nuca e mi accarezza. Solo un attimo, nient'altro. Probabilmente vuole farmi coraggio, ma all'improvviso divento nervosa per un altro motivo. Non so come faccia, ma basta una brevissima carezza da parte sua per mandare all'aria il mio mondo. È una sensazione del tutto nuova per me, è sconosciuta e singolare. Ma anche bella.

«Beaufort!» chiama una voce alle nostre spalle e io sussulto. Gli studenti diretti all'assemblea ci passano accanto evitandoci, mentre noi ci fermiamo di nuovo.

James si volta e io lo imito controvoglia.

Wren e Alistair ci raggiungono sui gradini e si fermano davanti a noi. «Ciao, Ruby.» Wren si sfrega la nuca quasi impacciato. «Scusa per venerdì.»

Non so bene se si stia scusando solo per la storia della piscina oppure per il modo in cui mi ha trattato fin dall'inizio della festa. Ma non posso chiederglielo, perché altrimenti James verrebbe a conoscenza della storia tra me e lui. Il fatto che si scusi dipende di sicuro dalla presenza di James, ma ne sono comunque felice.

Mi limito ad annuire. «Figurati, non sei stato tu a buttarmi in piscina.»

Wren sorride sorpreso, come se si fosse aspettato tutt'altra reazione.

I miei occhi si posano involontariamente su Alistair, che mi osserva in silenzio. Un'occhiata alla sua faccia basta per farmi capire che è consapevole. È consapevole che sono stata io ad aver sorpreso lui e Kesh in biblioteca.

Provo a sorridergli. Lui non ricambia. Le sue labbra sono una linea pallida e sottile.

«Possiamo entrare?» chiede James guardandosi intorno. Noi annuiamo e saliamo gli ultimi gradini.

L'assemblea è appena cominciata quando entriamo nella sala e cerchiamo di sistemarci senza dare nell'occhio nell'ultima fila. Tuttavia sento gli sguardi dei miei compagni quando si sparge la voce su chi questa mattina si sia seduto accanto a James Beaufort. Una alla volta le teste si girano verso di noi, mentre il rettore Lexington si alza in piedi e si congratula con la squadra di lacrosse per la splendida vittoria di venerdì.

Provo a gettare un'occhiata verso James, ma il suo viso è neutro, non manifesta alcun tipo di fastidio per la situazione e il bisbigliare intorno a noi. Deglutisco, stringo le labbra e lo imito.

Dopo l'assemblea, James e Wren hanno matematica, mentre Alistair e io dobbiamo andare alla lezione di storia dell'arte nell'ala orientale. Prima di separarci, James mi sussurra: «Pensa agli schiaffi».

Sebbene siano parole del tutto innocenti, avverto un calore alle guance. Faccio finta di niente e seguo Alistair che si è già avviato. L'atmosfera tra di noi è ancora tesa e ho la sensazione di dover dire qualcosa. Ma sinceramente non saprei che cosa.

È Alistair a prendere l'iniziativa: mi trattiene per un braccio davanti all'ingresso dell'aula. Mi sposta da parte e mi guarda serio.

«Quello che hai visto venerdì sera», esordisce a bassa voce, poi si blocca. Il suo sguardo si posa su alcuni studenti che si stanno avvicinando. Li saluta con un sorriso falso e aspetta che ci abbiano superato e siano entrati nell'aula. Poi torna a guardarmi. «Non devi parlarne con nessuno per nessun motivo.»

«Certo», rispondo altrettanto piano.

«No, Ruby, non capisci. Me lo devi promettere. Giurami che non ne parlerai con nessuno», bisbiglia con urgenza.

«Perché pensi che lo farei?» ribatto.

«Io... È solo...» È costretto a fermarsi e a salutare altri studenti. «Kesh non vuole che si sappia in giro.» Dal suo sguardo capisco quanto gli risulti penoso pronunciare queste parole. Di colpo non è più l'arrogante rampollo di una famiglia bene che prende a pugni i giocatori sul campo di lacrosse. Adesso sembra incredibilmente giovane. E vulnerabile.

Non mi stupisce. Non deve essere bello stare insieme a qualcuno che ti nasconde come se fossi un segreto sporco.

«Non lo racconterò a nessuno, Alistair. Promesso.»

Annuisce e per un attimo sul suo viso compare un'espressione sollevata. Poi i suoi lineamenti si induriscono di nuovo. «Se dovessi scoprire che lo hai rivelato a qualcuno, renderò la tua vita un inferno.»

Con queste parole entra in classe senza degnarmi di un altro sguardo.

Supero il resto della giornata meglio di quanto credessi. Qualcuno mi lancia occhiate strane e bisbiglia alle mie spalle, ma nessuno osa rivolgermi la parola o tirare fuori quello che è successo venerdì. Probabilmente la scorta di James all'ingresso a scuola è servita davvero.

Per pranzo mi trovo come sempre con Lin. Per un attimo tutto sembra essere tornato come prima, finché qualcuno non si avvicina al nostro tavolo.

«È libero qui?» chiede Lydia Beaufort.

Lin e io giriamo la testa e la guardiamo. Lei indica con il vassoio la sedia accanto a Lin.

«Sì?» rispondo, anche se sembra più che altro una domanda.

Lydia mi si siede di fronte senza esitazioni, allarga il tovagliolo sulle ginocchia e comincia a mangiare il suo piatto di penne. Lin mi lancia un'occhiata interrogativa, ma io mi limito ad alzare le spalle. Non ho idea di che cosa ci faccia Lydia qui. Forse James le ha passato l'incarico di guardia del corpo? Oppure lei ha deciso di mettere in pratica le sue parole di venerdì e di cominciare a tenermi d'occhio di persona?

Guardo verso James, che è seduto con gli amici all'altro capo della mensa. Forse mi sbaglio, ma l'atmosfera tra loro oggi mi sembra meno rilassata del solito. James e Alistair discutono animatamente di qualcosa, mentre Kesh lì accanto guarda il cellulare e Wren legge un libro. Di Cyril non c'è traccia.

«Lui non sa che mi sono seduta con voi», dice Lydia all'improvviso. Si pulisce la bocca e beve un sorso d'acqua dalla bottiglia. «Sono qui perché vorrei scusarmi per venerdì.»

«Ma tu non hai fatto niente», replico perplessa.

Lei scuote la testa. «I miei amici e io ci siamo comportati in maniera sconveniente.»

«E per questo oggi sei venuta a pranzare con noi?» chiede scettica Lin.

Lydia alza le spalle. «Mi sono accorta di come se la ridono quelli là. Se sto qui, nessuno oserà avvicinarsi.» Fa un cenno con la testa verso un gruppo di studenti che guardano verso di noi. Quando si accorgono che mi sono girata, distolgono lo sguardo e si mettono a bisbigliare tra loro.

«E poi volevo chiederti come stai», continua Lydia.

Non riesco a nascondere la sorpresa. Se penso alla nostra ultima conversazione, vedo solo il suo sguardo diffidente. Non mi ha dato l'impressione che il mio stato di salute la interessasse, e non posso fare a meno di domandarmi se il mio tuffo in piscina sia davvero l'unico motivo che l'ha spinta a sedersi insieme a noi.

Decido in ogni caso di rispondere sinceramente alla sua domanda. «Vorrei che venerdì non fosse capitato nulla. Ma per il resto sto bene.»

«A volte Cy non è in grado di capire quando fermarsi», dice lei.

Alzo le spalle.

«Ma lo conosco da quando siamo piccoli», prosegue. «Pensava davvero che fosse divertente.»

«Quello che ha fatto è l'esatto contrario di una cosa divertente», interviene Lin e resta stupita quando Lydia annuisce.

«Si è comportato proprio male. E gliel'ho anche detto.»

Alzo la testa dal mio piatto, stupefatta. «Sul serio?»

«Sì, certo.»

Per un attimo non so che cosa dire. Alla fine opto per un: «È stato gentile da parte tua. Grazie».

Lydia sorride e torna a dedicarsi alle sue penne.

Guardo Lin nello stesso istante in cui lei solleva gli occhi su di me. Alzo impercettibilmente le spalle un'altra volta e poi ricominciamo a mangiare in silenzio.

Dopo un po' Lin si mette a raccontare della sua mattinata, cominciando dalla macchina che non voleva partire. All'inizio mi sembra strano parlare del più e del meno in presenza di Lydia, ma lei partecipa alla nostra conversazione come se fosse la cosa più naturale del mondo e alla fine smetto di chiedermi quali possano essere le sue intenzioni nascoste. Forse vuole soltanto essere carina e scusarsi con me. Non sarebbe la prima della famiglia a sorprendermi.

Quando abbiamo finito di mangiare, prendo lo zaino e tiro fuori una scatola che metto in mezzo al tavolo.

«Sono avanzati dei biscotti da sabato», dico alzando il coperchio. «Ne volete uno per dessert?»

Lydia spalanca gli occhi. «Li hai fatti tu?»

«Insieme a Lin e mia sorella», rispondo. «Sabato, in pigiama.»

«Deve essere stato bellissimo», commenta, prendendo

un biscotto. «Molto meglio del mio weekend.» Dà un morso e mastica assorta. «Sono buonissimi.»

«Grazie.» Sorrido. «James mi ha raccontato che avete avuto una riunione di famiglia.»

«Sì, è sempre... singolare. Sinceramente avrei preferito anch'io passare la giornata in pigiama.»

In realtà fatico a immaginare una persona come Lydia in pigiama e quando ci provo mi viene da sorridere.

Dopo pranzo Lin e io andiamo a preparare la riunione di oggi in biblioteca. Mentre scrivo l'ordine del giorno sulla lavagna, Lin distribuisce i volantini che abbiamo fatto stampare dalla segreteria. Poi aspettiamo gli altri, che arrivano uno alla volta. James come suo solito si siede vicino alla finestra. Posa davanti a sé il quaderno nero e incrocia le braccia sul petto. Vederlo così mi provoca una fitta, perché mi fa capire che, al di là dell'affiatamento che è nato tra di noi, lui non si trova qui per scelta. Al contrario, la sua presenza gli impedisce di partecipare agli allenamenti di lacrosse, e questo è un castigo che detesta.

«Ruby?» Kieran si è avvicinato senza che me ne accorgessi.

«Sì?» rispondo e lo guardo. È poco più alto di me. I capelli neri gli ricadono lisci in viso e lui se li scosta scuotendo la testa.

«Volevo sapere se hai un po' di tempo oggi, dopo la riunione. La rosa delle orchestre che ho selezionato è piuttosto ampia e pensavo di discuterne con te, prima di scegliere le tre finaliste.»

«Ora te lo dico», mormoro, consultando l'agenda. L'unica annotazione è ORGANIZZARE IL COMPLEANNO CON MAMMA E PAPÀ. «D'accordo.»

Kieran sorride sollevato. «Stupendo.»

Quando Kieran torna al suo posto, James, che è seduto accanto a lui in diagonale, incrocia il mio sguardo e un sorrisetto sarcastico gli piega gli angoli della bocca, mentre i suoi occhi passano da Kieran a me.

«Cosa c'è?» formulo con le labbra.

James prende il cellulare. Poco dopo il mio, che è sul tavolo, si illumina.

Gli piaci.

Alzo gli occhi al cielo e faccio finta di niente.

«Benissimo, gente. Aggiornateci», annuncia Lin aprendo la riunione. Poi con la mano indica Jessalyn alla sua destra.

«Ho raccolto diversi preventivi per le decorazioni. Uno dei contatti ha fatto un'offerta davvero ottima.» Jessalyn distribuisce i fogli stampati. «Grazie ancora per il suggerimento, Beaufort.»

Alzo gli occhi sorpresa verso James che annuisce a Jessalyn. Non avrei mai immaginato che potesse fare qualcosa di propria iniziativa per il gruppo, a giudicare da tutte le volte che il suo sguardo si sposta verso il campo sportivo fuori dalla finestra. Né che non ne sarei stata informata.

«Io ho realizzato qualche bozzetto per gli inviti», annuncia Doug, porgendo a Lin una chiavetta USB. Lei la inserisce e apre la presentazione. «Il primo progetto è di stampo classico e s'ispira all'invito dello scorso anno», spiega Doug.

Osservo le lettere d'oro svolazzanti su fondo nero, ma prima che possa farmi un'idea Camille prende la parola:

«Pensavo che volessimo staccarci completamente dalla festa dello scorso anno».

Gli altri annuiscono, borbottando sottovoce.

«Bene, allora veniamo alla seconda proposta», prosegue Doug e indica a Lin di andare avanti.

Il secondo bozzetto è a colori sgargianti, tipici di Halloween.

«Non mi sembra elegante come il taglio vittoriano che vogliamo dare alla festa», commenta esitante Kieran.

Annuisco. «Sinceramente anch'io la penso così.»

A un cenno di Doug, Lin passa alla proposta successiva. Un mormorio meravigliato si diffonde per l'aula e io mi raddrizzo a sedere. Un attimo dopo, mi chino verso lo schermo del computer ed esamino il bozzetto socchiudendo gli occhi.

Lo sfondo è lavorato per dare l'effetto di carta antica. L'evento sull'intestazione è scritto a caratteri svolazzanti ma leggibili e subito sotto… ci sono io. Con James, che si inchina e mi tiene delicatamente la mano come se mi invitasse a ballare.

È una delle foto scattate il giorno in cui siamo stati a Londra. Non posso credere che l'abbia inviata a Doug senza informarmi. Alzo gli occhi dallo schermo del portatile e guardo James seduto al proprio posto. Lui ricambia il mio sguardo con un lampo negli occhi.

«Questo invito è fantastico», dice Jessalyn dopo un po'. Tutti gli altri concordano a bassa voce.

«L'abito è un sogno. Per caso non ne hai altri?» domanda a James.

Lui scuote la testa. «È già una fortuna che sia riuscito a ottenere questi.»

«L'invito è stupendo, Doug.» Lin si gira verso lo schermo per osservarlo in grande formato. Poi si alza e indietreggia di qualche passo. «Secondo me la scritta potrebbe essere più moderna. Magari usando un'altra font?»

«Sono d'accordo», dico, cercando di mascherare il turbamento di fronte alla mia foto. Se ci accordiamo per questo invito, la mia faccia girerà per tutta la scuola... per tutta Pemwick! Non so se sono pronta per questo genere di cose. Purtroppo non c'è spazio per un dibattito, il gruppo è entusiasta e sta già pensando di rivolgersi alla stessa tipografia dell'ultima volta.

Torno a guardare la foto. James è con il suo completo vittoriano, la mia mano nella sua. Se penso a quanto sia stato emozionante stargli così vicino, a quanto sia stato intenso quel momento tra noi, mi sento scaldare il cuore. Per il resto della riunione non oso gettargli nemmeno un'occhiata.

Quando abbiamo terminato, Jessalyn, Camille e Doug se ne vanno. Mentre Kieran viene da me per scegliere insieme l'orchestra sul portatile di Lin, con la coda dell'occhio vedo la mia amica andare da James. Gli si siede accanto e comincia a parlargli. Li osservo corrucciata e vedo James annuire e annotare qualcosa sul quaderno. Mi accorgo troppo tardi che Kieran mi sta parlando.

«Scusa, come hai detto?» gli chiedo.

«Credo che questa festa sarà la migliore che sia mai stata organizzata a Maxton Hall», ripete con un sorriso.

«Sarebbe bellissimo. Ci stiamo dando così da fare per organizzarla. Non vedo l'ora che arrivi il momento.»

«Anch'io. Devi assolutamente concedermi un ballo.»

Kieran sorride e mi guarda oltre le sue lunghe ciglia nere. Deglutisco impacciata.

Gli piaci.

Lin me lo ripete da mesi. Possibile che abbia ragione? Finora ho sempre considerato Kieran soltanto l'ambizioso piccolo vampiro di un anno più giovane. Pensavo che fosse gentile nella speranza che l'anno prossimo lo indichi come candidato per la guida del gruppo. Non mi sarei mai sognata che invece avesse un debole per me.

All'improvviso mi rendo conto di quanto mi stia seduto vicino e che le nostre ginocchia si toccano quasi sotto il tavolo. Mi sposto di lato ma subito dopo me ne pento. È una situazione del tutto innocente. Perché permetto che le parole di James abbiano questo effetto su di me?

Lancio un'occhiata rabbiosa dalla sua parte proprio nel momento in cui lui guarda nella mia direzione. Al contrario di me, non lo fa in maniera furtiva, ma apertamente. Vorrei fargli la linguaccia. Ma siccome non sarebbe un gesto molto adulto, mi giro verso Kieran e sorrido raggiante. «Ma certo. Devo solo imparare a ballare.»

«Ti insegnerò io alle prove», si offre lui, e giurerei di vederlo arrossire. *Accidenti.*

«Benissimo», dico più forte di quanto voglia. Mi schiarisco la voce. «Che ne dici di pensare alle musiche adesso?»

Prendiamo le cuffie e ascoltiamo le prove delle orchestre che ha selezionato. Poi guardiamo le valutazioni online e scegliamo le migliori.

«Io preferirei queste tre alle altre. Direi che dovresti farti dare i preventivi e poi mercoledì o venerdì decideremo quale sia la migliore», concludo.

Kieran annuisce. «Tutto chiaro.»

«Ottimo», ribatto sorridendo e mi tolgo le cuffie. Apro l'agenda e prendo il pennarello rosa per segnare gli argomenti trattati oggi.

«Sabato compi diciott'anni?» domanda lui sorpreso.

Guardo di nuovo l'agenda. Cerco di restare indifferente, ma mi dà fastidio che Kieran l'abbia letta. È una specie di diario per me e non è destinata a occhi estranei. «Sì», rispondo dopo una breve pausa.

«Come pensi di festeggiare?»

Lin sceglie proprio questo momento per raggiungerci e intervenire nella conversazione. «Faremo...»

Tace quando vede la mia occhiata di avvertimento. A nessuno a Maxton Hall deve interessare quello che farò per il mio compleanno, a parte Lin. È la mia vita privata e non voglio che altri ne siano informati. «Niente di particolare», conclude serrando le labbra.

«Non ci avevi informato che presto saresti diventata maggiorenne», osserva James alzandosi. Solleva entrambe le braccia sopra la testa e si stiracchia. «Come mai non sono stato invitato?»

«Perché non conosci le buone maniere», rispondo.

«Ti farò vedere che le conosco benissimo», dichiara lui, ma sembra intendere l'esatto contrario. All'improvviso mi torna in mente la festa. Non la storia della piscina e quello che è successo dopo, ma il momento sulla pista da ballo, quando sono finita addosso a James e ho avvertito il suo petto contro il mio. Aveva lo stesso sguardo di ora, spudorato e ammiccante, che mi provoca un fremito allo stomaco.

Cerco di dominarmi e di ricordare dove ci troviamo, prima di rispondere: «Tu non sei invitato, James».

«D'accordo.» Anche questa volta sembra dire piuttosto: «Staremo a vedere».

Kieran si alza e si mette in spalla la cartella. «Allora ci sentiamo, giusto?» Annuisco e lui esce dall'aula con un gesto della mano che è a metà tra un cenno di saluto e un cinque.

Infilo l'agenda nello zaino e spengo il portatile di Lin. Lo ripongo nella custodia e mi alzo. «Vi fermate ancora o posso chiudere?»

James e Lin scuotono la testa. «Abbiamo finito anche noi.»

Mentre raccolgono le loro cose, li guardo con diffidenza. Vorrei proprio sapere di che cosa hanno parlato. Spero che Lin non gli abbia raccontato niente dei miei progetti per il compleanno. Anche se venerdì ho confidato a James una parte importante della mia vita, ci sono cose che non deve sapere. E il fatto che trascorrerò la serata del mio diciottesimo compleanno con Lin e la mia famiglia facendo giochi da tavolo è una di queste.

«Rutherford è cotto di te», dice James dopo che siamo usciti dalla biblioteca.

«Che scemenza», rispondo scuotendo la testa.

«Anch'io credo che provi qualcosa per te», interviene Lin in maniera del tutto inopportuna.

Le lancio un'occhiataccia.

«Che cosa c'è? È un sacco di tempo che te lo ripeto. Praticamente ti legge ogni tuo desiderio dagli occhi ed è sempre incredibilmente gentile. È davvero molto, molto evidente.»

«In che senso evidente? Non è evidente proprio niente.

È gentile con me perché sono a capo del gruppo. *Deve* essere gentile.»

Lei mi sorride e mi accarezza il braccio. «Va bene, mi correggo. È evidente a tutti tranne che a te.»

James ride piano e io lo fulmino con un'occhiata. Mi piacerebbe tanto sapere come mai all'improvviso loro due vadano tanto d'accordo. Non mi sembra di averli mai visti condividere un'opinione né scambiarsi occhiate divertite alle mie spalle. Non sono sicura che questo sviluppo mi piaccia davvero.

Mi sento quasi sollevata quando Lin mi saluta poco dopo con un abbraccio e si dirige verso il parcheggio.

James insiste per accompagnarmi alla fermata dell'autobus. «Hai dato delle speranze a quel povero ragazzo», dice senza preamboli.

«Qual è il problema, James? Sei geloso?» È l'unica risposta che mi viene in mente su due piedi. Ma di fronte al suo silenzio lo guardo di sottecchi, e vedo che ha affondato le mani nelle tasche dei pantaloni e fissa corrucciato dritto davanti a sé.

«Se c'è qualcuno che ti insegnerà a ballare», dichiara dopo una breve pausa, «quello sarò io.»

«Non puoi dire sul serio», esclamo incredula. «Sei davvero geloso di *Kieran*?»

«No.» Lui continua a non guardarmi. «Ma non voglio che quel tipo si faccia idee sbagliate.»

«Che genere di idee?»

«Che basti adularti per strapparti un sorriso. È patetico.»

Mi fermo di scatto. «Come, scusa? Io sorrido anche senza che qualcuno mi debba adulare!»

Lui finalmente si gira verso di me, con un'espressione

indecifrabile negli occhi. «Davvero? A me non hai mai sorriso in quel modo.»

«Perché finora non mi hai dato particolari motivi per sorriderti.»

Lui mi guarda per un istante senza parlare. Tutto a un tratto, non capisco che cosa gli sia successo. Sembra arrabbiato, ma non riesco a seguire il suo ragionamento. Prima che l'atmosfera tra di noi possa precipitare, decido di cambiare argomento. «Grazie di esserti preso cura di me oggi.»

Lui si limita ad annuire.

«Sul serio. Nessuno mi ha importunato. Se tu non mi avessi accompagnato all'assemblea, le cose sarebbero andate diversamente», proseguo.

Vedendo che continua a non parlare, vado avanti. «Tua sorella oggi è venuta a mangiare con noi e...»

All'improvviso James mi sfiora il braccio e mi si mette davanti. Trattengo il respiro e lo guardo sorpresa. La sua espressione è incredibilmente seria.

«Mi dispiace», dice.

«Per che cosa?» domando sottovoce.

«Per non averti dato finora tanti motivi per sorridermi come oggi hai fatto con Kieran.»

«James...»

«Le cose cambieranno», prosegue, guardandomi intensamente negli occhi.

Deglutisco impacciata. All'improvviso ho lo stomaco sottosopra, le gambe molli. Sono consapevole della sua mano posata sul braccio, sento la sua lieve carezza sotto la stoffa della giacca. Ho la pelle d'oca sulle braccia. Il bisogno di toccarlo a mia volta mi travolge del tutto inaspettato. Non voglio fare granché. Giusto appoggiargli le mani sui fianchi, per sorreggermi. Ma non posso. Non è possibile. Come non è possibile che mi manchi il respiro tutte le volte che mi è così vicino, o che mi senta fremere dentro quando mi guarda in questo modo.

«Sta arrivando l'autobus», riesco a dire staccandomi da lui.

Il suo sguardo non perde d'intensità. Mi giro e mi allontano di corsa, per non essere più in balia del suo fascino. Non mi è mai capitato di essere così felice di salire sull'autobus.

20

Ruby

Sabato mattina mi sveglio spontaneamente alle sei. Succede sempre così il giorno del mio compleanno. Passo una nottata in trepidante attesa di vedere che cosa mi avranno regalato mamma e papà. Mamma per l'occasione porta sempre a casa dalla panetteria le torte più buone del mondo, mentre papà ci prepara un vero banchetto e, con l'aiuto di Ember oppure mio, decora anche tutto il pianterreno. Alle sette comincio già a sentirli armeggiare di sotto e provo a immaginare quello che stanno preparando. Dopotutto diciott'anni si compiono una volta sola.

Mi ascolto dentro, per vedere se mi sento diversa da prima, ma non è così. Anche per Lin è stato lo stesso lo scorso agosto. Almeno è quello che ha detto quando ci siamo sdraiate sul suo prato a guardare le stelle dopo la grigliata.

Mi giro su un fianco e prendo il cellulare. Jessalyn mi ha già mandato un tenero messaggio di auguri e Lin mi ha lasciato un messaggio vocale poco dopo l'una e mezzo.

Mi canta gli auguri sottovoce e manifesta tutto il suo affetto. Alla fine si dice sicura che entrambe entreremo a Oxford e che non vede l'ora che succeda.

Poi mi vesto, mi siedo alla scrivania e sfoglio l'agenda per distrarmi. Tra una settimana ci sarà la festa di Halloween. Ho l'impressione di dedicarmi da un'eternità a questo evento. Venerdì mattina sono arrivati i manifesti dalla tipografia e abbiamo sfruttato le ore di riunione per attaccarli in tutta la scuola. Le mie preoccupazioni si sono rivelate del tutto infondate: nessuno ha avuto niente da dire sulla foto né mi ha criticato. Al contrario, le reazioni sono state positive e il rettore Lexington mi ha scritto una mail per complimentarsi dicendo che l'invito era stato apprezzato per la sua eleganza anche dagli ospiti esterni.

Non mi sono ancora abituata all'idea che adesso tutti a Maxton Hall conoscano il mio nome. È strano essere salutate o ricevere un invito in mensa. Ma cerco di non far vedere quanto questo mi turbi, anzi mi comporto sempre come se non mi importasse niente. È quello che fa anche James. Finge che non gli interessi assolutamente niente. Ma io ormai so che non è così.

I miei pensieri tornano inevitabilmente a lunedì scorso. *Le cose cambieranno*. Quanta determinazione nelle sue parole e quanta intensità nel suo sguardo... come se in quel momento non ci fosse niente di più importante per lui che convincermi della serietà delle sue intenzioni.

Mi riscuoto per scacciare il pensiero di James dalla mente. Ma quando la vista mi torna limpida, ho un sussulto.

James

Ho scritto il suo nome sull'agenda. Senza nemmeno accorgermene! Mi sento avvampare e cerco immediatamente il correttore dentro l'astuccio. Lo apro, ma mi fermo sopra la prima lettera. Lentamente rimetto via il tubetto e accarezzo con dolcezza il suo nome. Provo un fremito nei polpastrelli. Non è un buon segno. Sono giorni che mi chiedo che cosa mi stia succedendo. Dopotutto lui è sempre… lui. Ma non posso negare che sia cambiato qualcosa. Ormai non provo più rabbia e diffidenza quando lo vedo, bensì qualcos'altro. Qualcosa di caldo ed emozionante.

Mi viene da sorridere. Perché gioisco all'idea di vederlo. Perché amo stare in sua compagnia. Perché è sveglio e intelligente e io lo trovo interessante. Perché è un enigma che voglio assolutamente svelare.

Non avrei mai pensato che fosse possibile, ma… non disprezzo più James Beaufort. Al contrario.

All'improvviso la porta della mia camera si spalanca ed Ember entra di slancio. Chiudo l'agenda con aria colpevole.

Mia sorella guarda scettica prima me poi l'agenda, come se sapesse benissimo che contiene qualcosa di estremamente imbarazzante. Subito dopo però si precipita da me e mi prende per mano per farmi alzare. «Mi sorprende che tu non abbia ancora tentato di venire di sotto», dice. Continua a tirarmi per il braccio, anche se non è più necessario. La seguo più che volentieri.

Uscite dalla mia camera, la cingo in vita con un braccio e la stringo a me. «Oggi dovrai esaudire ogni mio desiderio.»

Nonostante la felicità del momento, provo anche una vaga tristezza. È l'ultimo compleanno che trascorrerò qui con la mia famiglia. Chissà dove sarò l'anno prossimo. Veramente a Oxford? Con Lin al mio fianco? Oppure tutta sola? E se non dovessero accettarmi, dove andrò?

Ember mi impedisce di continuare a rimuginare perché non appena giriamo a destra verso il salotto, annuncia: «Ecco la festeggiata!»

Lancio un'esclamazione stupita.

«Sorpresa!» grida la mia famiglia.

Mi porto una mano alla bocca e gli occhi cominciano a bruciarmi. Non mi capita spesso di piangere e, quando succede, lo faccio da sola in camera mia, dove nessuno può vedermi. Ma alla vista dei nonni, della zia e degli zii, dei cugini e dei miei genitori che cantano *Tanti auguri* tutti insieme, è impossibile non commuoversi.

La stanza è decorata in maniera meravigliosa. Quest'anno papà ed Ember hanno superato loro stessi. Sul soffitto sono appesi pompon bianchi e verde chiaro, una ghirlanda con gli stessi colori è sospesa sopra il tavolo da pranzo e, dietro la consolle dove sono appoggiati i miei regali, ci sono due palloncini verde metallizzato a forma di 1 e di 8.

La mezz'ora successiva passa in un lampo. Tutti mi fanno gli auguri, mi abbracciano, mi domandano come mi senta e mi danno i regali. Zio Tom, zia Trudy e Max mi hanno regalato la collezione di *My Hero Academia*, una serie manga sulla quale ho messo gli occhi già da mesi, Ember dei nuovi pennarelli e degli adesivi per la mia agenda, e i nonni due dei manuali che sono sulla lista di Oxford. Dai miei genitori ricevo un hard disk esterno per il portatile che desideravo dall'inizio dell'anno, quando il mio computer è andato in crash senza motivo facendomi perdere tutti i dati salvati.

«E questo di chi è?» domando indicando un voluminoso pacchetto che è rimasto sul tavolo.

«Da parte di un ammiratore segreto», risponde mamma ammiccando. Guardo prima lei poi papà, che si limita ad alzare le spalle.

«È arrivato per posta», spiega Ember.

«Senza mittente?» domando, osservando scettica la scatola nera con il nastro azzurro.

«Non credo sia necessario, dato che tutti sappiamo chi l'ha mandato», osserva mia sorella.

«Oddio, non dirmi che hai il ragazzo», esclama mio cugino Max che mi guarda con occhi sgranati.

Ember risponde di sì nell'istante in cui io esclamo di no.

«Aprilo», mi esorta zia Trudy e si sporge sopra la mia spalla. Allunga una mano come se volesse tirare il nastro. Faccio appena in tempo a spostare il pacchetto fuori dalla sua portata. Lo prendo e mi siedo sul divano.

Sciolgo il nastro senza fretta. Mi sento terribilmente osservata e lancio un'occhiata alla mia famiglia perché smettano di fissarmi così. Purtroppo non serve a niente. In salotto non si sente volare una mosca. Sollevo il coperchio con un sospiro.

Dentro la scatola c'è una cartella. Con il fiato sospeso, la tiro fuori e me l'appoggio sulle ginocchia. È di pelle lucida marrone scuro, ha una tracolla regolabile e due tasche anteriori con la chiusura a scatto. Le apro lentamente. La fodera interna è di tessuto a scacchi blu e verde e la suddivisione degli scomparti mi sembra a prima vista perfetta. C'è uno spazio separato per un portatile, altre tasche laterali dotate di chiusure lampo e la tasca principale con un sottile divisorio al centro.

Con una cartella del genere potrei partire alla conquista del mondo, ne sono sicura. La richiudo con cura e accarezzo il costoso pellame. Mi accorgo allora di qualcosa che a prima vista mi era sfuggito. Nell'angolo in basso a destra ci sono incise tre lettere. R.J.B., le mie iniziali.

Resto senza fiato. Mi sembra di essere in un sogno e le esclamazioni dei miei famigliari mi arrivano da molto lontano. Guardo sul fondo della scatola, rivestito di carta velina nera, e scopro un biglietto. È bianco crema con il bordo dorato. A lettere nere c'è scritto:

Buon compleanno, Ruby. J.

Nient'altro. Nella mia testa esplodono emozioni contrastanti che mi provocano un fremito in tutto il corpo. Non so come reagire, riesco solo a fissare la borsa, finché all'improvviso vedo ballarmi davanti agli occhi numeri e banconote. Di sicuro è il regalo più costoso che abbia mai ricevuto. Ma sinceramente preferisco non pensarci.

Tantomeno voglio riflettere su cosa significhi il fatto che James, pensando a me, mi abbia fatto questo regalo. Si è accorto che il mio zaino era sul punto di rompersi? Oppure sapeva che da mesi metto via i soldi per acquistare una nuova cartella per l'anno prossimo? Ha avuto pietà di me?

Non lo so e pensarci mi fa girare la testa.

«Il ragazzo ha gusto, questo è certo», sospira Trudy.

«E soldi», aggiunge Max.

«Non credo che gli sia costata qualcosa, dato che l'azienda che produce questa borsa appartiene ai suoi genitori», osserva Ember.

«Forza, venite!» esclama mamma indicando il tavolo da pranzo dove ha preparato un brunch goloso. «Lasciate in pace Ruby e accomodatevi.» Mi viene vicino, mi prende la cartella dalle ginocchia, la ripone delicatamente nella scatola, poi mi stringe la mano per farmi alzare. Mi cinge le spalle con un braccio e mi stringe a sé. «Non è bello parlare in questo modo di un regalo. Il giovanotto ha pensato a te e questo è un gesto meraviglioso del quale dobbiamo essergli grati.» Mi batte sul naso con un dito. «Adesso vieni a spegnere le candeline.»

Raggiungiamo insieme il tavolo. Da dieci anni c'è un unico desiderio al quale penso quando spengo le candeline. *Oxford.* Ma quest'anno un'altra parola affiora in superficie e sono costretta a fermarmi e concentrarmi.

«Quando si compiono diciott'anni si possono esprimere due desideri», dice papà con dolcezza. Non mi sono accorta che mi è venuto accanto, ma adesso mi accarezza teneramente la schiena. È chiaro che il mio dilemma interiore è affiorato sul viso.

«È vero», conferma mamma. «È la regola dei compleanni.»

Mi sento arrossire e distolgo lo sguardo da loro. Mi rifiuto di analizzare per quale motivo il nome di James sia stata la prima cosa a cui ho pensato. O perché prenda in parola i miei genitori quando chiudo gli occhi e soffio con tutte le mie forze.

È uno dei compleanni più belli che abbia mai festeggiato. Dopo il brunch andiamo a fare un giro e scattiamo una nuova foto di famiglia nel parco di Gormsey, anche se dobbiamo ripeterla dieci volte, perché qualcuno tiene sempre gli occhi chiusi. Nel pomeriggio arriva Lin e, insieme alla mia famiglia, ci dedichiamo a giochi da tavolo e mimi; alla fine io e Lin vinciamo di misura contro Max e zia Trudy. Per cena papà allestisce con l'aiuto mio e di Ember un menu a tre portate che in parte ha già preparato il giorno prima. Poi restiamo seduti a lungo intorno alla tavola e sono sorpresa dalla naturalezza con cui Lin si inserisce nel nostro gruppo. Non sembra farsi problemi se non capisce qualche allusione di famiglia. Invece rivolge un sacco di domande a mamma sul suo lavoro in panetteria e parla a lungo con papà della sua paralisi. Scopriamo che anche lo zio di Lin è su una sedia a rotelle, un'informazione per me del tutto nuova. L'ammiro per il modo spigliato con cui affronta il tema e per il fatto di non sembrare intimidita dall'handicap di papà.

Dopo che tutti sono andati via, mi sento così sazia e soddisfatta che potrei andare subito a dormire. Ma quando mi infilo il pigiama, il mio sguardo si posa sulla scatola nera sopra la scrivania. Mi alzo e mi ci metto davanti. Sollevo il coperchio esitante e tiro fuori la cartella. Con un lieve *clic* apro le due chiusure anteriori. Dal cassetto della scrivania prendo l'occorrente per il lunedì e comincio a distribuirlo negli scomparti della nuova cartella. Devo fare più tentativi prima di trovare l'ordine che mi soddisfa. A differenza dello zaino, dove tutto era riposto insieme, questo per me è un vero paradiso. C'è anche uno scomparto per le penne dove infilo i pennarelli che uso più spesso per scrivere sull'agenda.

Non so se James sia consapevole della gioia che è per me questo regalo. Ma adesso che osservo la borsa piena, mi rendo conto che non potrei mai più restituirla. Mi chino ad aprire la tasca anteriore sinistra dove ho messo il cellulare. Dopo una brevissima esitazione, premo il numero di James sulla rubrica. Avvicino al telefono all'orecchio e aspetto il segnale di linea libera. Il cellulare suona. E suona. Sto per riattaccare quando lui risponde.

«Ruby Bell.» Sembra quasi che si aspettasse la mia telefonata.

«James Beaufort.» Se lui mi chiama con nome e cognome, posso farlo anch'io. Al contrario di prima, quando era come pronunciare una parolaccia, le lettere mi fanno un altro effetto sulla lingua. Migliore.

«Stai bene?» mi domanda, anche se fatico a sentirlo. In sottofondo c'è della musica che a poco a poco si affievolisce. Mi domando dove sia e che cosa stia facendo.

«Sto alla grande. Ho appena riempito la nuova cartella», rispondo, accarezzando con il dito il bordo della tasca principale. La cucitura è liscia e regolare.

«Ti piace?» mi chiede e io vorrei sapere come è adesso. Che cosa indossa. Lo immagino con l'uniforme scolastica, perché mi è capitato raramente di vederlo vestito in maniera diversa, ma mi sforzo di evocare l'immagine di James con i jeans neri e la maglietta bianca. Quel giorno davanti a casa mia sembrava un ragazzo qualsiasi. Non l'erede di un impero miliardario. Più umano. Più accessibile.

«È magnifica. Sai che non era necessario, vero?» riesco

a dire. Richiudo la cartella, poi mi siedo alla scrivania, appoggiandoci i piedi accavallati.

«Volevo farti un regalo. E per una che ama l'ordine come te, la James mi è sembrata un'ottima scelta.»

«La James?»

«È il nome del modello.»

«Mi hai regalato una cartella che porta il tuo nome?»

«Non sono stato io a chiamarla così, è stata un'idea di mamma. C'è anche una Lydia. E altri modelli con i nomi dei miei genitori. Ma la Lydia è troppo piccola per te e la Mortimer troppo grande. Inoltre mi divertiva l'idea di vederti girare per scuola con la James.»

Mi viene da sorridere. «Per te è normale regalare a tutti i tuoi amici oggetti Beaufort?» chiedo.

Lui resta in silenzio per un po' e io sento solo la musica di sottofondo. «No», risponde infine.

Non dice altro.

Non so che cosa possa significare. Non so che cosa ci sia tra noi, né tantomeno che cosa desidererei. So solo che mi fa un enorme piacere sentire la sua voce.

«Quando l'azienda diventerà tua, dovrai creare una borsa con il mio nome», dico per rompere il silenzio.

«Vuoi che ti riveli un segreto, Ruby?» La sua voce è roca e ruvida. Mi domando con chi sia in giro. E se abbia piantato in asso qualcuno per parlare con me.

«Puoi dirmi tutto quello che vuoi», mormoro.

C'è una piccola pausa e io sento dei passi. Sembra camminare sulla ghiaia. Poi lo scricchiolio scompare e anche la musica si spegne del tutto.

«Io... non voglio prendere la direzione dell'azienda.»

Se fosse qui, lo guarderei incredula. Non mi resta altro da fare che premermi il cellulare più forte all'orecchio.

«Se devo essere proprio sincero, non vorrei nemmeno andare a Oxford», prosegue.

Il cuore mi batte così forte che lo sento rimbombare nelle orecchie. «Che cosa vorresti invece?»

Lui inspira ridendo. «È la prima volta da tantissimo tempo che qualcuno me lo chiede.»

«Però è una domanda importante.»

«E io non so come rispondere.» Fa una breve pausa. «È sempre stata destinata a me, sai? Anche se Lydia vorrebbe subentrare molto più volentieri e sarebbe anche molto più brava. Lei vive per la nostra azienda, ma nonostante questo, mio padre la lascerà a me l'anno prossimo. Lo so fin da quando sono nato e sono disposto ad accettarlo. Ma non è ciò che voglio.» Un'altra pausa e poi: «Purtroppo non avrò mai la possibilità di scoprire che cosa voglio davvero. Non sono io a pianificare la mia vita, è già predestinata: Maxton Hall, Oxford e l'azienda. Non c'è altro per me».

Stringo più forte il cellulare, me lo premo all'orecchio, tengo James il più vicino possibile a me. È forse la confidenza più sincera che mi abbia mai fatto. Stento a credere che l'abbia rivelata proprio a me. Che mi lasci custodire questo segreto. «I miei genitori mi hanno sempre detto che il mondo è aperto davanti a me. Che non importa da dove vengo e dove voglio andare. Mamma e papà mi hanno sempre detto che posso fare e disfare ciò che voglio e che non c'è nessuna ambizione che sia troppo elevata. Credo che ogni persona si meriti un mondo di possibilità.»

Lui emette un suono disperato. «Certi giorni...» esordisce, poi si ferma, come se temesse di aver rivelato già troppo. Ma poi riprende a parlare, trova il coraggio di essere di nuovo sincero. «Certi giorni ho la sensazione di non riuscire a respirare, perché tutto mi opprime.»

«Oh, James», mormoro. Il mio cuore soffre per lui. Non avrei mai pensato che la pressione fosse così grande e i doveri nei confronti della famiglia gli pesassero così tanto. A me ha sempre dato l'impressione di apprezzare il potere che gli conferisce il cognome che porta. Ma poco alla volta le tessere del puzzle si ricompongono nella mia testa: la sua tensione tutte le volte che si parla di Oxford, la sua espressione stoica quando i genitori sono arrivati a Londra, il modo in cui il suo sguardo si incupisce tutte le volte che si parla dell'azienda di famiglia.

All'improvviso capisco. Capisco il suo comportamento all'inizio dell'anno. Capisco la ragione di quel suo atteggiamento in apparenza menefreghista.

«Quest'anno... è l'ultimo in cui non devi assumerti delle responsabilità», mormoro.

«È la mia ultima occasione di essere libero», mi conferma.

Vorrei tanto contraddirlo, ma non posso. Tantomeno posso trovare delle soluzioni al suo problema, perché purtroppo non ce ne sono. Quando bisogna accollarsi una simile eredità, non basta sedersi intorno a un tavolo con i genitori e provare a discutere della cosa. Inoltre sono sicura che abbia già preso in considerazione tutte le possibili alternative. E se lo conosco bene, alla fine farà quello che i genitori esigono da lui. Non pianterebbe mai in asso la sua famiglia.

«Vorrei essere lì con te.» Le parole mi escono dalla bocca prima che possa riflettere sul loro significato.

«Che cosa faresti se fossi qui?» ribatte. All'improvviso la sua voce ha assunto un tono diverso. Non sembra più disperato, piuttosto... provocatorio. Come se si aspettasse da me una risposta audace.

«Ti abbraccerei.» Non proprio audace, ma se non altro detta con il cuore.

«Credo che mi piacerebbe.»

Non ci siamo mai abbracciati per davvero e, se mi stesse davanti, non avrei il coraggio di esprimermi così. Ma con la sua voce profonda nell'orecchio e senza doverlo guardare negli occhi, all'improvviso niente mi sembra più impossibile. Mi sento audace e triste e nervosa e felice, tutto in una volta sola.

«Hai passato un bel compleanno?» mi chiede dopo un po'.

«Sì», rispondo, e comincio a raccontargli la giornata, i regali ricevuti e la serata trascorsa a giocare ai mimi con Lin. James ride nei punti giusti, chiaramente sollevato dal cambio di argomento. Poi parliamo di un sacco di cose: il suo fine settimana (per ora fiacco), il prossimo compito di inglese (difficile ma fattibile), i nostri cantanti e gruppi preferiti (il mio: Iron & Wine, il suo: Death Cab for Cutie), i nostri film preferiti (il mio: *Le 5 leggende*, il suo: *I sogni segreti di Walter Mitty*). Scopro tante cose nuove su di lui. Per esempio che ha un debole per i blog, proprio come Ember. Mi parla di un blog di viaggi che ha scoperto di recente e del quale voleva leggere solo un articolo, ma che poi gli ha fatto saltare una riunione di lavoro con i genitori perché ha trascorso diverse ore immerso nei racconti dell'autore relativi al suo viaggio intorno al mondo, senza accorgersi del passare del tempo. È esattamente quello che succede a me adesso. Senza rendermene conto, arrivano le tre del mattino e io sono a letto, sveglia, la voce di James sempre nell'orecchio. Fisso la felpa di lacrosse ripiegata sul mio comodino.

E penso soltanto a James.

21

Ruby

Lo sguardo inflessibile del rettore Lexington mi inchioda alla sedia mentre cerco di restare ferma e di non muovermi nervosa qua e là. Non riesco ad abituarmi a stare nel suo ufficio. Il suo atteggiamento è quello consueto: le mani sono intrecciate in maniera rilassata sulla scrivania davanti a lui, ma lo sguardo è tagliente, come se non si facesse problemi a calpestare cadaveri per il bene della sua scuola. Non vorrei essergli nemica.

Dubito che riuscirò mai ad abituarmi al nostro incontro settimanale. Soprattutto quando, come oggi, Lin non c'è perché ancora una volta è dovuta andare a Londra ad aiutare la madre in occasione di un evento alla galleria d'arte.

Tuttavia, il fatto di ritrovarmi da sola, seduta davanti agli occhi di falco del rettore, ha anche un risvolto positivo. Posso illustrargli la mia proposta senza che Lin mi guardi esterrefatta o mi dia calci negli stinchi di nascosto.

«Ho capito bene, Miss Bell?» chiede Lexington piegandosi leggermente in avanti. Mi guarda e aggrotta la fronte. «Vuole che annulli la punizione di Mr Beaufort?»

Annuisco lentamente. «Esatto, signore.»

Lui socchiude gli occhi ancora di più. «Il periodo non è ancora terminato.»

«Ha dimostrato davvero un grandissimo impegno, signore», dico. «Non lo avrei mai immaginato. Ha avuto idee fantastiche ed è grazie a lui che Maxton Hall raggiungerà un nuovo livello con la festa di Halloween.»

Lexington si appoggia all'indietro ed emette un sospiro rumoroso.

L'idea sembra piacergli. Tutte le volte che ne va dell'immagine della scuola, Lexington reagisce come una gazza ladra che ha trovato un nuovo oggetto luccicante. Decido di approfittarne. «Credo che James possa essere più utile alla scuola rientrando nella squadra di lacrosse. Hanno bisogno di lui. Roger Cree è bravo, ma gli manca l'esperienza di gioco. L'ha detto anche l'allenatore Freeman, quando lo abbiamo intervistato venerdì per il *Maxton Blog*.»

Le rughe sulla fronte di Lexington diventano più profonde. Capisco che ha cominciato a valutare mentalmente i pro e i contro.

«E non lo dice solamente perché quel ragazzo le crea problemi e vuole sbarazzarsene?» insiste scettico.

Mi domando che cosa direbbe Lexington se sapesse che è proprio il contrario. Non vorrei separarmi da James. Se fosse per me, trascorrerei insieme a lui ogni minuto del mio tempo.

Ma dopo che si è confidato con me e ho capito quale significato abbia per lui quest'ultimo anno di scuola, non posso fare altrimenti. Ho dovuto parlare con il rettore. È l'unica possibilità che mi è venuta in mente per aiutare James e togliergli almeno una piccola parte del peso che gli grava sulle spalle... magari soltanto per poco tempo. Inoltre, non lo faccio solo per fargli un favore, ma anche perché è la verità. James si è davvero impegnato ed è giusto prenderne atto. Così, se non altro potrà giocare a lacrosse con i suoi amici per il resto dell'anno e godersela un po'.

Involontariamente si affaccia dentro di me l'interrogativo su che cosa significherà per noi. In fondo, nel frattempo siamo diventati amici. O qualcosa del genere. A pensarci provo un crampo doloroso al petto, ma cerco di ignorarlo con tutte le mie forze. Sono qui per James, non per me.

«Miss Bell?» La voce del rettore mi strappa dai miei pensieri e impiego qualche istante per ricordare la sua domanda.

Scuoto la testa decisa. «Beaufort ci ha sostenuto e adesso è giusto che torni a sostenere la sua squadra. Non possiamo permetterci un'altra sconfitta come quella di venerdì scorso, se non vogliamo perdere la nostra buona reputazione.»

Questa osservazione colpisce nel segno. Gli occhi grigi di Lexington lampeggiano e d'un tratto le spalle gli si contraggono.

«Capisco.» Annuisce e io trattengo involontariamente il respiro. «Benissimo. Mr Beaufort può terminare in anticipo il suo lavoro con il comitato organizzativo e tornare a giocare a lacrosse.» Mi sento invadere da un'ondata di sollievo e di gioia al pensiero della reazione di James quando gli darò la bella notizia. Sorrido grata, ma Lexington alza un dito ammonitore. «Ma solo a partire dalla prossima settimana, dopo la festa. Non voglio rischiare che si faccia venire in mente qualche altra trovata che metta in cattiva luce la nostra scuola.»

Il mio sorriso vacilla in maniera impercettibile. «Ma certo, signore.»

«E per il momento non lo dica a nessuno.» Alza la cornetta del telefono, schiaccia un tasto e poi ordina con voce brusca: «Faccia venire nel mio ufficio l'allenatore Freeman».

Rimango seduta incerta. Non so se sia stata congedata o se il rettore Lexington voglia ancora parlare di qualcosa con me, ma quando alza lo sguardo aggrotta la fronte e fa un gesto vago con la mano, e io lo interpreto come un segnale di congedo.

Non ho esagerato dicendo a Lexington che la festa di Halloween segnerà una svolta per quanto riguarda il livello degli eventi a Maxton Hall. Quando finalmente arriva il grande giorno e gli ospiti cominciano a presentarsi uno alla volta dopo che i preparativi sono stati ultimati, mi sento liberata da un grande peso. La festa è un successo. Di più: è persino meglio di quanto avessi immaginato.

Le decorazioni (lavoro di Jessalyn e Camille) sono meravigliose. Nell'atrio di Weston Hall sono stati collocati vecchi ritratti di famiglia con cornici vintage, oltre a numerosi specchi illuminati da angolazioni diverse. Il tavolo del buffet è coperto da tovaglie di tulle nero e di pizzo, e i tavoli che abbiamo sistemato per gli ospiti intorno alla pista da ballo sono sormontati da un sottile strato di ragnatele e da più di cinquanta catene di luminarie a forma di candele che diffondono una luce soffusa. Abbiamo deciso di non accendere i grandi lampadari ma di collocare sui tavoli e sui davanzali delle finestre candelabri d'argento che non fanno molta luce, ma creano un'atmosfera sinistra e misteriosa.

La sala è piena e quasi tutti i tavoli sono occupati. Il rettore Lexington sta tenendo il discorso ufficiale di saluto che io, Lin e il resto della squadra ascoltiamo accanto al buffet. Quando si complimenta con noi per l'ottima organizzazione, Camille fa un passo avanti e rivolge un cenno al pubblico come se fosse una regina. Lin e io ci scambiamo un'occhiata e tentiamo invano di non sogghignare.

Devo tuttavia ammettere che stasera sembriamo tutti re e regine. Io indosso l'abito del magazzino Beaufort, mentre Camille ha una tunica color albicocca che mette in risalto il suo colorito chiaro. Jessalyn indossa un ampio abito rosa e Lin uno blu scuro, la tinta ufficiale della scuola. Mi domando se lo abbia fatto apposta. Anche i ragazzi sono un incanto. Doug porta un semplice abito color sabbia della stessa foggia di quello che James indossa sul manifesto. E Kieran... Kieran sembra uscito proprio da un'altra epoca con il cappello a cilindro, l'abito nero, il panciotto jacquard e il fazzoletto da collo beige.

Quando il rettore Lexington ci ringrazia, Kieran si toglie il cilindro e fa un lieve inchino. Io evito di guardare Lin, perché altrimenti non riuscirei a trattenere una risata.

Sono su di giri. Non so se dipende dal fatto che finora tutto sia andato bene e la festa si stia rivelando già un successo, oppure che ho paura possa succedere qualcosa di imprevisto. Faccio vagare lo sguardo nervosa per la sala.

«Arriverà, vedrai», mi bisbiglia Lin all'orecchio.

«Non so proprio di cosa stai parlando», rispondo in un sussurro.

È una bugia. So benissimo a chi si riferisce.

Finora James non si è fatto vedere. Non sono arrivati neppure i suoi amici né Lydia, mentre i genitori, che fanno parte del consiglio direttivo, sono già qui. Sono dolorosamente consapevole della sua assenza e, anche se cerco di non farmi influenzare, mi sembra che manchi una parte fondamentale della festa: dopotutto, anche lui si è impegnato a fondo come noi perché avesse successo.

Al termine del discorso del rettore, nella sala si leva un applauso e noi ci separiamo per andare a occupare le nostre postazioni. Mentre io mi unisco a Lin accanto ai camerieri, per tenere d'occhio il buffet, Jessalyn, Camille, Doug e Kieran si schierano sulla pista da ballo insieme a qualche membro del gruppo teatrale. La musica parte e cinque coppie eseguono in formazione una serie di passi che a me sembrano incredibilmente complicati. Sono ben felice di essere stata convincente, quando ho affermato che qualcuno doveva dare un'occhiata agli ospiti, risparmiandomi così la partecipazione a questo ballo.

La prima coppia è formata da Kieran e una ragazza del gruppo di teatro che non conosco. Guidano gli altri, avanzano sulla pista da ballo, poi si dividono in fondo formando una fila di ragazze e una di ragazzi. Procedono in diagonale, fanno un giro e si ritrovano di nuovo uno di fronte all'altro al centro. Tutti i presenti li guardano con aria rapita.

Proprio in quel momento l'enorme porta a due battenti si apre. Qualcuno si gira da quella parte, e anche Kieran e la sua compagna si bloccano nel mezzo della danza. Mi volto verso la porta con la fronte aggrottata. E ho un tuffo al cuore.

James e i suoi amici entrano, uno più bello dell'altro.

James indossa il vestito Beaufort, ma anche gli altri si sono messi in ghingheri, non c'è nemmeno un bottone o un particolare fuori posto. Lydia sfoggia un meraviglioso abito color argento e un'elaborata acconciatura che di sicuro l'avrà costretta a rimanere ferma per ore dal parrucchiere. Sono tutti perfetti, come se fossero usciti da un film ambientato in epoca vittoriana. Quando passano davanti alla pista da ballo diretti verso il buffet, si capisce chiaramente dalle loro facce che cosa pensino di questa festa. Cyril arriccia il naso, mentre Wren ha le guance arrossate come se avesse già bevuto parecchio. Gli occhi neri di Kesh scrutano la sala e la folla con distacco. Quando mi vede, la sua espressione si incupisce e automaticamente si allontana di un passo da Alistair. Sembra un riflesso istintivo e Alistair accanto a lui aggrotta la fronte contrariato.

James viene verso di me e io mi immergo nella sua contemplazione. Sebbene nelle ultime settimane lo abbia visto vestito così su tantissimi manifesti, la realtà – come già accaduto la prima volta a Londra – mi toglie il respiro. Quando mi si ferma davanti, il cuore mi batte rapido e irregolare.

«Allora? Come va?» domanda con un sorrisetto sarcastico sulle labbra. Si comporta come se non fosse arrivato con un'ora di ritardo alla nostra festa.

«Tutto alla perfezione», risponde Lin al mio posto. Evidentemente sono rimasta a fissarlo in silenzio troppo a lungo.

James annuisce. «Ottimo.»

«Speriamo che vada meglio dell'ultima festa. Altrimenti ce ne andremo subito», borbotta Cyril.

«Non fingere di essere sprecato per le nostre feste», ribatte Lin a denti stretti. La guardo sorpresa.

«Io non fingo.»

Queste parole fanno avvampare le guance di Lin. «Sei proprio...»

«Ehi. Calmi.» La voce di James è bassa ma determinata. Lancia un'occhiata a Cyril, che volta le spalle a Lin e va da Wren, il quale si è fermato a qualche passo da noi, a farsi riempire il bicchiere di punch.

Una sua parola basta a far tacere uno come Cyril Vega: a volte rimango ancora colpita dal potere che James esercita in questa scuola.

Come se non fosse successo niente, lui si gira verso il buffet e prende una tartina. La scruta con attenzione e se l'avvicina al naso prima di portarsela alla bocca. Dopo averla ingoiata mi dice: «Molto meglio dell'ultima volta».

Alzo gli occhi al cielo. «Sei stato tu a scegliere il servizio di catering.»

Mi sorride, poi mi scruta dalla testa ai piedi. Mi sento avvampare quando vedo come muta la sua espressione e come il sorriso sarcastico si trasformi in qualcosa di più tenero e sincero, un sorriso evidentemente destinato a me soltanto. «Sei molto bella.»

Sento un fremito allo stomaco e deglutisco impacciata. «Mi avevi già visto con questo vestito.»

«Ma non cambia il fatto che vestita così sei molto bella.»

«Grazie. Anche tu stai molto bene.» Mi liscio l'abito, anche se in realtà non c'è proprio niente da lisciare, quando James all'improvviso mi si mette davanti e si inchina leggermente protendendo la mano verso di me. Mi volto a guardare i suoi amici, che tuttavia sembrano intenti a versarsi di nascosto dell'alcol nei bicchieri da una fiaschetta. Soltanto Lydia guarda il fratello con un'espressione meravigliata. Torno a girarmi verso James.

«Che cosa stai facendo?» gli chiedo con le guance in fiamme.

«Vorreste farmi l'onore di ballare con me?»

Trattengo una risata. «C'è un motivo se non ho partecipato alla danza di apertura né alle prove, James. Non so ballare, almeno non così.»

«All'epoca era considerato molto scortese rifiutare una richiesta di ballo, Ruby Bell.»

«Allora vi prego di perdonare la mia maleducazione. Purtroppo devo tenere d'occhio il buffet.»

James si alza e si avvicina a Lin. Le bisbiglia qualcosa all'orecchio e lei scoppia a ridere. Poi fa un cenno affermativo e agita la mano. James torna da me e mi offre il braccio. «Lin dice che per il momento può occuparsene lei.»

Dopo un attimo di esitazione, accetto l'invito. Mi giro e lancio un'occhiata risentita a Lin che risponde con un'alzata di spalle, mentre James mi conduce verso la pista da ballo. Non mi sono accorta che la danza d'apertura è terminata e altre coppie con abiti vittoriani si sono aggiunte sulla pista. A guardarmi intorno adesso, sembra davvero di aver compiuto un viaggio nel tempo.

L'orchestra comincia un nuovo pezzo, una melodia lieve ma ritmata che a poco a poco riempie tutta la sala. James mi prende la mano nella sua e mi posa l'altra sulla schiena. Mi fa spostare un po' di lato, poi ci fa dondolare avanti e indietro, fa due passi indietro e uno a sinistra, mentre io lo seguo fissando i nostri piedi... o per meglio dire l'ampio orlo della gonna.

«Non guardare in basso», bisbiglia.

A malincuore alzo gli occhi. James sembra non aver fatto altro in vita sua che ballare alle feste, il che probabilmente è anche vero. Rimpiango di non aver partecipato alle prove e di non aver guardato almeno qualche tutorial su Internet esercitandomi con Ember.

All'improvviso James abbassa la testa e avvicina la bocca al mio orecchio. «Rilassati», mi sussurra.

Più facile a dirsi che a farsi. Tuttavia ci provo. Cerco di stemperare la tensione nelle braccia e di non concentrarmi più in maniera tanto rigida a fare i passi giusti. Mi lascio andare, esattamente come mi ero immaginata di fare la prima volta che abbiamo provato questi abiti.

James mi sorregge e mi conduce sulla pista e a me sembra di fluttuare. Mi domando se ci capiterà qualche altra occasione di ballare in questo modo, e che cosa succederà quando gli dirò che d'ora in poi non è più costretto a partecipare alle nostre riunioni.

All'improvviso avverto un'oppressione al petto. Cerco di ignorarla, ma aumenta inesorabile, mano a mano che penso a quello che sarà di noi dopo questa sera.

«Che succede?» mi domanda James, scrutandomi con gli occhi socchiusi.

«Devo dirti una cosa.»

I suoi occhi azzurri sono posati su di me, pazienti e in attesa, anche se noto un lampo di perplessità.

«Ho pensato a quello che mi hai detto il giorno del mio compleanno. Che hai solo un anno di scuola e poi...» Mi schiarisco la voce e sento James farsi improvvisamente teso. «Insomma, ho parlato con il rettore Lexington. Abbiamo concordato che sia giusto che tu ricominci gli allenamenti.»

Lui si blocca un istante, poi riprende a ballare, come se avesse imparato a memoria una coreografia.

«Cosa?» sussurra con voce arrochita. È sempre lei a tradirlo. Lo sguardo resta imperturbabile, la postura eretta e i movimenti sicuri, ma la voce non partecipa mai. Quando James è turbato, si capisce subito. Come ora.

«Secondo me hai dato un ottimo contributo alla squadra. E Lexington lo ha apprezzato.» Con il mio tono di voce disinvolto avrei voluto semplicemente alleggerire la tensione tra di noi, ma invece accade il contrario. Gli occhi di James si incupiscono e un attimo dopo mi stringe più forte a sé, più di quanto sarebbe stato appropriato in epoca vittoriana. Ma la pista è piena e tutti i ballerini sembrano impegnati in altro, perciò nessuno si accorge di noi. Di noi e del fatto che James mi toglie il fiato con il suo sguardo intenso.

Si schiarisce di nuovo la voce. «Tu...»

A un tratto le luci si spengono. Tutte quante, di colpo. Qualche orchestrale sbaglia nota, le stecche riecheggiano per la sala. L'alone delle candele è l'unica fonte di illuminazione rimasta.

«James, te lo giuro, se è uno dei tuoi scherzi...» sibilo.

«Non lo è», mi interrompe. Non riesco a vedere la sua faccia, ma sembra sorpreso quanto me. Alla fine impreca sottovoce. «Dobbiamo raggiungere il quadro elettrico. L'orchestra non può suonare in queste condizioni. L'atmosfera si rovinerà nel giro di brevissimo tempo.»

Annuisco e James mi stringe forte la mano. Insieme ci

facciamo largo tra gli ospiti perplessi sulla pista da ballo e io rischio di inciampare nell'orlo dell'abito. Una volta fuori in corridoio, tiro un sospiro di sollievo. James mi lascia la mano mentre scendiamo le scale verso il seminterrato e io mi aggrappo alla ringhiera. Cerco di non pensare al fatto che la mancanza della sua pelle calda mi provoca un dolore immediato. Nello scantinato è buio pesto. James tira fuori il cellulare e accende la torcia per illuminare il corridoio.

«Che freddo», mormoro, strofinandomi le braccia. «Qua sotto fa paura.» Ho la sensazione che da un secondo all'altro potrebbe spuntare un clown o un mostro o un insieme delle due cose.

James non risponde, ma si dirige sicuro verso un armadietto sul lato sinistro del corridoio.

«In realtà dovrebbe preoccuparmi il fatto che tu sappia così bene dove si trova il quadro elettrico.»

Lui sorride malizioso. Apre l'armadietto con il passepartout che tiene nel suo mazzo di chiavi, poi fa un passo di lato in modo che entrambi possiamo dare un'occhiata all'interno. Due interruttori di sicurezza sono saltati e, quando James ne ripristina uno, ci giungono da lontano le esclamazioni di sollievo degli ospiti. Un attimo dopo anche la luce qui sotto torna con un lieve ronzio dei neon. Tiro un sospiro di sollievo. James richiude la cassetta e io mi giro per andarmene il più in fretta possibile dalla cantina.

Sollevo la gonna e salgo le scale. Sono quasi in cima quando James si blocca alle mie spalle. «Aspetta.»

Mi volto verso di lui con aria interrogativa.

«Credevi davvero che avrei potuto fare una cosa del

genere?» Sembra sinceramente sorpreso, come se non si capacitasse che io mi aspettassi da lui proprio questo.

Ma in tutta sincerità… è così.

Non so che cosa ci sia tra James e me. E anche se nelle ultime settimane ci siamo avvicinati, non significa che mi fidi di lui. Sono successe troppe cose in passato e le parole di avvertimento sue e di Lydia mi risuonano ancora nitide all'orecchio. Ho promesso a Lin di essere prudente e lo farò.

«Per una frazione di secondo forse sì», rispondo timida.

Lui mi guarda con insistenza. «Non lo rifarei mai, Ruby. Non dopo aver capito quanto impegno metti in queste feste e quanto siano importanti per te.»

È come se qualcuno mi premesse con le mani sul petto e mi togliesse l'aria. «Mi spiace», mormoro. «Forse ho avuto paura. Che tutto tornasse come all'inizio dell'anno.»

James scuote subito la testa. «No.»

Sale un gradino, così che i nostri occhi siano alla stessa altezza. Il suo viso è così vicino al mio che vedo le pagliuzze azzurre nei suoi occhi e il contorno più scuro dell'iride.

Non riesco a immaginare come sarà non vederlo più ogni due giorni alle nostre riunioni. Il pensiero basta a chiudermi la gola. Avrà ancora un motivo per passare del tempo con me? Si allenerà e starà con i suoi amici molto più spesso di quanto abbia potuto fare ultimamente. Si renderà conto di quanto gli sono mancati? Del fatto che sia più divertente passare il sabato sera a bere e a fare festa da qualche parte invece di parlare con me via WhatsApp della situazione politica in Gran Bretagna o del mio nuovo manga preferito?

Si renderà conto di quanto in realtà siano lontani i nostri mondi?

Sono stata tanto bene nelle ultime settimane e non voglio perderlo per nessun motivo. Tuttavia temo di non avere voce in capitolo a tale riguardo. È chiaro a entrambi quale dei due mondi sceglierà alla fine.

La pressione sul petto aumenta sempre di più. Forse sarà più facile per me se sarò io a decidere, prima che lui mi faccia del male.

«Questo è stato l'ultimo progetto insieme come colleghi nel comitato», dichiaro guardandolo negli occhi. Il cuore mi batte all'impazzata. Se si avvicinasse ancora, lo sentirebbe di sicuro.

«È vero», risponde James sottovoce.

Per un po' rimaniamo così a guardarci. Poi inspiriamo contemporaneamente, come se volessimo dire qualcosa, ma ci blocchiamo. L'atmosfera tra noi è così tesa e il cuore mi batte così forte che non lo reggo più. Faccio la prima cosa che mi viene in mente: gli porgo la mano.

«È stato bellissimo lavorare insieme a te», gli dico nella maniera più formale possibile.

All'inizio James pare sorpreso. Poi nei suoi occhi azzurri affiora un'emozione che gli avevo già visto prima ma che finora non ero mai riuscita a interpretare. Ora so che cos'è: desiderio.

Mi afferra la mano e la stringe delicatamente. «Sembra quasi che tu voglia congedarti da me.»

Nel momento in cui sento le sue parole, capisco che ha ragione. E contemporaneamente mi accorgo di non volerlo affatto. Non voglio congedarmi da lui. Al contrario vorrei continuare ad avere la possibilità di parlarci. Di raccontargli altre cose di me e di ascoltarlo confidarmi i suoi segreti.

Voglio sapere tutto di te.

Il pensiero mi assale improvviso, con violenza, e dentro di me si fa strada lo stesso desiderio che vedo nei suoi occhi. È ardente, disperato, mi scorre nelle vene e mi porta a stringere le dita ancora più forte nelle sue. Non so che cosa mi stia succedendo ma... ho le gambe molli e la sua mano è così calda nella mia. Mi domando che sensazione proverei se fosse posata in altri punti del mio corpo. Voglio più di questo semplice contatto. Più *di lui*.

«James...»

«Sì», risponde con un filo di voce. Ha il mio stesso tono confuso.

Un attimo dopo mi attira verso di sé, finché cado contro di lui.

Per una frazione di secondo mi guarda negli occhi. Poi mi appoggia la mano sulla nuca e stringe forte.

Quindi preme le labbra sulle mie.

Non riesco più a pensare. Il mio cervello è in cortocircuito, non ho più pensieri razionali, avverto solo il calore rovente che mi riempie il corpo. Gli getto le braccia al collo e gli affondo le mani nei capelli. Lui comincia a muovere la bocca sulla mia.

James bacia esattamente come si muove e come si comporta: con sicurezza e arroganza. Sa benissimo che cosa fare, sa benissimo come toccarmi per accendere una fiamma dentro di me. Mi infila la lingua in bocca, senza esitazioni e senza la minima timidezza, e accarezza la mia, finché ho la sensazione che le ginocchia stiano per cedermi da un momento all'altro. Ma anche se accadesse, lui sarebbe lì a sostenermi. Con il braccio mi cinge con forza e mi tiene avvinta a lui. Sento il suo corpo oltre la stoffa dell'abito voluminoso, ma non è abbastanza. Ho bisogno di più.

Gemo sottovoce e faccio scivolare le mani sulle sue spalle, poi torno sul collo e le infilo dentro il colletto della camicia. Ha la pelle calda e vellutata e tutto in me grida di più, *di più*.

Voglio di più di lui. Voglio spogliarlo, qui, su questa scala in mezzo alla scuola. Non mi interesserebbe niente se ora arrivasse qualcuno e ci scoprisse. Per me conta soltanto James, la sua bocca sulle mie labbra, sul mio mento, sul mio collo. Mi tira la pelle con i denti fino a provocarmi un lieve dolore, ma io vorrei che me ne procurasse di più. Voglio che lasci delle tracce sul mio corpo, in modo che tra qualche ora possa avere la certezza che è successo tutto davvero, e non me lo sono solo immaginata.

«Ruby...» Credevo di conoscere tutte le sfumature della sua voce. Ma questa è nuova. È così che suona dopo avermi baciato impetuosamente. Mi prende il viso tra le mani e mi guarda. I suoi pollici mi accarezzano le guance. Il mento. Le labbra. Di nuovo le guance. «Ruby.»

Chino la testa e appoggio la bocca sulla sua. Una contrazione dolorosa mi avvinghia l'addome, risalendo fino a farmi boccheggiare. Ora capisco perché abbia sussurrato il mio nome. Io voglio fare la stessa cosa. James. *James*. Sempre James.

«James», chiama una voce autorevole dall'alto.

Ci stacchiamo di scatto. Inciampo sull'orlo della gonna e perdo l'equilibrio, ma James mi afferra in vita. Aspetta che mi aggrappi alla ringhiera della scala. Poi mi lascia subito e guarda verso l'alto, oltre il mio corpo. Seguo il suo sguardo.

Mortimer Beaufort è in cima alle scale, le mani intrecciate dietro la schiena, e ci osserva con espressione cupa. Provo un tuffo al cuore.

«Tua madre ti cerca.»

James raddrizza la schiena e annuisce brusco. «Arrivo subito.»

Mr Beaufort aggrotta leggermente le sopracciglia. «Non ti cerca subito, ma adesso.»

James si irrigidisce. Allungo la mano e gli sfioro il braccio, sperando che suo padre non se ne accorga. James mi prende la mano e guarda le nostre dita intrecciate. Lo sento sospirare piano. Poi si porta la mia mano alle labbra e la bacia teneramente.

«Mi spiace», mormora e io avverto le sue parole sul dorso della mano. Un attimo dopo mi passa accanto e raggiunge il padre, che lo aspetta con le spalle rigide e lo sguardo gelido. Quando James lo raggiunge, lui lo prende per le spalle e lo riporta in sala, mentre io rimango sulla scala, mi tasto le guance ardenti e mi domando per che cosa si sia scusato.

22

James

«Ti ho detto che devi tenere le mani lontane da quella ragazza.»

Guardo fuori dalla finestra. I campi bui si confondono con gli alberi ormai quasi del tutto spogli, creando un'unica massa scura. È come mi sento dentro in questo momento. Ho freddo e ho caldo nello stesso tempo, ho i palmi delle mani appiccicosi e la gola secca. Mi sento ammalato, mentre dovrebbe essere il contrario.

Vorrei tornare da Ruby, alla sua bella bocca e alle sensazioni che mi ha dato. Con il pensiero la tengo ancora tra le braccia, sento le sue mani tra i capelli e i suoi denti che mi mordono con delicatezza il labbro.

Se non fossimo stati interrotti, avrei fatto ben altro che limitarmi a baciarla.

«Sto parlando con te», ripete mio padre. Di sicuro lancerà il bicchiere contro il finestrino. Dire a Percy che tornavo a casa con i miei genitori è stata l'idea più stupida che abbia avuto da tempo.

«James, tesoro, noi vogliamo solo il meglio per te»,

aggiunge mia madre più diplomatica. Non li guardo. Se lo facessi, verrei assalito dalla collera e non so se riuscirei a trattenermi.

Perché è dovuto succedere proprio oggi? Perché mio padre ha dovuto sorprendermi proprio in quell'istante con Ruby?

«Di sicuro non aspiriamo per te a una studentessa borsista di bassa estrazione, con una tragica storia famigliare», prosegue mamma. Volto di scatto la testa e la fisso. Vorrei chiederle come cavolo faccia a sapere questo di Ruby, ma in realtà non sono sorpreso. Nella mia famiglia ormai non mi sorprende più niente.

«Ti meriti qualcosa di più, tesoro. Una ragazza come Elaine Ellington. Ho saputo che andate d'accordo: perché non la inviti a casa nostra?» La voce di mia madre è pacata e conciliante. Vuole ricucire lo strappo tra me e papà, ma ormai è troppo tardi.

«Tra Elaine e me non ci sarà mai niente, mamma.» E poi sono abbastanza sicuro che abbia smesso di studiare e cerchi di nasconderlo in tutti i modi. Non è migliore di Ruby solo perché la sua famiglia ha sangue blu. Ruby si impegna molto più di tutti gli altri per raggiungere i suoi obiettivi. È intelligente, ha un animo gentile e... è bellissima. Sa baciare in maniera stupenda. E sa ascoltare ancora meglio.

La sua immagine mi affiora di nuovo alla mente. Il ricordo della sua bocca è l'unica cosa che mi aiuta a superare questo tragitto in macchina. Vorrei che avessimo avuto più tempo. I pochi minuti con lei non mi sono bastati.

«Infanghi il buon nome della nostra famiglia se ti metti con una cacciatrice di dote come lei», prosegue mio padre.

«Non posso credere che ti comporti in questo modo. Ti abbiamo educato meglio.»

Per quanto mi sforzi non posso continuare a ignorarlo. Non ora che dice certe cose su Ruby. Una furia ardente si fa strada in me e guardo mio padre con espressione rabbiosa. «Chiudi la bocca.»

Mia madre trattiene il respiro indignata, Lydia si irrigidisce accanto a me. Mi afferra la mano, ma mi sottraggo. Lei può andare a letto con il suo professore, ma io non posso nemmeno trascorrere del tempo con la persona che mi piace senza dover essere subito criticato?

L'auto si ferma e noi ci slacciamo la cintura. Aspetto che mamma e Lydia siano scese, poi le seguo. Mio padre mi tallona e, prima che possa fare un passo, mi prende per la spalla e mi fa voltare verso di sé. Mi afferra per il bavero e mi scuote con forza.

«Come ti permetti di intimarmi di fare silenzio», ringhia, poi mi scosta da sé con tanto impeto da farmi barcollare all'indietro. Un attimo dopo mi dà un manrovescio in faccia. Avverto una fitta lancinante alla guancia e per qualche secondo vedo solo dei puntini colorati danzarmi davanti agli occhi. Un sapore metallico mi riempie la bocca.

«Dio, papà!» esclama Lydia correndo verso di me. Mi sorregge con un braccio sulla schiena e mi trattiene prima che possa commettere una stupidaggine e restituire il colpo. Lo farei tanto volentieri: colpire e basta. Provocargli lo stesso dolore che mi infligge da quando sono bambino.

Mamma lo prende per un braccio. Lui si libera dalla sua stretta e si gira per dirigersi impetuosamente verso casa. Dopo che è sparito all'interno, lei mi guarda costernata. «È quello che succede frequentando gentaglia,

James.» Poi solleva l'ampia gonna per seguire papà. Io resto a guardarli e cerco di reprimere la rabbia che a poco a poco, ma inesorabilmente, si trasforma in un odio che non voglio provare. Mi passo il dorso della mano sulla bocca e guardo il sangue che mi rimane sulla pelle come se fosse di un'altra persona.

Lydia mi si mette davanti e mi prende per le spalle. «Vale la pena subire tutto questo per lei?» domanda con urgenza.

La guardo, troppo sconvolto per riflettere seriamente sulla sua domanda. «Pensa agli affari tuoi», ringhio e mi stacco da lei. Mi giro e torno indietro di corsa fino al cancello della nostra tenuta. Nel frattempo, tiro fuori il cellulare dalla tasca dei pantaloni e compongo il numero di Wren.

Ho assoluto bisogno di distrarmi.

La rabbia comincia a scemare solo dopo il terzo drink. Sono appoggiato al muro nel salone dei genitori di Wren, bevo scotch da un bicchiere di cristallo e mi abbandono alla musica assordante che a poco a poco fa tacere i miei pensieri.

«Guardatelo. Il ritorno del figliol prodigo», annuncia la voce di Cyril alle mie spalle. Mi volto e lo vedo venirmi incontro a braccia aperte con un sorriso sarcastico. Anche lui, come tutti noi, si è tolto metà del costume, rimanendo con i pantaloni a vita alta e la camicia bianca.

«A che cosa dobbiamo l'onore?» chiede poi. Sta per dire qualcos'altro, ma vede la mia faccia e allora fischia tra i denti. «Sei messo male, amico.»

Senza rispondere svuoto il bicchiere. Pur essendo abituato all'alcol, ho le guance già intorpidite.

«Lascialo in pace, Cy», dice Wren dal divano. Vicino a lui è seduta una ragazza bionda che gli accarezza la coscia su e giù. Mi sembra di conoscerla e, quando alza la testa dalla spalla di lui, ne ho la conferma. Camille. Avrei scommesso che avesse qualcosa con Kesh e non con Wren, ma non è insolito che nel nostro ambiente succedano cose del genere.

«Che cosa ti è capitato, Beaufort?» domanda Cyril, poi mi cinge le spalle con un braccio e mi porta verso uno dei divani. Mi ci lascio cadere e mi massaggio il viso dolorante, mentre Cyril mi riempie un altro bicchiere e me lo porge. «Il James con il quale sono cresciuto non permette a nessuno di trattarlo così. Non si fa cacciare dalla squadra e si rifiuta di fare il lavoro sporco per altri.»

Sentirlo definire «lavoro sporco» quello che ho fatto con il comitato nelle ultime settimane mi riempie nuovamente di collera, ma mi trattengo. Cyril è fatto così e questa sera mi sono già agitato abbastanza. Tutto quello che voglio è ubriacarmi, fino al punto di non sentire più niente. Né la mano di mio padre né le labbra di Ruby. «Non avevo scelta. Lo sai.»

«Stronzate», interviene Wren. Nei suoi occhi si accende un lampo divertito. «È solo che ti piace Ruby.»

Invece di rispondere, bevo un sorso e chiudo gli occhi. La roba che mi ha versato Cyril è così forte che mi lascia una scia rovente dalla gola fino allo stomaco.

«Dici sul serio? Hai partecipato a quella merda solo perché vuoi rimorchiare Ruby Bell?» chiede allibito Cyril.

«Ecco perché è tanto cambiato.» Wren non guarda me

mentre parla, bensì Camille, a cui accarezza distrattamente i capelli.

«Avreste dovuto vedere come l'adulava alle ultime riunioni», osserva Camille. Mi rivolge un'occhiata di compatimento. «Oppure lo hai fatto soltanto per poter ricominciare a giocare a lacrosse?»

Mi fermo con il bicchiere vicino alle labbra. «Tu come fai a saperlo?»

«Ruby ce ne ha parlato prima della festa.»

Aggrotto la fronte e guardo Wren che continua ad accarezzare Camille. È per questo che stasera l'ha rimorchiata? Per avere informazioni su di me?

«Non sono cambiato affatto.» Ho la lingua così pesante che le parole mi escono di bocca biascicate.

«Invece sì.» Alistair viene a sedersi sul divano alla mia sinistra. Ha i capelli biondi spettinati e le guance arrossate. O ha già bevuto parecchio, oppure ha rimorchiato qualcuno ed è appena uscito dalla camera degli ospiti di Wren.

«In che modo sarei cambiato secondo te?» ribatto cercando di mantenere la calma e di convincermi che non mi importa quello che pensano di me.

Alistair alza la mano e comincia a elencare. «Primo, non vieni più alle nostre feste o te ne vai prima dell'alba, cose che il vecchio James Beaufort non avrebbe mai fatto. Secondo, trascorri di tua spontanea volontà il tempo libero con quei secchioni del comitato organizzativo… senza offesa, Camille.» Lei gli mostra il dito medio. «Terzo, non te ne frega più niente del nostro accordo.»

«Non sono venuto qui a sentire simili cazzate.»

Alistair alza un sopracciglio. «Non sono cazzate e lo sai anche tu.»

«Alistair ha ragione. Vogliamo goderci il nostro ultimo anno di scuola e spassarcela alla grande», dice Wren. «Questo era l'accordo. *Carpe diem*, amico. Ogni giorno, finché rimaniamo insieme. Purtroppo sembra che proprio tu, James, che all'epoca ci avevi spinto a fare così, ti sia perso da qualche parte per strada.»

Mi appoggio all'indietro e bevo un altro sorso, il bruciore adesso è quasi sopportabile. La verità delle loro parole si fa strada dentro di me e mi provoca un crampo allo stomaco.

Hanno ragione.

Il piano era di trasformare l'ultimo anno di scuola nel migliore della mia vita e di spassarmela insieme ai miei amici. Con i ragazzi che per me sono come una seconda famiglia. Il piano non era di sviluppare sentimenti per qualcuno che, comunque andrà, rimarrà escluso dal mio futuro.

Sento ancora il sapore di Ruby sulle labbra e il calore delle sue mani sul corpo. Purtroppo significa solamente che sono ancora troppo sobrio.

Ruby mi ha fatto provare un sentimento che prima non conoscevo. Ovvero la sensazione che tutto sia possibile con lei al mio fianco. Una bella, ma terribile, bugia. Perché in realtà niente è possibile per me. Al contrario di Ruby, il mondo non mi si apre davanti. Lo svolgimento della mia vita è già stato scritto.

Forse è stato proprio questo ad attirarmi fin dal principio. Mentre lei tiene in mano le redini della propria vita, io vengo mosso come una marionetta. Mentre lei vive, io mi limito a esistere.

Non siamo fatti per stare insieme.

Vorrei solo che mi fosse stato chiaro prima di averla baciata.

23

Ruby

COME si parla con qualcuno dopo che ci si è baciati?

L'unico altro ragazzo che ho baciato prima di James è stato Wren e da allora l'ho semplicemente ignorato fingendo che non fosse mai accaduto niente. Con James non è possibile. Trascorro gran parte della domenica sdraiata sul letto a fissare la sua felpa che è sempre sul mio comodino. Vorrei scrivergli un messaggio oppure chiamarlo, ma a parte *Possiamo farlo di nuovo?* E *Che cosa cambia adesso per noi?* Non mi viene in mente niente da dirgli e perciò evito. Tra l'altro lui e i suoi genitori sono spariti all'improvviso ieri e non ho fatto nemmeno in tempo a salutarlo.

Alla fine, rimuginare mi rende così nervosa che decido di distrarmi e di cominciare a preparare il consuntivo della festa. A parte il breve black out all'inizio, tutto è filato liscio secondo i piani e stamattina ho trovato nella posta una mail del rettore Lexington in cui si complimentava con me e la squadra per l'ottimo lavoro. La inoltro agli altri partecipanti. Poi prendo uno dei libri che mi hanno regalato i nonni per il compleanno e leggo un paio di capitoli. Sottolineare i passaggi più importanti ed evidenziarli con post-it colorati mi è sempre servito a mettere ordine nel caos dei miei pensieri. Mentre prendo appunti, la testa mi si riempie di informazioni e dati, e io cerco di scacciare il ricordo della presa salda di James sulla nuca e della sua bocca sulla mia.

Mi domando quante ragazze abbia già baciato per essere tanto bravo.

Mi domando fino a dove saremmo arrivati, se suo padre non ci avesse interrotto.

Mi domando se avrò ancora l'occasione di baciarlo così.

D'accordo, forse il libro non basta a scacciare i ricordi come avrei voluto. Ma mi rifiuto di farmi sconvolgere da James. E di sicuro non gli permetterò di farmi perdere la testa. Non voglio perdere la testa. È mia e non sparirà da nessuna parte solo perché James mi ha fatto provare uno sfarfallio allo stomaco.

Nel corso del pomeriggio leggo quasi metà del libro, e forse esagero. La sera sono così stanca che cado mezza morta sul letto. Purtroppo sogno soltanto James, i suoi occhi rabbuiati, il modo in cui ha sussurrato più volte il mio nome.

Il mattino seguente sembra il primo giorno di scuola. Sono nervosa e agitata e lo stomaco mi fa una capriola quando l'autobus si ferma davanti a Maxton Hall. Mi domando come sarà rivedere James. Mi verrà incontro? Devo essere io ad andare da lui? O è troppo spudorato? Fingeremo che non sia successo niente? Oppure da sabato siamo decisamente qualcos'altro? I pensieri mi affollano la mente e mi pento di non averlo chiamato ieri. Almeno saprei a che punto siamo e come devo comportarmi. Detesto essere tanto insicura.

Dopo essere scesa dall'autobus, mi sistemo con grande cura l'uniforme scolastica. Non deve esserci nemmeno una piega fuori posto, la cravatta deve cadere perfettamente. Tengo a tracolla la cartella che mi ha regalato James. Il suo peso mi dà una strana sicurezza. Come se fosse una conferma che tra lui e me c'è davvero qualcosa. Accarezzo le iniziali sulla chiusura mentre alzo lo sguardo verso l'imponente cancello di Maxton Hall.

Ce la farai. Comportati in maniera normale. Tutto è come sempre, mi ripeto mentalmente, poi raddrizzo la schiena ed entro.

Durante l'assemblea non c'è traccia di James. I suoi amici sono seduti nell'ultima fila e, quando passo davanti all'uscita, sento Cyril sbuffare forte. Non so se ce l'abbia con me, ma provo un senso di disagio improvviso. Mi volto e lui mi guarda con freddezza. Io lo ignoro.

Alla prima ora ho storia dell'arte e, per quanto mi sforzi, non riesco a concentrarmi. Tutto quello che so è che dopo dovrò andare a matematica, che si svolge nella stessa aula in cui si trova James in questo momento. Ci è capitato spessissimo di incrociarci in corridoio, perché Mrs Wakefield finisce sempre tardi le sue lezioni.

Quando suona la campanella, mi sforzo di non alzarmi troppo in fretta dal banco, ma a giudicare dall'occhiata che mi lancia Alistair dall'altro capo della classe, non ci riesco del tutto. Corro verso l'ala principale. Più mi avvicino all'aula, più il cuore mi batte veloce. Poco prima di svoltare nel corridoio, mi fermo per tirarmi su le calze nere sopra al ginocchio, in modo che siano esattamente alla stessa altezza. Poi faccio un profondo respiro e giro l'angolo.

Sono mentalmente preparata a incontrare James, ma quando lo scorgo in corridoio insieme a Lydia, ho ugualmente un tuffo al cuore. Vederlo con l'uniforme scolastica mi risulta estraneo e familiare allo stesso tempo. Dopo una breve pausa per cercare di calmare i battiti, proseguo. Posso limitarmi a salutare entrambi. Un breve ciao, nient'altro. Non c'è niente di ridicolo. Il mio ultimo desiderio è che la cosa diventi ridicola. Mi basterà guardarlo negli occhi per capire come stanno le cose. Ci leggerò lo stesso nervosismo che mi ha tormentato per tutta la domenica?

Lydia si accorge di me per prima. Dà una gomitata impercettibile a James. Lui mormora qualche parola e annuisce verso di lei. Poi mi viene incontro. Il mio sorriso si allarga istintivamente. È a pochi passi da me e io apro già la bocca per salutarlo quando…

…Mi supera in silenzio.

«Ehi», lo sento dire dietro di me. Mi giro e vedo che ha salutato Cyril. Si scambiano qualche parola, James gesticola e Cyril scoppia a ridere. Insieme raggiungono la loro classe ed entrano senza voltarsi indietro.

Un dolore lancinante mi attanaglia il petto. Resto ferma in mezzo al corridoio. Deglutisco a fatica. Quando alzo gli occhi c'è solo Lydia oltre a me. Per un attimo sembra sul punto di dire qualcosa, ma poi anche lei si gira senza parlare e scompare in una delle classi, mentre io non riesco a muovere le gambe. Sono paralizzata.

* * *

Trascorro il resto della giornata in uno stato di trance. Ogni ora di lezione mi sembra più lunga della precedente. Sento le parole dei professori, ma non le capisco e non prendo appunti. Per pranzo non riesco a raggiungere la mensa. L'idea di vedere James con gli amici, saldamente ancorato di nuovo nel suo mondo, mi dà il voltastomaco. Mi rifugio in biblioteca a guardare fuori dalla finestra.

Non riesco a capire dove abbia sbagliato. Non so spiegarmi perché si comporti così. Mi arrovello, ma non trovo nessun errore da parte mia. E anche se l'avessi commesso, non mi merito di essere trattata in questo modo. Durante l'ora di matematica ho cercato di convincermi che lui non mi avesse vista. Ma quando ci siamo incrociati in corridoio alla fine della lezione, lui mi è passato davanti senza degnarmi nemmeno di uno sguardo. Un segnale incontrovertibile.

Ovviamente Lin si accorge che qualcosa non va, ma non le ho ancora raccontato del bacio e adesso non posso più farlo. Mi sembra di avere una ferita aperta nel petto. Mi fa male tutto: quando respiro, quando mi muovo, quando parlo.

Lin deve gestire da sola la riunione del comitato, mentre io le sto seduta accanto a scarabocchiare sull'agenda. Scopro il punto in cui avevo coperto il nome di James con il correttore. Nessuno sa che cosa ci sia lì sotto, ma io passo il dito sulla macchia bianca e trattengo un singhiozzo.

Sono sicura di non essermi immaginata il nostro bacio. Il modo in cui James ha pronunciato il mio nome. Il suo sguardo. La disperazione delle sue carezze. C'era qualcosa tra di noi. Qualcosa di grande. E anche se per qualche motivo fosse giunto alla conclusione che si sia trattato solo di uno sbaglio, allora avrebbe potuto dirmelo. Sono una persona razionale e so che ci sono cose che non possono funzionare. Mi avrebbe fatto male, certo, ma avrei potuto accettarlo.

Quello che non capisco è perché si comporti così male. E più rimango seduta alla riunione e fisso il suo posto vuoto, più sento crescere la collera dentro di me. Per lui è stato soltanto un gioco? Voleva vedere fino a che punto poteva spingermi? Forse l'ha fatto perché i suoi amici lo hanno sfidato. Oppure voleva soltanto prendermi in giro, in modo che mettessi una parola buona con Lexington. Mi sento male solo a pensarci. Tutto quello che mi ha raccontato di sé nelle ultime settimane era solamente una bugia? È rimasto sempre il James Beaufort che avevo conosciuto all'inizio? Calcolatore, subdolo e arrogante?

Guardo fuori dalla finestra e vedo la squadra di lacrosse sul campo sportivo a poca distanza. La mia rabbia aumenta ancora di più. Mi divora da dentro e mi fa ardere e rabbrividire nello stesso tempo. Senza volerlo stringo i denti così forte da farli scricchiolare. Mi costa un'immensa fatica non mostrare le emozioni che mi lacerano durante la riunione. Quando è finita, mi giro verso Lin.

«È un problema se me ne vado? Non mi sento bene.»

Lei mi guarda pensierosa, poi annuisce lentamente. «Ma certo, penso io a tutto. Magari ci sentiamo per telefono più tardi, se ti va.» La sua sembra una cauta offerta d'aiuto e io le stringo la spalla riconoscente.

Esco dalla stanza senza salutare gli altri. All'improvviso la cartella che porto a tracolla non è più il regalo di un amico, ma uno strumento di corruzione. Non posso fare altro che concentrarmi sulla delusione e sulla rabbia quando attraverso a grandi passi la biblioteca e mi dirigo verso il campo sportivo.

Sento le grida e le imprecazioni fin dal lontano. Maledetto lacrosse.

Mi fermo di scatto a bordo campo e mi guardo intorno a braccia conserte. Non impiego molto a individuare la maglia blu con il 17 bianco.

«Beaufort, è arrivata la tua amica», grida Wren un attimo dopo. Sebbene non riesca a vederne il ghigno sotto il casco, lo avverto chiaramente nella sua voce.

James si volta di lato e mi vede in piedi sul ciglio del campo. Mi aspetto quasi che mi ignori anche stavolta, invece fa un gesto con la mano.

«Continuate pure», grida, poi corre nella mia direzione. Arrivato davanti a me, mi guarda per la prima volta in tutta la giornata... o almeno è ciò che credo. Ma non posso averne la certezza a causa del casco.

«Bene.» La mia voce vibra di collera. Non mi riconosco. Sono sempre controllata, non lascio mai che le emozioni prendano il sopravvento. Da quando sono così? Da quando non riesco ad affrontare in maniera razionale le cose come prima?

Da quando James è entrato nella mia vita, è la risposta. Sono così da quando lo conosco.

Lui resta in silenzio. Aspetto che faccia qualcosa, ma non succede.

«Potresti toglierti quel coso, per favore?» gli chiedo indicando il casco.

Lui sospira spazientito, ma mi accontenta. Ha i capelli

sudati e spettinati, le guance arrossate. Adesso che ce l'ho davanti, vedo che ha un taglio sul labbro. Sembra che abbia fatto a pugni. Alzo la mano cauta – in maniera del tutto istintiva – per toccarlo, ma lui indietreggia con un sussulto. Stringo il pugno e lo lascio ricadere scoraggiata.

«Che cosa ti è preso?» gli chiedo indignata.

Il suo viso è del tutto inespressivo quando mi guarda. «Che cosa dovrebbe essermi preso?»

Sono sicura di avere le guance rosse come le sue, e soltanto perché mi manda su tutte le furie. «Ti comporti come uno stronzo, ecco cosa.»

Lui aggrotta le sopracciglia. «Davvero?»

«Smettila di fare lo stupido e dimmi perché mi ignori», gli intimo a bassa voce ma con la massima determinazione.

Lui non dice niente e mi guarda in silenzio come se questa conversazione lo annoiasse a morte. Faccio un passo verso di lui.

«Faceva tutto parte del tuo piano?» gli chiedo. «Sei stato carino con me solo perché volevi tornare ad allenarti?»

Lui sbuffa e sembra quasi che rida, ma all'improvviso non riesce più a sostenere il mio sguardo. Abbassa gli occhi a terra, dove le punte delle nostre scarpe si sfiorano.

«Casomai fosse necessario ricordartelo, mi hai baciato *dopo* che ti avevo esonerato dal comitato organizzativo. A quel punto non sarebbe stato più necessario.»

Lui continua a tacere.

«Perché ti comporti così?» gli domando, e mi odio perché la voce mi trema. «È per via di tuo padre? Ha fatto qualcosa?»

James alza lo sguardo e nei suoi occhi vedo riflessa la mia rabbia. «Se ti fa sentire meglio, allora diciamo così.»

È come se mi avesse dato un pugno nello stomaco. «Sei stato *tu* a baciare *me*. Non viceversa. Non avresti dovuto farlo, se la cosa ti crea tanto imbarazzo.»

La ruga sulla sua fronte si fa ancora più profonda. «Non ricamarci tanto su. Mi hai dato qualcosa che mi è piaciuto. Fine della storia.»

«Ti è piaciuto... fine della storia?» ripeto incredula. Stento a capacitarmi che il tipo che ho davanti sia lo stesso che ho baciato sabato sulle scale del seminterrato. Che fosse sua la lingua che mi ha schiuso le labbra, sue le carezze che mi hanno fatto tremare le ginocchia.

Lui si limita a un'alzata di spalle.

«Santo cielo, James, che cosa ti succede?» mormoro scuotendo la testa.

Nonostante la collera, mi domando da dove venga il taglio che ha sul labbro. Con chi si sia azzuffato. Se avessi potuto fare qualcosa per impedirlo.

«Avresti potuto dirmi che il bacio era stato uno sbaglio», dico più calma che posso.

«Benissimo, allora te lo dico adesso», ribatte lui con distacco. «È stato carino, ma è davvero giunto il momento di tornare a com'era prima.»

Non riesco a credere che lo abbia detto seriamente. Mi sembra di essere finita nel film sbagliato. Sta succedendo qualcosa di assurdo, ma non posso impedirlo. È come una valanga inarrestabile che travolge ogni cosa lungo il suo percorso.

«Non c'è bisogno che tu distrugga la nostra amicizia con tanta cattiveria solo perché i tuoi amici o i tuoi genitori ti hanno convinto di qualcosa, sai?»

Lui sorride, ma la sua è più che altro una smorfia,

non ha niente a che fare con il suo modo di guardarmi nelle ultime settimane. Non lo riconosco più. «Tu cerchi ossessivamente di controllare tutto quello che hai intorno, di correggere ogni sbaglio che trovi negli altri, ma non funziona in questo modo, Ruby. Questa storia non ha niente a che fare con i miei amici o la mia famiglia. Questo sono io.» Si posa una mano sul petto. «Orribile, contorto e falso. Dovresti cominciare ad accettare l'idea.»

La rabbia scompare e al suo posto subentra la disperazione. È la stessa emozione che mi ha assalito alla festa, quando ho pensato di dovermi separare da lui. Ma adesso è molto più violenta e mi fa molto più male. Perché il suo addio mi sembra definitivo.

Tento un'ultima strada e alzo la mano, gliela poso sulla guancia. Gli accarezzo la pelle con il pollice. «Non sei né orribile, né contorto, né falso.»

Lui emette una risata piena di amarezza e scuote la testa.

«Non voglio perderti», bisbiglio, raccogliendo le ultime briciole di coraggio che riesco a trovare dentro di me.

Lui posa la mano sopra la mia. Chiude gli occhi, sembra quasi provare un'intensa sofferenza fisica in questo momento. Le sue dita carezzano tenere il dorso della mia mano e io avverto un fremito. «Non è possibile perdere ciò che non si possiede, Ruby Bell.»

Stacca la mia mano dal suo viso. Poi apre gli occhi e mi guarda. È lo stesso sguardo di due mesi fa, freddo e distaccato. Tutto a un tratto mi sento svuotata. Una sensazione di gelo mi avvolge quando il significato delle sue parole mi diventa chiaro.

«Beaufort!» lo chiama Wren dal campo da gioco. «Ti

stai perdendo il tuo primo allenamento dopo settimane. Vieni, forza!»

Lui vuole girarsi, lo vedo da come tende il corpo. È come se un filo invisibile lo tenesse legato ai suoi amici.

«Abbiamo finito? I ragazzi aspettano», dice inespressivo, indicando con il pollice dietro la sua spalla.

In vita mia non mi sono mai sentita tanto umiliata. L'adrenalina mi scorre nelle vene mentre dolore, disperazione e rabbia si mescolano insieme. Devo stringere i pugni per non colpirlo al petto. Vorrei farlo più di ogni altra cosa, ma lui è così freddo e lontano che non voglio dargli la soddisfazione di perdere il controllo di fronte ai suoi amici.

«Sì, abbiamo finito», dico con tutta la dignità possibile.

A James non interessa niente della mia dignità. Si gira prima che abbia finito di parlare e torna di corsa dagli amici. Il mio orgoglio svanisce sempre più a ogni suo passo, finché mi reggo in piedi a stento.

24

Ruby

Verde – Importante!

Turchese – Scuola

Rosa – Comitato organizzativo di Maxton Hall

Lilla – Famiglia

Arancione – Alimentazione e sport

Se dovessi suddividere il mio pomeriggio a colori, sarebbe questo:

Lilla – Sfogarmi con Ember

Lilla – Sfogarmi con mamma

Lilla – Stare alla larga da papà, affinché non mi faccia troppe domande

Arancione – Andare a correre con Ember per chiarirmi le idee

Verde – Restituire la cartella a James Beaufort e fargli sapere che può mettersela in quel posto

Un elenco completo, a mio parere. E se esistesse davvero, avrei già spuntato tutte le voci a parte l'ultima.

Passo un'ora a cercare di scrivergli una lettera con un asciugamano avvolto a turbante sulla testa. Alla fine, circondata da fogli appallottolati, decido di rinunciarci. Avrei voluto scrivere qualcosa che racchiudesse tutta la rabbia e la delusione, ma le parole sulla carta all'improvviso mi sono sembrate del tutto irrazionali. Vorrei avergli detto ogni cosa sul campo sportivo, ma ero troppo scioccata per riuscire a trovare subito la risposta giusta.

Sulla lavagna di sughero davanti a me è attaccato il biglietto che James mi ha scritto per il mio compleanno. Quanto mi erano sembrate importanti le sue parole. Ho creduto davvero che dicesse sul serio. Adesso ho l'impressione che ciò che è successo tra noi in realtà sia solo frutto della mia immaginazione. Come se tutto – le nostre telefonate, le risate insieme, il nostro bacio – sia dovuto a una fervida fantasia.

D'un tratto non riesco più a guardare il biglietto. Lo strappo dalla lavagna, prendo un pennarello nero e ci scrivo sopra la prima cosa che mi viene in mente:

James,
fottiti.
Ruby

Guardo la mia opera piegando la testa. Ho scritto le parole direttamente sotto le sue e fa male guardarle e realizzare che siamo arrivati a questo punto.

«Ruby?» Ember infila la testa in camera mia. «Papà ha preparato la cena. Vieni?»

Annuisco, senza riuscire a distogliere lo sguardo dal biglietto.

Ember mi raggiunge e guarda da sopra la mia spalla. Sospira e mi accarezza il braccio. Poi, senza dire altro, tira fuori la scatola da dietro la porta e mi aiuta a rimetterci dentro la cartella. Ho il cuore spezzato quando ci poso sopra il biglietto e infine la richiudo con lo scotch.

«Domani posso spedirla mentre vado a scuola», dice sottovoce.

Il groppo che mi si è formato in gola sembra sempre più grande. «Grazie», mormoro quando Ember mi abbraccia.

Ember porta la scatola in camera sua, affinché non debba più vederla. Le sono riconoscente che non abbia detto niente sulla felpa di James, anche se mi sono accorta chiaramente che l'ha fissata per un istante. Non ho avuto il coraggio di metterla nella scatola. E mi rifiuto di pensare a che cosa significhi.

Dopo cena mi sdraio sul letto a guardare il soffitto. Mi concedo questa serata e questa notte per piangere per quello che c'è stato tra James e me. Per piangere un amico che ho perduto senza sapere perché.

Ma nient'altro. Io sono sempre la stessa e ho giurato solennemente che niente e nessuno mi farà deviare dalla mia strada. Da domani tutto tornerà come negli ultimi due anni. Mi concentrerò completamente sulla scuola e andrò alle riunioni del comitato. Pranzerò con Lin in mensa. Mi preparerò per i colloqui di ammissione a Oxford.

Tornerò a vivere in un mondo nel quale James Beaufort e il resto di Maxton Hall non conosceranno nemmeno il mio nome.

James

Ruby è davvero bravissima a evitarmi. È come se avesse imparato a memoria l'orario delle mie lezioni per non incrociarmi mai. Quando succede, tuttavia, mi sfila davanti con passo deciso, senza degnarmi nemmeno di uno sguardo, le mani strette alle cinghie del suo zaino verde. Tutte le volte che la vedo, penso al suo biglietto che tengo ripiegato nel portafoglio e ogni tanto tiro fuori quando la nostalgia diventa insopportabile.

Come adesso.

Quando finirà? Quando riuscirò a pensare a qualcosa di diverso da Ruby? Tra l'altro è il momento peggiore per essere distratto in questo modo. Giovedì si svolgerà il test per il *Thinking Skills Assessment*, e se voglio sperare in una chance di entrare a Oxford, devo superarlo con il massimo dei voti.

Purtroppo non riesco a ricordare niente di ciò che abbiamo studiato con Lydia nell'ultima mezz'ora. Abbiamo stampato tutti i quesiti di prova che siamo riusciti a trovare, li abbiamo sparsi sul pavimento in camera di Lydia e li abbiamo affrontati uno alla volta, fino a farci fumare il cervello. Lydia ha appena chiuso il libro nel quale aveva cercato una risposta e si solleva sui gomiti. È sdraiata sul pavimento, tiene le gambe piegate e muove i piedi al ritmo della musica che si sente in sottofondo. Quando allunga la mano, le porgo senza parlare il sacchetto di patatine dal quale stiamo attingendo da più di un'ora.

Poi sfioro un'altra volta con il dito il bordo del biglietto di Ruby. Ormai è consumato, gli angoli sono stropicciati. Sto per rimetterlo via, quando Lydia mi si avvicina strisciando sulla pancia.

«Che cos'è?» chiede d'un tratto, strappandomi di mano il biglietto più velocemente di quanto possa reagire. Cerco di riprendermelo, ma Lydia l'ha già aperto e sta leggendo le parole di Ruby. Il suo sguardo si adombra e, quando lo solleva, noto un lampo di compassione. «James...»

Mi riprendo il biglietto e lo rimetto nel portafoglio, che poi mi infilo nella tasca dei pantaloni. Quindi apro il libro che Lydia ha appena messo da parte e comincio a leggere. Le lettere stampate non hanno senso, per quanto provi a concentrarmi.

Perché diavolo il cuore mi batte così forte? E perché mi sento come se mi avesse sorpreso a fare qualcosa di sbagliato?

«*James.*»

Alzo lo sguardo dal libro. «Cosa?»

Lydia si mette a sedere a gambe incrociate e comincia ad attorcigliarsi i capelli in una crocchia disordinata che lega con un elastico. «Che cosa significa quel biglietto?»

Alzo le spalle. «Niente.»

Lydia inarca un sopracciglio e getta un'occhiata eloquente alla tasca dove ho fatto sparire il portafoglio insieme al biglietto. Poi torna a fissarmi, con più tenerezza. «Che cosa è successo fra te e Ruby?»

Mi irrigidisco. «Non ho idea di che cosa tu stia parlando.»

Lydia sbuffa e scuote la testa. «So benissimo come ti senti», dice dopo una pausa di silenzio. «Con me non devi fingere che la storia di Ruby non ti turbi. Non sono cieca, James. Mi rendo conto di quanto stai male.»

Torno a fissare il libro. Lydia ha ragione: sto da schifo. Tutta la mia vita è una catastrofe unica, e non c'è niente che possa fare per migliorare le cose.

«Quello che mi turba», dico, «è avere una famiglia di merda e trovare ripugnante il pensiero del mio stesso futuro.»

Sento lo sguardo affettuoso di Lydia su di me, ma non riesco a guardarla. Ho paura di perdere anche l'ultimo briciolo di autocontrollo che ancora mi rimane e non posso permettermelo. Non in questa casa, dove mio padre ha occhi e orecchie dappertutto e non mi sono mai sentito al sicuro.

«Anche Ruby sta male. Perché...»

«Ho tenuto d'occhio Ruby solo *per te*», la interrompo. «Non c'è stato altro.» Le parole mi grattano in gola e suonano terribilmente false quando le pronuncio. Non riesco a respirare e lo sguardo di Lydia è così penetrante che avverto un peso sempre più grande sul petto. Devo strizzare gli occhi contro l'insolito bruciore e deglutisco a fatica.

«Ah, James», mormora, stringendomi la mano fredda e accarezzandomi il dorso con il pollice. Non ricordo più quando è stata l'ultima volta che ci siamo toccati così. Guardo per un attimo le sue dita diafane che stringono le mie. Quel semplice gesto stranamente mi permette di tornare a respirare un po' meglio.

«So che cosa si prova a non poter avere qualcuno pur sapendo che sarebbe l'unica persona a renderti la vita un po' più sopportabile», dice Lydia d'un tratto stringendomi più forte la mano. «Quando ho conosciuto Graham, ho saputo subito che tra di noi c'era qualcosa di speciale.»

Alzo gli occhi di scatto. Lydia sostiene serena il mio sguardo. Finora non ha mai parlato nemmeno una volta con me della sua storia con Sutton e ha respinto risolutamente tutti i miei tentativi di farla ragionare. Che ne parli adesso mi fa capire quanto sia incapace di nascondere la mia disperazione di fronte a lei e quanta pena debba farle. Tuttavia sono grato di questo cambio di argomento.

«Come vi siete conosciuti? A scuola?»

Lei scuote la testa. Per un attimo sembra cercare le parole giuste. Vedo che le costa una certa fatica raccontare tutta la storia. Dopotutto ha sempre custodito con grande cura questo segreto.

«È successo due anni fa, subito dopo la storia con Gregg», inizia, e all'istante mi sento avvampare di collera. Gregg Fletcher si è spacciato per molti mesi come fidanzato di Lydia, mentre in realtà era il reporter di un quotidiano locale. Ha sfruttato mia sorella e le ha spezzato il cuore solo per ottenere informazioni sulla nostra famiglia e la nostra azienda.

Stringo più forte la mano di Lydia. «All'epoca non avevo più voglia», prosegue, «di… niente. Mi sono rinchiusa in me stessa.»

«Mi ricordo.» I media si erano subito gettati come avvoltoi sulle rivelazioni di Fletcher relative alla nostra famiglia. È stato un periodo orrendo e tutti abbiamo dovuto cercare un modo di superarlo. Io mi sono buttato nella coca e nell'alcol, lei in un silenzio cupo e un muro impenetrabile.

«Una sera mi sentivo disperata. Non avevo nessuno

con cui parlare, e ne avevo tanto bisogno. Avevo quindici anni e avevo perso la verginità con un reporter perché ero stata tanto ingenua da credere che là fuori potesse esserci veramente qualcuno interessato a *me*. E non solo ai *Beaufort*. Stavo da cani. Mi rimproveravo un sacco e mi domandavo come avessi potuto essere tanto stupida.»

Fa una breve pausa e un respiro profondo.

«Quella sera mi sono creata un profilo anonimo su Tumblr. Volevo sfogarmi, senza che ci fossero conseguenze. Il mio primo post è stato un mucchio di parole senza senso. Ho scritto come mi sentivo e che desideravo essere una persona completamente diversa. Il giorno dopo ho trovato un messaggio tenerissimo al mio indirizzo.»

Io la guardo. «Non sarà mica stato da parte di Sutton?»

Lei annuisce. «Non diceva molto, solo qualche parola comprensiva, ma nella mia situazione è stato fondamentale.» Un lieve sorriso le curva le labbra. «Da allora abbiamo cominciato a scriverci regolarmente. Parlavamo di tantissime cose, ci confidavamo segreti che fino a quel momento non avevamo mai detto a nessuno. Lui ha parlato di Oxford e della spietata concorrenza che stava per schiacciarlo. Io del mio cuore infranto e delle mie paure per il futuro. Ci siamo fatti coraggio a vicenda. Naturalmente non gli ho mai rivelato il mio nome vero, né conoscevo il suo. Tuttavia, quello che ho condiviso con lui sembrava più vero di tutto il resto della mia vita.»

«È pazzesco.»

Lei annuisce di nuovo. «Lo so.»

«E poi?» le domando.

«Dopo circa sei mesi ci siamo telefonati per la prima volta. Abbiamo parlato per cinque ore di seguito. L'orecchio mi ha fatto male per diverse ore, perché ci tenevo il cellulare premuto contro. E poi abbiamo cominciato a parlare sempre di più.»

Mi viene in mente la notte del compleanno di Ruby, quando anche noi siamo stati al telefono una mezza eternità. Ho lasciato la festa di Wren e sono tornato a casa solo per continuare a sentire la sua voce.

«Per questo mi buttavi fuori dalla tua camera così spesso», dico con un sorriso ammiccante. «E a un certo punto vi siete incontrati di persona?»

«C'è voluto più di un anno prima che trovassi il coraggio di incontrare Graham. Siamo andati a bere un caffè dopo che era riuscito a laurearsi.»

È incredibile che tutto questo mi sia rimasto ignoto.

«E quando... vi siete messi insieme?» domando, accorgendomi di parlare come un ragazzino delle medie.

Lydia arrossisce. «Non ci siamo mai messi insieme per davvero, ma durante l'estate abbiamo trascorso molto tempo insieme.» Si schiarisce la voce. «Quando ha accettato il posto a Maxton Hall, Graham ha troncato la cosa tra di noi. Subito. Ha detto che potevamo restare amici online, esattamente come prima, ma niente di più.» Nei suoi occhi vedo luccicare un bagliore sospetto. «A me stava bene, sai? Meglio così che perderlo del tutto. Quando alla fine dell'anno è sembrato che non ci fossero prospettive per una sua riassunzione, ho ripreso a sperare. La storia è ricominciata daccapo, finché a metà dell'estate ha saputo che si era liberato un posto. Lo stesso strazio di prima. Solo che questa volta lui non voleva avere a che fare con me nemmeno online. Mi ha cancellato del tutto dalla sua vita, perché sosteneva che fosse meglio per entrambi.»

Rifletto qualche istante su ciò che mi ha appena raccontato. «È stato all'inizio dell'anno?» le chiedo. «Il giorno in cui Ruby vi ha sorpreso insieme?»

Lei deglutisce impacciata. «Una specie di ricaduta.»

Annuisco lentamente. Sapevo che per lei Sutton era molto più di un divertente passatempo. Nelle ultime settimane l'avevo vista soffrire troppo e difenderlo con troppa enfasi tutte le volte che facevo qualche osservazione su di lui. Tuttavia non avrei mai immaginato che tra di loro ci fosse stata una storia durata due anni. E che fosse stata così seria.

«Tra un anno magari potrete...» Non so nemmeno io che cosa sto proponendo. Anche se Lydia non fosse più a Maxton Hall, una relazione con un suo ex professore rovinerebbe per sempre la sua reputazione. Immagino come reagirebbero i nostri genitori.

«Non sono stupida, James. So che per Graham e me non c'è una sola possibilità.» Sfila la mano dalla mia e prende il sacchetto di patatine, come se non mi avesse appena confidato il suo più grande segreto. Ne prende una manciata e se la mette in bocca, lo sguardo offuscato fisso sul copriletto.

Mi fa tanto male vederla così. E soprattutto mi fa male non poterla aiutare. Perché ha ragione: per lei e Sutton non c'è futuro, esattamente come per me e Ruby.

«Grazie di avermelo raccontato», le dico.

Lydia ingoia le patatine e beve un sorso d'acqua dalla sua borraccia. «Forse anche tu prima o poi mi racconterai di Ruby.»

L'oppressione al petto, che si era un po' affievolita durante il suo racconto, torna a schiacciarmi inesorabile.

Evito lo sguardo indagatore di mia sorella e raccolgo un altro foglio con uno dei quesiti di prova. «Non c'è niente da raccontare.»

Il sospiro di Lydia mi raggiunge da molto lontano. L'esercitazione sul foglio svanisce con il ricordo di Ruby che viene verso di me sul campo sportivo e delle parole cattive che le ho rivolto. È un'immagine che si ripete all'infinito nella mia testa, finché non riesco più a concentrarmi sullo studio e rimango a fissare il muro.

Il TSA va bene. Tutti in famiglia sono così convinti che ce la possa fare, che preferisco non pensare a che cosa succederebbe se fallissi.

Nella settimana successiva al test è organizzato uno degli ultimi incontri del gruppo di studio di Oxford. Ruby è seduta con Lin all'estremità opposta della classe. Come accade sempre negli ultimi giorni, non mi rivolge nemmeno un'occhiata, ma finge anche che tra di noi non sia successo niente. Si comporta come al solito, mette in ginocchio tutti con le sue argomentazioni incalzanti e riesce persino a far rimanere senza parole la nostra tutor.

È un tormento per me non poterla guardare in continuazione. Un tormento micidiale. Non appena apre la bocca, pendo dalle sue labbra, e sono sopraffatto dal desiderio di baciarla.

In certi momenti richiamo alla mente l'immagine di mio padre e ricordo lo schiaffo e il dolore che mi hanno accompagnato per diversi giorni. Non era la prima volta che mi picchiava. Non capita spesso, ma abbastanza, soprattutto quando secondo lui non sono all'altezza delle aspettative della nostra famiglia.

Il fatto che Ruby non corrisponda alle sue aspirazioni mi addolora, ma dovrò conviverci. Sono nato in una famiglia dalla quale non posso staccarmi, per quanto lo desideri. Andrò a Oxford e poi erediterò la Beaufort.

È il momento di accettarlo e di smetterla di autocompatirmi.

«Proviamo a dare un'occhiata alla seconda domanda. James, vorresti condividere con noi le tue riflessioni?» chiede all'improvviso Pippa. Non ho la minima idea di che cosa abbia appena detto. L'unica parola che ho colto è stato il mio nome.

«Preferirei di no», rispondo, appoggiandomi all'indietro. Sinceramente vorrei solo andarmene a casa. E se devo essere sincero fino in fondo, vorrei soltanto Ruby, ma non è possibile.

Che sia seduta con me in questa stanza e mi ignori è una tortura. È lei l'unica spinta che mi ha motivato. Adesso è rimasto soltanto il lacrosse, per il resto non ho passioni. Nemmeno le feste con i miei amici riescono a distrarmi dal fatto che in questo momento tutta la mia vita mi sembri priva di senso. Il tempo continua a scorrere inesorabile verso il diploma, è sempre più veloce e non so come fermarlo. Come fare affinché tutta la mia esistenza non mi sembri così inutile.

«Se venissi convocato a un colloquio di ammissione, devi essere pronto a rispondere a qualunque domanda», afferma Pippa con enfasi rivolgendomi un gesto d'incoraggiamento. «Il secondo quesito.»

Inclino leggermente il foglio per leggere meglio il testo scritto in corsivo.

Quando, ammesso che lo sia, il perdono può essere considerato falso?

Fisso la domanda. Dieci secondi. Altri dieci, finché il mio silenzio diventa spiacevole e qualcuno si schiarisce la voce. Un brivido freddo mi corre lungo le braccia e lungo la schiena. Il foglio che tengo in mano è sempre più pesante, finché sono costretto ad appoggiarlo sul banco. Mi sembra di avere la bocca piena di cemento, ma è vuota. C'è solo la mia lingua inutile, che non riesce a formare le parole.

«In genere il perdono segue un'azione dannosa», risuona all'improvviso la voce di Ruby. «Ma quando una persona perdona un'altra per il dolore che le ha provocato, questo non significa che il dolore sparisca. Finché il dolore resta, il perdono è falso.»

Alzo gli occhi. Ruby mi guarda imperturbabile e vorrei tanto allungare la mano verso di lei. Siamo lontani solo un paio di metri, ma la distanza tra di noi è così immensa che mi toglie il respiro.

Vedi di darti una regolata, Beaufort.

«Quando si perdonano le persone con troppa facilità, si dà loro l'idea di poter fare qualunque cosa. Così la collera della persona alla quale è stato fatto un torto diventa il castigo per il colpevole che desidera disperatamente il perdono», aggiunge Lin.

Già, la rabbia di Ruby è come un castigo che mi sono meritato. Tuttavia vorrei che non trascorresse il resto dell'anno scolastico a odiarmi. Dovrebbe essere felice di poter realizzare il suo sogno e andare a Oxford.

Se c'è qualcuno che se lo merita, quella è lei.

«Il perdono non può mai essere falso», ribatto con un filo di voce. Negli occhi verdi di Ruby si accende qualcosa. «Il perdono è un segno di grandezza e di forza. Se ci si abbandona per anni alla collera e ci si autodistrugge, non si è migliori della persona che ci ha fatto un torto.»

Ruby fa un'esclamazione sprezzante. «Una cosa del genere può dirla solo chi continua a comportarsi male con gli altri.»

«Non c'è forse un proverbio che dice 'Perdonare, ma non dimenticare'?» Alistair si guarda intorno e Keshav e Wren annuiscono concordi. «Si può perdonare qualcuno per il suo comportamento, ma ciò non significa che quanto successo sia sparito. Il perdono è obbligatorio per dare un taglio netto. Dimenticare è qualcosa che richiede tempo o a volte non succede neppure. E va bene così. Il perdono ci aiuta a staccarci dalla rabbia e andare avanti.»

Alla mia destra Lydia prende la parola. «Così sembra che il perdono possa avvenire con uno schiocco di dita e che solo dimenticare sia faticoso. Ma non bisognerebbe perdonare tutto quello che ci è stato fatto. Se è qualcosa di molto negativo, non è possibile liberarsene.»

«È quello che penso anch'io», concorda Ruby. «Se si perdona troppo in fretta significa che non ci si prende sul serio e che si accantona in maniera superficiale il proprio dolore. È un comportamento autolesionista. Ci vuole tempo per riconoscere quando staccarsi, è vero, ma se la decisione di perdonare è ridotta a un semplice mezzo per ottenere uno scopo, è sbagliata.»

«Forse si potrebbe fare una distinzione tra perdono sano e malato», osserva Lydia e Ruby annuisce. «Il perdono malato è troppo veloce e la persona offesa rischia di essere maltrattata di nuovo. Il perdono sano, invece, arriva solo dopo una matura riflessione. In questo caso si ha abbastanza stima di se stessi da non permettere che qualcuno ci tratti di nuovo male.»

«Il perdono però non va confuso con la riconciliazione», interviene Wren, che è seduto accanto a Lydia. Mi sporgo in avanti per guardarlo. Tiene entrambe le mani intrecciate dietro la testa ed è sprofondato sulla sedia. «Se il significato originario del perdono è staccarsi dalla collera, è pensato più per la vittima che per il colpevole, quindi determina esso stesso i parametri secondo i quali avviene.»

«Però esistono atti imperdonabili.» Keshav ha parlato a voce bassa. Tutti si girano verso di lui, ma tiene le braccia conserte e dà l'impressione di aver detto tutto ciò che aveva da dire.

«Puoi elaborare il tuo pensiero, Keshav?» chiede gentile Pippa.

«Mi riferisco all'omicidio o a cose del genere. Mi sembra del tutto legittimo che i parenti della vittima non perdonino. Mi domando, perché dovrebbero farlo?»

Sento un formicolio alla nuca e guardo di nascosto verso Ruby. Il suo sguardo incrocia il mio e il fremito aumenta. Siamo divisi da due banchi, ma vorrei superarli con un balzo, prenderle il viso tra le mani e baciarla di nuovo.

«Ma anche questo è riconducibile all'inclinazione morale del singolo. Ogni individuo ha una soglia più o meno alta sulla base della quale considera qualcosa imperdonabile», replica Lydia.

Keshav risponde qualcosa, ma io non ascolto più. Negli

occhi di Ruby scorgo chiaramente dove sia la sua soglia morale. Quello che le ho detto per lei è imperdonabile. Tiene le labbra premute in una linea sottile e ha gli occhi cerchiati, sicuramente per causa mia. Non mi perdonerà mai e, sebbene sapessi già che per noi non c'era un futuro, mi rendo conto solo in questo momento di ciò che significa veramente. Non avrò mai più la possibilità di toccarla. Non le parlerò mai più. Non riderò con lei. Non la bacerò.

Questa consapevolezza mi scuote fin nel profondo. È come se sotto di me si aprisse una voragine nera nella quale precipito senza fine.

Mi sforzo di fare respiri lunghi e tranquilli mentre la discussione mi scorre davanti. Come tutto il resto.

25

Ruby

In passato mi è sempre piaciuto sognare. Nei sogni l'impossibile diventava possibile. Potevo volare e a volte persino fare magie, andavo a Oxford e viaggiavo per il mondo come ambasciatrice. I miei sogni erano vivaci e mi sembravano così realistici che il giorno successivo andavo a scuola estremamente motivata cercando di dare più del cento per cento.

Ora detesto i miei sogni. Il protagonista assoluto è quasi sempre James e il mio unico desiderio è che scompaia. Mi sveglio nel cuore della notte, non a causa degli incubi, ma per il fremito che sento tra le gambe perché ho sognato lui che mi abbracciava e mi baciava. Sogno che mi offra di nuovo favori sessuali in cambio del mio silenzio e che questa volta non mi fermi quando si slaccia la camicia. Sogno che mi porti in un mondo nel quale non mi ha cancellato dalla sua esistenza.

Anche questa mattina mi sveglio con le guance in fiamme e la coperta tra le gambe. Rotolo con un gemito a pancia in su e mi getto un braccio sugli occhi. Non può andare avanti così. Devo riuscire in qualche modo a scacciare James dal mio subconscio, altrimenti impazzirò. Come faccio a dimenticarlo, se tutte le notti i miei sogni mi mostrano che cosa avrebbe potuto esserci tra di noi?

Strofino gli occhi e prendo il cellulare che ho lasciato sul comodino. Sono da poco passate le sei, la sveglia suonerà tra dieci minuti. Mi metto a sedere ancora stanca e controllo le mail. Da ieri sera ne ho ricevute otto. Le scorro lentamente per capire quali siano importanti.

Quando leggo il mittente dell'ultima, mi sollevo di scatto sul letto e mi sento mancare.

Ho ricevuto una mail dal responsabile delle ammissioni del St Hilda's.

La apro trattenendo il respiro.

Cara Ruby,

sono lieto di invitarla a un colloquio presso il St Hilda's College a Oxford. Le auguro sinceramente di superare con successo questa prima fase di selezione.

Non leggo nemmeno il resto della mail. Il mio grido è così forte che risuona per tutta la casa. Ember corre in camera mia e io balzo giù dal letto. Fatico a trovare l'equilibrio, ma quando ci riesco, mi limito a mostrarle il cellulare. Nel contempo comincio a saltellare su e giù.

«Oh mio Dio!» esclama, mi prende le mani e si mette a saltellare in cerchio con me. «Oh mio Dio, Ruby!»

Corro subito di sotto rischiando di cadere dalle scale. Papà è già in corridoio, mamma esce dalla cucina con gli occhi sgranati. Alzo con aria solenne il cellulare. «Sono stata convocata ai colloqui.»

Mamma si porta le mani davanti alla bocca e papà lancia un grido di giubilo. Ember mi cinge i fianchi e mi stringe a sé. «Sono tanto felice per te! Ma non voglio che tu te ne vada.»

«Mi hanno solo chiamato ai colloqui, non significa che sia stata accettata. E poi Oxford è solo a un paio d'ore da qui.» Sono così esaltata che non riesco a stare ferma. Il sogno che sembrava lontanissimo all'improvviso si è avvicinato. Mi sembra quasi di toccarlo, per quanto è reale. Mi sento pervasa da un'energia incontenibile.

«Sappiamo bene che supererai a razzo i colloqui.» Ember e io ridiamo per le parole scelte da papà. «Non potranno fare altro che ammetterti.»

Il mio sorriso è così raggiante che mi fanno male gli angoli della bocca. Ma non riesco a smettere. È da tempo che non mi sentivo tanto felice per qualcosa.

«Sono molto fiera di te, tesoro.» Mamma mi dà un bacio in fronte e mi stringe a sé. Dopo essermi staccata da lei, mi chino verso papà che mi abbraccia a sua volta.

«Che cosa significa in concreto?» chiede dopo che mi sono rialzata.

Leggo la mail fino in fondo questa volta. «C'è scritto che devo presentarmi domenica prossima alle otto di sera. I colloqui avverranno lunedì e martedì. Il ritorno è fissato per mercoledì mattina.»

«Quattro giorni a Oxford», mormora mamma scuotendo la testa. «Sapevo che saresti stata convocata.»

Le rivolgo un sorriso smagliante. «Qui c'è scritto che avrò vitto e alloggio gratis.»

«Allora abbiamo scelto l'università giusta», dice papà con un lampo di gioia negli occhi.

«So già come dovrai vestirti.» Ember mi prende per mano e mi porta verso le scale.

«Ho deciso il mio abbigliamento per Oxford da quest'estate.» In realtà da prima, se si pensa che da più di un anno ho creato la cartella Oxford-Style su Pinterest, dove Ember e io inseriamo sempre nuove ispirazioni. Rivolgo un cenno a mamma e papà prima che mia sorella mi trascini con sé. Mentre siamo sulle scale li sento bisbigliare in coro: «Oxford».

Sembrano così felici. Spero ardentemente di aver superato il TSA e di riuscire ad affrontare con successo anche i colloqui. Vorrei continuare a renderli orgogliosi di me, perché li vedo tanto felici. Quando la mia famiglia è felice, lo sono anch'io.

Lascio che Ember mi trascini davanti all'armadio in camera mia. Mentre tira fuori un completo dopo l'altro e lo distende sul letto, io riempio il questionario di risposta per l'università e confermo la mia partecipazione ai colloqui. Poi mando a Lin uno screenshot della mail e aspetto trepidante la sua risposta.

Ancora non riesco a crederci.

Anche se sarà solo per quattro giorni: andrò a Oxford.

È buio pesto quando arriviamo a Oxford la domenica sera. Tuttavia, i miei genitori, Ember e io decidiamo di fare una passeggiata per il campus. Il St Hilda's si trova all'estremità orientale di High Street perciò costeggiamo il fiume Cherwell, che scintilla misterioso alla luce dei lampioni, e poi ci addentriamo tra i palazzi che, nonostante le facciate di pietra grigia e consumata, non hanno l'aria cadente. Al contrario, con i bovindo dalle intelaiature bianche e i piccoli balconcini, sprigionano il fascino delle storie antiche che vorrei tanto ascoltare.

Il St Hilda's è di una bellezza mozzafiato. E mentre spingo papà sul viottolo lastricato, mi sembra di entrare in una fiaba. Il sorriso che non mi ha abbandonato negli ultimi quattro giorni diventa ancora più grande.

«L'anno prossimo sarai seduta proprio qui», dice papà all'improvviso, indicando il prato alla nostra sinistra. «Intorno a te una serie di testi specialistici. Sarai su un plaid a quadri.»

«Hai un'immaginazione molto concreta, papà», commento compiaciuta.

«Proprio così.» Lui annuisce serio.

A parte il fatto che il St Hilda's è stupendo, mi piace anche che sia famoso per la sua varietà, il suo spirito comunitario e il rapporto rispettoso fra gli studenti. Qui tutti sono i benvenuti, a prescindere dal Paese e dal ceto sociale di appartenenza. Dopo gli anni a Maxton Hall, ne avrò bisogno. Vorrei sentirmi bene e non dovermi più nascondere. Non riesco a immaginare di trascorrere i prossimi quattro anni in un college di impronta strettamente conservatrice come per esempio il Balliol.

E poi il St Hilda's ha degli unicorni nello stemma.

«Non riesco a credere di essere davvero qui», bisbiglio. «Come sono fortunata.»

Ember schiocca la lingua. «La tua non è fortuna. Ti sei impegnata duramente.»

Ha ragione. Tuttavia mi sento male al pensiero dei colloqui che mi aspettano nei prossimi giorni. Stasera devo iniziare a prepararmi e a rileggere gli appunti che ho preso durante gli incontri con Pippa. Li conosco ormai a memoria, ma so che poi mi sentirò meglio.

Dopo aver ritirato in portineria la chiave della stanza che occuperò in questi giorni ed essermi congedata a malincuore dalla mia famiglia, entro nel dormitorio con la mia borsa da viaggio. Dentro non è niente di speciale – moquette blu, spoglie pareti bianche –, eppure provo un fremito allo stomaco quando salgo le scale verso il primo piano. Forse quest'edificio diventerà la mia nuova casa.

La mia camera è all'inizio del corridoio, sul lato sinistro. Tiro fuori la chiave e sto per infilarla nella toppa, quando sento qualcuno avvicinarsi alle mie spalle. Mi giro sorridendo.

Il sorriso mi muore sulle labbra.

La persona che pensavo fosse una studentessa o uno studente ha capelli biondo ramati spettinati dal vento e porta un cappotto nero su misura.

È James.

«Mi vuoi prendere in giro», esclamo.

Lui sembra stupito almeno quanto me. Il suo sguardo si adombra, fissa la chiave che tiene in mano. Fa tre lunghi passi con il suo trolley e si ferma davanti alla porta di fronte alla mia.

Ho la sensazione che il destino mi abbia appena giocato un brutto scherzo.

Senza dire una parola apre la porta ed entra in camera. Il suo sguardo cupo si posa un'ultima volta su di me, poi richiude la porta alle proprie spalle e mi lascia da sola in corridoio.

Nelle ultime settimane sono riuscita a controllarmi così bene. L'ho ignorato, anche se soffrivo, e mi sono comportata come se tutta la faccenda mi fosse passata sopra senza lasciare tracce. Non volevo dargli la soddisfazione di vedere quanto sia arrabbiata e ferita. Quanto mi manchi. Ma adesso sento di nuovo salirmi dentro la rabbia. Vorrei entrare in camera sua. Vorrei vomitargli addosso tutte le parole che si sono accumulate dentro di me nelle ultime settimane.

In realtà, so che non c'è più niente da dire. Lui è ciò che è. Io sono stata solo un breve passatempo ed è irrealistico pensare che James possa diventare un amico… oppure qualcosa di più.

Non devo farmi turbare da quanto appena successo. Ho un obiettivo e non lo perderò di vista. Ho fatto troppa strada. Forse dovrei vederla semplicemente come un'ulteriore sfida da superare sul mio cammino verso Oxford. E finché James non mi mette i bastoni tra le ruote, posso sopportare il fatto che alloggi nella stanza di fronte alla mia. Farò come a scuola: fingerò che non esista.

Apro decisa la porta della stanza ed entro. L'arredamento è minimalista: una piccola scrivania di legno, un armadio a muro bianco e un semplice letto. La camera si affaccia sul cortile interno, al centro del quale cresce un enorme albero. Mi avvicino alla finestra per guardarlo meglio. Le foglie rossicce sono sparse sul prato tutt'intorno. C'è un vialetto che gira intorno al cortile con lampioni e panchine. Faccio come papà: mi immagino di essere seduta là fuori tra qualche mese, accanto a me un mucchio di libri, nella testa un sacco di cose nuove che mi saranno state insegnate in un campus che è semplicemente la perfezione.

Sebbene la storia con James faccia ancora tantissimo male, all'improvviso non mi sembra più così grave. Ce la farò.

26

Ruby

Quando mi sveglio il mattino seguente, resto per un attimo interdetta a fissare il soffitto bianco sopra di me. Anche il materasso è strano, quando mi giro nel letto. E c'è un odore del tutto diverso rispetto alla mia camera.

Sei a Oxford.

Mi metto seduta e mi guardo intorno. Poi lancio un gemito soffocato. Prendo il cellulare dal comodino e controllo i messaggi. Mamma e papà mi ricordano di fare una buona colazione, perché sanno che quando sono nervosa mi si chiude lo stomaco, ed Ember mi ha cercato una citazione incoraggiante che vorrei trascrivere subito nella mia agenda. Kieran mi augura buona fortuna e si dice sicuro che ce la farò. L'ultimo messaggio è di Lin. Ha scattato una foto della sua camera al St John's, che non sembra molto diversa dalla mia. Le scrivo che sono contenta di poterla vedere stasera al pub – uno degli appuntamenti sul calendario che mi ha inviato in precedenza la segreteria – e le faccio l'in bocca al lupo per i colloqui.

Poi mi alzo e mi preparo con calma. Mi tremano le mani per l'agitazione quando mi trucco e mi vesto.

Ho scelto la gonna di velluto cognac e la camicetta bianca con un delicato motivo floreale già da mesi, e le ho appese nell'armadio appositamente per questa giornata. Inoltre prendo la borsetta bordeaux e mi infilo al polso il braccialetto di cuoio intrecciato che mi ha regalato Ember.

Non si intona con il resto, ma sotto la manica della camicia si vede appena e, quando me lo allaccio, mi sembra di avere con me una parte di mia sorella e della mia famiglia.

Al refettorio si capisce a prima vista chi è un vero studente e chi si trova qui solo per i colloqui. I primi si dirigono decisi al self-service, ridono e chiacchierano rilassati, e avverto l'irrefrenabile desiderio di poter essere una di loro tra un anno. Vorrei prendere un caffè senza girare in cerchio per due volte perché non riesco a trovare la macchinetta, sedermi a un tavolo insieme ai miei amici e parlare con loro del fine settimana. E vorrei rivolgere un sorriso incoraggiante agli studenti venuti qui per i colloqui, nella speranza di farli sentire meglio.

Ieri sera sembrava tutto ancora così irreale. Adesso Oxford è diventato realtà. Ascolto le due ragazze accanto a me che parlano di uno dei seminari finché mi rendo conto che si sono accorte che sto origliando. Chino la testa di scatto e fisso la fetta di pane tostato sbocconcellata che mi pesa già come piombo sullo stomaco.

Sul foglio con le istruzioni c'è scritto di recarmi nella sala comune dopo colazione. Quando apro la porta, sono sorpresa dalla confusione che regna nella stanza, finché mi accorgo che non ci sono soltanto candidati, bensì anche studenti più anziani seduti sui divani malandati che chiacchierano a voce alta e cercano chiaramente di stemperare un po' la tensione.

Trovo una sedia libera accanto a uno dei divani e prendo posto. Un ragazzo della mia età è seduto lì vicino, un libro aperto e un mucchio di schede sulle ginocchia. Mi sorride, ma sembra più che altro una smorfia. Ha l'aria tesa, esattamente come mi sento io. Con dita tremanti tiro fuori anch'io gli appunti e comincio a sfogliarli un'ultima volta.

All'improvviso avverto un formicolio alla schiena che poi si espande per tutto il busto. Alzo lo sguardo e lo giro verso l'ingresso della sala. Un attimo dopo vorrei non averlo fatto. James è fermo lì, le mani nelle tasche dei pantaloni e un'espressione imperscrutabile in faccia.

Ti prego, non vedermi, non vedermi, non vedermi...

Mi scopre sulla sedia. Il suo sguardo percorre lentamente il mio viso, il mio abbigliamento e infine si sofferma sulle schede che tengo in mano. Gli angoli della bocca gli guizzano impercettibilmente e poi, come se si fosse imposto di non sorridere, torna serissimo e si guarda intorno alla ricerca di un posto libero.

«Ruby Bell?» chiama una voce sconosciuta. Uno degli studenti più anziani si è alzato dal divano. È altissimo, almeno uno e novanta, ha capelli castani ondulati pettinati all'indietro con un filo di gel e un sorriso abbagliante. È uno di quelli che cercavano di rilassare l'atmosfera e questo me lo rende immediatamente simpatico.

«Eccomi», rispondo con un filo di voce mentre mi alzo. Ho le mani fredde e umide. Me le strofino sull'orlo della gonna per riscaldarle e potergli stringere la mano senza che sia imbarazzante. Rimetto le schede nella borsa e mi dirigo verso la porta dove mi aspetta.

Quando passo davanti a James, allungo il collo, decisa a ignorarlo. Ma lui mi prende per mano. Le sue dita calde mi si posano lievi sul polso. Il suo pollice mi accarezza quel punto sensibile.

«Buona fortuna», sussurra. Poi mi lascia e si accomoda sulla sedia che ho appena liberato.

Impiego qualche secondo a riprendermi. Il cuore mi batte forte e questa volta l'agitazione non c'entra niente.

Il ragazzo che mi ha chiamato mi sorride e mi fa cenno di raggiungerlo. «Ciao, sono Jude Sharington. Ti accompagno al colloquio», mi spiega indicando il corridoio. Esco dalla stanza senza voltarmi indietro. Tra poco cominceranno i minuti decisivi. I minuti che sanciranno se potrò studiare o meno in questa università.

Mi sfioro il punto in cui il pollice di James mi ha toccato. Dovrei concentrarmi, ma non riesco a dimenticare la sensazione del suo dito sulla mia pelle per tutto il tragitto fino all'ufficio della professoressa.

Vorrei tanto alzarmi e camminare avanti e indietro per allentare la tensione. Ma Jude è sempre con me e mi sorride ogni due minuti. Mi ha condotto per un labirinto di innumerevoli corridoi e ora è appoggiato in silenzio al muro, mentre io sono seduta di fronte alla porta dell'ufficio e aspetto che si apra. Dovrebbe accadere da un momento all'altro.

Soffio fuori l'aria rumorosamente.

«Nervosa?» chiede Jude.

Che razza di domanda. «Terribilmente. Tu come ti sentivi all'epoca?»

«Più o meno così.» Alza una mano e la fa tremare in maniera esagerata. Trovo meravigliosa la sua sincerità.

«Però ce l'hai fatta.»

«Già.» Sul suo viso affiora un sorriso di incoraggiamento. «Non serve la stregoneria. Ce la farai.»

Annuisco, alzo le spalle e scuoto la testa: il tutto contemporaneamente. Quando Jude ride, faccio una smorfia. In quel preciso istante la porta si apre e una ragazza esce dall'ufficio della professoressa. Ha le guance rosse e le labbra diafane. Evidentemente non sono l'unica a essere divorata dal nervosismo. Purtroppo non ho modo di chiederle come sia stato, perché sparisce senza dire una parola. La porta si chiude di nuovo e io lancio un'occhiata interrogativa a Jude, che ancora una volta mi sorride incoraggiante.

«Non ti preoccupare, ti dirà lei quando entrare.»

L'attesa ricomincia. Ho la sensazione di aver consumato tutta l'agitazione a forza di stare seduta qui. Dopo altri cinque minuti, ho il piede sinistro addormentato e lo muovo impercettibilmente per fermare il formicolio. Mi sembra di avere delle formiche che mi ballano dentro lo stivale. Scuoto di nuovo il piede e in quel momento la porta si apre cigolando. La professoressa compare nel mio campo visivo e io rimango immobile con il piede sollevato in maniera innaturale.

«Ruby, si accomodi.» Ha una voce piacevole, pacata, che si spalma come un balsamo sui miei nervi scossi. Mi alzo e raddrizzo la schiena. Alle mie spalle sento Jude lanciarmi un «Buona fortuna» ma non ho la forza di ringraziarlo. La professoressa mi tiene aperta la porta dell'ufficio dove si svolgerà il colloquio; mentre entriamo si presenta come Prudence.

L'ufficio è grande più o meno come il salotto di casa mia, ma essendo pieno di roba risulta accogliente. L'arredamento sembra antico, come se fosse qui dall'epoca della fondazione del college, e nell'aria aleggia l'odore di libri vecchi. Lungo le pareti ci sono numerosi scaffali con volumi accatastati disordinatamente. Un'altra insegnante è seduta a uno scrittoio al lato opposto della stanza. Sta prendendo appunti e alza la testa solo quando Prudence mi accompagna fino a una scrivania. Mi liscio nuovamente la gonna e mi metto a sedere impettita. Le due docenti si accomodano sull'altro lato della scrivania, aprono i quaderni e si appoggiano all'indietro.

Il cuore mi batte forte in gola, ma cerco di sembrare rilassata e decisa. Sono fermamente convinta di poter superare questo colloquio. Mi sono preparata e ho fatto tutto quello che era in mio potere.

Faccio un respiro profondo e soffio fuori l'aria lentamente.

«Siamo molto contente che lei abbia accettato la convocazione, Ruby», esordisce la seconda docente. «Sono Ada Jenson e insegno Politica al St Hilda's insieme a Prudence.» Anche la sua voce ha un effetto calmante su di me e mi domando come sia possibile che queste donne, oltre a essere tra le più intelligenti del Paese, possiedano anche il talento di mettere a proprio agio le persone in tali situazioni.

«Grazie per avermi chiamata», rispondo, schiarendomi

la voce. Mi sembra di aver ingoiato qualcosa di appiccicoso che mi è rimasto attaccato alla gola.

«Partiamo subito dalla prima domanda», prosegue Prudence. «Perché vuole studiare proprio a Oxford?»

Io la fisso. Non me l'aspettavo. Nei molti resoconti dei colloqui di selezione che ho letto, si parlava di domande che riguardavano direttamente un tema specifico. Non posso evitarlo e sorrido mio malgrado. Poi comincio a raccontare. Tutto. Del mio interesse per la politica fin da bambina e del fatto che già a sette anni sapevo di voler studiare a Oxford. Racconto che mio padre, quando ho compiuto dodici anni, mi ha regalato l'abbonamento allo *Spectator* e al *New Statesman*, e che guardava insieme a me per ore i dibattiti parlamentari in televisione. Racconto della mia passione per l'organizzazione e le discussioni e del mio desiderio di cambiare le cose in meglio. Senza essere troppo adulatrice, sottolineo che a Oxford potrò studiare ciò che mi occorre per raggiungere il mio obiettivo.

Quando ho terminato, sono praticamente senza fiato e non so dire se le due professoresse siano soddisfatte o meno della mia risposta. In ogni caso, non aspettandomi una reazione entusiastica o simili e sono contenta. Mi fanno altre due domande, questa volta inerenti a temi politici. Cerco di argomentare in maniera convincente e di non farmi intimidire dalle loro repliche. Il tutto dura meno di quindici minuti poi il colloquio finisce.

«Grazie per il colloquio», dico, ma Ada è già immersa nei suoi appunti e non mi sente. Prudence mi accompagna alla porta e mi sorride un'ultima volta. Io ricambio ed esco. La porta si chiude alle mie spalle e all'improvviso mi sento sfinita.

Sulla sedia di fronte c'è il ragazzo che mi ha sorriso prima nella stanza comune. Mi torna in mente la ragazza con le labbra cianotiche che è sparita prima che potessi parlare con lei. Mi sarebbe piaciuto ricevere qualche parola di incoraggiamento da lei, ma posso capire la sua voglia di allontanarsi. Ora che l'adrenalina a poco a poco scompare, vorrei solo uscire da questo edificio e respirare una boccata d'aria fresca. Tuttavia mi costringo a dire: «Ce la farai, buona fortuna», prima di allontanarmi e cercare di ritrovare la strada fino al mio alloggio.

27

Ruby

Trascorro il resto della giornata a visitare il campus. Prendo un caffè da asporto e passeggio per gli ampi spazi verdi esaminando gli edifici dove, stando alla guida, si insegnano Filosofia, Politologia ed Economia. È esaltante muovermi tra i studenti veri e all'improvviso sono così assorta da non rendermi conto di averli seguiti dentro un'aula. Nessuno sembra accorgersi della mia presenza, così mi siedo cauta nell'ultima fila e ascolto una lezione di un'ora e mezza sull'opera di Immanuel Kant.

È l'ora e mezza più bella della mia vita.

Per la sera è prevista un'uscita di tutti i candidati dei vari college al *Turf Tavern*, un leggendario pub frequentato da celebrità come Oscar Wilde, Thomas Hardy, Elizabeth Taylor, Margaret Thatcher e il cast di *Harry Potter*. Arrivo in netto anticipo al punto d'incontro, ma non sono l'unica. Riconosco altri studenti che ho visto questa mattina nella sala comune riuniti a gruppetti e persino Jude, che mi saluta con un sorriso raggiante e si informa subito sull'esito del mio colloquio. Quando ci siamo tutti, usciamo. Il pub si trova a circa due chilometri dal St Hilda's. Dobbiamo attraversare il Magdalen Bridge, sotto il quale il fiume Cherwell luccica nella luce del sole al tramonto. Poi passiamo accanto a un parco dove alcuni cervi rizzano le orecchie e sollevano il muso quando ci sentono. Protendo la mano come la maggior parte di noi per accarezzarli, ma non sono così docili. D'un tratto si allontanano al galoppo sul prato.

Il resto del tragitto ci conduce tra antichi palazzi, per vicoli in parte così stretti da permettere solo il passaggio di due persone affiancate. A poco a poco scende la sera. Se fossi sola, non mi sarei mai avventurata per questi vicoli, ma Jude è accanto a me e mi parla dei suoi studi, distraendomi. Pendo letteralmente dalle sue labbra. Tutto ciò che ho visto oggi e quello che mi sta raccontando non fanno che rafforzare il mio desiderio di poter studiare qui. Non ho mai voluto qualcosa tanto intensamente come Oxford. Ora che ne ho un assaggio, rimarrei sconvolta se non ce la facessi. Potrei sopportarlo? Non lo so. A parte il fatto che non ho un piano B.

All'improvviso la strada si allarga. I lampioni sono accesi e mi giungono alle orecchie brandelli di conversazioni e musica. La piazza nella quale arriviamo nel giro di pochi minuti è strapiena. La folla sembra composta perlopiù da studenti che chiacchierano e bevono birra.

Li superiamo in gruppo fino a raggiungere il *Turf Tavern*. L'edificio in cui si trova il pub ha l'aria antica, con la facciata intonacata di bianco percorsa in diagonale da travi scure. Il tetto è un po' sghembo e in certi punti ricoperto di muschio verde. Davanti al pub ci sono dei tavoli occupati da qualche avventore sotto un ombrellone.

Fa così freddo che il respiro mi si condensa davanti alla bocca ed è comprensibile che quasi tutti siano imbacuccati in pesanti cappotti, berretti e sciarpe.

Sotto l'insegna del pub è appesa una catenella di luci colorate. Jude mi tiene aperta la porta, su cui la vernice verde si è scrostata in alcuni punti.

L'atmosfera all'interno sembra quasi medievale. Il soffitto è basso e le pareti sono di grosse pietre grezze. Ci sono attaccati piccoli lampioncini, mentre sopra i tavoli sono appese lampade con il paralume a forma di disco. Veniamo condotti per uno stretto corridoio in una sala posteriore separata da quella principale.

Jude mi precede e con i suoi due metri di statura non mi permette di vedere molto.

Però la sento. Una risata che conosco molto bene.

Jude si dirige verso uno dei tavoli che ci sono stati riservati e mi porge una sedia. Anche gli altri si accomodano, mentre io rimango bloccata a fissare il gruppo che occupa il tavolo accanto al nostro. È formato da Wren, Alistair, Cyril, Camille, Keshav, Lydia e... James.

James, che stamattina mi ha augurato buona fortuna e mi ha accarezzato il polso.

James, che si blocca con il boccale di birra vicino alla bocca quando mi vede, ma un secondo dopo si gira verso Cyril e fa finta di niente.

Deglutisco a fatica.

Non so perché sia tanto impreparata a vedere qui lui e la sua banda. Dopotutto sapevo che avevano fatto domanda per Oxford e che questa serata al pub era programmata per tutti coloro che erano stati convocati ai colloqui. Tuttavia la mia euforia si spegne all'improvviso e devo prendere in considerazione il fatto che Oxford non sarà il nuovo inizio tanto anelato che oggi mi ero immaginata. Dovrò convivere con il fatto di rivedere alcuni di loro.

Sempre ammesso che venga accettata.

«Ruby!»

Mi giro di scatto e vedo Lin che mi corre incontro a braccia spalancate. Ha le guance arrossate per il freddo e porta una pesante sciarpa grigia che le nasconde metà del viso. Un attimo dopo mi getta le braccia al collo e io la stringo con altrettanto vigore.

«Raccontami tutto», le dico esaltata, dopo che ci siamo staccate.

«Sedetevi», ci invita Jude indicando la panca di fronte a lui. Lin mi precede e io la seguo dopo essermi tolta il cappotto. In un modo o nell'altro riesco a evitare di gettare altre occhiate dalla parte di James.

«Bello questo posto», commenta Lin dopo che ci siamo accomodate e abbiamo preso il menu. «Sembra di fare un viaggio nel tempo.»

«Proprio così, si sente tutta la storia del pub», concordo. «Ma adesso racconta! Il tuo messaggio era così misterioso. È andata bene?»

«Prima tu!» ribatte Lin e io le racconto brevemente il colloquio che ho affrontato.

«Le due docenti erano impassibili, non sono riuscita a capire se approvassero o meno quello che dicevo. Probabilmente sono rimaste sconcertate perché alla prima domanda non sono riuscita a trattenere un sorriso», dico.

«Se non altro non ti hanno guardato male. Io avevo una docente con un unico sopracciglio e l'espressione così truce che per un paio di volte mi sono veramente impappinata. Sono stata tanto felice quando è finita.» Sospira e appoggia il mento su una mano. «Non è andata per niente bene.»

«Hai un altro colloquio», la incoraggio stringendole brevemente il braccio. «Ce la farai.»

«Veramente ne ho ancora due. Nel mio caso i colloqui di Economia e Filosofia non sono insieme. Fortunata tu.»

«Significa che hai due possibilità ancora di dimostrare la tua bravura. È un bene, credimi.»

«Durante il colloquio a me hanno chiesto se potevo raccogliere una penna a sfera rotolata sotto la poltrona», interviene Jude nella nostra conversazione.

«Cosa?» chiede Lin.

«Mi sono domandato subito se fosse già parte del colloquio e ho cominciato ad affrontare il quesito scientificamente, articolando la mia risposta di conseguenza.» Sorride. «In realtà la professoressa voleva solo che le raccogliessi per davvero la penna.»

Lin e io scoppiamo a ridere.

Subito dopo arriva il cameriere che prende le nostre ordinazioni. Jude ci dice che bere birra al *Turf Tavern* è un vero must, così Lin e io ne ordiniamo un boccale insieme a qualche stuzzichino. Mentre aspettiamo, racconto a Lin come ho trascorso il pomeriggio e della lezione che ho seguito di nascosto. Poi approfittiamo dell'occasione e tempestiamo Jude di domande sui seminari, i docenti, i compagni e la vita a Oxford.

Dopo un po' il cameriere ci porta da bere. Non ho mai assaggiato la birra. L'unica volta che ho bevuto alcol è stato alla festa in cui Wren mi ha fatto bere di nascosto quella bevanda dolce. Quando brindiamo adesso, so quello che faccio. È una mia decisione. Bevo liberamente, perché fa parte di questa esperienza. Mi sento adulta ed è esaltante fare qualcosa che mi sono vietata per tanto tempo.

Mi porto il bicchiere alla bocca e bevo il primo sorso. Faccio subito una smorfia. «Ma è *disgustosa*», osservo.

Jude e Lin scoppiano a ridere, mentre io guardo dall'uno all'altra con aria preoccupata. «Ma perché la bevete volontariamente?»

«È la tua prima birra?» domanda Jude.

Annuisco. «E sicuramente anche l'ultima.»

«Lo dici adesso», ribatte lui ammiccando e Lin annuisce. «È come per il caffè. Da bambini è disgustoso, ma crescendo diventa sempre più buono.» Indica la mia bocca. «Ti sono venuti i baffi da birra.»

Sgomenta, mi passo il dorso della mano sulle labbra. «A me il caffè è sempre piaciuto. Mentre questa... ha un sapore... Sembra di leccare la corteccia di un albero.»

Lin e Jude ridono fragorosamente.

«Preferisco non chiederti come fai a sapere che sapore abbia la corteccia», scherza Jude.

Sposto la birra con un gesto deciso in mezzo al tavolo. «Tenete, servitevi. Vado a prendermi una coca.»

Esco dalla panca, mi strizzo tra due tavoli e raggiungo il bar oltre lo stretto corridoio. Il locale è ancora più pieno di prima, evidentemente non è solo per gli studenti, bensì anche un'attrazione turistica. Impiego quasi dieci minuti prima che il barista accolga la mia richiesta e mi porga una coca sul bancone. Lo ringrazio con un sorriso e mi giro.

In quel momento scorgo Lydia. Avanza frettolosamente tra la folla verso il gabinetto e non sembra avermi vista. È molto pallida e noto che le trema la mano quando la alza per spostare un uomo che le si è parato davanti. Interdetta, la seguo con lo sguardo finché scompare dietro la porta della toilette.

Probabilmente ha bevuto troppo. E non sono nemmeno le otto. Torno al mio tavolo scuotendo la testa e trovo Jude, Lin e qualcun altro con cui siamo venuti qui immersi in un'accesa discussione. Mi inserisco nella conversazione mentre sorseggio la coca. Ogni tanto mi giro a guardare il punto dove prima era seduta Lydia, ma non è ancora tornata dal bagno. A pensarci bene non aveva un bell'aspetto. Niente affatto.

Osservo con circospezione i suoi amici. James e Wren stanno discutendo di qualcosa, mentre Camille è seduta sulle ginocchia di Keshav e gli bisbiglia qualcosa all'orecchio che lo fa sorridere. Di fronte a loro due Alistair svuota mezza pinta in un colpo solo. Ha lo sguardo amareggiato, le sopracciglia aggrottate. Risponde a quello che gli dice Wren, ma non distoglie gli occhi da Camille e Keshav che flirtano davanti ai suoi occhi. Trovo già brutto che Keshav tenga nascosta agli amici la storia con Alistair, ma che adesso se la faccia con una ragazza davanti a lui fa sprofondare sottoterra la mia opinione sul suo conto.

Nessuno dei ragazzi sembra notare l'assenza di Lydia. Esito ancora un istante, poi mi scuso con Lin e mi alzo. Il tasso alcolico nell'ultima ora è decisamente salito, si capisce bene dagli avventori. Le loro voci superano quasi la musica e, quando avanzo tra di loro, sono pochissimi quelli che mi fanno spazio volontariamente. Entro nel bagno delle donne e mi guardo intorno. Ci sono diverse toilette. Tutte le porte sono aperte tranne una.

Al di là sento un lieve singhiozzo e poi... un violento conato.

Busso cauta alla porta e mi accorgo che non è chiusa a chiave. Si apre leggermente ma io non oso spalancarla del tutto. «Lydia?»

«Lasciami in pace», dice con voce arrochita.

Mi ricordo il lunedì dopo la festa, quando era venuta a sedersi con me alla mensa e si era scusata. Era stata carina con me. Adesso ho l'occasione di ricambiare. «Posso fare qualcosa per te?» chiedo sottovoce.

Invece di rispondermi, Lydia vomita di nuovo, poi sento un rumore poco piacevole. Corro al lavandino, prendo qualche salvietta dal dispenser e la inumidisco sotto il rubinetto. Le passo a Lydia da sotto la porta del gabinetto. «Tieni.»

Le salviette spariscono dalla mia mano.

Rimango accovacciata, senza sapere che cosa fare. Non vorrei lasciarla da sola in questa situazione, ma non so neppure come aiutarla.

Lo sciacquone viene azionato e poco dopo la porta si socchiude. Vedo un pezzo del viso di Lydia. È proprio ingiusto: nonostante gli occhi lucidi e le chiazze rosse sulle guance, è sempre bellissima. Nel suo viso riconosco tanti particolari del fratello.

Ma in questo frangente non è proprio il caso di pensare a James.

«Vuoi che ti porti dell'acqua?»

«No, va meglio. Mi basta qualche minuto perché le

pareti smettano di ruotarmi intorno.» Indietreggia fino ad appoggiare la schiena al muro. Poi chiude gli occhi e lascia ricadere la testa all'indietro.

«Hai bevuto troppo?» domando.

Lei scuote impercettibilmente la testa. «Non ho bevuto niente», bisbiglia.

«Sei malata?» riprovo. «Ci sarà una farmacia aperta anche di notte. Nel caso non migliorassi.»

Lydia non mi risponde.

«Oppure...» proseguo esitante, «è il nervosismo? Sei agitata per domani?»

Lydia apre gli occhi e mi guarda. La sua espressione è un misto di divertimento e assoluta tristezza. «No», risponde. «Non sono agitata. Ho già sostenuto i due colloqui oggi e sono andati molto bene.»

«Ma è fantastico», mi azzardo a dire, anche se lei non sembra troppo felice per la cosa. Al contrario, gli occhi le si riempiono di lacrime. «Perché non sei contenta?»

Alza le spalle e si poggia una mano sull'addome. «Non importa come siano andati i colloqui. Tanto non verrò a studiare qui.»

«Perché no? Non ti va?»

Lydia deglutisce. «Al contrario. Mi piacerebbe molto.»

«Ma allora dove sta il problema? Se i colloqui sono andati bene, ce la farai di sicuro.»

«Non mi riferivo a questo. Credo soltanto che... non potrò studiare qui.»

Continuo a non capire. «Ma perché?» domando confusa.

Lei non risponde. Abbassa invece lo sguardo sulla mano che tiene appoggiata sull'addome. Comincia a muoverla lentamente in cerchio sopra la camicetta, o meglio sopra quello che si trova lì sotto: una piccola protuberanza.

In circostanze normali non ci avrei fatto caso. Tutti abbiamo l'addome più o meno sporgente, soprattutto quando ci sediamo. Ma la maggior parte di noi non accarezza quel punto. E non ha nemmeno un'espressione tanto rapita come quella che affiora sul viso di Lydia.

Nella mia testa scatta un interruttore e io trattengo il respiro. «È vero che non hai bevuto proprio niente?» bisbiglio.

Lei scuote lentamente la testa. Una lacrima le rotola sulla guancia. «Sono mesi che non bevo.»

Penso al drink che ha chiesto a James alla festa di Cyril, ma che poi non ha bevuto. E ovviamente penso al giorno in cui l'ho sorpresa con Mr Sutton. Sento un groppo in gola.

«È di...» Non oso terminare la frase, ma non ce n'è bisogno. Lydia capisce la mia domanda e annuisce brevemente.

«Non so che cosa dire», confesso.

«Allora ti senti come me.» Si passa un dito sull'occhio umido.

«Di quanto sei?» bisbiglio.

Lydia si accarezza teneramente l'addome. «Di dodici settimane.»

«Chi ne è informato?» le chiedo.

«Nessuno.»

«Nemmeno James?»

Lei scuote la testa. «No. E non deve saperlo.»

«Allora perché a me lo hai detto?»

«Perché non avresti più smesso di fare domande», risponde subito. Poi fa un sospiro. «E poi James si fida di te. E lui non si fida mai di nessuno.»

Serro le labbra e cerco di non pensare alle implicazioni delle sue parole. «Tra qualche tempo non sarà più tanto facile tenerlo nascosto», osservo indicando il suo addome.

«Lo so.» La sua voce è così spezzata, così triste che sono assalita da un impeto di compassione.

«Se vuoi, puoi parlare con me. Anche nelle prossime settimane e nei prossimi mesi. Se non hai nessun altro, intendo.»

Lydia mi guarda con diffidenza. «Perché dovrei?»

Le sfioro cauta un braccio. «Dico sul serio, Lydia. È una cosa grossa. Capisco che tu non voglia rivelarlo a nessuno, ma...» Le guardo l'addome. «Aspetti un bambino.»

Lei segue il mio sguardo. «È strano sentirlo dire. Cioè, finora nessuno aveva mai pronunciato queste parole. Per qualche ragione sembrava un po' meno vero.»

Capisco molto bene il suo ragionamento. Non appena si dà un nome alle cose, gli si crea uno spazio nel quale possono svilupparsi e diventare reali.

«Vuoi che ti accompagni a casa?» mi offro dopo un po'.

Lydia non risponde subito e mi guarda per qualche secondo in silenzio. Poi annuisce e mi regala un sorriso prudente, il primo della serata. Non so se si fidi davvero di me, ma in caso contrario, forse in futuro cambierà idea. Conosco i suoi due più grandi segreti e ho la ferma intenzione di tenerli per me. Non tradirò Lydia. Al contrario, posso immaginare che in questo momento così difficile abbia bisogno di un'amica. Mi alzo e le offro la mano per aiutarla.

«Sei consapevole che un paio di minuti fa ho vomitato dentro la tazza del gabinetto, vero?» chiede.

Arriccio il naso. «Grazie di avermelo ricordato», rispondo, ma non tolgo la mano.

Lydia la prende con un sorriso.

28

Ruby

Il colloquio del giorno successivo è un incubo. Da una parte sono rimasta sveglia metà della notte a pensare alla situazione di Lydia, dall'altra non riesco a entrare in sintonia con i due docenti. All'inizio fanno battute che non riesco a capire e, quando cominciano le domande vere, non sono soddisfatti delle mie risposte. Mi domandano quante persone ci siano nella stanza e rispondo che non è possibile stabilirlo con precisione. Dopotutto potrei stare sognando, oppure i due docenti esistono solo nella mia testa. È uno dei quesiti che abbiamo affrontato con Pippa, ma il mio approccio non è affatto gradito. Il professore di Filosofia lo definisce «pseudo intellettuale», mi esorta a metterlo in dubbio e a scoprire perché sia sbagliato. Poi mi chiede una risposta logica e io rispondo intimidita: «Tre».

A questo punto sono estremamente confusa, rifletto tre volte su ogni domanda prima di rispondere. È una catastrofe e, quando vengo congedata mezz'ora dopo, ho la testa nel pallone.

Saluto i due professori in maniera meccanica ed esco

dall'ufficio. Fuori mi accorgo che mi gira la testa e mi devo appoggiare brevemente al muro per ritrovare l'equilibrio.

Il mio sguardo si posa sul candidato dopo di me.

Naturalmente è James.

È inconcepibile che debba spuntare sempre nei momenti peggiori e viva in diretta le mie sconfitte. Sta chiacchierando con la studentessa che lo ha accompagnato, o meglio è lei che parla mentre lui si fissa la punta delle scarpe. Solo quando il professore richiude la porta alle mie spalle, alza la testa.

È bellissimo. Porta un paio di calzoni neri e una camicia verde scuro che gli mette in risalto le spalle e il petto. Detesto che gli stia così bene. E detesto il fatto che, pur essendo vestito come un secchione, non lo sembri affatto. In realtà detesto tutto di lui.

Soprattutto come mi ha spezzato il cuore. Tutte le volte che mi guarda il dolore riaffiora, sebbene nelle ultime settimane sia riuscita a soffocarlo con successo. Il cuore mi sale in gola, la bocca mi si secca e un senso di malessere mi prende lo stomaco. E poi c'è la maledetta nostalgia. Il bisogno di andargli vicino e prendergli la mano, toccarlo e sentire la sua pelle calda contro la mia. Vorrei augurargli buona fortuna, come ha fatto lui con me ieri, ma non trovo il coraggio di rivolgergli la parola. Si aprissi la bocca, mi mancherebbe la voce. E poi in questo momento sono comunque a un passo dal mettermi a piangere.

All'improvviso James si alza e fa un passo verso di me. Prima che possa dire qualcosa, distolgo lo sguardo e mi allontano a passo veloce.

* * *

La giornata sembra non finire mai. Dopo il colloquio sarei voluta tornare in camera a rifugiarmi sotto le coperte, ma un paio degli altri candidati mi intercetta chiedendomi se voglio fare un giro del campus insieme a loro e due studenti più grandi. Ho già visto parecchie cose il giorno prima, ma mi unisco al gruppo perché dopo il catastrofico colloquio di oggi non sono più sicura che in futuro avrò la possibilità di trascorrere altro tempo al St Hilda's. Fa male visitare il meraviglioso campus di un'università con la consapevolezza che forse non vi potrò mai studiare, ma Tony e Liz si danno tanto da fare come guide che alla fine decido di scacciare i pensieri negativi e di concentrarmi per il momento su quello che ci raccontano.

Il St Hilda's è stato uno dei primi college di Oxford, inizialmente destinato alle donne. Soltanto da poco possono studiarci anche gli uomini. Sapevo già che il college è rinomato per la sua apertura mentale, ma mentre camminiamo per il campus e attraversiamo gli edifici, mi rendo conto chiaramente che non è solo una definizione vuota. Gli studenti si salutano e anche quelli seduti in biblioteca in mezzo a pile di libri, con l'aria super stressata, ci dedicano qualche minuto per rispondere alle nostre domande. L'atmosfera mi sembra l'esatto contrario di quella che regna a Maxton Hall. Qui non c'è divisione tra ricchi e poveri, affermati e anonimi, degni e indegni: qui tutti sembrano uguali.

Al pensiero che rischio di aver rovinato tutto, provo un senso di oppressione.

A mezzogiorno Lin mi scrive un messaggio chiedendomi come sia andato il colloquio, ma non ho la forza di risponderle. Non do notizie nemmeno ai miei genitori o a

Ember. Sono delusa da me stessa e devo elaborare quanto accaduto prima di poterne parlare con altri. So benissimo come reagiranno: saranno comprensivi, affettuosi e consolatori. In questo momento non lo sopporterei.

Verso sera torniamo nella sala comune. Non vedo l'ora di potermi ritirare in camera mia, ma c'è ancora un ultimo punto sul programma: una riunione con Jude e altri studenti che si sono resi disponibili a rispondere alle nostre domande circa lo studio e la vita a Oxford. Mi sforzo disperatamente di ritrovare la mia energia positiva, ma non ci riesco. Perciò mi sistemo in una delle poltrone a schienale alto dall'aria comoda, piego le gambe sotto di me e decido di starmene qui ad ascoltare.

La stanza si riempie poco alla volta. A un certo punto arriva anche James. È insieme alla studentessa che stamattina lo ha accompagnato al colloquio e ha aspettato fuori dalla porta. Stanno chiacchierando e io non riesco a distogliere lo sguardo da lui, per quanto tenti di farlo.

Non ho mai capito perché si dica mal di cuore, e adesso lo capisco ancora meno. Quando vedo James, non mi fa male soltanto il cuore, ma tutto. Fatico persino a respirare. Si dovrebbe dire mal di corpo. Sarebbe meno romantico e molto più adeguato, a mio avviso.

Sto per girare gli occhi altrove quando James mi scopre seduta in poltrona. I nostri sguardi si sfiorano per una sola frazione di secondo, ma tanto basta a farmi avvertire un fremito alla pelle.

Sono troppo frustrata e troppo stanca per oppormi.

«Allora, gente!» esordisce Jude battendo le mani. «Ci siamo tutti? Possiamo cominciare. Ci sono ancora dei posti liberi là in fondo», dice, indicando vagamente dalla mia parte. Mentre la maggior parte delle persone ha occupato divani e poltrone, accanto a me c'è ancora qualche sedia con il cuscino a fiori libera. Con la coda dell'occhio vedo James venire dalla mia parte insieme ad altri due ragazzi. Mi azzardo a guardarlo e lui ricambia con occhi imperscrutabili.

Mi sposto sulla poltrona verso destra. Non mi interessa che cosa pensa di me. Non voglio stargli seduta troppo vicina. Veramente non vorrei essere nemmeno nella stessa stanza con lui. Il dolore al petto è già insopportabile.

«Potete chiedere qualunque cosa», spiega Liz. «Percorso accademico, vita privata, sbocchi professionali.»

«Proprio tutto?» domanda il ragazzo seduto alla sinistra di James.

«Tu puoi chiedere qualunque cosa, ma noi possiamo decidere di non rispondere.» Jude lo guarda ammiccando e qualcuno scoppia a ridere.

«Benissimo. Allora, chi comincia?» domanda la studentessa che ha accompagnato James. È davvero carina, con i capelli neri e l'incarnato bruno. Non credo che sia truccata, ma ha una luce naturale sulle guance. Mi piacerebbe chiederle come faccia ad averla, ma temo che non sia l'argomento giusto per questo incontro.

«Quanto è impegnativo lo studio qui? Riuscite ad avere una vita privata?» chiede una ragazza che vedo per la prima volta.

Jude, Liz e la studentessa carina si scambiano un'occhiata, poi Jude invita con un gesto Liz a rispondere per prima.

«Ovviamente il ritmo di studio è più intenso che in altre università, soprattutto quando si vive al campus e bisogna integrarsi. Ma rimane abbastanza tempo per dedicarsi alla vita privata.»

Un lieve mormorio si leva tra i candidati. La maggior parte sembra sinceramente sollevata dalla risposta.

«Avanti, un'altra domanda!» esclama Jude guardando i presenti con aspettativa. Un breve silenzio, e poi...

«È vero quello che dicono tutti? Che lo studio qui è una passeggiata rispetto al Balliol?»

Giro la testa di scatto verso James che ha appena parlato. Ha l'aria interessata e guarda i tre studenti che lo osservano un po' perplessi.

«Il corso di studi è lo stesso», esordisce Jude timidamente, la fronte aggrottata. «Ma siccome io studio qui e non lì, non sono in grado di giudicarlo. Posso solo parlare di come stanno le cose al St Hilda's.»

«Sarebbe bastato un 'sì'.»

Fisso James allibita. Non posso credere che abbia appena detto una cosa del genere. Peraltro con quell'orribile tono di voce che ha imparato da suo padre e che scatena dentro di me una serie di violente reazioni a catena.

Il bisogno di aprire la bocca aumenta irrefrenabile e il mio scudo protettivo crolla un pezzo alla volta.

Non farlo, non farlo, non farlo...

Ignoro la voce della ragione.

«Ma è chiaro», sbotto.

James si gira lentamente verso di me. «Che cosa è chiaro?»

«Che il St Hilda's non è abbastanza per te, perché tuo padre non ha studiato qui.» Mi sforzo di mantenere un tono di voce calmo, ma non ci riesco. Non oggi. Non di fronte al suo comportamento.

Un lampo simile al dolore si accende negli occhi di James. «Non è vero», dice.

Quest'ultima bugia fa esplodere dentro di me la collera che ho trattenuto a forza nelle ultime settimane. Non riesco più a controllarmi e le parole mi sgorgano dalla bocca senza più alcuna remora. «Che cosa non è vero? Che il St Hilda's non sia abbastanza buono per te proprio come non lo sono io, perché i tuoi genitori hanno altre aspirazioni? Che fai sempre solamente quello che vogliono loro, invece di provare a riflettere su ciò che vuoi *tu* dalla vita? Sei un vigliacco!»

Di colpo cala un silenzio spettrale sulla sala. Ho il respiro affannato, il petto mi si alza e mi si abbassa convulsamente e sento un bruciore sospetto agli occhi.

Oh no. *No*.

Non mi metterò a piangere di fronte a tutte queste persone, ricoprendomi di ridicolo più di quanto non abbia già fatto.

Mi alzo di scatto ed esco senza dire altro. Supero il corridoio e arrivo alle scale quando sento dei passi rapidi alle mie spalle. Salgo due gradini alla volta e, arrivata di sopra, imbocco il corridoio. James mi ha raggiunto. Mi supera e si mette davanti a me, costringendomi a fermarmi.

«Non è vero», ripete trafelato. Ha le guance arrossate, i capelli scomposti. Tutte le volte che lo vedo, mi sembra che il mio corpo sia legato a lui per qualche ragione incomprensibile. L'urgenza di toccarlo cresce più mi è vicino, a dispetto della collera. Non è possibile. Perché lo desidero ancora, nonostante il male che mi ha fatto?

«Che cosa non è vero?» Fatico a parlare, perché sono in preda a un tumulto di emozioni.

Il dolore nel suo sguardo mi coglie del tutto impreparata. «Che tu non sei abbastanza per me.»

Per un attimo lo fisso sconcertata. Poi stringo i pugni, conficcandomi le unghie nella carne. «Che solenne cazzata», sibilo.

Lui fa un altro passo verso di me. «Ruby...»

«No!» lo interrompo. «Non puoi farmi questo. Non puoi troncare con me e umiliarmi davanti ai tuoi amici, e poi sfiorarmi il polso e bisbigliarmi: 'Buona fortuna'. Mi hai dimostrato chiaramente che non mi vuoi nella tua vita tanto meravigliosa.»

«Non sono stato... io...»

Prima mi corre dietro e poi non riesce a pronunciare una frase di senso compiuto. Vorrei prenderlo per le spalle e scuoterlo. «Non sei stato tu?» La mia voce è carica di sarcasmo.

«Mi spiace per come mi sono comportato. Mi spiace tanto, Ruby. Ma non posso... non è possibile.»

Sollevo le braccia in alto. «Allora perché accidenti sei qui? Perché parli con me?»

«Perché io...» S'interrompe di nuovo. Aggrotta la fronte, come se non conoscesse nemmeno lui la risposta. Poi apre la bocca e la richiude. È come se volesse impedirsi di pronunciare le parole che ha sulla lingua.

«Non sai quello che vuoi da me. Non sai quello che vuoi dalla vita. Io credo che tu non sappia proprio niente.»

Le sue guance si fanno ancora più rosse. Il suo atteggiamento adesso rispecchia il mio: spalle rigide, pugni chiusi. Non l'ho mai visto così. Fa un passo rabbioso verso di me, avverto il calore che emana da lui.

«Io so benissimo quello che voglio.» Non balbetta più, al contrario parla in tono estremamente deciso.

«E allora perché non te lo prendi?»

«Perché la mia volontà non ha mai avuto nessuna importanza.»

L'ultimo brandello di autocontrollo che ancora mi tratteneva viene spazzato via dalle sue parole.

«Per me invece sì! Per me la tua volontà ha sempre avuto importanza!» grido, colpendolo al petto con entrambe le mani.

La reazione di James è fulminea. Mi afferra i polsi e tiene le mie mani premute sul suo petto.

Abbiamo il respiro mozzo. Sento il battito del suo cuore sotto le dita. È tumultuoso. Per causa mia. Per causa di quello che c'è tra noi, che cresce da mesi tra noi.

Ci muoviamo all'unisono. James mi stringe a sé e io mi lancio verso di lui. Le nostre bocche si incontrano. Con impeto rabbioso gli affondo le mani nei capelli e lui mi prende per un fianco e me lo stringe con le dita. Gli mordo il labbro inferiore perché sono tanto arrabbiata. Lui emette un gemito gutturale e mi fa scivolare la mano sulla natica. L'altra risale lungo la schiena e si ferma sulla nuca. Le settimane in cui l'ho ignorato con tutte le mie forze e ho lottato contro i miei sentimenti mi travolgono come un tornado.

Il nostro bacio è la continuazione del litigio, un combattimento che trasforma la rabbia che provo in qualcos'altro e mi fa pronunciare un verso sconosciuto. È un gemito disperato, quasi un singhiozzo. Gli passo la lingua sul labbro inferiore e lo assaporo.

James mi afferra di nuovo la nuca e mi bacia con travolgente intensità. Il suo bacio all'improvviso diventa una richiesta di perdono. Nel fremito delle sue dita sento da quanto tempo volesse farlo e quanta forza di volontà gli sia costato trattenersi. Mi bacia come se volesse annegare dentro di me, è un misto di desiderio, disperazione, odio e tutte le emozioni intermedie. Mi sento impazzire, ma contemporaneamente provo uno slancio vitale che non avvertivo da settimane. Non capisco come sia possibile. Non capisco come qualcuno che dovrei odiare possa farmi provare certe cose.

James mi afferra in vita, mi solleva e, portandomi in braccio, barcolla lungo il corridoio, senza mai staccare le labbra dalle mie. Sbatto con la schiena contro la porta della sua camera e trattengo il fiato. Gli graffio la nuca. James geme nella mia bocca e si schiaccia contro di me, il suo corpo solido l'unico sostegno che mi impedisca di cadere a terra. La sua mano mi accarezza la coscia e poi scompare e io sento il tintinnio di una chiave. Un attimo dopo mi stringe più forte e la porta alle mie spalle si apre. James entra nella stanza, sempre tenendomi in braccio, e richiude la porta con un calcio. Io sento il tonfo come se fosse lontano. Non c'è niente di importante, a parte noi due e le emozioni che ci guidano. Questa volta nessuno ci interromperà. Nessuno rovinerà quello che c'è tra di noi.

Soltanto noi due abbiamo il potere di decidere che cosa succederà.

I miei movimenti si fanno più morbidi ma non meno appassionati. Con pochi passi siamo vicino al letto e James ci si lascia cadere. Mi infila un braccio sotto la schiena per attutire l'impatto e nel frattempo si spinge contro di me, in maniera così perfetta che io lancio un gemito e lo cingo con le gambe.

La sua bocca si sposta tenera su ogni millimetro del mio viso. Mi bacia le guance e l'angolo della bocca. La punta del naso. Le sue labbra mi sfiorano la mandibola. Io mi aggrappo alle sue spalle e chiudo gli occhi. Vedo un'esplosione di stelle dietro le palpebre quando mi succhia il collo e appoggia le labbra nel punto in cui il battito del mio cuore si fa sempre più veloce.

«Ruby…» Bisbiglia il mio nome, esattamente come quella sera di più di un mese fa, quando ci siamo baciati sulle scale della scuola. Il ricordo riaffiora improvviso e violento, accompagnato dalla disperazione e dal dolore. Non riesco a trattenere il bruciore dietro gli occhi. Lacrime roventi mi rotolano sulle guance.

James si blocca. Si stacca da me e mi guarda con le palpebre pesanti. Ha le pupille dilatate e le guance arrossate, come se fosse sotto l'effetto di qualche droga. Mi accarezza dolcemente il viso e ripete sottovoce il mio nome.

Io mi nascondo il viso con un braccio perché non veda le lacrime, ma James mi prende la mano e la solleva delicatamente. Intreccia le sue dita alle mie e mi appoggia la mano sul letto accanto alla testa. Con l'altra mano mi scosta i capelli dalla fronte. Poi sfiora con l'indice la pelle sensibile sotto gli occhi per asciugare le lacrime.

«Mi dispiace», mormora contro la mia tempia dandomi un bacio sull'attaccatura dei capelli.

Non smette di accarezzarmi il viso. È come se le sue braccia volessero creare uno spazio protetto per noi due. Quando alzo gli occhi, vedo che ha il labbro inferiore gonfio. Si capisce chiaramente dove l'ho morso e mi sento in colpa. Accarezzo teneramente la pelle arrossata e James chiude gli occhi. Gli tocco la mandibola, passo il dito sulle sue sopracciglia aggrottate e sfioro le lentiggini sparse sulla sua guancia. Ora che è inverno sono così pallide che si notano solo da vicino.

«Mi dispiace tanto», bisbiglia, e la sua voce sembra sul punto di spezzarsi.

«Non mi basta», ribatto sottovoce.

Lui si sporge in avanti e appoggia la fronte rovente contro la mia. «Nemmeno a me.»

Rimaniamo così a lungo. Il suo peso su di me mi dà una sensazione bellissima e io gli cingo la schiena con le braccia, gli conficco le dita nella camicia e mi aggrappo a lui. Sento il battito del suo cuore, veloce e irregolare come il mio, e mi abbandono alla sensazione celestiale della sua vicinanza.

Ma tutto questo non cambia minimamente le cose che sono successe tra di noi. Il modo in cui mi ha trattato e quello che mi ha detto. Non posso dimenticarlo. Soprattutto se da lui arrivano solo parole di scuse mormorate. Voglio una spiegazione e credo di averne il diritto.

«Non possiamo andare avanti così, James.»

Sorride. Gli angoli della sua bocca si sollevano impercettibilmente, ma lo vedo chiaramente. La tensione nel suo corpo si allenta. Le rughe sulla sua fronte si spianano e tutto in lui sembra ammorbidirsi.

«Che cosa c'è da sorridere?»

Lui si stacca e mi guarda con espressione trepidante. «Era da tanto tempo che non pronunciarvi il mio nome. È bellissimo.»

Gli prendo il viso tra le mani scuotendo la testa, mi

sollevo e lo bacio cauta. Sembra un sogno poterlo fare, quando ero convinta che non ne avrei più avuto l'opportunità. La sua bocca ha la forma perfetta per aderire alla mia. È tutto così giusto, come la tessera di un puzzle collocata al suo posto. La mano di James scende sul mio collo e sulla mia spalla. Un fremito mi percorre la spina dorsale quando mi raggiunge il fianco e mi stringe in vita. Il suo corpo freme sopra il mio. Voglio proseguire da dove ci siamo fermati, ma non posso farlo senza sapere che cosa c'è tra di noi.

James sembra avvertirlo e si stacca delicatamente da me. «Al campo sportivo... ti ho detto che non puoi perdere ciò che non ti appartiene.»

Il ricordo delle sue parole mi provoca una fitta di dolore. Voglio distogliere lo sguardo, ma non posso. Nei suoi occhi vedo rispecchiate troppe emozioni che tormentano anche me.

«Era una bugia. Io ti appartengo da quando hai rifiutato i miei soldi, Ruby Bell.»

29

James

Lei spalanca gli occhi alle mie parole. Rotolo via e la faccio girare in modo che siamo sdraiati di lato e ci guardiamo. Lascio la mano appoggiata sul suo fianco e la accarezzo. Vorrei toccarla dappertutto, subito, per sempre. Mi è mancata da morire e adesso è come se finalmente fossi tornato a respirare dopo settimane.

Ma devo fare tutto nel modo giusto. Non voglio rischiare di perdere Ruby solo perché non ho il coraggio di dirle che cosa mi succede. Di spiegarle perché sono quello che sono e perché prendo una decisione che fa soffrire tanto entrambi. È difficile trovare le parole giuste, soprattutto perché la paura che lei non mi perdoni mi stringe la gola. Non so che cosa farei in quel caso.

Ruby mi guarda serena, in attesa. Ha i capelli spettinati e le guance e le labbra rosse. È così bella che devo distogliere lo sguardo e fissare la mano che le tengo appoggiata in vita quando mi schiarisco la voce.

«Ti ho raccontato che dopo il diploma entrerò in azienda. E... per i miei genitori è importante che abbia una moglie al mio fianco. Fa parte del pacchetto. Se fosse per loro mi avrebbero già fatto fidanzare, in modo che niente possa andare storto.»

Ruby fa un'esclamazione indefinibile e, quando torno a guardarla, ha arricciato il naso. È bello sapere che l'idea non le piace: nemmeno io infatti so che cosa farei se i suoi genitori le assegnassero per la vita qualcuno diverso da me.

«Fin dall'inizio sei stata qualcosa di speciale per me. Sono cambiato. Io non me ne sono accorto, ma i miei amici e la mia famiglia lo hanno notato. Per settimane ho dovuto ascoltare le loro domande su che cosa mi fosse successo, sul perché fossi sempre con la testa altrove e via dicendo. Quando mio padre ci ha visto insieme alla sartoria, ha cominciato a capire. E quando ci ha sorpreso ad Halloween...» Deglutisco con fatica. «Ne ha avuto la certezza.»

«Per questo avevi un taglio al labbro? Ti ha picchiato?» mi chiede, posando delicatamente le dita sulla mia bocca. Il punto in cui mi ha morso è ancora indolenzito, ma non eccessivamente.

«Sì», mormoro. Non ho mai parlato con nessuno di mio padre. Nemmeno con Lydia, che sa tante cose, ma di certo non tutte. Sono sicuro che i miei amici intuiscano quale sia la situazione a casa mia, ma non hanno mai fatto domande quando mi sono presentato con un occhio nero o un labbro tagliato. È come se avessimo deciso di comune accordo che l'argomento non esiste e tutti rispettano la cosa. A me fa molto comodo.

«Ti picchia spesso, James?» bisbiglia Ruby.

Non posso risponderle, soprattutto se mi guarda con tanta compassione negli occhi. Non è questo ciò di cui voglio parlare. Tutto quello che desidero è farle capire perché mi sono comportato con tanta crudeltà nei suoi confronti, un gesto del quale mi attribuisco totalmente la colpa, al di là della situazione opprimente in cui mi trovo.

«Non ha importanza», rispondo con un po' di ritardo. Ho la voce roca e devo schiarirla di nuovo. «In ogni caso i miei genitori hanno visto in te un pericolo. Si sono accorti di quanto sei importante per me. Molto più importante della loro maledettissima azienda.»

Qualcosa nello sguardo di Ruby cambia. Diventa intenso e penetrante, ho l'impressione che riesca a leggermi dentro l'anima. Non è possibile nascondersi da lei... e in questo momento capisco di non volerlo neppure fare. I miei genitori avevano ragione a preoccuparsi. Ruby è pericolosa per loro e per tutto ciò che hanno progettato per me e il mio futuro.

Non riesco a credere di rendermene conto soltanto adesso.

Sono innamorato di Ruby Jemima Bell.

Quello che provo per lei è totalizzante e assoluto e non potrà sparire, per quanto mi sforzi di ignorarlo: ne ho avuto la prova nelle ultime settimane. Ruby si è intrufolata nella mia vita, ha mandato tutto all'aria e si merita un posto nel caos che ha creato.

Non mi importa contro chi debba schierarmi, e non mi interessa che mio padre mi metta alla porta. Lydia una volta mi ha chiesto se Ruby valesse la pena. Mi sono lasciato influenzare dal mio ambiente e ho creduto che lei non fosse importante. È stata la decisione più stupida che abbia mai preso e mi odio per averla allontanata da me in quel modo. So di non poter cancellare la cosa, ma devo almeno provarci.

«Hai ragione, non so che cosa voglio dalla vita. Sono sempre stati gli altri a decidere che cosa dovessi fare o non fare. A volte mi sembra di essere il protagonista di un copione scritto per me e nel quale non posso cambiare niente.»

Ruby brontola sottovoce.

«Dopo averci scoperto insieme, mio padre ha dato di matto. Per lui è inconcepibile che io trascorra del tempo con qualcuno che non corrisponde alle sue aspettative.»

A queste parole la sento trasalire impercettibilmente e subito le stringo la mano.

«Ho pensato a come sarebbe per noi il futuro e ho visto solo tanti problemi. I miei genitori sono tiranni quando c'è in ballo la vita dei figli. E tu... tu mi hai detto di volerti preparare a una carriera di successo. Non potevo sopportare l'idea che mio padre ti ostacolasse solo perché non è d'accordo che frequenti suo figlio. Ho avuto paura perché so che non potrei fare niente. Non potrei mai proteggerti da lui.»

Il cuore mi batte forte in gola. So benissimo di parlare come un patetico idiota, ma voglio essere sincero con lei, a qualunque costo.

«Tu conquisterai il mondo, Ruby. E dovresti stare con qualcuno che ti sostenga nel cammino e la cui famiglia ti accolga a braccia aperte. Ma io non ti posso offrire tutto questo. Non ti posso offrire niente, a parte un mucchio di problemi che non saprei come risolvere.»

Ruby mi guarda in silenzio e io non oso respirare. Mi aspetto che si alzi ed esca senza dire una parola. Me lo meriterei, lo so. Ruby però non sembra intenzionata a lasciarmi. Invece si sposta verso di me e preme le labbra sulle mie.

Sono così stupito che non ricambio il bacio.

«Ah, James», mormora. Libera la mano dalla mia e la fa risalire sul mio petto fino a posarmela sul cuore. «Sei... un povero stupido.»

Okay, questa non me l'aspettavo.

«Perché ti arrovelli sul futuro quando abbiamo il presente?» domanda sottovoce.

«Perché tu ti meriti di meglio. Il mio futuro è destinato a essere di merda. Il tuo no.»

Mi stringe con forza le guance. «Questo non è vero», bisbiglia decisa. «Tu hai tante possibilità come chiunque altro. Devi solo coglierle, James.»

Mi piace sentirla pronunciare il mio nome. La sua voce si posa delicata sulle lettere e vorrei chiudere gli occhi e pregarla di ripeterlo ancora.

«Perché non me lo hai detto subito?» chiede scuotendo la testa. «Invece di allontanarmi da te senza una spiegazione.»

Nei suoi occhi leggo il dolore che le ho provocato con il mio comportamento. Poso la mano sopra la sua e appoggio le nostre dita incrociate sul mio petto. «Mi dispiace tanto, Ruby. Pensavo veramente che stessimo meglio divisi.»

«Però non è stato così», bisbiglia con voce arrochita. «Tu mi hai ignorato e mi hai accollato il fardello più pesante della storia dell'umanità.»

«Lo so. Dio, Ruby. Quanto mi dispiace.»

Chiudo gli occhi. Non so che cosa farò se non mi perdona. Se decide che le ho provocato troppo stress nella vita. Se non potrò mai più averla così vicina come adesso.

Le tengo la mano, me la premo sul cuore, che mi batte impazzito e non riesco a guardarla.

«James», dice. Sfila la mano e io vorrei tenerla con me, ma so di non averne il diritto. Se Ruby vuole andare via, dovrò lasciarla andare. Poi però sento le sue dita tra i miei capelli. Mi accarezza teneramente la testa, più volte.

Non so per quanto tempo rimaniamo così, ma non oso muovermi, per paura di rovinare il momento. Avere Ruby così vicina è la sensazione più bella del mondo. Sarei pronto a rinunciare a tutto per lei. Non so perché ho impiegato tanto tempo a capirlo.

«James», mormora dopo un bel po'. Mi bacia la tempia. «È tutto a posto. Ti perdono.»

Faccio un profondo respiro per mormorarle ancora una scusa, ma mi blocco quando il significato delle sue parole mi diventa chiaro. Apro gli occhi. Ruby si è staccata da me e mi guarda con espressione sicura.

«Che cosa?» domando con un filo di voce.

«È tutto a posto. Ti perdono», ripete lentamente, accarezzandomi il torace. «Ciò non significa che mi dimenticherò del tuo comportamento. Se provi di nuovo a fare una cosa del genere...» Alza le spalle. Quando mi rendo conto di ciò che ha appena detto e vedo il suo cauto sorriso, sono travolto da un senso di sollievo. La stringo tra le braccia, la premo contro di me e le mormoro sulle labbra: «Non lo farò, non lo farò, promesso».

Poi la bacio.

Cerco di dimostrarle tutta la mia riconoscenza e di condividere con lei tutte le emozioni che si agitano dentro di me. Ruby mi sale sopra e io la tengo stretta. Mi solletica con la lingua e me la passa sul labbro inferiore palpitante. Un brontolio mi scaturisce dal petto e io le succhio la lingua, provocandole una specie di ansito.

Non ho idea di come siamo arrivati qui, ma in questo secondo ho l'impressione di poter volare senza cadere. Ruby mi ha perdonato. Mi ha perdonato e vuole rimanere nella mia vita.

Un attimo dopo stacca la bocca dalla mia e comincia a sbottonarmi la camicia.

«Che cosa fai?» domando confuso.

«Ti spoglio.»

Continua fino ad aprire anche l'ultimo bottone e a scoprirmi il petto. Si morde il labbro inferiore e mi tocca l'addome dapprima esitante, poi con più audacia. Lo sguardo con il quale divora il mio corpo mi fa pensare con gratitudine alle ore extra di allenamento che ho fatto nell'ultimo mese.

Quando si piega in avanti e mi lascia una scia di baci sull'addome, trattengo il respiro. Quando poi la sua lingua mi tocca all'inguine, mi sollevo su entrambi i gomiti. «Che cosa stai facendo?»

Mi guarda da sotto le palpebre abbassate. «Non è quello che fanno le coppiette quando si riconciliano?»

«Allora siamo una coppia?»

«Di sicuro non diventerai il mio scopamico. Non ne voglio assolutamente uno.»

Io sogghigno. «Scopamico?»

«Hai capito perfettamente.»

«Com'è possibile che una persona con un QI come il tuo possa veramente tirare fuori una parola come 'scopamico'?» mormoro divertito guadagnandomi un colpo allo stomaco che mi fa emettere un gemito doloroso. «Era più piacevole quando usavi la lingua.»

Un altro colpo, poi risale su di me fino ad avere il viso a un palmo dal mio. «Ti sembra davvero il caso di essere di nuovo così arrogante?»

Ho la sensazione che la cassa toracica mi debba esplodere per il battito del cuore. Ruby mi sta seduta sopra, il busto premuto contro il mio, e i bottoni della sua camicetta mi graffiano la pelle. La mia erezione preme dolorosa contro la stoffa dei calzoni e chiudo brevemente gli occhi quando Ruby muove i fianchi.

La desidero.

La desidero come non ho mai desiderato niente in vita mia.

«Sono tutto ciò che vuoi», ansimo, e ogni parola è sincera. «Amico, scopamico, tutto.» Non mi interessa quello che diranno i miei genitori né ciò che accadrà in futuro. Ruby ha ragione: abbiamo il presente. E non posso più negare ciò che provo per lei.

«Proprio tutto?» bisbiglia.

«Tutto», ripeto, accarezzandole le cosce. Negli occhi verdi di Ruby si accende qualcosa. Quando le passo le dita sull'interno delle cosce, la sento trattenere bruscamente il fiato. Un sorriso di trionfo mi affiora alle labbra. È maledettamente sensibile. Ripeto la carezza, salendo più in alto. Ruby chiude gli occhi. È bellissima con i capelli mossi, le lunghe ciglia scure e la pudica camicetta con il nastro nero sul colletto. Vorrei slacciarlo, ma non oso. Se vogliamo portare la cosa a un piano più alto, deve essere lei a fare la mossa successiva.

Ruby si china in avanti, come se mi avesse letto nel pensiero, e avvicina la bocca al mio orecchio. Subito dopo mi sfiora il lobo con le labbra e poi me lo morde. Il mio corpo reagisce con impeto: mi copro di pelle d'oca e mi sento mancare per l'eccitazione. Lei mi morde di nuovo, poi mi traccia una scia di baci lungo il collo e mi succhia l'incavo della gola.

Impreco sottovoce.

Ruby si stacca da me e mi guarda seria. «Non ti piace?»

«Al contrario.» Ho la voce ruvida e carica di desiderio. «Al contrario, mi piace molto.»

Vorrei lasciarle tutto il tempo e non incalzarla, vorrei essere paziente e comportarmi da gentiluomo, ma… non ce la faccio più. Voglio mostrarle che effetto mi fa. Con le mani tremanti le prendo il viso e premo le labbra sulle sue. Ruby geme sorpresa quando mi giro su me stesso e la blocco sotto di me. Quando premo l'erezione contro di lei, la sento ansimare nella mia bocca e affondare le unghie nella mia schiena. Se è così già adesso, non vedo l'ora di starle dentro.

Un attimo dopo mi toglie la camicia dalle braccia e la lascia cadere sul pavimento accanto al letto. Mi sposta le mani sulla schiena, dapprima titubante, poi mi graffia leggermente lungo la spina dorsale fino a toccarmi il sedere e lo stringe con forza.

«Maledizione, Ruby», ansimo.

«Era da tanto che volevo farlo», risponde, dandomi una pacca. Io faccio una risata ansimante contro il suo collo e la mordo per punizione. Lei reagisce stringendo le cosce contro i miei fianchi e schiacciandosi a me. Dio, mi ucciderà.

Mi appoggio all'indietro e stringo tra le dita il nastro del suo colletto. La guardo negli occhi mentre lo slaccio lentamente. Ruby deglutisce e mi fissa ipnotizzata, mentre poi passo a sbottonarle la camicetta. Si mette seduta perché possa sfilargliela dalle braccia. Non so dove la butto, perché ho occhi soltanto per lei. La luce del lampione fuori rischiara la sua pelle e il reggiseno color carne che indossa. Ha un corpo bellissimo, sinuoso e morbido, con un seno abbondante. A scuola si capisce subito che Ruby sa esattamente ciò che vuole; il fatto che sia lo stesso anche a letto mi secca la gola.

Mi chino in avanti e le bacio il décolleté. Le prendo i seni e glieli accarezzo, provocandole un gemito soffocato. Vorrei strapparle di dosso il resto dei vestiti e affondare dentro di lei, ma mi trattengo.

È la nostra prima volta. Voglio che sia bellissima e indimenticabile per il resto della nostra vita.

Mi lascio tempo per esplorare il suo corpo. Le tocco con le labbra ogni angolo della pelle, lecco i seni e li stringo più forte. Scendo a mordicchiarle le costole. I suoi gemiti e il modo in cui tende la schiena sono un invito ad andare oltre. Quando arrivo alla cintura dei pantaloni, lei mi affonda le dita tra i capelli. Alzo la testa con aria interrogativa. Sono in suo pugno, è lei a decidere che cosa succederà.

«Vai avanti», bisbiglia in un soffio.

Non ho bisogno di altro.

Dapprima le tolgo le scarpe, poi i calzini. Ruby mi guarda, con un lieve sorriso. Alla fine le slaccio i pantaloni e l'aiuto a sfilarseli dalle gambe. Adesso indossa solo la biancheria intima e io trattengo il respiro. Non so che cosa abbia fatto per meritarmi tutto questo. Non ho idea.

Forse è quello che la gente chiama karma. *Ehi, la tua vita è uno schifo? In compenso ottieni la ragazza più bella del mondo. Ti perdona e ti desidera e si lascia spogliare da te, anche se non te lo meriti.*

Qualcosa del genere.

Non importa quale sia il motivo per il quale Ruby mi permette di fare tutto questo; le mostrerò che ne sono degno.

Mi chino a baciarle le gambe risalendo verso l'alto. Non è più il tempo di pensare, ora è tutto istinto. Con le mani le accarezzo i fianchi. Con dolcezza, ne sposto una sul suo addome e sull'elastico delle mutandine. Il suo respiro si fa più veloce e più affannato.

Vai avanti. L'eco delle sue parole mi risuona nella testa.

Vado avanti. Infilo un dito sotto le mutandine e le abbasso. Ora è nuda davanti a me e non riesco più a pensare lucidamente. Senza esitare comincio a mordicchiarle il pube. Quando la mia bocca raggiunge il punto centrale, Ruby impreca a voce alta. Mi affonda le mani nei capelli e per un momento non so se voglia mandarmi via o spingermi ancora di più contro di sé. Muovo la bocca, bacio il suo calore ardente. Quando tiro fuori la lingua, lei si divincola e io le appoggio una mano sulla pancia per tenerla ferma. Mi piace sentire le sue dita che mi graffiano il cuoio capelluto, mi fanno capire che mi desidera, e con tanta intensità, per giunta. Quando il suo respiro accelera e le sue gambe si irrigidiscono, faccio scivolare un dito nel suo calore umido. La succhio e muovo il dito lentamente e con ritmo regolare. Nel giro di breve tempo Ruby grida il mio nome e si inarca sotto di me.

Continuo a baciarla e a leccarla finché il tremito che

la scuote si placa. È trafelata quando mi stacco da lei e scivolo più in alto sul letto per guardarla. Ha i capelli scomposti e le guance arrossate. Fissa il soffitto e impiega qualche minuto per calmare il respiro.

Poi mi getta le braccia al collo e mi sorride.

«Devi farlo di nuovo, assolutamente», dice.

Ricambio il sorriso e nello stesso momento mi ripropongo di trascorrere prima o poi un'intera nottata con la testa tra le gambe di Ruby.

«Quella tua bocca sfacciata là sotto è molto utile.»

La guardo scuotendo la testa e poi la bacio teneramente sulle labbra. Ruby non permette che il bacio rimanga superficiale. Al contrario mi attira verso di sé e mi infila la lingua in bocca. Sono sorpreso dall'impeto con cui mi bacia. Evidentemente le piace sentire il suo sapore sulle mie labbra. Mi cinge con una gamba e si preme contro di me. Un formicolio rovente mi si diffonde per il corpo, e io le ansimo nella bocca e spingo avanti le anche facendole emettere un'esclamazione di sorpresa. Subito dopo le sue mani mi slacciano la cintura. I suoi movimenti sono scoordinati e animati dal desiderio. Mi piace incredibilmente viverla così.

Dopo che mi ha slacciato i calzoni, vuole sfilarmeli, ma io la fermo. «Aspetta», mormoro, tirando fuori il portafoglio dalla tasca posteriore. Lo apro ed estraggo il profilattico che ci tengo dentro. Lo metto sul cuscino accanto a noi, poi mi sfilo pantaloni e calzini. Li lascio cadere accanto al letto, poi torno sopra Ruby. Le infilo la mano dietro la schiena e slaccio il reggiseno. L'aiuto a toglierselo e poi non c'è più nemmeno un millimetro di stoffa tra di noi. Ruby geme piano quando le prendo un seno nella mano e comincio ad accarezzarlo.

Mi piace come reagisce a ogni mia carezza. Non ero mai stato insieme a una ragazza come lei. Le sue reazioni mi eccitano terribilmente. Quando infila la mano sotto i miei boxer e mi accarezza il sedere, mi sento quasi impazzire.

«Come mi vuoi?» ansimo, tornando a baciarle il viso. Le scosto i capelli dalla fronte e le accarezzo la mandibola. Voglio mostrarle con ogni gesto quanto sia importante per me.

«Così», bisbiglia accarezzandomi teneramente la schiena. Annuisco e prendo la bustina di plastica. Mi tremano le mani quando mi metto il profilattico. Ruby si solleva sui gomiti e osserva ogni mio movimento con lo sguardo interessato. E allora le prendo la mano e gliela faccio posare sul mio membro. Lo sento guizzare sotto il suo palmo e Ruby mi guarda con occhi torvi. Deglutisce a fatica. Lascio libera la sua mano e lei comincia a muoverla spontaneamente, dapprima con qualche timidezza, poi sempre più sicura. Quando preme nel punto esatto, ansimo.

«Ruby...» bisbiglio.

Subito dopo lei si stacca e si sdraia di nuovo. La sua chioma scura è aperta sul cuscino come un ventaglio, i suoi occhi verdi lampeggiano come in un sogno quando copro il suo corpo con il mio e mi metto tra le sue gambe. Succede in maniera quasi istintiva, mi faccio scivolare in lei e trattengo il respiro, mentre Ruby sospira sotto di me. È incredibilmente stretta, ma abbastanza bagnata da provare a spingermi più in profondità. Le tocco la guancia, le accarezzo il labbro inferiore con il pollice prima di premere la bocca sulla sua. La bacio lentamente e con sentimento, mentre esco da lei e poi ci rientro con una spinta cauta. In quello stesso momento Ruby cambia la posizione dei fianchi… e la resistenza cede. Affondo completamente in lei ed entrambi lanciamo un gemito. Un pensiero vuole affiorarmi alla superficie della mente intasata di emozioni, ma non riesco a coglierlo. Nella mia testa non c'è più spazio. È piena di Ruby, del suo sapore, del suo calore che mi circonda. Spingo di nuovo e Ruby lancia un gemito soffocato. Stringe una gamba contro di me e io le afferro la coscia. È tutto così perfetto che vorrei lo avessimo fatto prima, invece di combatterci a vicenda. Affondo le dita nella sua coscia e la tengo ferma, mentre cerco di trovare un ritmo più o meno regolare. Le mani di Ruby sono dappertutto su di me, lei si solleva a baciarmi il petto, ricambia con passione ogni mia spinta, come se non ne avesse abbastanza di me. Per me è lo stesso. È così bello che mi risulta dannatamente difficile non perdere il controllo dei miei movimenti.

«Stai tremando», mi bisbiglia, accarezzandomi la schiena dal basso in alto. Si aggrappa alle mie spalle mentre io le succhio la pelle dietro l'orecchio e affondo lentamente in lei.

«Perché devo trattenermi.»

«È questo il James Beaufort che distrugge i materassi ad acqua facendo sesso?» chiede trafelata.

Io le mordo il collo. «Te l'ho già detto, non era un materasso ad acqua.»

Ruby ignora ciò che ho detto e mi abbraccia anche con l'altra gamba. Muove i fianchi e mi attira di più dentro in lei. Lancio un gemito e il mio corpo ubbidisce spontaneamente alla sua richiesta. Le infilo una mano sotto la nuca e la tengo stretta in modo che la testa non le sbatta sul letto. Poi la penetro più forte e più velocemente. Ruby mi graffia la schiena e con ogni suo gesto mi fa perdere il controllo sempre di più. Nel giro di breve tempo la testata del letto sbatte rumorosamente contro il muro e io non riesco più a trattenere i suoni cupi che mi prorompono dal petto. Il respiro di Ruby è sempre più veloce, le sue unghie sono conficcate nella mia pelle. Tiene gli occhi chiusi, ma io devo vedere a tutti i costi quello che le sta succedendo.

«Guardami», ansimo.

Lei mi accontenta e i nostri sguardi si incontrano. Il legame tra di noi non è mai stato così intenso come in questo momento. Non riesco a distogliere gli occhi e anche per Ruby è lo stesso. Ci muoviamo all'unisono, come se fossimo stati fatti apposta per questo. Mi spingo dentro di lei, più volte, finché trovo un punto che la fa gemere forte. I suoi muscoli si contraggono intorno a me e all'improvviso è troppo. Il letto non cigola abbastanza forte da coprire i nostri gemiti quando veniamo insieme. Il mondo esplode dentro di me, lasciando un universo di stelle e luci dove c'è spazio soltanto per Ruby.

30

Ruby

«Avresti dovuto dirmelo prima.» James mi fa scorrere un dito sulla spina dorsale e io rabbrividisco.

«Perché?»

Sono appoggiata con la testa sul suo petto e gli accarezzo distrattamente l'addome. Le nostre gambe sono intrecciate e siamo ancora nudi, ma James ha tirato la coperta sopra di noi.

«Perché sarei stato più delicato», mormora, premendomi le labbra sull'attaccatura dei capelli.

«Ti saresti spaventato e saresti scappato via.»

«Invece no. Sarei stato solo più prudente.»

Piego la testa all'indietro e lo guardo in faccia. Ha una ruga tra le sopracciglia, sembra seriamente preoccupato.

«Io non volevo che fossi prudente e delicato, però.»

Solleva un angolo della bocca e nel suo sguardo lampeggia una scintilla cupa. Sparisce così com'è arrivata. «Magari avrei pensato a un cambio di scenario. Non si dovrebbe perdere la verginità nella camera di un dormitorio con il letto cigolante.»

Mi sollevo indignata. Per un attimo lo sguardo di James si posa sul mio seno, poi torna a guardarmi in viso. «Cosa? Se devo perdere la verginità, nessun luogo è meglio di Oxford.»

Scuote la testa sorridendo, poi mi prende i gomiti e mi attira a sé finché non ricado sopra di lui. Mi cinge con le braccia e mi stringe forte. «Sei pazza, Ruby Bell.»

Forse un pochino, ammetto mentalmente.

Ma è stato tutto bellissimo. James e io: forse non sarà mai facile per noi e forse il padre di James farà di tutto perché io sparisca dalla vita di suo figlio, ma sono pronta a lottare. Quello che c'è tra noi è speciale. Da oggi lo so e nel suo modo di guardarmi e di toccarmi sento che prova la stessa cosa. Ce la faremo. Non sono mai stata tanto sicura di qualcosa in vita mia.

«Per te come è stato?» domando dopo un po', senza guardarlo negli occhi.

«Hmm?»

Mi concentro sul disegno che sto tracciando sul suo addome. «Voglio dire... com'è stata la prima volta?»

Soffia fuori l'aria con forza e il suo addome si abbassa sotto la mia mano. «Vuoi saperlo davvero?»

Ora lo guardo. «Certo.»

«È andata. Avevo quattordici anni, ero ubriaco e ho fatto cilecca.»

«Quattordici anni?» Oddio, allora lo fa da più di quattro anni. Preferisco non pensare al numero di ragazze con cui è già andato a letto per essere tanto bravo.

«Wren e io avevamo scommesso e allora l'ho fatto. È durato all'incirca due minuti e non è stato bello.»

«Allora non sei la persona giusta per dare consigli su come perdere la verginità con successo», mormoro.

«Se un giorno dovessi raccontare la tua storia, spero che sia andata meglio.»

Gli do un bacio sul petto. «Questo è sicuro. È stata perfetta.»

Non capisco come, ma mi sembra del tutto normale stare sdraiata qui con lui. Come se appartenessi a questo luogo. Erano settimane che non mi sentivo così bene e anche il lieve palpito tra le gambe non mi disturba. Ho detto la verità affermando che è stato perfetto. E non avrei potuto immaginare un luogo e un momento migliori di questi.

«Stamattina sembravi distrutta», osserva James a un tratto, smorzando il mio buonumore.

«Il colloquio è andato da schifo», mormoro.

La sua bocca si posa di nuovo sull'attaccatura dei miei capelli e mi sfiora la fronte. «Quei due docenti erano dei veri idioti. Credo facciano apposta a intimidire i candidati. Sono sicuro che sei stata bravissima.» Lo dice con una tale sicurezza che quasi gli credo. Ma solo quasi.

«Ti sbagli. A una domanda ho risposto in maniera completamente sbagliata. Ho intuito chiaramente che le mie parole non sono piaciute.»

«In che senso?»

Gli racconto il mio fallimento della mattina.

«Come ho detto, sono sicuro che la loro sia tutta una manovra. Non preoccuparti troppo. Se tu non dovessi riuscire a entrare a Oxford, non ce la farebbe nessuno.» Ha un tono più fiducioso di quanto mi senta io, ma mi fa bene parlarne con qualcuno. Soprattutto perché James sa quanto sia importante Oxford per me.

«Grazie.»

Per tutta risposta mi bacia sulla bocca. Mi costa fatica non perdermi in lui, ma a un certo punto mi stacco e gli domando: «E a te com'è andata?»

Emette un verso difficile da interpretare e assume di nuovo l'espressione tipica di quando si parla della Beaufort, di Oxford o del suo futuro. È sconfortato. E mi addolora.

«Parla con me», bisbiglio.

James mi lancia un'occhiata torva. Alla fine cede e fa un profondo respiro. «So che per te Oxford è la cosa più importante che esista, pertanto mi costa molta fatica parlarne proprio con te, ma... tutto questo circo a me sembra un'idiozia.»

Cerco di non offendermi. Non tutti hanno gli stessi sogni e obiettivi. Ciò che pensa James non ha niente a che fare con me, riguarda soltanto lui.

«Al colloquio, prima... mi è scivolato tutto addosso. È stato come un film in bianco e nero in avanzamento veloce, dove io ero l'unico a non muovermi.»

«Se davvero non vuoi venire a studiare qui, né entrare nell'azienda dei tuoi genitori... che cosa ti piacerebbe fare?»

Lui scuote la testa e colgo un lampo di panico nel suo sguardo. «Per favore, non me lo chiedere.»

«Perché no?» Gli accarezzo la guancia e sento che ha la pelle ruvida. Di sicuro domattina presto si raderà. E pensare che secondo me James starebbe benissimo con un filo di barba.

«Avevi ragione quando hai detto che non so che cosa

voglio dalla vita. Non penso a tutto ciò che potrei fare, perché quando mi abbandono ai sogni, la realtà dopo è ancora più deprimente.»

Continua a pensare di non avere la possibilità di decidere in maniera autonoma come strutturare la propria vita. E come potrebbe, se lo aspetta un'eredità che gli pesa sulle spalle come un enorme fardello?

«I sogni sono importanti, James», sussurro.

«Allora il mio sogno sei tu.»

Per un attimo trattengo il fiato, ma poi mi rendo conto che il suo è solo un patetico tentativo per non dover reagire a quanto gli ho detto. «Purtroppo non funziona così.»

Mi rivolge un sorriso storto. «Sarebbe stato troppo semplice.»

«Che cosa ti piace? Che cosa ti appassiona?»

Ci pensa su un istante. Avverto la sua improvvisa tensione e gli bacio il petto, come per dirgli che va tutto bene e che può prendersi tutto il tempo che vuole.

«Mi piace lo sport», risponde poi esitante. «E la letteratura. L'arte. La buona musica. Oh, i piatti piccanti. La cucina asiatica, per la precisione. Mi piacerebbe andare a Bangkok una volta e provare tutti i cibi di strada.»

Io sorrido contro la sua pelle. «Cose tipo cavallette fritte?»

«Esatto.» La tensione a poco a poco lo abbandona di nuovo.

«Mi sembrano tutti desideri realizzabili.»

«Sono cose che si possono fare in vacanza, ma non possono diventare lo scopo della vita.»

Gli accarezzo l'addome facendo dei piccoli cerchi. «È

un inizio. Potresti fare tutto questo quando la smetterai di ostacolarti da solo.»

James non risponde.

Ho un'idea. Mi alzo subito e cerco la mia biancheria sul pavimento. Trovo tutto nelle immediate vicinanze del letto e mi infilo prima gli slip, poi il reggiseno. Sulla sedia vedo una maglietta grigia di James. La indosso e poi scruto la scrivania.

«Che cosa fai?» domanda lui alle mie spalle. Prendo il suo quaderno nero con impressa la B svolazzante e una biro, poi mi giro. Anche lui si è infilato i boxer.

«Faremo un elenco», rispondo, tornando a letto con il taccuino.

James mi lancia un'occhiata interrogativa. Io batto con la mano accanto a me. Il letto è ancora caldo e l'odore di James mi avvolge. Mi raggiunge dubbioso e diffidente. Il materasso affonda sotto il suo peso, quando si mette seduto.

Mi chino oltre il suo corpo e accendo la lampada sul comodino. Poi apro il suo quaderno sulle ginocchia.

«Tutte le volte che sto male, faccio un elenco. Mi ha sempre aiutato, fin da bambina, a restare motivata e a mantenere la lucidità. Anche se adesso non è proprio così», spiego. «Cerco citazioni che mi ispirino, oppure annoto cose che voglio assolutamente fare o che vorrei cambiare nel mondo e così via.» Alzo la penna. «In genere uso colori di diverso tipo, ma non è necessario farlo adesso.»

La diffidenza scompare dal suo sguardo e lui mi sorride compiaciuto. «Vuoi fare una lista del genere per me?»

Annuisco. «Forse sarà utile per motivarti.»

James guarda la pagina bianca del taccuino e alla fine acconsente. «D'accordo.»

Prendo la penna e scrivo a lettere maiuscole LISTA DEI DESIDERI in alto, al centro, sulla pagina. Sottolineo il titolo con una riga ondulata. Poi scrivo: 1. FARE UN VIAGGIO A BANGKOK. Mi giro verso James con aria interrogativa. «Che cosa mettiamo poi?»

Lui si massaggia il mento pensieroso.

«Può essere qualunque cosa», gli ricordo.

«Vorrei continuare a giocare a lacrosse», dice alla fine sottovoce.

«Certo», mormoro, annotando il secondo punto dell'elenco. Accanto disegno una piccola stecca da lacrosse e la maglia di James con il numero 17. Quando alzo gli occhi, il suo sguardo è così appassionato che provo un fremito allo stomaco.

«Poi?»

Impiega un altro momento. Non voglio incalzarlo, perciò aspetto paziente.

«Vorrei leggere di più», dice. «Anche al di fuori del mio genere consueto.»

«Che cosa leggi normalmente?»

«Testi specialistici che mi dà mio padre. Biografie di imprenditori di successo.» Aggrotta la fronte. «Ma c'è anche tanto altro. Per esempio una volta vorrei provare un manga.» Mi sorride eloquente.

«Potrei prepararti una lista con i titoli migliori», propongo, ricambiando il suo sorriso.

«Li divorerei subito tutti.»

Mi chino con un sorriso sull'elenco e scrivo: 3. LEGGERE DI PIÙ E IN MANIERA PIÙ VARIEGATA. «Poi?»

James deglutisce teso. «Ovviamente mi piacerebbe fare qualcosa che mi appaghi da un punto di vista professionale. Non so ancora che cosa potrebbe essere o se sia possibile, ma...» Alza le spalle. Sembra che voglia dire qualcos'altro ma che si trattenga. Poso la penna e gli appoggio le mani sulle guance. Lo accarezzo teneramente con il pollice, poi mi chino a baciarlo. Lui chiude gli occhi e sospira piano.

«Tutto è possibile, James», mormoro staccandomi di nuovo. Riprendo la penna e annoto: 4. TROVARE UNA PROFESSIONE APPAGANTE. Poi scruto pensierosa la mia opera.

«Manca ancora un punto», dice James. Mi toglie di mano la penna e scrive qualcosa.

«Fatto», mormora, alzando il quaderno davanti a sé. Io gli vado vicina fino a toccargli la coscia con la mia e leggo quello che ha aggiunto.

5. RUBY.

Trattengo il fiato e guardo dal quaderno a James.

«Quando sei con me ho la sensazione di poter fare qualunque cosa», dice con voce rotta. «Per questo devi far parte di una lista che ha lo scopo di rendermi felice.»

Non so che cosa dire, perciò gli salgo in grembo e gli getto le braccia al collo. Lui mi posa una mano sulla nuca e mi bacia. Sprofondiamo insieme tra i cuscini, le bocche fuse insieme, i suoi sogni stretti nella mano.

31

James

La notte più bella della mia vita a un certo punto finisce. Ruby e io abbiamo cercato di rimanere svegli, ma verso le quattro ci siamo addormentati e tre ore dopo ci siamo svegliati di soprassalto, pensando che fosse già tardi e i genitori di Ruby aspettassero davanti alla porta. Per fortuna era un falso allarme, ma non abbiamo più molto tempo.

Mi risulta indicibilmente doloroso lasciarla andare in camera sua. Non voglio separarmi da lei, continuo ad abbracciarla e baciarla, come se non dovessi vederla per un mese intero. Invece ci incontreremo al più tardi domani a scuola e magari già questa sera, se riuscirò a svignarmela da casa. Ci sono ottime possibilità: l'invito da parte del St Hilda's è stato considerato da mio padre come un'offesa. Ha addirittura suggerito che Lydia e io ci scambiassimo di posto, perché, al contrario di me, lei ha ottenuto l'invito dal Balliol. Nella testa mi riecheggiano ancora parole come «vergogna» e «buono a nulla». Non credo che gli interessi come siano andati i miei colloqui.

Viene a prendermi Percy. Mi porta la valigia e la carica nel bagagliaio della Rolls-Royce, prima che saliamo e andiamo insieme a recuperare Lydia. Il divisorio è chiuso e il microfono è spento, evidentemente non ha voglia di chiacchierare con me. Mi va benissimo, così posso dare un'altra occhiata alla lista di Ruby. Non so quanto sia realistico quello che c'è scritto, non ne ho proprio idea, ma almeno mi ricorda la notte appena trascorsa.

Ho indossato la maglietta grigia che Ruby ha portato fino a stamattina e che è ancora impregnata del suo profumo. Ho la sensazione di sentire ancora il suo sapore sulla lingua e mi viene la pelle d'oca quando penso alla passione con cui ha esclamato il mio nome. Voglio assolutamente ripetere l'esperienza. Se è possibile, subito.

Quando Lydia sale in macchina, capisce all'istante che è cambiato qualcosa. Mi guarda dalla testa ai piedi socchiudendo gli occhi. Poi un sorriso complice si allarga sul suo viso. «Sembra che tu abbia passato una bellissima nottata.» Mi conosce troppo bene.

Ripiego la lista e la infilo nuovamente nel portafoglio. Va a sostituire il biglietto con il «fottiti» che ho strappato e buttato via al dormitorio.

«Posso avere i dettagli?»

Questa domanda mi sorprende. Anche se Lydia mi ha confidato la sua storia con Mr Sutton, di solito non siamo particolarmente loquaci per quanto riguarda la nostra vita amorosa.

La guardo con una punta di scetticismo. «Da quando ti interessa con chi vado a letto?»

Lei alza le spalle. «Da quando te la fai con Ruby.»

L'espressione «te la fai» riferita a quello che c'è tra Ruby e me mi sembra assolutamente inadeguata. «Tanto per cominciare chi ti dice che sia Ruby quella con cui ho passato la notte? E secondo, credevo che non ti piacesse.»

Lydia alza gli occhi al cielo. «Tanto per cominciare non sono stupida. E secondo, mi piace se piace a te. Semplice.»

«Sono contento. Credo infatti che in futuro non la vedrai solo a scuola.»

Lydia rimane a bocca aperta. «Fai sul serio con lei?»

Non posso trattenere il sorriso che si allarga sulla mia faccia. Un attimo dopo, Lydia mi dà una pacca sul braccio. «Non ci credo! James!»

«Che cosa?»

«Quando papà verrà a saperlo, darà fuori di matto», prosegue scuotendo la testa. Tiene sempre la mano posata sul mio braccio. Me lo stringe brevemente. «Ma sembri molto felice. Sono contenta per te.»

Non immaginavo che sarebbe stato così. Non sapevo che cosa si prova a essere innamorati, né che basta il pensiero di Ruby per farmi battere forte il cuore. Vorrei dire a Percy di portarmi direttamente da lei, perché temo di non resistere un minuto di più senza vederla.

«Che cosa è successo a Percy?» domanda Lydia all'improvviso, come se mi avesse letto nel pensiero. Ha abbassato la voce e fa un cenno verso la parte anteriore dell'abitacolo.

«Non ne ho idea.»

«Non mi ha nemmeno chiesto come è andata», mormora lei.

«Puoi raccontarlo a me», mi offro, ma Lydia arriccia il naso.

«Sei buffo quando sei innamorato.»

Mi limito a fare una smorfia.

Il resto del tragitto passa in un piacevole silenzio. Lydia digita sul cellulare e io guardo fuori dal finestrino e penso alla notte scorsa. Quando arriviamo a casa, mi avvicino al bagagliaio per aiutare Percy a scaricare le valigie. Lui mi blocca con un gesto della mano e mi guarda serio.

«Dovrebbe entrare, Mr Beaufort.» Non ha più usato un tono tanto burbero con me da quando, a sette anni, ho versato della coca cola sul sedile posteriore nuovo di zecca. Percy guarda da me a Lydia, poi deglutisce e comincia a occuparsi dei bagagli. Lydia e io ci scambiamo un'occhiata confusa e saliamo i gradini verso l'ingresso.

«Che cosa gli è preso?» bisbiglia Lydia, sebbene siamo abbastanza lontani.

«Non lo so. Hai parlato con papà da ieri?»

Lei scuote la testa e io apro la porta. Entriamo insieme. Lydia posa la borsa sul tavolino accanto alla porta mentre Mary, la nostra domestica, entra nell'ingresso. Quando ci vede, sbianca in viso. Sto per salutarla, ma lei mi volta le spalle e si avvia spedita verso il salone. Lydia e io ci scambiamo un'altra occhiata. Ci dirigiamo insieme nella stanza dov'è entrata la domestica.

Papà è in piedi davanti al camino. È di spalle, ma vedo che tiene in mano un bicchiere con un liquido ambrato, sebbene non sia nemmeno mezzogiorno. Il fuoco nel camino scoppietta allegramente e Mary mormora qualcosa a nostro padre prima di scomparire a passo svelto.

«Papà?» chiedo.

Si volta, il viso inespressivo di sempre. Tuttavia vengo assalito da un brutto presentimento quando vedo le occhiaie sotto i suoi occhi.

«Sedetevi.» Con la mano indica il divano di velluto verde, mentre si accomoda sulla poltrona lì accanto.

Non ho voglia di sedermi. Voglio sapere che cosa cavolo è successo. Lydia obbedisce, mentre io rimango in piedi sulla porta e fisso mio padre. Si porta il bicchiere alle labbra e lo svuota in un colpo solo. Poi lo posa sul tavolino.

«Siediti, James.» È un ordine, non una richiesta. Ma io non riesco a muovermi. La tensione è troppa. È successo qualcosa, l'ho intuito nel momento in cui sono entrato in casa.

«Dov'è mamma?» chiede Lydia. Si sforza di mantenere un tono gioviale, come se volesse stemperare la tensione tra papà e me. Ma anche lei deve essersi accorta che qualcosa non va.

«Vostra madre ha avuto un ictus.»

Mio padre è seduto appoggiato allo schienale della poltrona, le mani sui braccioli e le gambe accavallate, con una caviglia appoggiata all'altro ginocchio. Ha un'espressione gelida. Distaccata. Come sempre.

«Come... cosa... cosa vuoi dire?» balbetta Lydia.

«Cordelia ha avuto un ictus.» Ripete le parole come se le avesse studiate a memoria. «È morta.»

Lydia si porta le mani davanti alla bocca e singhiozza. A me sembra di non essere presente. La mia anima si è staccata dal corpo e io osservo la scena da un altro luogo.

Papà riprende a parlare, ma capisco solo pochi brandelli sparsi.

Un vaso sanguigno... scoppiato... troppo tardi... ospedale... non c'era più niente da fare.

La sua bocca si muove ma le sue parole si mescolano ai gemiti di Lydia. A tutto questo si unisce un altro rumore. Un ansimare rapido e sonoro.

Credo di essere io.

Mi premo una mano sul petto e cerco di calmarmi. Non ci riesco. Il respiro è sempre più rapido, ma non mi arriva aria ai polmoni. Tutti i consigli che ho letto su Internet per contrastare gli attacchi di panico non possono aiutarmi in questo momento. Il mio corpo passa in modalità automatica e la fronte mi si copre di sudore freddo.

Mamma è morta.

È *morta.*

Mio padre non batte ciglio. Forse è solo un brutto scherzo. Una punizione perché non sono stato convocato al Balliol.

«Quando?» riesco a dire. Mi gira la testa. Il pavimento ondeggia sotto i miei piedi. Devo reggermi da qualche parte, ma non so come ordinare alle braccia di muoversi.

Mio padre mi guarda, l'espressione imperscrutabile. «Lunedì pomeriggio.»

Il cuore. Mi si fermerà da un momento all'altro, oppure mi esploderà nel petto. Da principio non mi rendo conto della risposta di mio padre, perché sono troppo occupato a riempirmi i polmoni di aria. Ma dopo qualche respiro affannato, il significato delle sue parole mi diventa chiaro.

Lunedì pomeriggio.

Oggi è mercoledì.

«Lasciami riassumere», dico con voce tremante. «Mamma ha avuto un ictus due giorni fa e ce lo dici solo adesso?»

Non dovrei fare questa domanda. Piuttosto dovrei andare da mia sorella e abbracciarla. Dovremmo piangere insieme. Ma non mi sembra vero. Ho sempre la sensazione che tutto questo non stia accadendo a me, ma a qualcun altro che si è impossessato momentaneamente del mio corpo. Io sono solo uno spettatore. Impotente e sconcertato.

Papà fa tamburellare le dita sul bracciolo della poltrona. «Non volevo che i vostri colloqui ne fossero influenzati.»

Non so spiegare che cosa succeda poi. È come se un lampo ardente mi colpisse in testa. Un attimo dopo balzo su mio padre e gli do un pugno in faccia. Lo colpisco con tale impeto che la poltrona si rovescia e finiamo entrambi a terra. Lydia lancia un grido assordante. Qualcosa cade sul pavimento e va in frantumi. Il mio pugno colpisce di nuovo la faccia inespressiva di mio padre. Il sangue gli schizza dal naso e un osso della mia mano scricchiola in maniera preoccupante. Tutt'intorno a noi ci sono schegge di vetro. La mano mi brucia e mi pulsa, ma mi preparo a colpire di nuovo.

«James, smettila!» strilla Lydia.

Qualcuno mi afferra da dietro e mi strappa via da mio padre. Io lotto come un animale selvaggio contro questa stretta energica. Voglio fargliela pagare. Per tutto.

Papà si alza da terra con l'aiuto di Lydia. Un rivolo di sangue gli cola dal naso e da un angolo della bocca. Si tocca il viso con le dita e osserva il liquido rosso scuro che vi rimane sopra. Poi guarda Percy che continua a trattenermi. «Lo porti fuori finché non si è calmato.»

Percy mi strattona e mi conduce in corridoio. Mi tiene le braccia serrate intorno al petto, impedendomi quasi di respirare. Mi trascina per il corridoio, dove andiamo a sbattere contro una cassettiera e rompiamo qualcosa. Solo quando siamo fuori, Percy mi lascia andare. Io mi dirigo nuovamente verso casa.

«Mr Beaufort, la smetta», dice Percy afferrandomi per le spalle. Mi divincolo brutalmente dalle sue mani e gli do una spinta al petto.

«Togliti di mezzo, Percy.»

«No.» La sua voce è decisa e le sue dita affondano nella stoffa della mia giacca.

«Non ci ha detto niente. *Tu* non ci hai detto niente», esclamo. Poi lo colpisco di nuovo. «Mia madre è morta e tu non me lo hai detto.» Le parole bruciano come acido e all'improvviso il bruciore è dappertutto: nella bocca, nella gola, nel petto, negli occhi. Mi si annebbia la vista.

«Mia madre è morta.»

Un dolore sordo si propaga dentro di me. Fa tanto male, non credo di poterlo sopportare. Ho voglia di mettermi in ginocchio e non riesco a respirare. Basta. Deve smettere. Devo far tacere questo dolore.

Le mani mi tremano così forte che scivolano via dalla giacca di Percy. Un attimo dopo mi giro e corro verso il garage.

«Mr Beaufort!»

Faccio un gesto vago con la mano. Percy mi insegue mentre i piedi mi conducono verso la mia auto. Con dita tremanti tiro fuori le chiavi dai pantaloni e spalanco la portiera. Ho la vista offuscata e ho la sensazione di essere sul punto di svenire. Non ha importanza. Niente ha più importanza. Metto in moto. Percy si piazza davanti alla macchina. Non ha importanza nemmeno questo. Io schiaccio l'acceleratore e lui si scosta con un balzo all'ultimo momento. Parto sgommando mentre mi passo il dorso della mano sulle guance bagnate.

32

Ruby

Il campanello suona nel momento in cui estraggo un blocchetto dalla torre del Jenga. Sussulto e il guizzo del mio braccio fa crollare l'intera costruzione. Mamma, papà ed Ember mi gridano in coro «Buh!» e io impreco sottovoce.

«Per il prossimo turno sei fuori», annuncia mamma strofinandosi le mani. È la più brava di noi e non perde praticamente mai.

Dopo aver raccontato alla mia famiglia del viaggio a Oxford e aver mostrato loro le foto sul mio portatile, abbiamo mangiato e poi deciso di passare il pomeriggio a giocare insieme. Siamo al terzo giro di Jenga, e io ho già perso due volte. Ammetto la sconfitta e mi alzo. Mentre gli altri ricominciano a impilare i blocchetti di legno, vado alla porta. Spalanco gli occhi quando vedo chi ha suonato. «Lydia?»

Ha l'aria distrutta, le guance arrossate e gli occhi gonfi. Faccio un passo verso di lei, ma alza una mano per bloccarmi. «James è qui?»

Scuoto la testa. «No. Che cosa è successo?» chiedo allarmata.

Lydia non sembra avermi sentito. Tira fuori il cellulare dalla tasca della giacca e compone un numero prima di portarselo all'orecchio. Esco a piedi scalzi e l'afferro per un braccio. La guardo intensamente. «Che cosa è successo?»

Lei si limita a scuotere la testa.

«Cy? Sono io», dice all'improvviso. «James è da te?»

Alla risposta di Cyril, la vedo assumere un'espressione di sollievo. «Grazie a Dio.»

Sento di nuovo la voce di Cyril dall'altra parte, ma non capisco che cosa stia dicendo. Qualunque cosa sia, ha l'effetto di rannuvolare il viso di Lydia.

«Va bene. No, vengo io.» Lui ribatte ancora qualcosa e Lydia mi getta un'occhiata fugace. «Sì. A tra poco.»

Dopo aver chiuso la telefonata, fa per girarsi e tornare da Percy, che aspetta accanto alla macchina. Anche lui ha l'aria sconvolta e provo uno strano malessere allo stomaco.

«Lydia, per favore, dimmi che cosa è successo», ripeto.

Lei si ferma e mi guarda da sopra la spalla. «Non posso.»

«Lasciami venire con te», dico impulsivamente.

Lei apre la bocca e la richiude. «Non credo sia una buona idea.»

Le indico di aspettare con un breve gesto. Poi corro dentro casa, mi infilo gli stivali, prendo il cappotto e la sciarpa che mi ha fatto papà. Avviso la mia famiglia che devo uscire e afferro le chiavi di casa dal gancio accanto alla porta. Mentre cammino, mi stringo la sciarpa intorno al collo. Capisco che Lydia vorrebbe trattenermi, ma non ha la forza sufficiente per farlo.

Sale in macchina senza dire una parola. Saluto Percy, che mi rivolge un breve cenno, e salgo a mia volta. Lydia occupa il posto dove di solito si siede James. Ha lo sguardo vitreo e giocherella con l'orlo del suo cappotto rosso. Vorrei stringerle la mano, ma non oso farlo.

«La mia offerta è sempre valida. Se ti va di parlare, intendo», mormoro.

Lydia sussulta, come se avessi alzato la voce con lei. Mi guarda e vedo che ha le lacrime agli occhi. Il brutto presentimento di prima peggiora sempre di più. Che cosa è successo per ridurla in queste condizioni? All'improvviso mi assale un pensiero agghiacciante. Guardo verso l'alto. La lucina rossa è spenta, segno che Percy non può sentirci. Mi sporgo in avanti.

«Tutto bene con il bambino?» bisbiglio.

Lydia lancia un'occhiata sgomenta verso la parte anteriore dell'abitacolo, ma anche il divisorio è alzato. Poi si gira verso di me. «Sì», risponde con voce rotta. «Abbiamo avuto...» si blocca, riflette per un istante, come se dovesse decidere che cosa rivelarmi. «C'è stato un litigio a casa.»

Da quando James mi ha raccontato di suo padre ieri notte, posso farmi un'idea di che cosa significhi «litigio» a casa Beaufort. Mi sento invadere dalla pelle d'oca.

«Lydia, James sta bene?» sussurro, senza riuscire a mascherare il panico nella voce.

Lydia alza le spalle sconfortata. «Cy dice di sì.»

Il quarto d'ora successivo dura un'eternità. Stringo tra le dita l'orlo del cappotto e cerco di non impazzire di ansia. Non so che cosa significhi tutto questo e Lydia evita il mio sguardo accarezzandosi l'addome. Di tanto in tanto stringe gli occhi come se volesse trattenere le lacrime. Una volta il suo cellulare emette una vibrazione e la vedo serrare le labbra leggendo il messaggio, e poi chiudersi completamente in se stessa.

Giunti da Cyril, Lydia balza giù dalla macchina e corre verso la porta di casa. Scivola sui gradini ghiacciati e io la prendo per un braccio all'ultimo istante e la sorreggo. Mi ringrazia sottovoce.

Cyril è già sulla soglia. Quando Lydia lo raggiunge, lui la saluta a braccia spalancate. «Ecco qualcuno che arricchisce la festa con la sua presenza.»

L'abbraccia, ma lei rimane passiva come una bambola senza vita. Dopo un po' Cy si stacca da lei. Poi si accorge di me. «Hai portato anche i rinforzi. Che bello.» Le ultime parole sono pronunciate in un tono che lascia intendere chiaramente che in realtà pensa l'esatto contrario. Poi si sposta di lato e noi entriamo. Già da qui si sente la musica assordante che proviene dal fondo della casa. Cyril tiene sempre il braccio sulle spalle di Lydia. Mi domando se sappia che cosa sia successo o se sia abbastanza delicato da non fare domande.

Attraversiamo l'ingresso come avevo fatto l'ultima volta. Ma ora non ci sono ospiti sulla balconata, la festa sembra svolgersi esclusivamente nel salone. Quando entriamo, la musica ci avvolge e mi guardo in giro. Non c'è tanta gente come l'ultima volta che sono stata qui. In realtà, il numero di persone è limitato. Non so perché, ma questo non fa che aumentare la mia inquietudine. Qualcuno che non conosco balla mezzo nudo al centro della sala. Alistair è seduto su uno dei divani avvinghiato a un tipo tatuato e muscoloso. In fondo, accanto al carrello delle bevande, scorgo Kesh, che osserva i due con occhi socchiusi e svuota il bicchiere in un colpo solo.

Avverto un fremito alla nuca... e poi scopro James. È seduto su uno dei divani vicino alla piscina. Le spalle mi si irrigidiscono quando lo osservo. È completamente disfatto. Ha i capelli scomposti, le maniche della camicia arrotolate e la maglietta grigia – quella che portavo la notte scorsa – è macchiata di rosso. Il cuore mi sprofonda nelle ginocchia.

Sto per andare da lui quando lo vedo chinarsi in avanti con la testa sopra il tavolino. Si preme una narice con il dito e aspira con l'altra una polverina bianca. Spalanco la bocca. Non avrà mica...

Una ragazza bionda che mi risulta vagamente familiare esce dalla piscina e si avvicina a lui. Con il dito gli fa cenno di raggiungerla. Lui si alza e piega la testa di lato. Lei muove ancora qualche passo verso di lui e gli si ferma davanti. Poi comincia a sbottonargli la camicia. In quel momento la riconosco. La tipa che sta spogliando il mio ragazzo è Elaine Ellington. Un brivido ghiacciato mi scende lungo la schiena e avverto una fitta dolorosa allo stomaco. Sono paralizzata.

«Da quanto tempo è così?» domanda Lydia a Cyril.

«Da oggi a mezzogiorno. Si è lasciato andare del tutto.»

Lydia impreca sottovoce. I due parlano ancora, ma non riesco a sentirli oltre lo scroscio che mi riempie le orecchie. Elaine sfila la camicia dalle spalle di James e la lascia scivolare in terra. Poi comincia ad armeggiare con la sua cintura.

Ora basta.

In questo momento la rabbia supera la mia paura dell'acqua. Con pochi passi li raggiungo.

«Si può sapere che cosa stai facendo?» esclamo.

James gira la testa verso di me, ma non mi vede, mi guarda direttamente attraverso.

Non lo riconosco. Ha la faccia impietrita, le pupille così dilatate da occupare quasi tutta l'iride facendo sparire quell'azzurro-turchese tanto speciale. Ha le guance arrossate e gli occhi cerchiati.

Non è il mio James. È il tipo che era mesi fa, quello che corrompe la gente con i soldi, si rintrona tutti i fine settimana con gli amici e si scopa una ragazza dopo l'altra. Il tipo che non prova niente ed è indifferente a tutto.

«James», bisbiglio prendendogli la mano. Ha la pelle ghiacciata.

Per un secondo qualcosa si accende nel suo sguardo. È cupo e struggente e sembra consumarlo da dentro. Fa un profondo respiro, chiude brevemente gli occhi… e quando li riapre, l'espressione è scomparsa. «Questo non è un posto per te, Ruby.»

«Ma io…»

Mentre parlo si gira e si tuffa in piscina. Il tonfo sonoro mi fa trasalire. Qualche goccia d'acqua mi bagna il viso e io faccio un salto indietro. Elaine e altri con indosso solo la biancheria intima seguono James nell'acqua. Tra loro c'è anche Wren. Lancia un grido quando riaffiora e spruzza James. Lui si scrolla l'acqua dai capelli sogghignando.

Tutta questa situazione mi risulta indicibilmente falsa. Vorrei tanto parlare con James, ma non è possibile, per molti motivi. La paura non mi permette di avvicinarmi di più all'acqua e inoltre non credo che in questo stato sarebbe in grado di capire qualunque cosa gli dicessi. Sembra così distaccato. Come se tutto gli passasse davanti e lui si lasciasse trascinare inerte dalla vita.

Elaine si avvicina a lui. Lui nuota all'indietro fino a toccare il bordo della vasca e lei lo segue sorridendo. Il cuore mi batte sempre più forte. Non capisco che cosa stia succedendo. Mi sembra tutto un brutto sogno. Sott'acqua vedo i contorni sfocati dei loro corpi che si uniscono. Lei gli si mette tra le gambe, si sporge in avanti e gli sussurra qualcosa all'orecchio. Sembrano molto intimi. Come se non fosse la prima volta. Tutto in me mi spingerebbe ad andare da loro e a staccarla da lui, ma non riesco a muovermi. James non reagisce quando Elaine gli prende il viso tra le mani e lo bacia.

Qualcosa si spezza dentro di me. Delle schegge di vetro mi penetrano nel petto e scavano sempre più a fondo, finché non riesco più a respirare.

All'improvviso qualcuno mi mette una mano sulla spalla. «Ecco, questo è il James Beaufort che conosco», mi sussurra Cyril all'orecchio.

Vorrei rispondergli: Non è il James Beaufort che conosco *io*.

Tu non hai idea di come sia veramente.

È il mio ragazzo, brutto stronzo.

Ma non è vero. Se James Beaufort fosse il mio ragazzo, non si comporterebbe così. Se fosse il mio ragazzo, sarebbe venuto da me a parlarmi del suo problema, si sarebbe confidato con me, invece di stordirsi con alcol e droghe insieme a questi suoi amici superficiali. Se fosse il mio ragazzo, non avrebbe la lingua di un'altra sul collo.

Giro sui tacchi. Scivolo sul pavimento bagnato ma

riesco a mantenere l'equilibrio. Mi apro un varco nel salone il più in fretta possibile. I miei passi risuonano sul pavimento dell'enorme ingresso mentre corro verso la porta. Devo andarmene da qui, il più in fretta possibile. Purtroppo non credo che esista al mondo un luogo nel quale dimenticare ciò che è appena accaduto.

«Ruby!» mi grida dietro Lydia. Mi fermo e giro la testa. Quando mi accorgo di quanto sia disperata, sono assalita dai rimorsi.

«Mi dispiace veramente che la vostra situazione famigliare faccia così schifo, Lydia», dico con voce tremante. «Ma non ce la faccio. Non posso stare a guardare dopo che…» Dopo che cosa? Dopo che pensavo che avessimo superato proprio queste cose? Dopo che siamo andati a letto insieme? Non posso dirglielo.

«Lui ha bisogno di te adesso», mi implora.

Io faccio una risata piena di amarezza e piego la testa all'indietro a guardare il soffitto. Questo ingresso è così esageratamente decadente. Oro a perdita d'occhio, preziosi dipinti a olio, rari vasi antichi: tutte cose che all'improvviso mi appaiono prive di senso. Mi giro e riprendo a camminare, fino a raggiungere la porta. Lydia mi grida dietro ancora qualcosa, ma non l'ascolto.

Quando il pesante portone si richiude alle mie spalle, lo interpreto come un segno.

Per un breve istante ho creduto davvero che tra me e James potesse funzionare, se entrambi lo avessimo voluto abbastanza. Ma ho capito qualcosa: non sarò mai una parte del suo mondo.

Purtroppo me ne accorgo soltanto adesso che è troppo tardi.

Ringraziamenti

Sono tante le persone che mi hanno assistito durante la nascita di *Save Me* e che vorrei ringraziare.

Mio marito Christian, che mi sostiene con consigli e gesti concreti e mi incoraggia sempre.

Jerome Scheuren, che ha fatto domanda per entrare a Oxford e mi è stato di grande aiuto per la trama.

Le mie beta lettrici Laura Janßen, Ivy Bekoe e Saskia Weyel, le cui osservazioni sono state preziosissime.

Kim Nina Ocker, la madrina ufficiale di Ruby e James, con il suo entusiasmo contagioso e le giornate di scrittura condivise.

Le mie amiche Lucie Kallies e Maren Haase, che hanno sempre un orecchio disponibile e con le quali la vita è molto più divertente.

Le mie agenti Gesa Weiß e Kristina Langenbuch che rappresentano un grande sostegno per me.

La mia editor Stephanie Bubley per le discussioni sulla trama, per l'ascolto dei miei arbitrari colpi di genio, per essersi confrontata con il K-Pop e per la stretta collaborazione sul testo. Inoltre un grazie infinito a tutto il team di LYX-Verlag, in particolare a Ruza Kelava e Simon Decot, che mi hanno dato la possibilità di scrivere questa nuova serie.

Infine ringrazio tutti i lettori che hanno aperto questo libro. Siete meravigliosi e mi dispiace molto per il finale… per fortuna la storia di Ruby e James continuerà presto!

Della stessa autrice

Begin Again

Trust Again

Feel Again

Hope Again

Dream Again

*

Save Me

Save You

Save Us

Certificato PEFC
Questo prodotto è realizzato con materia prima da foreste gestite in maniera sostenibile e da fonti controllate
PEFC/18-31-226
www.pefc.it

GRAFICA VENETA
CARBON NEUTRAL

Questo libro è fabbricato da Grafica Veneta S.p.A.
con un processo di stampa e rilegatura certificato 100% carbon neutral
in accordo con PAS 2060 BSI

Finito di stampare presso Grafica Veneta
Via Malcanton, 2 – Trebaseleghe (PD)